Leye Adenle

SPUR DES GELDES

Ein Lagos-Thriller

Aus dem Englischen von
Yasemin Dinçer

InterKontinental

1. Auflage 2025

Stefanie Hirsbrunner | Karla Kutzner | Venice Trommer
Kantstr. 97 | 10627 Berlin | Deutschland

Lektorat Claudia Jürgens, Berlin
Gestaltung und Satz Ursula Steinhoff
Druck und Bindung Druck und Werte, Leipzig
Printed in Germany
ISBN 978-3-911361-02-6

www.interkontinental-verlag.de

Originalausgabe:
WHEN TROUBLE SLEEPS
Cassava Republic Press, 2018

Die Übersetzung aus dem Englischen / Pidgin wurde gefördert
von Litprom e.V. in Kooperation mit dem Goethe-Institut.

LITPROM
LITERATUREN
DER WELT

Druckprodukt mit finanziellem
Klimabeitrag
ClimatePartner.com/13676-2405-1020

Für Mum und Dad

PROLOG

»BIST DU SCHON EINMAL in einem Privatjet geflogen?«

Chief Adio Douglas legte Titi auf der Rückbank des Mercedes S-Klasse den Arm um die Schultern. Titi schüttelte den Kopf.

»Dann ist heute dein erstes Mal«, sagte er.

Titi zog die Füße unter sich auf den Sitz, wobei sie achtgab, mit den Absätzen ihrer Manolo-Blahnik-Sandaletten nicht das schwarze Leder zu zerkratzen, und schmiegte sich in seine Arme. Sie blickte zu ihm auf. »Ist das die Überraschung?«

»Nein. Ich habe noch eine viel größere Überraschung für dich.«

»Wohin fliegen wir denn? Hätte ich meinen Pass mitnehmen sollen?«

»Wir fliegen nach Abuja. Zur Villa.«

Titi befreite sich aus ihrer zusammengerollten Haltung. »Nach Aso Rock?«

»Ja. Ich treffe dort den Präsidenten persönlich.«

»Wow. Ich werde den Präsidenten treffen?«

Douglas lachte. »Nein, meine Liebe, ich werde den Präsidenten treffen. Du wirst in der Präsidentensuite des Transcorp Hilton auf mich warten.«

»Ist das die Überraschung?«

»Nein, Baby.« Er zog sie zurück an seine Brust und streichelte ihr den Arm. »Es ist eine große Überraschung.«

Die Polizisten am Tor traten beiseite und salutierten, als die Limousine an ihnen vorbei auf das separate Execujet-Vorfeld vor dem privaten Flügel des Murtala Muhammed International Airport fuhr.

Agenten des Inlandsgeheimdienstes DSS, die in einem Ford Explorer SUV vorausgefahren waren, trabten neben dem Mercedes her, ihre israelischen TAR-21-Sturmgewehre in beiden Händen, den Kolben an der Schulter, die Mündung nach unten gerichtet. Die Limousine kam dicht neben der nach oben gebogenen Flügelspitze einer Embraer Phenom 300 zum Stehen. Ein Agent warf einen prüfenden Blick über die flimmernde Rollbahn voller Privatjets, ehe er dem Chief die Tür öffnete.

Als Douglas seine weiße Agbada überzog, bauschte sie sich im kerosingeschwängerten Wind. Titi lief in ihrem schwarzen Tunikakleid um das gepanzerte Fahrzeug herum und stellte sich neben ihn. Der Kofferraum des Mercedes öffnete sich, und die DSS-Agenten holten Douglas' Aktentasche und Titis Weekender heraus.

Direkt hinter dem Cockpit klappte die Tür des Flugzeugs langsam nach unten. Durch ihre Sonnenbrille beobachtete Titi, wie die Tür sich bis wenige Zentimeter über dem Boden senkte. Sie blickte Douglas an.

»Darf ich ein Foto machen?«

Er lächelte. »Klar. Solange ich nicht darauf zu sehen bin.«

Sie drehte sich mit dem Rücken zum Flugzeug, hielt das Telefon vor sich hoch und machte einen Schmollmund. Auf dem Display sah sie, wie der Pilot die Treppe herunterkam.

»Sagtest du nicht, dein Ex-Freund sei Pilot?«, fragte Douglas.

Titi ließ den Arm sinken und drehte sich zu dem Piloten um.

Der junge Mann wartete mit im Rücken verschränkten Händen neben der Treppe, die Augen hinter seiner Fliegerbrille versteckt, den Blick leicht nach oben gerichtet. Er stand stramm wie ein Soldat.

Douglas legte Titi eine Hand auf den Rücken. »Gehen wir«, sagte er. Ihr Körper stemmte sich gegen seinen Druck. »Ist irgendetwas?«, wollte er wissen.

Titi wandte sich von dem Piloten ab und blickte zu Douglas auf.

»Stimmt irgendetwas nicht?«, fragte dieser erneut.

Sie schüttelte langsam den Kopf.

»Okay, dann los jetzt. Ich möchte den Präsidenten nicht warten lassen.«

Douglas und Titi blieben noch stehen, bis ein DSS-Agent, der ihr Gepäck in das Flugzeug getragen hatte, die Treppe wieder heruntergekommen war, dann schob Douglas sie nach vorn. Der Pilot blieb reglos stehen.

»Warte mal«, sagte Douglas.

Titi hielt inne, eine Hand auf dem kalten Geländer.

»Titi, ich möchte dir unseren Piloten für den heutigen Tag vorstellen: Captain Olusegun Majekodunmi. War das so richtig?«

Der Pilot nickte.

»Olusegun, das ist meine Freundin Titi.«

Titi sah den Piloten nicht an. Der Pilot nickte, sah Titi aber ebenfalls nicht an.

In der Mitte der schmalen Kabine saßen sie einander auf beigefarbenen Ledersesseln gegenüber. Während des Starts und des kurzen Steigflugs sprach niemand von ihnen ein Wort. Titi behielt ihre Sonnenbrille auf und starrte durch das Fenster.

»Alles in Ordnung?«, erkundigte Douglas sich, als der Jet seine Flughöhe erreicht hatte.

»Wusstest du es?«, fragte Titi. Eine Träne kullerte unter ihrer Sonnenbrille hervor, ehe sie auf ihre Hand fiel.

Er löste seinen Gurt und beugte sich vor.

»Du wusstest es«, stellte sie fest, nahm ihre Sonnenbrille ab und legte sie in den Schoß. Die Gläser waren feucht.

»In ein paar Monaten werde ich Gouverneur des Bundesstaates Lagos sein. Dann wirst du zu mir ins State House ziehen.«

»Du bist verheiratet.« Noch mehr Tränen rannen ihr über das Gesicht.

»Ja. Na und?«

»Er ist mein Verlobter.«

»Und wer bin ich für dich? Ein Sugardaddy?«

»Du bist verheiratet, Chief. Du bist verheiratet.«

»Du hast mich angelogen, Titi. Du hast mich angelogen. Aber ich vergebe dir.«

Titi vergrub das Gesicht in den Händen.

Douglas ergriff ihre Hand, aber sie zog sie weg.

»Warum?«, fragte sie und blickte zu ihm auf, während Mascara in das Puder unter ihren Augen sickerte.

»Ich werde Gouverneur sein, und er ist bloß Pilot. Ein besserer Chauffeur. Ich möchte, dass du dich jetzt sofort entscheidest. Möchtest du mir folgen, oder möchtest du dort bleiben, wo du bist?«

Sie schüttelte den Kopf und drehte sich zum Fenster, schloss die Augen vor dem grellen Sonnenlicht und tastete nach der Blende.

Er stand auf, beugte sich über sie und griff nach der Blende. Beim Blick aus dem Fenster runzelte er die Stirn. »Das ist seltsam«, sagte er.

Sie schaute ebenfalls hinaus, um zu sehen, was er gesehen hatte, dann wandte sie sich wieder zu ihm um.

In diesem Augenblick röhrten die Motoren, Titis Sonnenbrille fiel ihr vom Schoß, und sie hob von ihrem Sitz ab, ihr Körper nur noch von dem Gurt um ihre Taille gehalten.

Douglas, der gestanden hatte, verlor das Gleichgewicht, knallte mit dem Kopf gegen die Wand und stürzte zu Boden.

Titi wurde schwindelig. Zeitschriften, Becher und ein silbernes Tablett flogen durch die Kabine, während der Jet steil nach unten schoss und sie langsam das Bewusstsein verlor.

1

»ER HAT MICH GEFUNDEN.«

»Wer hat dich gefunden?«

»Malik.«

»Wie meinst du das, er hat dich gefunden? Was ist passiert, Amaka?«

»Das Arschloch hat mich angerufen und mir gedroht. Hast du ihm gesagt, dass ich nach ihm suche?«

Jemand rannte an Amakas Fenster vorbei, stützte sich auf der Motorhaube ab, um nicht das Gleichgewicht zu verlieren, und huschte dann zwischen den Autos vor ihr davon. Irgendetwas an seinem schweißnassen rasierten Schädel sah merkwürdig aus: Er hatte eine große Beule mitten auf dem Kopf.

»Gabriel, ich muss los. Ich bin gleich bei dir.«

Amaka ließ ihr Telefon sinken, lehnte sich zur Seite und legte das Gesicht ans Fenster, um noch einen Blick auf den Mann zu erhaschen, der an ihrem Wagen vorbeigerannt war, aber er war bereits verschwunden. Dann rannte ein weiterer Mann an ihrem Fenster vorbei. Sie drehte sich um. Eine ganze Reihe von Menschen kamen von hinten auf ihr Auto zugerannt. Sie hatten Stöcke und Bretter in den Händen, und mindestens einer von ihnen schwang eine Machete. Amaka wandte sich wieder nach vorn und beugte sich über das Lenkrad, um besser sehen zu können. Sie fuhr zusammen, als ein nackter Oberkörper gegen das Fenster auf der Beifahrerseite knallte. Der Mann drückte sich von ihrem Wagen ab und hinterließ einen Schweißabdruck seiner Brust. Er hämmerte auf das Dach und rannte dann gemeinsam mit den anderen weiter die Straße hinauf, ein Brett über seinem Kopf schwingend. Ein junger Mann hielt einen bis auf das Drahtgeflecht abgefahrenen Reifen hoch. Ein weiterer trug einen Fünf-Liter-Kanister mit einer Flüssigkeit, die er nicht verschütten wollte.

Noch mehr Männer rannten die Straße hinauf, glitten von Motorhauben und schüttelten ihre Fäuste, um protestierenden Fahrer*innen zu drohen. Amaka wandte sich um und sah, wie weitere Männer sich an Autos vorbeiquetschten und über Motorhauben sprangen. Sie rief Polizeiinspektor Ibrahim an.

»Hallo, Amaka, ich bin schon auf dem Weg«, meldete dieser sich.

»Wohin?«

»Zur Absturzstelle.«

»Was für ein Absturz?«

»Der Flugzeugabsturz. In der Nähe Ihres Hauses.«

»In der Nähe meines Hauses ist ein Flugzeug abgestürzt?«

»Ja. Ein kleines. Haben Sie die Explosion nicht mitbekommen? Ich konnte sie noch vom Revier aus hören.«

»Nein. Ich bin nicht zu Hause.«

»Wo sind Sie?«

»Oshodi.«

»Was machen Sie denn da? Sie sollten im Bett liegen, Amaka.«

»Mir geht es gut. Hören Sie, hier ist irgendwas im Gange.«

»Amaka, haben Sie verstanden, was ich gerade gesagt habe? Ein Flugzeug ist in ein Gebäude ganz in der Nähe Ihres Hauses gestürzt.«

»Ich habe Sie gehört, aber hier wird gerade jemand gejagt, und ich glaube, sie werden ihn umbringen.«

»Wer jagt wen?«

»Ein Mob ist hinter einem Mann her. Sie werden ihn lynchen. Sie müssen schnell herkommen.«

Amaka öffnete die Tür und stellte sich auf die Kante, um zu

sehen, was vor sich ging. Die Männer hatten sich am Straßenrand versammelt. Sie hatten ihn geschnappt.

»Wo genau sind Sie?«, fragte Ibrahim.

»Beim Oshodi-Markt. Jetzt gehen sie auf ihn los. Kommen Sie, sofort!«

»Amaka, bleiben Sie in Ihrem Wagen. Was auch immer Sie vorhaben, mischen Sie sich nicht ein. Steigen Sie nicht aus dem Wagen. Amaka ... Amaka?«

»Ja?«

»Haben Sie verstanden? Mischen Sie sich nicht ein.«

»Wie schnell können Sie hier sein?«

»Ich kann nicht kommen. Ich habe es Ihnen doch gesagt, ich bin auf dem Weg zur Absturzstelle. Was auch immer Sie vorhaben, steigen Sie nicht aus Ihrem Wagen. Haben Sie mich verstanden?«

»Sicher, sicher.«

Sie legte auf und trat auf die Straße. Der Mann lag nun auf dem Boden, und der Mob attackierte ihn mit improvisierten Waffen, während eine Zuschauermenge die Schläger anfeuerte oder mit ihren Telefonen filmte. Amaka schloss die Tür, schaltete ihre Handykamera an und lief auf den Mob zu.

2

DIE ALFRED REWANE ROAD WAR DICHT. Auf der Brücke über dem Falomo-Kreisverkehr waren die Menschen aus ihren Fahrzeugen gestiegen und hatten sich am Bordstein aufgereiht. Einige von ihnen zeigten auf den Rauch, der hinter den Villen im Oyinkan Abayomi Drive aufstieg, während andere mit ihren Handys filmten. Viele hatten die Hände über dem Kopf zusammengeschlagen, manche standen mit offenem Mund da, andere verbreiteten die Nachricht von dem Flugzeugabsturz am Telefon.

Inspector Ibrahim wies Sergeant Bakare an, die Sirenen auszuschalten. Bei ihrem Lärm konnte Ibrahim nur schwer nachdenken. Die Meldung aus der Zentrale in Panti hatte alle verfügbaren Polizeikräfte mobilisiert. *Alle* verfügbaren Polizeikräfte. Das bedeutete: Verkehrspolizist*innen, Beamt*innen im Innendienst, sogar Ermittler*innen, die gerade an einem aktiven Fall arbeiteten. Ein Flugzeugabsturz in einem Wohngebiet war schon katastrophal genug, aber dies war nicht etwa irgendeine Wohngegend – es handelte sich um Ikoyi, genauer gesagt, um den alten Teil von Ikoyi, wo der alte Geldadel lebte.

Der Rauch wirkte, als würde er von einer Fabrik ausgestoßen, dann blitzte es plötzlich auf, und der Rauch färbte sich orange. Den Bruchteil einer Sekunde später erreichte der Knall der Explosion die Brücke. Eine Frau schrie, Jesus möge die armen Seelen retten, aber dort unten war niemand mehr zu retten. Welch Ironie, dachte Ibrahim. Er kannte diese Leute – dieselben Leute, die mit einem Anruf dafür sorgen konnten, dass staatliche Ressourcen für den

Schutz ihrer Häuser verwendet wurden; Leute, die einen hochrangigen Beamten an einen Posten in Boko-Haram-Territorium versetzen lassen konnten, wenn dieser nicht begriff, dass die Aufgabe der Polizei darin bestand, die Reichen zu schützen. Zu oft schon war er »gebeten« worden, Beamte »zur Verfügung zu stellen«, deren Aufgabe es dann war, verzogene Teenager auf Partys mit noch mehr verzogenen Teenager zu begleiten – Beamte, die Polizeiarbeit hätten erledigen können, aber stattdessen Geliebten mit gebleichter Haut Einkaufstaschen hinterhertrugen. Ibrahim kannte sie so gut, wie nur ein hochrangiger Polizist sie kennen konnte. Kriminelle mit Geld, mehr waren sie nicht. Sie standen für die unterdrückten Fälle, die abgebrochenen Ermittlungen, die Morde, die Erpressungen, die Diebstähle. Diese Leute brauchten keinen Schutz – die gewöhnlichen Nigerianer*innen mussten vor ihnen geschützt werden.

Ibrahim kletterte vorn aus dem Mannschaftswagen. Seine Untergebenen stiegen hinten aus und gesellten sich zu den Schaulustigen auf der einen Seite der Brücke. Neben ihnen hatte ein kleiner Junge in schmutzigen Jeansshorts und einem braunen Unterhemd der sich entfaltenden Szene als Einziger den Rücken zugekehrt. Zwischen seinen Beinen stand eine weit geöffnete abgenutzte Reisetasche. Darin befanden sich in Schutzumschlägen aus Plastik die Selbsthilfebücher, die er vor dem Absturz auf der Straße verkauft hatte. Er erzählte gerade ein paar Leuten, die besorgt aus ihren Autos ausgestiegen waren, was er beobachtet hatte. Mit der Hand demonstrierte er den Augenblick des Aufpralls.

»Es schaute so nach unten. Es kam runter, huiiiiii, dann explodierte es, baaaam!«

Weitere Menschen versammelten sich um den Jungen, der das Gesagte wiederholte, wobei seine Erinnerung an den Augenblick des Aufpralls von Mal zu Mal detaillierter und die Explosion immer beeindruckender wurde. Noch während er sprach, drehten sich alle auf der Brücke plötzlich um und hoben den Blick. Ein grauer

Hubschrauber flog tief und schnell über sie hinweg und überquerte die Lagune innerhalb von Sekunden. Er flog über die Absturzstelle, vollführte eine Drehung, neigte sich zu einer Seite und schwebte dann dröhnend in der Luft, wobei er den Rauch unter sich in alle Richtungen wirbelte.

»Die Marine«, murmelte Ibrahim leise. Frühe Berichte hatten den Absturz bei Magbon Close verortet, ein weiterer Bericht in der Ilabere Avenue – beide lagen dicht nebeneinander, und beide beheimateten Milliardär*innen, die in modernen Multimillionen-Dollar-Villen auf Grundstücken lebten, die einst den Kolonialverwaltern gehört hatten. Die meisten Immobilien befanden sich seit Generationen im Besitz derselben Familien: der Dynastien von Lagos. Genau die Art von Nigerianer*innen, die mit Privatjets flogen. Welch Ironie. Ibrahim wandte sich dem Polizisten an seiner Seite zu – einem dünnen, schlaksigen Mann mit dunkler Haut und Stammeszeichen, die sich von seinen Mundwinkeln aus auffächerten.

»Hot-Temper, nehmen Sie Moses und Salem mit zum Oshodi-Markt. Wo ist Ihr Telefon?«

Hot-Temper trug den militärischen Kampfanzug der Anti-Raub-Spezialeinheit Feuer-für-Feuer. Er zog sein Handy hervor, ein altes graues Nokia-Gerät mit Schwarz-Weiß-Display und Gummitasten, auf denen die Buchstaben abgerieben waren.

»Speichern Sie diese Nummer. Sie gehört Amaka. Sie sagte, dort wolle man gerade irgendjemanden lynchen.«

»Beim Oshodi-Markt? *Wetin she dey do there?*«

»Keine Ahnung. Bei dem Verkehr werden Sie nicht durchkommen. Nehmen Sie Okadas.«

Hot-Temper salutierte vor seinem Chef, drehte sich um und scannte den Verkehr. Zwischen den stehenden Wagen parkte eine Reihe Motorräder, deren Besitzer nicht weit entfernt zusahen, wie der Hubschrauber über der Absturzstelle schwebte.

»Beeilung«, fügte Ibrahim hinzu, als Hot-Temper auf ein Okada zulief. Die Polizisten beschlagnahmten drei Motorräder, deren junge Besitzer keine Führerscheine hatten und wussten, dass sie gegenüber der Polizei nicht zu laut protestieren durften. »Und folgen Sie ihr auf Schritt und Tritt.«

Hot-Temper wartete, bis der Junge sein Okada rückwärts zwischen den stehenden Wagen herausgeschoben und in dem beengten Raum auf der Brücke gewendet hatte. Dann hängte Hot-Temper sich seine AK-47 über und stieg auf das Gefährt. Der Junge hielt den Lenker fest, und Hot-Temper hob die Hand, als wollte er ihn schlagen.

»Komm morgen früh zum Polizeirevier Bar Beach, um dein Okada abzuholen«, rief Ibrahim dem Jungen zu. »Hot-Temper, rufen Sie mich an, sobald Sie sie gefunden haben, okay?«

Hot-Temper erweckte die Maschine zum Leben und ließ den Motor aufheulen.

Der Hubschrauber flog in dieselbe Richtung zurück, aus der er gekommen war. Die Menschen auf der Brücke duckten sich, als er über ihre Köpfe hinwegflog, und reckten dann die Hälse, um zu verfolgen, wie er am Himmel verschwand.

»Wir laufen«, sagte Ibrahim zu den beiden anderen Polizisten. Er klopfte auf die Motorhaube des Polizeiwagens. Sergeant Bakare wollte seine Tür öffnen und aussteigen, aber Ibrahim gab ihm mit einer Geste zu verstehen, dass er im Auto bleiben sollte. »Wir treffen uns vor Ort«, sagte er und begann, gemeinsam mit seinen Männern die Brücke hinunterzulaufen.

3

IRGENDJEMAND LEERTE EINEN KANISTER BENZIN über dem Mann aus, der mittlerweile reglos und blutend auf der Straße lag. Jemand anderes zündete ein Streichholz an.

Brausend stieg schwarzer Rauch auf, und eine orange Flamme züngelte über den Körper des Mannes, gefangen in einem brennenden Reifen, den man ihm bis zur Taille über Oberkörper und Arme gezogen hatte. Als das Feuer sich ausbreitete, sprang der Mann auf. Die Menge wich vor seiner brennenden Masse zurück, trat nach ihm und zerschmetterte Holzbretter auf seinem Rücken. Er fiel zu Boden, dann erstarrte er, und das Feuer verschlang ihn, bis nur noch eine schwelende schwarze Figur übrig war, die ausgestreckt auf dem Asphalt lag.

Amaka hielt ihr Telefon vor sich und drängte sich durch die Männer, die ihre Beute umringten. Der Rauch von dem brennenden Reifen brannte ihr in den Augen, vom Gestank nach verbranntem Fleisch drehte sich ihr der Magen um, aber sie ging weiter. Die Mörder und Schaulustigen wollten erst nicht nachgeben, als sie ihre schubsenden Schultern spürten, aber ihr Anblick, ihre saubere, schicke Kleidung, ihre ordentliche Frisur, ihr hübsches, ernstes Gesicht und ihr Desinteresse ihnen gegenüber, brachte sie aus dem Konzept, und sie traten beiseite und ließen sie durch, weil sie ganz offensichtlich nicht zu ihnen gehörte. Sie verwirrte sie, machte sie stutzig, fesselte sie und bannte ihre mörderische Energie.

Die Mörder bildeten einen Kreis um ihr Opfer. Amaka stand mit dem Rücken zu ihnen vor dem Toten und nahm ihre Gesichter über dem aufsteigenden Rauch auf, wobei sie vorgab, das Opfer zu filmen. So drehte sie sich langsam im Kreis, die Menge im Rücken, das Gesicht dem Feuer zugewandt, während ihr Telefon Bildmaterial von den Schuldigen festhielt.

Eine Frau kämpfte sich durch die Menschenmenge. Sie schrie, weinte, grub, drängte und boxte sich durch die Körper, die ihr im Weg standen, wich hier einem Ellbogen aus und fing dort einen abwehrenden Stoß ab. Ihrem Aussehen nach war sie in ihren Zwanzigern. Sie war schlank und hochgewachsen, ihre glatte dunkelbraune Haut glänzte, ihren Kopf zierten kurze Dreadlocks. Sie trug einen weißen Flanellrock mit einer großen gestickten Rose auf der Vorderseite, ein weißes ärmelloses Tube-Top, ein Paar rote Pumps und ein rotes Halstuch sowie rote Korallenohrringe.

Sie bahnte sich ihren Weg und rannte auf den Körper zu, der nicht mehr zu retten war. Amaka beobachtete sie auf dem Display ihres Telefons. Männer streckten die Arme nach der Frau aus, um sie von dem Feuer fernzuhalten, während eine weitere Gruppe versuchte, sie denen zu entreißen, die sie retten wollten, und sie stattdessen in Richtung des Feuers zu schleifen schien.

Ein schlaksiger Mann hielt der jungen Frau einen Reifen über den Kopf, um sie darin zu fesseln, während andere Hände damit beschäftigt waren, ihn davon abzuhalten.

Amaka schob sich das Telefon in den Rock, rannte an dem Feuer vorbei, dessen Hitze sie an der Wange spürte, und griff nach dem Gürtel des Mannes mit dem Reifen. Sie zerrte an ihm, bis er nach hinten umkippte. Er ließ den Reifen fallen, und dieser rollte auf den schwelenden Leichnam zu.

Ein anderer Mann hielt ein Metallrohr in die Luft und zielte damit auf den Kopf der Frau. Amaka schnappte nach seiner Hand, und er drehte sich mit geballter Faust um, aber Amaka rammte ihm das Knie zwischen die Beine, ehe er zuschlagen konnte. Als der Mann zu Boden ging, trafen sich die Blicke der beiden Frauen. Die junge

Frau wurde von der Menge fortgezogen und streckte die Hände nach Amaka aus, die Augen weit aufgerissen, ohne zu blinzeln, der Mund offen. Sie spreizte die Finger, als könnte sie damit irgendwie die Distanz zwischen ihr und Amaka überbrücken, als müsste sie Amaka lediglich berühren, und Amaka könnte sie und sogar ihren toten Freund retten. Amaka streckte die Hände nach der Frau aus, da flogen ihr Holzsplitter ums Gesicht, und sie sah winzige Sterne, bis es vor ihren Augen ganz dunkel wurde. Ihre Knie wurden weich, und sie sank zu Boden.

4

EIN MANN MIT EINGEFALLENEN WANGEN, dessen Kleidung aus verblichenem braunem Ankara-Stoff locker um seine ausgemergelte Gestalt hing, blickte sich in der Menge um, ehe er sich bückte und das Telefon vom Boden hob, das er der Frau, die versucht hatte, gegen die Männer anzukämpfen, aus der Hand hatte gleiten sehen.

Er richtete sich wieder auf und sah sich nochmals um, ehe er die Hand in seine Tasche schob. Das Telefon vibrierte. Er zuckte zusammen, aber niemand bemerkte es. Sie waren zu beschäftigt damit, den Dieb zu filmen, den sie geschnappt hatten. Er blickte hinunter auf das Display des klingelnden Telefons. »Guy Collins«. Er sah die Frau an, die von den Area Boys niedergeschlagen worden war. Dann schaute er erneut auf das Telefon. Mit gerunzelter Stirn richtete er den Blick in Richtung Himmel, zu Gott, der gesehen hatte, wie er das Eigentum dieser armen Frau gestohlen hatte, und nahm den Anruf entgegen.

»Amaka, wo bist du?«, schrie ihm der Anrufer ins Ohr. Er hielt sich das andere Ohr zu, um den Mann über den Lärm hinweg zu verstehen. »Amaka? Amaka?« Sie war Igbo. Er war Igbo. Er biss sich auf die Lippe. Er fluchte. »Hallo?«, sagte er. »Wer sind Sie?« Er kehrte der Szene den Rücken und schob sich langsam aus der Menge hinaus.

»Wer ist da?«, schrie der Mann am Telefon. Er klang wie ein echter Oyinbo, nicht nur jemand mit einem Oyinbo-Namen. »Wo ist Amaka?«

»Sind Sie ihr Freund?«

»Ja. Wo ist sie?«

»Sie kommen besser sofort her. Die werden sie umbringen.«

»Was?«

»Sie liegt hier auf der Straße. Die Männer schlagen auf sie ein. Sie werden sie umbringen.«

»Was sagen Sie da? Wer schlägt auf sie ein? Und warum?«

»Die Area Boys. Vorher haben sie einen Dieb umgebracht. Und jetzt gehen sie auf sie los.«

»Was? Wer sind Sie? Wo ist sie?«

»Sie ist beim Oshodi-Markt.«

»Markt? Wer sind Sie? Können Sie ihr helfen?«

»Ich? Was soll ich denn tun? Kommen Sie besser *now-now*, bevor die ihr einen Reifen über den Hals ziehen und sie mit Benzin übergießen.«

»Bitte helfen Sie ihr.«

Er beendete das Gespräch und schaltete das Telefon aus. Der Frau konnte niemand mehr helfen, aber Gott hatte gesehen, dass er alles getan hatte, was in seiner Macht stand.

Ein magerer junger Mann stand mit dem Rücken zu Amakas Auto und blickte sich um. Er öffnete die Tür und duckte sich hinein. Dann schnappte er sich die Handtasche vom Beifahrersitz und schob sie sich unter das Shirt. Zuerst lief er rasch durch die Menge, dann trabte er die Straße entlang, bis er schließlich in einen schmalen, überwucherten Durchgang zwischen zwei Gebäuden einbog. Er trat über Kothaufen hinweg und wedelte die Fliegen davon. Er schaute nach, ob auch niemand ihm folgte, ehe er die Handtasche hervorzog. Darin befand sich ein Laptop, der nicht viel wog. Er klemmte ihn sich unter die Achsel und suchte nach dem Netzteil.

Er zog einen Pass hervor und blätterte darin, ehe er ihn in seiner Gesäßtasche verschwinden ließ. Er fand ein Mobiltelefon samt

Ladegerät, ein Kartenetui und ein Bündel Pfundnoten. Er steckte alles ein. Einen Taschenspiegel, einen Lippenpflegestift, eine Nagelfeile und einen Schlüsselbund warf er weg, ehe er den Reißverschluss eines Seitenfachs öffnete und darin herumtastete. Er holte den Inhalt hervor. Auf seiner Handfläche lag nun eine schwarze SD-Karte neben vier SIM-Karten. Er griff nach der Speicherkarte und betrachtete sie, bis zwei Männer, die am Eingang des Durchgangs vorbeiliefen, ihn aufblicken ließen. Er steckte die Speicherkarte zusammen mit den SIM-Karten zurück in die Tasche und warf diese dann weg. Als er sich entfernte, versank die Tasche in der Vegetation, bis nur noch ihr schmaler schwarzer Trageriemen sichtbar war, der sich um den Stiel einer Pflanze wickelte wie eine Schlange, die sich im Laub versteckt.

5

CHIEF OLABISI OJO STÖHNTE und wälzte sich im Bett herum. Er war nackt. Er legte sich eine Hand an die Stirn und stöhnte erneut. Das Pochen breitete sich über seine Augen bis zum Hinterkopf aus. Er lag mit geschlossenen Augen auf seinem fetten Bauch, streckte die Hand aus und fuhr damit über die Laken. Er öffnete die Augen. Das Licht schmerzte. Er drehte den Kopf und blickte auf die andere Hälfte des Bettes, rollte sich auf die Seite, hielt inne, um das Pochen abklingen zu lassen, hievte sich dann hoch und setzte sich auf die Bettkante. Die Kopfschmerzen wurden schlimmer.

Er blickte sich im Schlafzimmer der Präsidentensuite des Eko Hotel um. Er konnte nur verschwommen sehen. Er versuchte, sich auf den Sessel zu konzentrieren, auf dem sein Freund, Kommodore der Marine außer Dienst Shehu Yaya, gesessen hatte, neben einem Hocker, auf dem Gläser, ein voller Aschenbecher, leere Star- und Guinnessflaschen und eine leere Flasche Rémy Martin standen – Letztere war die Flasche, die das Mädchen mitgebracht hatte. Wo war sie? Er versuchte, sich an ihren Namen zu erinnern. Das Denken tat ihm weh. Iyabo?

Schmerz schoss durch sein rechtes Auge. Er nahm die Hand vom Gesicht und versuchte erneut, zu fokussieren. Er stand auf und lief aus dem Schlafzimmer in den Wohnbereich der Präsidentensuite. »Iyabo!«, rief er.

Er griff nach seiner goldenen Armbanduhr, ehe er nach der Zeit schaute. Sieben Uhr morgens. Er ging in den Essbereich. »Iyabo!« Er blickte sich um. Ihre Kleidung war nicht im Zimmer. Er konnte keine Tasche sehen. Er griff erneut nach seiner Armbanduhr. Im Schlafzimmer fand er seine Kleidung auf dem Fußboden neben Shehus Sessel. Er hob sie auf und klopfte die Taschen seiner Hose ab, bevor er aus einer ein verschnürtes, zentimeterdickes Bündel Tausend-Naira-Scheine zog. Er hielt das Geld zwischen Zeigefinger und Daumen, als könnte er so erkennen, ob etwas fehlte. Dann schob er das Geld zurück und holte aus der anderen Hosentasche seine Brieftasche, klappte sie auf und starrte auf ihren Inhalt: Hundert-Dollar-Scheine. Ohne das Geld herauszunehmen, zählte er zweihundertfünfzig Scheine. Als Nächstes blätterte er all seine Kreditkarten durch. Verwirrt ließ er die Kleider auf den Stuhl fallen. Iyabo hatte ihn nicht bestohlen. Sie war keine Diebin. Aber sie war gegangen, ohne ihm vorher Bescheid zu sagen. Oder etwa nicht? Wann war sie gegangen? Hatten sie in der Nacht Sex gehabt? Er griff unter seinen Bauch nach seinem schlaffen Penis. Er konnte sich nicht mehr erinnern.

Ojo schaute erneut auf die Uhr, lief langsam zurück zum Bett und blieb dann abrupt stehen. Sein Blick schnellte von einem Hocker neben dem Bett zum anderen, dann auf den Fußboden. Er kehrte zu seinen Kleidern zurück, hob sie auf und klopfte sie erneut ab. Er ertastete sein Geld und seine Brieftasche, aber nichts in den anderen Taschen. Er ging zum Telefon neben dem Bett, wählte und hielt den Hörer in der herunterhängenden Hand, um zu lauschen, ob sein Mobiltelefon irgendwo in der Suite klingelte. Sein Blick fiel auf den Hocker neben dem Sessel. Er legte den Hörer wieder auf.

Er betrachtete den Aschenbecher inmitten der leeren Flaschen und benutzten Gläser auf dem Hocker. Zwischen Asche und Zigarettenstummeln lagen Teile einer SIM-Karte. Er beugte sich hinunter und entdeckte sein Telefon auf dem Teppich vor einem Bein des Hockers, Akku und Rückseite lagen daneben. Ojo sank auf ein Knie, um alles aufzuheben, und bemerkte, dass die SIM-Karte aus dem Telefon entnommen worden war.

»Iyabo!«, schrie er in Richtung der geöffneten Tür. Sein Kopf tat weh, als er sich vorbeugte, um Unterhose und Hose anzuziehen. Es ergab keinen Sinn. Hatte sie die SIM-Karte entnommen und zerbrochen? Warum? War sie wütend auf ihn? Vielleicht, weil er eingeschlafen war? Im Club hatte sie deutlich gemacht, dass sie mit ihm ficken wollte – und zwar nicht für Geld. Tatsächlich hatte sie ihn sogar gewarnt, ihr Deal würde platzen, wenn er auch nur versuchen würde, ihr Geld anzubieten. Sie sei keine Prostituierte. War er dann zu betrunken gewesen und hatte sie nach dem Sex bezahlen wollen? Hatten sie überhaupt Sex gehabt? Er konnte sich einfach an nichts mehr erinnern. Er legte den Akku ein, steckte die Rückseite fest und ließ das Telefon in seine Hosentasche gleiten. Wieso hatte sie die SIM-Karte zerbrochen? Damit er ihre Nummer nicht mehr gespeichert hatte?

Er trat ans Fenster und zog den dicken Vorhang zurück. Draußen war es dunkel. Voller Panik blickte er erneut auf seine Armbanduhr. Es war nicht sieben Uhr morgens. Er hatte bis sieben Uhr abends geschlafen.

Er setzte sich und versuchte, seine Gedanken zu ordnen. Er war gegen eins am Hotel angekommen. Vielleicht auch gegen zwei. Shehu war nicht lange danach zu ihm gestoßen. Iyabo war gegen vier Uhr morgens eingetroffen. Er hatte sie in der Soul Lounge kennengelernt. Sie sah nicht aus wie eine Prostituierte, und sie behauptete, sie sei keine. Sie sprach mit einem Akzent, als hätte sie im Ausland studiert. Sie trug ein Kostüm – sie erklärte, sie käme gerade von der Arbeit, sie sei Anwältin.

Das Letzte, woran Ojo sich noch erinnerte, war seine Verabschiedung von Shehu – ein paar Minuten nach Iyabos Ankunft –, aber er bemühte sich, wieder zusammenzubekommen, was danach passiert war.

Beim Aufstehen schoss ihm ein brennender Schmerz durch den Scheitel. Er stöhnte, stützte seinen Kopf in die Hände und ließ sich zurück auf den Sessel sinken. Dieser ächzte unter seinem Gewicht. Sein Blick schnellte im Raum umher, während er versuchte, nachzudenken, und fiel dann erneut auf den Aschenbecher. Mit dem Zeigefinger wühlte er in den Zigarettenstummeln und den Stücken seiner SIM-Karte herum. Er kippte den Aschenbecher über dem Tisch aus. Nichts. Er schnipste sich die Asche von den Fingern und zog rasch sein Telefon aus der Hosentasche. Als er die Rückseite abgenommen und den Akku herausgeholt hatte, bestätigte sich, was er befürchtet hatte: Die Speicherkarte fehlte. In seinem Kopf ging ein Alarm los. Er sah sich um, schob die Hände hinter die Ecken des Sitzpolsters. Auf den Knien suchte er auf dem Fußboden und unter dem Sessel. Dann stemmte er sich auf ein Knie hoch und schrie: »Fuck!«

6

ÜBERALL AUF DER BOURDILLON ROAD ertönten Hupen, aber die Stoßstange an Stoßstange stehenden Autos rührten sich nicht von der Stelle. Die Abgase hingen schwer in der Luft. Okada-Fahrer nahmen die Füße zu Hilfe, um ihre Maschinen zwischen den Wagen hindurchzumanövrieren, deren Lack sie dabei mit ihren Lenkern zerkratzten. Eine Menschenmenge lief die Straße hinunter, und die Verkehrspolizei beobachtete sie aus dem eingezäunten Bereich des Kreisverkehrs unter der Überführung.

Inspector Ibrahim und seine beiden Männer schlossen sich den Scharen an, die auf die Absturzstelle zuliefen. Um sie herum sprachen Männer mit kratzigen Stimmen jene verfälschte Form von Yoruba, die unter den illegalen Händlern von Lagos beliebt war. Rufende und Fäuste schüttelnde Männer rempelten die Polizisten im Vorbeigehen an.

Ein Mann drängte sich an Ibrahim vorbei und schabte vier Schritte weiter mit seiner Machete über die Straße. Ibrahim legte dem Polizisten zu seiner Rechten, der gerade seine AK-47 anheben wollte, die Hand auf den Arm. Vor ihnen ließ der Mann die Machete nun über seinem Kopf kreisen. Ibrahim blickte sich um. Inmitten der heranrückenden Menge näherte sich eine Gruppe Männer, die belaubte Zweige und Macheten hochhielten. Während Ibrahim sie noch beobachtete, ging ein Schuss los. Er zuckte zusammen. Die Menge strömte unbeirrt weiter an ihm und den anderen Polizisten vorbei. Ibrahim hatte gesehen, woher der Schuss gekommen war. Der Lauf der schwarzen Pumpgun zeigte noch nach oben.

»Was ist hier los?«, fragte Ibrahim. Unter den Männern, die auf sie zukamen, war einer, der gerade Patronen in eine Schrotflinte lud. Der Mann schaute die Polizisten an und lud dabei weiter seine Waffe. Als er an ihnen vorbeilief, rempelte er Ibrahim mit der Schulter an, und der Polizist neben ihm musste seinen Vorgesetzten festhalten, damit er nicht stürzte. Wieder hielt Ibrahim seine Kollegen zurück.

Ein weiterer Schuss fiel, diesmal aus geringerer Entfernung. »Herrje«, rief Ibrahim. Das Dröhnen eines Hubschraubers ließ ihn aufblicken. Diesmal war es ein grüner. Die Armee. Als er gerade eine Kurve gedreht hatte und nun in der Luft schwebte, flog noch ein weiterer über die Menge, beschrieb einen großen Bogen und verharrte dann gegenüber dem anderen.

Die Menge lief am Oyinkan Abayomi Drive vorbei. Die Leute schienen mit der Geografie von Ikoyi nicht vertraut. Die Polizisten bogen in die Straße ein. Dort war viel weniger los. Zwei Reihen stehender Autos, viele von ihnen noch mit Fahrer am Steuer, erstreckten sich bis zur Lagune. Die Bäume auf der Uferseite verdeckten zum Teil die Straßenlaternen, die gerade angegangen waren. Ein dritter Hubschrauber flog herbei.

»Was ist hier los?«, fragte Ibrahim erneut.

Sie liefen an der Mekunwen Road vorbei und wählten ihre Route nach der Position der Hubschrauber über ihnen. Vor der Macpherson Avenue parkte quer ein Bus, ein weißer Toyota LiteAce, der die Straße blockierte. Davor standen Männer in Zivilkleidung Wache und schwenkten ihre Kalaschnikows. Auf der anderen Straßenseite standen Zivilist*innen und Polizist*innen mit dem Rücken zur Lagune und blickten hinauf zu den lärmenden Hubschraubern.

»Sergeant«, rief Ibrahim und winkte einigen Polizist*innen unter den Schaulustigen. Sie stammten nicht vom Revier Bar Beach. Wahrscheinlich waren sie postiert worden, um vor den Häusern in der Nachbarschaft Wache zu halten, nahm Ibrahim an.

Insgesamt handelte es sich um vier Beamt*innen, eine Frau und drei Männer, die nun salutierten und sich vor Ibrahim aufreihten.

»Was ist hier los?«, fragte Ibrahim. Er las das Namensschild der rundlichen Polizistin, an die er seine Frage gerichtet hatte. Fatokun.

»Ein Flugzeug ist abgestürzt, Sir.«

»Das weiß ich. Aber wer sind diese Männer dort, und warum stehen Sie bei den Zivilpersonen?«

»Sie lassen niemanden durch, Sir.«

»Von welcher Behörde kommen sie?«

»Behörde, Sir?«

»Gehören sie zum DSS?«

»Nein, Sir. Das sind Parteianhänger.«

Ibrahim schüttelte den Kopf. Das war ein Euphemismus für Rowdys. Er blickte zu den bewaffneten Männern vor dem Bus. Die Männer starrten zurück. Es war Zivilist*innen nicht erlaubt, Sturmgewehre zu besitzen, aber hier war er nun, ein Polizeiinspektor, dem nichts anderes übrigblieb, als ihnen dabei zuzuschauen und gleichzeitig so zu tun, als würde er nichts sehen. Der Verkehrsstau hatte es für die zuständigen Sicherheitsdienste unmöglich gemacht, zum Schauplatz zu gelangen. Andere Polizeikommandos mussten die gleiche Meldung erhalten haben wie er und würden irgendwann gemeinsam mit den Beamt*innen von der Flughafenbehörde FAAN eintreffen, aber bislang schien Ibrahim als Einziger vor Ort zu sein. Mit zwei eigenen Mitarbeitern und den dazugerufenen Polizist*innen, die sich gemeinsam lediglich zwei Gewehre und Ibrahims Dienstpistole teilten, war Diplomatie seine einzige Option.

»Wissen Sie, von welcher Partei?«

»Sir, haben Sie es nicht gehört?«

»Was gehört?«

»Das Flugzeug ist auf Chief Adio Douglas' Haus gelandet.«

»Abgestürzt«, korrigierte Ibrahim.

Er kannte Chief Douglas. Alle in Lagos kannten Chief Douglas. Er saß in zahlreichen Vorständen und war der Vorstandsvorsitzende von Douglas Insurance – »der Versicherer des Bundesstaates Lagos«, wie Ibrahim es einst in einer Zeitung gelesen hatte. Sein Haus befand sich in der Sackgasse Magbon Close, und er würde der nächste Gouverneur des Bundestaates werden. Seinem Widersacher, einem Arzt, der zuvor in Amerika praktiziert hatte und an dessen Namen Ibrahim sich nicht einmal mehr erinnern konnte, fehlten das Geld, die Beliebtheit und der politische Einfluss, um gegen die herrschende Partei anzutreten. Chief Douglas dagegen war ehemaliger Direktor der Zentralbank und ehemaliger Finanzminister.

»War er zu Hause?«, wollte Ibrahim wissen. Zumindest war das Flugzeug nur in ein Anwesen gekracht, dachte Ibrahim, bis ihm bewusst wurde, dass Douglas' lediglich eins der Leben war, die verloren sein mochten: Da waren auch noch seine Familie, seine Bediensteten, seine Pförtner, von den Passagier*innen und der Crew im Flugzeug ganz zu schweigen. Als Kandidat für die Gouverneurswahl musste er außerdem bewacht worden sein. Von Sicherheitsleuten, die sich am Morgen noch von ihren Familien verabschiedet hatten, ohne zu wissen, dass sie einander nie wiedersehen würden.

»Er war in dem Flugzeug.«

»Er war in dem Flugzeug, das in sein eigenes Haus gestürzt ist?«

»Ja, Sir. Es heißt, die andere Partei habe eine Bombe im Flugzeug versteckt.«

Ibrahim erinnerte sich an die Macheten schwenkenden und Schüsse abfeuernden Männer. Das waren die Parteianhänger, und die mit Kalaschnikows bewaffneten Männer, die niemanden durchließen, warteten auf sie. Verstärkung. Lagos würde bald in die Luft gehen.

7

CHIEF OJO TRAT AUS DER PRÄSIDENTENSUITE, schloss die Tür hinter sich und nahm das »Bitte nicht stören«-Schild vom Griff. Er starrte auf den Hochglanzaufhänger – er konnte sich nicht daran erinnern, ihn dort platziert zu haben. Während er unten in der Lobby darauf wartete, dass die Frau an der Rezeption ihr Telefonat beendete, bemühte er sich weiter, die unzusammenhängenden Schnipsel der vorangegangenen Nacht zusammenzufügen, aber alles war wild durcheinandergeworfen in dem Dunst seiner unglaublichen Kopfschmerzen. Iyabo hatte auf dem Bett gelegen, als Shehu gegangen war. Er wusste nicht mehr, ob er seinem Freund bis an die Tür, hinaus in den Flur oder zum Aufzug gefolgt war.

»Guten Abend, Sir. Wie kann ich Ihnen helfen?«, fragte die Frau und rüttelte Ojo aus seinen Gedanken.

Ojo legte seine Schlüsselkarte auf die Theke. Die Suite war bereits bezahlt gewesen. Ursprünglich war sie für einen Diplomaten gebucht worden, der sie jedoch nicht hatte nutzen können, weshalb Ojo gefragt hatte, ob er sie haben könne. Ojo musste lediglich für die Getränke bezahlen, die Shehu und er beim Zimmerservice bestellt hatten.

Die junge Frau tippte unablässig lächelnd auf ihrer Tastatur herum. Ein Drucker spuckte ein Blatt Papier auf einen Tisch hinter ihr aus. Sie holte die Rechnung und legte sie vor Ojo.

»Was zum Teufel?«, rief er, als er den Gesamtbetrag sah.

»Stimmt etwas nicht, Sir?«

»Was ist das?« Er wedelte mit der Rechnung vor ihrer Nase herum.

»Das ist Ihre Rechnung, Sir«, sagte sie und blickte mit Unsicherheit in der Stimme darauf.

»Für ein paar Getränke? Wie viel kosten Star und Guinness denn?«

»Das ist inklusive des Zimmerpreises, Sir.« Ihre Stimme wurde beim Sprechen leiser, als wäre sie auf dem Rückzug.

»Das Zimmer wurde vom Verbindungsbüro bezahlt. Sehen Sie in Ihren Unterlagen nach.«

»Aber Sir, Check-out ist um zwölf, Sir.«

»Ja. Ich habe nicht vor zwölf ausgecheckt, also macht es zwei Nächte. Die bereits bezahlt waren.«

»Sir, Sie haben am Vortag eingecheckt.«

»Ja. Spät gestern Abend.« Er knallte ihr die Rechnung auf den Tisch.

Die junge Frau beugte sich vor, um die Zahlen zu überprüfen. Sie tippte auf ein paar Tasten an ihrem Computer, nahm sich Zeit, um zu lesen, was auf dem Bildschirm stand, und verglich es mit dem Blatt Papier.

»Nein, Sir, ich meine …«

Ojo schnappte ihr die Rechnung aus der Hand und starrte wütend darauf.

Ein kleiner Mann in schwarzem Anzug, weißem Hemd und einer Kente-Krawatte tauchte neben Ojo auf.

»Guten Abend, Sir«, sagte er. »Ich bin Magnanimous, der Concierge. Kann ich Ihnen behilflich sein?«

Ojo warf einen Blick auf seine Armbanduhr. Auf die Datumsanzeige.

»Alles in Ordnung, Sir?«, fragte Magnanimous.

»Ich bin zwei Tage hier gewesen?«, fragte Ojo.

»Ja, Sir«, bestätigte Magnanimous.

»Zwei Tage.«

»Ja.«

»Ich bin fast achtundvierzig Stunden in der Suite gewesen?«

»Das ist korrekt. Wo liegt das Problem?«

»Ich dachte ...«

»Was, Sir?«

»Nichts. Nichts. Akzeptieren Sie Dollar?«

Ojo bezahlte seine Rechnung und eilte hinaus auf den Parkplatz. Während er auf seinen kastanienbraunen Mercedes zulief, versuchte er, zu erkennen, ob sein Fahrer darinsaß. In dem Fall hätte dieser zwei ganze Tage lang auf ihn gewartet.

Der Fahrer, ein kleiner, dünner Mann in seinen Fünfzigern, kam auf Ojo zugerannt.

»Oga«, rief er.

»Wo warst du?«, fragte Ojo.

»Ich habe mich mit ein paar Leuten da drüben unterhalten«, sagte der Mann und wies in die Richtung. »Wir reden über das Flugzeug, das abgestürzt ist.«

»Ein Flugzeugabsturz? Was für ein Flugzeugabsturz?«

»Sie haben nichts davon gehört, Oga? Ein Flugzeug ist heute einfach so in Chief Adio Douglas' Haus gestürzt *o*«, sagte der Mann. »Vor nicht einmal zwei Stunden. Es heißt, er saß drinnen. Es heißt, es war die Opposition.«

»Douglas? Er war im Haus?«

»Er war im Flugzeug.«

»Okay. Langsam. Ich komme nicht hinterher. Douglas war in dem Flugzeug, das abgestürzt ist? Was hat sein Haus damit zu tun?«

»Das Flugzeug ist in sein Haus gestürzt.«

Schweigen.

»Oga, so ist es geschehen. Er ist im Flugzeug, und das Flugzeug stürzt in sein Haus.«

»Wer ist es geflogen?«

»Oga, woher soll ich das denn wissen?«

Ojo schwieg und verarbeitete diese unglaubliche Information.

Er griff nach seinem Telefon, ehe ihm einfiel, dass die SIM-Karte kaputt war. Das Mädchen. Iyabo. Fuck. Was hatte sie mit ihm gemacht? Warum?

»Wie auch immer«, wandte Ojo sich an den Fahrer. »Wo hast du geschlafen?

»Ich? Im Auto.«

»Als ich nicht aufgetaucht bin, wieso hast du da nicht nach mir gesucht?«

»Aber, Oga, ich weiß doch Ihre Zimmernummer nicht.«

»Und du konntest mich nicht anrufen?«

»Kein Guthaben.«

»Also, wenn mir etwas zugestoßen wäre, dann wärst du einfach für immer hier draußen geblieben?«

»Ich wusste doch, dass Ihnen nichts zugestoßen ist, Sir.«

»Das wusstest du? Woher?«

»Madam hat mich angerufen.«

»Madam? Matilda hat angerufen?«

»Ja.«

»Wann?«

»Gestern, ungefähr um fünf.«

»Morgens oder abends?«

»Früh am Morgen. Sie sagte, ich soll sie anrufen, wenn wir das Hotel verlassen.«

»Woher wusste sie, dass wir im Hotel sind?«

»Vielleicht haben Sie es ihr gesagt, Sir?«

»Du spinnst wohl. Hast du es ihr gesagt?«

»Nein *o*.«

»Woher wusste sie es dann?«

»Ich weiß es nicht *o*.«

»Sie hat dich nicht gefragt?«

»Nein. Sie sagte, wenn wir aufbrechen, soll ich sie anrufen.«

»Was genau hat sie gesagt? Und was hast du gesagt?«

»Oga, ich habe es Ihnen doch erklärt. Sie sagte: ›Abiodun, wenn ihr das Hotel verlasst, ruf mich an und gib deinem Oga das Telefon.‹«

»Und was hast du gesagt?«

»Ich sagte, ich habe kein Guthaben.«

8

DREI SCHWARZE Toyota-SUVs mit abgedunkelten Scheiben bogen mit quietschenden Reifen von der Coker Road auf die Ilaka Street in Mushin ab, kurz vor Ikeja. Die Autos hielten vor einem einstöckigen Gebäude hinter einer weißen Mauer, über der Stacheldraht glitzerte und die mit zwei verschiedenen Plakaten beklebt war, die das Gesicht desselben glatt rasierten, mit einer Zahnlücke lächelnden und eine Faust erhebenden Mannes zeigten. Auf einem der Plakate trug er eine weiße Agbada und einen Abeti-Aja-Hut, auf dem anderen einen grauen Anzug ohne eine Kopfbedeckung, die seinen kahlen Schädel verbergen würde. Über beiden Porträts standen die Worte: »Dr. Adeniyi Hope Babalola«, und darunter: »Hoffnung für Lagos«, gefolgt von Details über seine Partei. Zwei Polizisten, die vor dem schwarzen Tor standen, schwangen ihre Gewehre nach vorn und hielten sie schussbereit, während sie die Fahrzeuge beobachteten.

Der erste SUV rollte noch, da sprang bereits ein großer Albino-Mann mit durchsichtigem kurzem Haar aus der hinteren Tür auf die Straße. Er trug einen grauen Safarianzug und braune Lederschuhe. An seinem linken Handgelenk glitzerte eine goldene Rolex Daytona, in seiner rechten Hand hielt er ein Funkgerät. Obwohl es dunkel war, trug er eine Sonnenbrille. Er marschierte vorne um den Wagen herum. Die Polizisten öffneten das Tor, und er trat ein, ohne die drei Schäferhunde zu beachten, die knurrend und bellend auf ihn zugerannt kamen.

Er rüttelte am Griff der Haustür und hämmerte dann mit der

Faust gegen die kugelsichere Scheibe. Augenblicke später ging die Tür auf.

»Wo ist er?«, fragte der Mann.

Der oberkörperfreie junge Mann im Türrahmen trat beiseite.

Der Gouverneurskandidat stand in einer lila Dschallabija auf der Mitte der Treppe, die Hand auf dem Geländer, der Körper seitlich weggedreht und die Füße auf unterschiedlichen Stufen, als wäre er jederzeit bereit zum Rückzug. »Yellowman, was machst du hier?«, fragte Babalola. Er klang genauso verängstigt, wie er aussah.

»Wir müssen sofort los«, antwortete Yellowman.

Der oberkörperfreie Mann blickte Babalola an.

»Wohin gehen wir?«, fragte Babalola.

»Zu Prince.«

»In Ordnung. Ich ziehe mich schnell um.«

»Dafür ist keine Zeit. Wir müssen sofort los.«

9

»WIR KOMMEN VOM KRANKENHAUS«, sagte Chief Ojo auf der Fahrt zu seinem Haus in Chevron Estate vom Rücksitz des Mercedes aus zu Abiodun.

Er brauchte eine gute Erklärung für seine mehr als eintägige Abwesenheit, aber ohne sein Telefon, um einen Komplizen für sein Alibi zu finden, und ohne zu wissen, woher seine Frau wusste, dass er im Hotel gewesen war, sah er sich außerstande, auf eine Lüge zu kommen, die auch nur halbwegs überzeugend klang. Er war irgendwie ausgeraubt worden, man hatte ihm sein Telefon abgenommen – ein gestohlenes Telefon wäre leichter zu erklären als eine zerbrochene SIM-Karte. Er erinnerte sich an die fehlende Speicherkarte, und sein Herz setzte einen Schlag aus.

Ojo zog sein Telefon hervor und schob es in die Sitztasche vor sich. Er war schließlich im Krankenhaus gelandet, aber ohne Geld, um die Rechnung zu bezahlen … Er griff nach seiner Brieftasche und dem Geld, das er bei sich trug, und steckte beides ebenfalls in die Sitztasche … Man hatte ihn nicht aus dem Krankenhaus gelassen, weil er kein Geld hatte, und … Nein. Matilda wusste, dass er im Hotel gewesen war.

Er war überfallen worden. Bewaffnete Räuber. Es war ein ausgeklügelter Raubüberfall. Er kam gerade von einem Treffen mit einem wichtigen Diplomaten, als sie ihn im Flur ansprachen. Im Hotel. Männer – es mussten Männer gewesen sein. Sie trugen schicke Geschäftsanzüge. Sie richteten eine Waffe auf ihn und brachten ihn in ein Zimmer – sie hatten eine Schlüsselkarte und nahmen ihm sein Telefon und Geld ab, ehe sie ihn fesselten. Nein. Sie sprühten ihm etwas ins Gesicht, von dem er bewusstlos wurde. Dieser Teil zumindest entsprach der Wahrheit – er war tatsächlich bewusstlos gewesen.

Er blickte auf. Seine Augen weiteten sich, als ihn die Erkenntnis traf. Das war es. Das war es, was *wirklich* geschehen war. Das Mädchen hatte ihn unter Drogen gesetzt.

Matilda verabschiedete sich gerade von einer Nachbarin, als Ojos Wagen auf sein Anwesen fuhr. Ojo grüßte die Frau, die zwei Häuser weiter wohnte, und hatte es beinahe bis zur Haustür geschafft, als Matilda sagte: »Komm her.«

Während der Fahrer Abiodun dastand und die Nachbarin auf der anderen Seite des Tors noch keine vier Meter entfernt war, hielt Matilda Ojo ihr Telefon vor die Nase und sagte: »Sieh dich an.«

Ojo wurde schlecht. Auf dem Telefon seiner Frau war das Foto eines schlafenden Mannes zu erkennen. Der Mann sah aus wie er selbst. Der Mann war er selbst. Er hatte sich noch nie zuvor schlafend gesehen. Auf ihm lag ein nacktes Mädchen. Dem Winkel des Bildes und der Position ihrer Hand nach zu schließen, hatte sie, das nackte Mädchen, das Foto geschossen. Ihr Gesicht war nicht zu sehen, aber sie hatte ihre blanken Brüste an seinen Oberkörper gepresst. Er wollte seiner Frau das Telefon abnehmen, um das Bild besser erkennen zu können, aber Matilda zog es weg.

»Vergiss es«, sagte sie und schob sich das Telefon durch den Ausschnitt ihrer Bluse in den BH. »Ich will nichts hören. Du hast zum letzten Mal Schande über dich gebracht. Mein Vater möchte dich unverzüglich sprechen.«

»Matilda …«

Sie hob die Hand, um ihn zum Schweigen zu bringen. Dann schob sie sich an ihm vorbei und ging ins Haus, ließ ihn bei Abiodun stehen.

»Madam ist verärgert *o*«, bemerkte der Fahrer.

Ojo verpasste ihm eine Ohrfeige, im selben Augenblick, in dem Matilda die Haustür zuschlug.

»Bring mich zu Babas Haus«, sagte Ojo und kletterte auf den Rücksitz des Mercedes.

Wie war Matilda an das Foto gekommen? Besaß sie auch die Speicherkarte? Hatte sie gesehen, was sich darauf befand? Das wäre schlecht. Äußerst schlecht. Vielleicht war es eine Falle gewesen – gestellt von dem Mädchen Iyabo. Er stöhnte. Was hatte Matilda ihrem Vater erzählt, dem Löwen des Yoruba-Lands? Sie war seine einzige Tochter. Otunba Oluawo, ein Senator in der Zweiten Republik und eine feste Größe in allen seitherigen Regierungen, ob militärisch oder zivil, war ein Mann, den man fürchten musste. Auch noch mit achtzig suchte er eigenhändig Senatoren und Ministerinnen aus und feuerte Gouverneure nach Belieben. Nicht umsonst nannte man ihn den Paten der Paten. Ein junger Politiker hatte einst den Fehler begangen, den alternden Politiker als ein Relikt aus der Kolonialzeit zu bezeichnen. Damals war jener junge Herr Senator gewesen. Otunba hatte ihn angerufen und gefragt, wer sein Pate sei. Der Senator berichtete einem Reporter von jenem privaten Telefonat und brüstete sich damit, wie er geantwortet habe, er habe keine Paten. Er gab schriftlich zu Protokoll, er verurteile das »manipulative, egoistische nigerianische Konzept des Patentums, das es alternden Gangstern, besser lassen sie sich nicht beschreiben, erlaubt, von den Leuten, denen sie zu ihrem Amt verhelfen, verfassungswidrige Gegenleistungen zu verlangen«. Er verkündete, er werde keiner jener jungen Männer sein, die »der Gier solcher skrupelloser Dinosaurier, deren Einmischung in die politischen Systeme Nigerias Entwicklung verhindert«, zum Opfer fielen.

Zwei Tage später lud die Kommission gegen Wirtschafts- und Finanzkriminalität EFCC den Mann vor, hielt ihn vier Tage fest, und als sein Anwalt sich an die Presse wandte, um sich über die verfassungswidrige Behandlung seines Klienten zu beschweren, erhob die EFCC Anklage wegen Korruption, während die Partei des Mannes sich von ihm distanzierte und der Präsident aufhörte, seine Anrufe entgegenzunehmen.

Nun hatte Otunba Ojo am selben Tag zu sich zitiert, an dem Otunbas Tochter Ojo ein Bild von ihm selbst im Bett mit einem Mädchen gezeigt hatte. Sie hatte ihn bei Daddy verpetzt.

Auch wenn Ojo Otunbas einziger Schwiegersohn war, gehörte er nicht zu dessen engerem Kreis. Er war ein Ehemann, kein Sohn. Das hatte Matildas ältester Bruder ihm damals zu verstehen gegeben, als er sein Vorhaben erwähnte, für das Repräsentantenhaus zu kandidieren, und sich erkundigte, wie er den alten Herrn am besten um Hilfe bitten könne. Und so war es seither stets gelaufen: Ojo war mit der einzigen Tochter eines der mächtigsten Politiker des Landes verheiratet, wenn nicht gar *des* mächtigsten, aber die Ehe ließ kein Manna vom Himmel fallen, und er musste immer noch für sein Geld arbeiten. Allerdings nutzte er den Namen seines Schwiegervaters, um Zugang zu bestimmten Fluren der Macht zu bekommen, deren Türhüter wichtig genug waren, um die Vergabe oder schnelle Bearbeitung von Regierungsaufträgen zu beeinflussen. All das, so schien es, sollte nun ein Ende nehmen. Und Gott allein wusste, was die Brüder noch tun würden, nachdem der Vater seinen Rachedurst gestillt hatte. Wenn sie nun zu Gesicht bekommen hatten, was auf der Speicherkarte war? Ojo wurde schlecht.

10

IN EINEM ZIMMER in einer weißen Villa auf Banana Island, in stockdunkler Finsternis und nahezu völliger Stille, rief ein Mann: »Niemand bewegt sich!«

Draußen in der Ferne bellte ein Hund. In dem Zimmer hustete jemand, räusperte sich und hustete erneut. Ein Telefon begann zu vibrieren und verstummte dann wieder. Draußen röhrte ein Generator, bis ein Metalldeckel scheppernd zufiel und den Lärm in nur wenig mehr als ein Murmeln verwandelte. Sekunden später gingen die Lichter im Zimmer an, und die Klimaanlage erwachte summend zu neuem Leben, während ihre Ventilatoren sich wieder langsam drehten.

»Jetzt könnt ihr fortfahren«, sagte Prince Ambrose Adepoju.

Der Raum war ein großer Salon mit acht in einem Quadrat aufgestellten Zweisitzersofas. Darauf saßen Männer in traditionellen Outfits, während hinter den Sofas andere in legerer Kleidung standen. Auf dem Perserteppich in der Mitte saßen zwei Männer in weißen Kaftanen vor drei großen Ghana-must-go-Taschen, die so vollgestopft waren mit Bündeln aus Naira-Scheinen, dass ihre Reißverschlüsse sich nicht schließen ließen. Ein anderer Mann kniete neben dem Geld, und ein vierter, ähnlich gekleideter Mann saß zwischen einem geöffneten Aktenkoffer, darin ordentliche Bündel mit Hundert-Dollar-Scheinen, und einem Geldstapel auf dem Fußboden. Er nahm nun ein weiteres Bündel aus dem Aktenkoffer, hielt es in seiner linken Hand, leckte den Daumen seiner rechten ab und begann, das Geld mit den Fingern zu zählen. In weniger als zwanzig

Sekunden war er mit dem Bündel fertig und legte es auf den Stapel neben sich, ehe er nach einem neuen Bündel griff.

Ambrose saß vorgebeugt auf einem Sofa direkt vor dem Mann neben dem Aktenkoffer und beobachtete die Zählung durch eine Brille mit breitem Rand und Gläsern, die seine Augäpfel doppelt so groß erscheinen ließen. Er war gut sechzig, hatte einen dichten grauen, unbezähmbaren Bart, und sein Afro wuchs wild um eine glänzende kahle Stelle in der Mitte seines Hinterkopfes. Er paffte beständig an einer Pfeife, die zwischen seinen nach innen gezogenen Lippen steckte, und zählte mit den Fingern seiner rechten Hand die blauen Korallenperlen des Armbands an seinem linken Handgelenk.

Die Flügeltür des Zimmers öffnete sich. Ambrose blickte über den Rand seiner Brille auf, als Yellowman und Dr. Adeniyi Hope Babalola den Raum betraten. Babalola, der Kandidat der Partei, ließ den Blick schweifen – über die Männer im Zimmer und auf dem Fußboden, die Taschen voller Naira-Scheine und den Aktenkoffer voller Dollars. Verunsichert blieb sein Blick an Ambrose hängen. Niemand sprach ein Wort.

Der Mann, der auf dem Fußboden das Geld zählte, holte das letzte Dollarbündel aus dem Aktenkoffer und blätterte die Scheine in Sekundenschnelle durch. Er legte das restliche Geld neben sich und setzte sich aufrecht hin.

»Ist alles da?«, fragte Ambrose den Geldwechsler.

»Ja. Möchten Sie nachzählen?«, fragte der Hausa und wies auf die Taschen voller Naira.

»Nein. Sie dürfen gehen. Kommen Sie morgen um die gleiche Zeit mit der doppelten Menge wieder. Nur große Scheine.«

Der Geldwechsler und seine Kollegen teilten die Dollarbündel untereinander auf, versteckten das Geld unter ihren Kleidern und gingen, während sie die mitgebrachten Taschen voller Naira-Scheine zurückließen.

Ambrose erhob sich von seinem Platz. Er maß nur etwas mehr als einen Meter fünfzig. Die anderen Männer standen ebenfalls auf. Er ging auf Babalola und Yellowman zu.

»Was ist das hier?«, wollte Babalola wissen.

»Eine dringende Parteiversammlung. Haben Sie nicht gehört, was geschehen ist?«

»Hatten wir irgendetwas damit zu tun?«

»Sind Sie verrückt?«

»Aber wofür ist dann das ganze Geld? Woher stammt es?«

»Mobilmachung. Sie brauchen nicht zu wissen, woher es stammt.«

»Bei allem Respekt, als ich einer Kandidatur zustimmte, habe ich klargestellt, dass es sich um einen sauberen Wahlkampf handeln muss. Wofür benötigen wir eine Mobilmachung? Wen mobilisieren wir?«

»Alles hat sich geändert, mein Junge. Zuallererst einmal brauchen Sie Schutz. Es heißt, Sie hätten Ihren Kontrahenten umgebracht. Sie wohnen ab sofort bei mir. Folgen Sie mir.«

Sie traten aus dem Zimmer in einen angrenzenden Salon, der ebenfalls voller Parteimitglieder war, und von dort aus in einen unbeleuchteten Korridor, dessen Fenster einen Blick über den vorderen Teil des Anwesens bot. Die Vorhänge waren geöffnet und ließen das Mondlicht herein.

»Vor dem heutigen Abend«, fuhr Ambrose fort, »standen meine Chancen besser, der nächste Präsident von Amerika zu werden, als Ihre, diese Wahl zu gewinnen. Das wissen Sie selbst. Sie sind geschieden. Wir haben in Lagos noch nie einen geschiedenen Kandidaten gewählt. Und Sie kommen aus dem Ausland. Sie sind ein Außenseiter. Dennoch habe ich gesagt, ich würde Sie unterstützen. Wissen Sie, weshalb? Ich habe nämlich eine Vision.«

Yellowman lief hinter ihnen her.

»Sie waren schlicht und einfach nicht wählbar. Sie waren nicht geeignet oder beliebt genug, als dass es sich gelohnt hätte, die Wahl für Sie zu fälschen. Ja, Sie haben richtig gehört. Ich habe Ihnen zugesichert, dass es ein sauberer Wahlkampf wird, ohne Manipulation, weil es zwecklos gewesen wäre. Ganz gleich, wie viel wir ausgegeben hätten, Sie waren einfach nicht bekannt genug.«

Er blieb mitten im dunklen Korridor vor dem Fenster stehen.

»Verstehen Sie, Wahlfälschungen sind eine Notwendigkeit. Wenn Sie die Wahl nicht manipulieren, tut Ihr Kontrahent es trotzdem, also müssen Sie manipulieren, nur um seine Manipulation auszugleichen, und am Ende gewinnt die eine Person, und die andere geht vor Gericht, um das Ergebnis der Wahl anzufechten.

Aber man kann eine Wahl nur fälschen, wenn der Kandidat beliebt ist. Oder zumindest beliebter als der Gegenkandidat. Hätten Sie gegen Douglas gewonnen, möge seine Seele in Frieden ruhen, wären danach genügend wütende Menschen auf die Straße gegangen, um jedes Gericht ohne Berücksichtigung der Beweise davon zu überzeugen, eine Wahlwiederholung zu verordnen. Sie hätten einfach keine Chance gehabt. Der Plan war, dass Ihr Name bis zur nächsten Wahl bekannt genug wäre. Dann hätten wir manipulieren müssen, selbst wenn Sie der Favorit gewesen wären. Denken Sie, die Opposition setzt sich einfach hin und schaut zu, wie Sie alle Stimmen bekommen? Sie werden etwas unternehmen, also müssen wir ebenfalls etwas unternehmen, damit am Ende ihr *Ojoro* und unser *Ojoro* sich gegenseitig aufheben und die echten Stimmen der Menschen zählen. So funktioniert Demokratie.

Aber das alles hat sich nun geändert. Jetzt haben wir eine echte Chance. Sie können tatsächlich der nächste Gouverneur des Bundesstaates Lagos werden.«

»Glauben Sie das wirklich?«

»Ich weiß es. So kurz vor der Wahl bleibt ihnen keine Zeit mehr für Vorwahlen. Sie müssen schon bald einen Kandidaten bekannt geben.«

»Alhaji Hassan?«

»Nein. Douglas hat ihn in den Vorwahlen geschlagen. Es wird niemand sein, der bereits angetreten ist und bei den Vorwahlen der Partei verloren hat. Sie müssen jemand Neues finden, jemand, der jene Stimmen für sich beanspruchen kann, die an Douglas gegangen wären. Jemand aus seinem näheren Umfeld. Jemand Beliebtes.«

11

ABIODUN PARKTE hinter eine Reihe von Wagen vor der Peace Lodge, Otunba Oluawos Villa im Osborne Foreshore Estate in Ikoyi. Die Mauer um das Grundstück erstreckte sich über die gesamte Länge der Straße. Auf beiden Straßenseiten standen Autos. Ojo vermutete, dass sie etwas mit dem abgestürzten Flugzeug zu tun hatten – Otunba war die Trumpfkarte der Partei jenes Mannes. Dass der alte Herr sich inmitten einer solchen Krise die Zeit nehmen konnte, Ojo zu empfangen, verstärkte dessen Befürchtungen. Womöglich würde er die Scheidung zwischen Ojo und seiner Tochter vor all seinen politischen Partner*innen verkünden und damit dafür sorgen, dass Ojo komplett aus der Gesellschaft ausgestoßen wurde.

Vor dem Tor standen zusätzliche Wachen, die Ojo nicht wiedererkannte: Polizist*innen, Armeeangehörige und Schlägertypen, die ganz offen unregistrierte Schrotflinten trugen und ihr Gras in der Nähe der Gesetzeshüter*innen rauchten. Ein Wachmann verneigte sich, während er Ojo die Hand schüttelte, und ließ ihn durch das Fußgängertor eintreten.

Ojo lief langsam über das mit Kopfsteinpflaster ausgelegte Anwesen auf das Haupthaus zu. Insgesamt waren es sieben Gebäude, mit der großen Villa am Ende einer langen Auffahrt im Mittelpunkt.

Ojo blieb vor der Tür des Haupthauses stehen und zog in Erwägung, wieder umzukehren. Matilda hatte ihm eine Falle gestellt und ihn bei ihrem Vater verpfiffen. Das Schlimmste war bereits geschehen. Weshalb war er dann noch hier? Um sich sagen zu lassen, er solle sich benehmen? Um verwarnt zu werden? Um als Ehemann seiner Tochter gefeuert zu werden, genauso wie Otunba Politiker feuerte, die es sich bei ihm verscherzt hatten? Vielleicht war es an der Zeit, dass Ojo ihr und ihrer Familie den Mittelfinger zeigte. Was hatten sie denn schon jemals für ihn getan? Der alte Herr hatte ihm noch nie einen Auftrag zugeschoben, hatte ihn keinem seiner mächtigen Verbündeten vorgestellt oder ihn auch nur ins Vertrauen gezogen. Wenn er sich jetzt umdrehte und ging, was könnte dann schlimmstenfalls geschehen? Er bunkerte drei Millionen Dollar auf einem Bankkonto in den Vereinigten Staaten, von dem Matilda nichts wusste. Er würde auch ohne ihre Familie überleben, bloß nicht in Nigeria.

Sein Magen fühlte sich bei der Vorstellung, wegzulaufen, allerdings nicht besser an. Ojo drückte auf die Klingel und wartete.

Ein Bediensteter führte ihn durch einen großen Salon voller Männer, die bauchige Agbadas trugen und sich angeregt unterhielten. Politiker. Er hatte richtiggelegen, in der Peace Lodge fand gerade eine politische Versammlung statt. Vielleicht könnte er für heute einen Rückzieher machen und erklären, er wolle die politischen Angelegenheiten des alten Herrn nicht stören.

Der Bedienstete öffnete die Tür zu Otunbas privatem Salon, in dem Ojo dem Mann vor beinahe zwei Jahrzehnten zum ersten Mal begegnet war. Er blieb stehen. Otunba, der am gegenüberliegenden Ende des Zimmers allein in der Mitte eines Sofas saß, starrte ihm direkt in die Augen. Zu seinen beiden Seiten saßen Chiefs aus der Regierungspartei, die Otunba mit aufgebaut hatte. Bei Ojos Eintreten verstummten die Männer und wandten sich ihm ebenfalls zu. Ojo wurde noch flauer im Magen, und sein Herz begann zu pochen. Er machte einen Schritt nach vorn, und einer der Männer stand auf und raffte den Saum seiner Agbada über der Schulter. Ojo schreckte zurück, als der Mann auf ihn zutrat. Es war Muhammad Kano, zweifacher Gouverneur des Bundesstaates Taraba und mittlerweile Senator. Er streckte Ojo die Hände entgegen. »Eure Exzellenz«, sagte er und schüttelte Ojo lächelnd die Hände. Die anderen Männer und Frauen im Zimmer standen ebenfalls auf und liefen auf Ojo zu, umringten ihn und schüttelten ihm der Reihe nach die Hände, wobei alle ihn als »Eure Exzellenz« ansprachen. Ojo blickte an den Politiker*innen vorbei auf Otunba, den Einzigen, der noch saß. Der alte Königsmacher lächelte seinem Schwiegersohn zu.

12

»ICH MACHE DICH ZUM GOUVERNEUR«, sagte Otunba und ließ den Blick über seine Gäste schweifen.

Ojo saß neben ihm auf dem Sofa. Bedienstete rollten Speisen und Getränke für die anderen Politiker*innen herein, die im Zimmer in Gruppen beieinanderstanden oder -saßen, sich unterhielten und tranken, aßen und über Politik diskutierten.

Ojo behielt den alten Herrn im Blick wie eine zusammengerollte Giftschlange. Er war verwirrt. Er hatte erwartet, den Zorn des Königsmachers zu spüren zu bekommen, stattdessen wurde er in die Ränge der Macht erhoben – oder zumindest wurde ihm das gerade angeboten.

»Sie sagten, sie wollten weder Ishola noch Michael«, erklärte Otunba. »Sie sagten, ich könne nicht meinen eigenen Sohn nominieren. Dabei haben sie vergessen, dass ich noch einen weiteren Sohn habe. Ishola ist Senator, sein Bruder ist staatlicher Baubeauftragter. Und du wirst Gouverneur. So habe ich es bestimmt.«

Ojo umklammerte seine Knie mit den Händen und hielt den Oberkörper in Richtung des alten Herrn geneigt. Er war kein Politiker, er war noch nicht einmal Mitglied irgendeiner Partei – dieser Traum war geplatzt, als Matildas Bruder sich damals über ihn lustig gemacht hatte. Hätte er mehr Zeit zum Nachdenken gehabt, hätte er das Otunba gegenüber auch angemerkt, aber der Königsmacher hatte soeben vor all den großen Fischen der Partei die Hand seines Schwiegersohns in die Luft gehoben und verkündet: »Wenn dieser Junge gut genug für meine Tochter ist, dann ist er auch gut genug für den Bundesstaat Lagos«, woraufhin die versammelten hohen Tiere gejubelt und applaudiert hatten.

»Du hast gehört, was mit diesem Jungen passiert ist?«

»Dieser Junge« war Douglas.

»Ja, Sir. Es ist wirklich traurig. Es sagt viel über den Zustand der Luftfahrt …«

»Es ist nicht traurig. Es ist misslich. Bist du etwa traurig? Warst du mit ihm befreundet? Ich, der ihn kannte, ich bin nicht traurig. Sag nicht, es wäre traurig. Ich habe den Jungen gewarnt. Ich habe zu ihm gesagt: ›Sie wollen dich nicht mehr‹, und was hat er getan? Hat er auf mich gehört? Nein. Er fing an, zum Radio zu gehen, die Presse einzuladen, ihnen dieses und jenes zu erzählen. Dass ich ihm eine Liste von Personen gegeben hätte, denen er Aufträge beschaffen müsste. Es ist misslich, nicht traurig. Sprich mir nach: Es ist misslich.«

»Es ist misslich.«

»Ja. Dein eigener Fall wird nicht misslich sein.«

»Amen.«

»Sag nicht Amen. Du musst selbst dafür sorgen. Weißt du, warum sie diesen Jungen umgebracht haben?«

»Ich dachte, es wäre ein Flugzeugabsturz gewesen.«

»Was für eine Art von Flugzeugabsturz soll das sein? Wie kann ein Flugzeug, in dem du sitzt, über deinem eigenen Haus abstürzen? Das war kein Unfall. Sie hatten es geplant. Jemand hatte es geplant. Und weißt du, wieso?«

»Nein, Sir.«

»Ich habe ihn gewarnt. Ich sagte: ›Die Opposition kennt deine Leichen im Keller, und sie wird sie gegen dich verwenden.‹ Weißt du, was er mir geantwortet hat? Er sagte: ›Stimmt es etwa nicht, dass wir die Wahl fälschen werden?‹ Kannst du dir das vorstellen?«

Ojo schüttelte den Kopf. Hatte Matilda ihrem Vater etwa nichts von dem Bild auf ihrem Telefon und den Sachen auf der Speicherkarte erzählt? Falls sie es noch nicht getan hatte, was würde geschehen, wenn sie es tat? Würde dieser Traum, den er gerade erst zu begreifen versuchte, genauso plötzlich wieder vor seinen Augen zerplatzen? Das flaue Gefühl in seiner Magengrube kehrte zurück. Würde er sich ebenfalls als Passagier eines Flugzeugs im Augenblick vor dem Absturz wiederfinden?

Otunba redete weiter. Ojo hatte einiges des Gesagten nicht mitbekommen. »... Er ist ein dummer Junge. Als sie ihn zu mir brachten, fragte ich: ›Sind wir uns sicher, dass wir diesen Jungen wollen?‹ Sie behaupteten, er sei modern. Siehst du, was mit ihm passiert ist? Geschlachtet wie Federvieh, und seine Frau ebenfalls. Seine ganze Familie, einfach so ausgelöscht. Gott allein weiß, wen er verärgert hat. Wie auch immer, bei dir wird es nicht so laufen.«

Es war offensichtlich, wen er verärgert hatte. Den Löwen von Yorubaland. Den Königsmacher selbst. Den Mann, der einst von einem Richter des Obersten Gerichtshofs als »der einzige Nigerianer, den man nicht vor Gericht bringen kann«, bezeichnet worden war.

»Amen«, erwiderte Ojo.

»Nicht Amen. Es liegt an dir. Von jetzt an, bis die Partei deine Kandidatur offiziell bekannt gibt, darfst du nicht mit der Presse reden. Du und deine Frau. Lass die Leute spekulieren. Wir haben die Meldung heute Abend unseren Zeitungen zugespielt, aber du musst jede Form von Kommentar vermeiden, hast du verstanden? Es muss von der Partei kommen.

Hier in diesem Salon wird der Parteivorsitzende sich mit dir treffen. Ich mache dich zum nächsten Gouverneur dieses Bundesstaates, aber es gibt eine Sache, die du zuvor für mich tun musst. Kannst du das?«

Ojo nickte. Er machte sich auf alles gefasst.

»Hast du irgendwelche Leichen im Keller?«

Mit Sicherheit meinte er damit die Speicherkarte. Was hatte Matilda ihm erzählt? Hatte er den Inhalt der Karte selbst gesehen?

Hatte er eine Kopie davon auf seinem Telefon gesichert, als exemplarische Leiche im Keller?

»Jeder Mensch hat Leichen im Keller«, fügte Otunba hinzu. »Eine Sache solltest du wissen: Ab diesem Augenblick, von jetzt an, hast du keine Freunde mehr. Du hast keine Familie. Alle Menschen, die du kennst, werden versuchen, dich zu benutzen. Alle Menschen, die dein Geheimnis kennen, werden dich kontrollieren.

Ich möchte, dass du nach Hause gehst und mit deiner Frau sprichst. Sag ihr, dass du ab sofort Eure Exzellenz genannt wirst. Ich, Otunba, habe das bestimmt. Ich möchte, dass du in dein Zimmer oder an irgendeinen anderen ruhigen Ort gehst, Stift und Papier hervorholst und alle Leichen auflistest, die du im Keller hast, damit wir uns darum kümmern können. Wir müssen dafür sorgen, dass das, was diesen Jungen zu Fall gebracht hat, dir nicht genauso zum Verhängnis wird.«

13

IHRE AUGENLIDER FLATTERTEN, ehe sie sich öffneten. Vor ihr stand eine Gestalt. Sie war nicht überrascht oder verängstigt – es war, als hätte sie bereits gespürt, dass jemand sie anstarrte, als wäre sie deswegen aufgewacht. Aber warum hatte sie geschlafen? Und wer war die Person, die im Türrahmen stand, umgeben von blendendem Licht?

Amaka hob eine Hand, um sich die Augen abzuschirmen, und das Bett knarrte. Es war nicht ihr Bett. Sie war nicht in ihrem Haus.

Die verschwommene Gestalt drehte sich um und ging. Die Tür wurde geschlossen. Finsternis. Amaka riss die Augen weit auf und versuchte, im Dunkeln etwas zu sehen.

»Sie ist wach *o*.«

Es musste die Person aus dem Türrahmen sein. Eine Frau. Amaka setzte sich in dem fremden Bett auf. Es knarrte. Sie bemühte sich, etwas zu erkennen. Langsam wurden Umrisse sichtbar. Das Bett hatte weder Kopf- noch Fußteil. An den Wänden standen gestapelte Kisten und Taschen. Auf einem Sofa lag zusammengefaltete Kleidung. Auf einer Frisierkommode waren Tuben und Flaschen und Plastikdosen und Bilderrahmen auszumachen. An der Wand über dem Spiegel schimmerte matt eine vertikale Knopfreihe von einem Kleidungsstück an einem Bügel. Die Tür wurde geöffnet. Licht. Es handelte sich um eine zeremonielle Polizeiuniform. Auch die dazugehörige Kappe hing an einem Nagel an der Wand. Ibrahim trat ein. Eine Frau stand hinter ihm im Türrahmen, lehnte die linke Schulter dagegen und stemmte die Hand in die rechte Hüfte.

»Wie fühlen Sie sich?«, fragte Ibrahim.

Was tat sie bei Ibrahim zu Hause? In seinem Bett? Er sah eigenartig aus in einem weißen Unterhemd und einer blauen Jogginghose mit drei Streifen an den Seiten.

»Sie haben einen Schlag auf den Kopf abbekommen«, sagte er. »Dabei hätten Sie im Bett liegen sollen.«

Amaka fasste sich an den Hinterkopf, wo sie den Schmerz spürte. »Was ist mit der Frau passiert?«

»Es war ein Mann. Ein Dieb. Sie haben ihn verbrannt.«

Er setzte sich auf die Bettkante. Das Gestell knarrte unter seinem Gewicht.

Amaka hatte gedacht, der schwache Rauchgeruch würde von dem Bett ausgehen. Jetzt sah sie vor ihrem inneren Auge den brennenden Körper. Die Flammen, die sich um ihn wanden. Der Gestank.

»Nein. Da war eine junge Frau. Was ist mit ihr passiert?«

»Eine junge Frau? Als ich ankam, war alles schon vorbei. Sie hatten Glück. Diese Leute wollten Sie ebenfalls töten. Wenn ein Mob wütet, sollte man sich nicht einmischen. Als meine Jungs eintrafen, waren Sie von ein paar Frauen umringt, die sie vor den Männern abschirmten.«

»Warum haben Sie mich nicht ins Krankenhaus gebracht?«

»Das habe ich. Wissen Sie nicht mehr? Wir sind nach Wilmot Point gefahren. Der Arzt hat Ihnen etwas gegeben. Er sagte, es bestehe ein leichtes Risiko für eine Gehirnerschütterung. Danach sind Sie noch selbst hier die Treppe hochgelaufen. Wissen Sie nicht mehr? Vielleicht müssen Sie morgen früh noch einmal hin und sich untersuchen lassen.«

»Aber wieso haben Sie mich im Anschluss nicht nach Hause gebracht?«

»Haben Sie schon vergessen? Der Flugzeugabsturz. Ich hatte Ihnen doch davon erzählt. Die gesamte Umgebung wurde abgesperrt.«

»Oh. Ich erinnere mich, dass Sie es erwähnten. Das ist in der Nähe meines Hauses passiert?«

»Ja. Kennen Sie Chief Douglas?«

»Den Gouverneurskandidaten?«

»Ja. Es war sein Haus. In der Magbon Close. Und sein Flugzeug. Er befand sich darin.«

Amaka riss die Augen auf.

»Ja. Er saß in seinem Privatjet, der in sein eigenes Haus gekracht ist. Verrückt. Es heißt, es sei die Opposition gewesen. Es ist bereits zu Unruhen gekommen, und …«

»Sie wissen nicht, was mit der jungen Frau passiert ist?«

»Ich sagte doch bereits, da war keine junge Frau. Ich meine, da waren eine Menge Zivilpersonen und natürlich jene Frauen, die Sie beschützt haben, aber der Junge war bereits in Brand gesetzt worden, und wir konnten nicht einfach alle Umstehenden verhaften.«

»Da war eine junge Frau. Sie wollten sie auch verbrennen.« Amaka schaute an ihm vorbei. »Ist das Ihre Frau?«

Ibrahim drehte sich zu der Frau im Türrahmen um. »Ja.«

Amaka nickte ihr zu. Die Frau drückte sich vom Türrahmen ab und verschränkte die Arme vor der Brust.

»Wie spät ist es?«, fragte Amaka.

Ibrahim suchte an seinem nackten Handgelenk nach seiner Armbanduhr.

»Ich bin mir nicht sicher.« Er wandte sich an seine Frau. »Abike, wie spät ist es?«

Seine Frau löste ihre Arme und überkreuzte sie dann erneut.

»Wohin waren Sie überhaupt unterwegs?«, wollte Ibrahim wissen.

Amaka blickte ihn wieder an. Er starrte ihr direkt in die Augen, die Stirn vor Sorge in Falten gelegt. Sie schaute zu seiner Frau. Abike starrte zurück, ihr Gesicht verzogen vor Hass oder Wut oder beidem. Amaka sah auf ihre eigene Armbanduhr. Dreiundzwanzig Uhr dreißig.

»Wo ist mein Telefon?«

»Ich habe danach gesucht. Ich habe Ihre Nummer angerufen, aber es hat einfach immer weiter geklingelt, und meine Leute konnten es nicht finden.«

»Ich muss es zurückbekommen. Ich habe die Gesichter der Mörder gefilmt. Und die junge Frau. Ich habe auch die junge Frau aufgenommen. Ich habe alles auf Video.«

»Amaka, das Telefon ist weg. Wohin waren Sie unterwegs?«

»Mein Auto?«

»Wir haben es vor Ort gefunden. Der Schlüssel steckte in Ihrer Rocktasche, aber wir konnten Ihre Handtasche nicht finden. Die Tür stand offen. War Ihre Tasche im Wagen?«

»Scheiße. Mein Pass war in der Tasche.«

»Ihr Reisepass?«

»Was denn sonst? Und mein Laptop ebenfalls. Und mein anderes Telefon. Scheiße. Ich muss meine Anschlüsse zurückbekommen.«

»Darum können Sie sich morgen früh kümmern, jetzt müssen Sie sich wirklich ausruhen.«

»Nein, Sie verstehen nicht. Ich muss meine Anschlüsse zurückbekommen. Die Frauen, sie werden mir Nachrichten schicken. Ich muss … Oh, nein.«

»Was?«

Sie schlug mit der Handfläche auf die Matratze. Das Bett knarrte.

»Was ist?«

»In der Tasche waren Dateien.«

»Auf einem USB-Stick?«

»Nein. Auf einer Speicherkarte. Fuck.«

»Was für Dateien?«

Sie blickte ihn an, dann seine Frau und schließlich wieder ihn.

»Wo ist mein Auto?«

»Es steht unten. Sie sollten schlafen, oder haben Sie Hunger? Vielleicht möchten Sie auch erst eine Dusche nehmen?«

»Mir geht es gut.«

»In Ordnung. Dann lasse ich Sie sich jetzt einfach ausruhen«, erwiderte Ibrahim. »Der Arzt meinte, Sie sollten schlafen. Ich bin direkt vor der Tür.«

Er stand auf und hielt noch kurz inne, um sie anzuschauen, dann wandte er sich zum Gehen.

»Warten Sie«, sagte Amaka. »Vielen Dank.«

»Gern geschehen. Bitte, schlafen Sie jetzt. Wir unterhalten uns morgen früh.«

Er ging an seiner Frau vorbei. Diese trat auf Amaka zu.

»Ibrahim sagte, sie hätten Sie nicht angerührt«, erklärte Abike.

Amaka war in Gedanken noch bei der verschwundenen Speicherkarte und reagierte nicht. Dann wurde ihr bewusst, was Abike gemeint hatte, aber sie entschied, dass sie nicht darauf antworten musste.

»Es tut mir leid, dass ich Ihnen zur Last falle«, sagte Amaka stattdessen.

»Sie fallen uns nicht zur Last. Ibrahim sagte, Sie seien willkommen, also ist es auch so.«

»Abike«, rief Ibrahim.

»Wir sind im Wohnzimmer«, teilte sie Amaka mit.

Amaka nickte.

Abike verharrte kurz. Sie streckte die Hand aus, bis sie Amakas Gesicht fast berührte.

»Reichen Sie mir meine Bibel unter dem Kopfkissen.«

Amaka schaute hinter sich, hob das von ihrem Schweiß feuchte Kissen an und erblickte eine rote Ausgabe der King-James-Bibel. Abike war eine Christin, die mit einem Muslim verheiratet war. Amaka gab die Bibel Abike, die sie sich unter den Arm klemmte.

»Und das Kissen.«

Abike wartete, bis Amaka es ihr ebenfalls ausgehändigt hatte, dann verließ sie das Zimmer und zog die Tür hinter sich zu.

Amaka saß da und starrte auf die Tür, die Abike einen Spalt breit offen gelassen hatte. Sie schwang die Beine aus dem Bett und berührte mit den Füßen einen kalten Linoleumfußboden. Dann stand sie auf und suchte nach ihren Schuhen, fand jedoch stattdessen ihren Autoschlüssel auf einem Hocker unter der Frisierkommode. Ihre Schuhe entdeckte sie neben der Tür, zusammen mit drei Paar Herrenschuhen, die spiegelblank poliert waren. Sie blickte sich ein letztes Mal im Raum um.

Amaka trat ins Wohnzimmer. Eine Matratze lag auf dem Fußboden zwischen drei roten Ledersofas, die ein U vor einem Konsolenschrank bildeten, auf dem zwei Flachbildfernseher nebeneinanderstanden. Auf der Matratze lagen Abike und Ibrahim in separate Laken gehüllt mit dem Rücken zueinander. Ibrahim stand abrupt auf. Er trug kein Oberteil, und seine Brust war bedeckt von lockigem schwarzem Haar. Er griff nach seinem Unterhemd neben Abikes Nachthemd auf einem der Sofas.

»Amaka, wo wollen Sie hin?«, fragte er.

Abike setzte sich auf der Matratze auf und zog ihr Laken hoch, um sich damit zu bedecken, während sie mit der anderen Hand nach Ibrahims Laken griff und es ihm hinhielt. Er ignorierte sie.

»Ich bin Ihnen sehr dankbar, dass Sie diesen Menschen zu Hilfe gekommen sind, als ich Sie gerufen habe«, sagte Amaka. »Und ich danke Ihnen auch dafür, dass Sie mich hierhergebracht haben, aber ich muss jetzt los. Sie sagten, mein Wagen stehe unten?«

»Ja. Aber Sie sind nicht in der Verfassung, um zu fahren. Der Arzt hat Ihnen etwas gespritzt.«

»Wahrscheinlich nur ein leichtes Beruhigungsmittel. Wo finde ich das Auto?«

14

AMBROSE STAND IN DER MITTE seines hell erleuchteten Anwesens und sah zu, wie das Tor sich öffnete. Links und rechts neben ihm standen Yellowman und Babalola, während etwa ein Dutzend bewaffnete Wachmänner um sie herum warteten. Der Laster, der im Leerlauf gebrummt hatte, rollte nun auf das Grundstück und erfüllte die Luft mit seinen Dieselabgasen.

Unter den Blicken von Ambrose und Babalola kletterten zwei Männer auf die Ladefläche. Darauf stapelten sich Säcke mit der Aufschrift »Best Quality Golden Rice«. Die beiden Wachmänner im Laster hoben einen Sack hoch und reichten ihn zwei weiteren Männern, die unten warteten und den schweren Sack vor Ambrose und Babalola auf den Boden stellten. Sie fuhren damit fort, den Laster zu entladen und die Säcke ins Haus zu schleppen.

Yellowman griff in seine Jacke und holte einen Dolch in einer Scheide hervor. Er zog die Klinge heraus, bückte sich und schlitzte den Sack mit einer einzigen Bewegung auf. Reiskörner rieselten auf das Pflaster. Er griff in den Reis und zog ein brandneues AK-47-Sturmgewehr ohne Magazin am Lauf heraus. Es handelte sich um eine Version ohne Schaft. Yellowman stand auf und präsentierte Ambrose die Waffe.

Ambrose zeigte auf Babalola. »Geben Sie Doc das Gewehr«, sagte er. »Er soll es anfassen.« Yellowman schnipste ein Körnchen Reis vom Gehäuse der Waffe und reichte sie Babalola, wobei er sie nach wie vor am Lauf hielt.

»Wofür sind die?«, wollte Babalola wissen. Er nahm die Waffe in die Hand, erstaunt darüber, wie leicht sie war, und hielt sie weit von seinem Körper entfernt, als würde sie eine unmittelbare Gefahr darstellen.

»Für die Wahl. Wir spielen jetzt keine Spielchen mehr. Wir müssen ihnen Naira für Naira, Waffe für Waffe, Kugel für Kugel ebenbürtig sein.«

»Warum zeigen Sie mir das hier?«, fragte Babalola.

»Weil Sie wissen müssen, was nötig sein wird, um Sie ins Amt zu bekommen. Sie sind hieran beteiligt, an allem, was nötig ist, damit Sie gewählt werden. Geben Sie Yellowman die Waffe.«

Babalola hielt Yellowman das Gewehr hin, der ein zusammengefaltetes Taschentuch aus seiner Jackentasche zog und es aufschüttelte. Mit dem Stoff über seiner Handfläche fasste Yellowman die Spitze des Laufs an und ging mit der Waffe davon.

Babalola sah ihm nach.

»Weshalb hat er das gemacht?«

»Ihre Fingerabdrücke sind jetzt auf dem Gewehr. Falls Sie auf irgendwelche dummen Ideen kommen oder von irgendjemandem dazu verleitet werden sollten, würde man dieses Gewehr neben einem ermordeten Mitglied der Opposition finden.«

»Das ist Erpressung.«

»Ja, das ist es. Aber ist es nicht besser, als Sie vor einen Schrein zu führen, wo Sie einen Eid schwören müssten?«

»Prince, von solchen Dingen hat mir niemand etwas gesagt.«

»Nein, das stimmt. Aber jetzt ist alles anders. Sie werden der nächste Gouverneur von Lagos, und Waffen und Erpressung sind Teil der Maschinerie, die Ihnen dazu verhilft.«

Ein weiteres Fahrzeug hielt vor dem Tor und hupte.

15

AMAKA NAHM EINEN LANGEN ZUG von ihrer Zigarette, warf sie auf den Betonfußboden und trat sie dann aus. Sie suchte und fand einen weißen Knopf links neben der Tür und drückte darauf. Hinter der Tür war ein gedämpftes Dingdong zu vernehmen. Sie befand sich auf Augenhöhe mit dem Spion. Sie trat beiseite. Sie drückte erneut auf die Klingel, warf einen Blick auf ihre Armbanduhr, drehte sich um und schaute über die Galerie im sechsten Stock hinweg auf die verschieden hohen Gebäude von 1004 Estate, Heimat von eintausendvier Haushalten, die alle ihre Türen verschlossen und sich zur Ruhe gelegt hatten. Sie blickte nach unten. Ihr Bora war lediglich eins von Hunderten Fahrzeugen unter den Laternen des Parkplatzes. Auf der anderen Seite der Tür näherten sich Schritte. Jemand betätigte einen Schalter. Amaka drehte sich um, hielt den Blick aber gesenkt, um nicht durch den Spion erkannt zu werden.

»Wer ist da?«, fragte eine Frau hinter der Tür.

»Ich«, antwortete Amaka.

»Wer?«

Amaka versuchte, die Stimme zu verstellen. »Ich, Babe.« Ein paar Augenblicke verstrichen, dann hörte sie einen Schlüssel im Schloss, gefolgt von zurückgeschobenen Riegeln.

Die schlanke junge Frau im Türrahmen trug einen weißen Seidenmorgenmantel, unter dem sich die Kurven ihrer Brüste und ihre Brustwarzen abzeichneten. Amaka blickte von dem Ausschnitt der Frau hoch in das verwirrte Gesicht hinter einer Brille mit breitem Rand. Die Frau formte mit den Lippen das Wort »Scheiße« und wollte die Tür wieder zuknallen. Amaka schob jedoch einen Fuß dazwischen. »Naomi, bitte, ich möchte mich bloß mit dir unterhalten«, sagte sie.

»Was willst du hier?«, fragte Naomi. Sie drückte weiter mit ihrem ganzen Gewicht gegen die Tür.

»Ich brauche deine Hilfe«, antwortete Amaka.

»Hau ab. Du weißt doch, ich habe dir nichts zu sagen. Hau ab, oder ich rufe die Polizei.«

»Dann ruf die Polizei.«

Eine Weile stemmten sich beide Frauen gegen die Tür, ohne dass eine von ihnen die Oberhand gewann. Eine warme Brise wehte über den Gang draußen und umstrich Amakas Knöchel. In der Ferne raste ein einsames Fahrzeug auf der Ozumba Mbadiwe Avenue davon.

»Ich werde schreien, hier seien Einbrecher«, sagte die Frau.

»Malik sucht nach mir«, erwiderte Amaka. »Jemand hat ihm von mir erzählt, dass ich ihn finden will. Und jetzt sucht er nach mir.«

»Ich war es nicht.«

»Ich weiß, dass du es nicht warst, aber ich brauche deine Hilfe. Bitte, Naomi, lass mich rein.«

»Verschwinde einfach. Nach dem, was du getan hast, wieso sollte ich dir da noch helfen?«

»Die ganze Sache tut mir leid. Bitte, lass mich rein.«

»Ich glaube dir nicht, und es ist mir auch egal. Du weißt ganz genau, dass ich nicht mit dir reden werde. Du bringst mich nur in Schwierigkeiten.«

»Er wird mich umbringen.«

Sekunden verstrichen. Dann ging die Tür auf, und Amaka blickte in Naomis herzförmiges Gesicht. Ihre dichten, in Form gebrachten Augenbrauen schienen der Kurve ihrer markanten Wangenknochen zu folgen. Ihre Haut war glatt und glänzend. Ihre großen

Brüste waren fest. Amaka hatte sie einst einem Freund beschrieben, woraufhin er sie gefragt hatte, ob sie das Mädchen vögeln wolle. Naomi hob langsam die Hände, zog die weiße Seide ihres Morgenmantels über ihren Brüsten zusammen und machte einen Schritt beiseite.

Amaka trat in den kühlen Wohnraum. Die Wände der Maisonettewohnung waren weiß. Vor den Fenstern hingen weiße Jalousien. Zwischen zwei weißen Sofas lag ein weißer Rindslederteppich auf dem weißen Marmorfußboden. Im größten der vielen großen weißen Rahmen an der Wand hing ein Bild von Naomi und zwei anderen Frauen. Sie und eine der anderen standen lächelnd mit Blumensträußen in der Hand rechts und links von einer sitzenden Frau mit einer Tiara und einer Schärpe, auf der »Miss Nigeria« stand. Auf Naomis Schärpe stand »2. Platz«.

Amaka und Naomi setzten sich einander gegenüber und starrten sich schweigend an, während beide sich von dem Gerangel um die Tür erholten.

»Was ist mit dir passiert?«, wollte Naomi wissen.

Amaka blickte an sich herab. Ihre Kleidung war zerknittert und fleckig, und Gott allein wusste, was ihr Haar gerade anstellte. »Ich bin ausgeraubt worden. Ich brauche deine Hilfe. Ich muss den Harem finden.«

»Ich sagte doch bereits, ich kann dir nicht helfen. Niemand weiß, wie man dort hinkommt. Und außerdem, weshalb sollte ich dir helfen?«

»Arbeitest du noch dort?«

Naomi wandte sich ab.

»Ich weiß, dass er dich gut bezahlt, aber du kannst das nicht ewig machen. Was ist dein Plan für danach? Du hast einen BWL-Abschluss, du bist intelligent, du bist wunderschön …«

Naomi hob die Hand. »Ja, ja, ja, das habe ich alles schon mal gehört. Hast du einen Job für mich?«

»Naomi, was Florentine passiert ist, könnte auch dir zustoßen.«

»Ich kannte das Mädchen nicht mal, bis du sie hierhergebracht hast.«

»Aber sie hat dich in dem Haus erkannt, und du hast gesehen, was Ojo ihr dort angetan hat. Sie hat dir die Bilder auf ihrem Telefon gezeigt. Genau hier, auf diesem Sofa. Sie hat dir die Bilder gezeigt. Weißt du noch? Wie er sie verprügelt hat. Er hätte sie beinahe umgebracht.«

Naomi schob sich die Hände zwischen die Knie und schaukelte vor und zurück.

»Ojo wollte sie umbringen«, fuhr Amaka fort. »Und er hätte es auch beinahe geschafft. Er dachte schon, sie wäre tot. Und dann hat Malik ihm dabei geholfen, ihren leblosen Körper auf die Straße zu werfen.«

»Vielleicht hat sie ihn ja bestohlen.«

»Und das gibt ihm das Recht, sie so zusammenzuschlagen? Zu versuchen, sie umzubringen?«

»Ich habe dir doch schon gesagt, ich kann dir nicht helfen. Ich kann nichts tun. Du bringst mich nur in Schwierigkeiten.«

»Naomi, sie wollten sie umbringen, Ojo und Malik, und jetzt wissen sie, dass ich hinter ihnen her bin. Ich muss den Harem finden. Ich werde dich beschützen. Das verspreche ich.«

»Wie denn? Hör zu, ich weiß wirklich nicht, was du von mir willst. Zuerst drohst du damit, allen zu erzählen, dass ich Sexarbeiterin bin …«

»Das habe ich nur gesagt, um dich zum Reden zu bringen. Ich hätte es niemals wirklich getan.«

»Du hast mich als Prostituierte bezeichnet, als Sexsklavin. Und dann meintest du, ich würde unter dem Stockholmsyndrom leiden.«

»Ich bedaure, dass ich diese Dinge gesagt habe. Ich habe sie nur gesagt, weil ich unbedingt den Harem finden musste.«

»Und am Ende bist du mir durch ganz Lagos gefolgt.«

»Ich habe dich beobachtet, weil ich hoffte, du würdest mich zu dem Haus führen.«

»Aber ich habe es dir doch gesagt, und das Mädchen hat es dir auch gesagt, niemand kennt den Weg dorthin. Wir treffen uns in einem Gästehaus, wo wir abgeholt werden. Und es ist jedes Mal ein anderes Gästehaus, und man erfährt erst, wenn man losmuss, welches es ist. Und trotzdem bist du mir durch ganz Lagos gefolgt. Was, wenn sie es herausgefunden hätten? Er hätte geglaubt, ich würde mit dir zusammenarbeiten.«

Amaka beugte sich nach vorn. »Naomi, bei unserem letzten Gespräch hast du mir erzählt, du würdest das hier nicht tun, wenn du eine bessere Option hättest. Nun biete ich dir eine an. Hilf mir, den Harem zu finden, und du wirst es nie wieder tun müssen. Ich besorge dir einen Job bei meinem Vater. Im Ausland. Er ist Botschafter. Ich habe bereits mit ihm gesprochen.«

»Dein Vater ist Botschafter?«

»Ja. Ich habe ihm erzählt, du seist eine meiner Mitarbeiterinnen bei der Wohltätigkeitsorganisation und ich wolle dir dabei helfen, eine Karriere im Auslandsdienst zu beginnen.«

»Du lügst.«

»Nein, das ist mein Ernst. Ich bin sein einziges Kind. Er würde alles für mich tun. Ich werde ihn anrufen, dann kannst du selbst mit ihm sprechen. Ich habe Florentine beschützt, oder etwa nicht? Ich werde dich ebenfalls beschützen.«

Sie saßen schweigend da. Naomi blickte abwechselnd zu Amaka und an ihr vorbei ins Leere. Sie schaukelte auf dem Sofa vor und zurück und ließ die Daumen kreisen.

»Wie sollen wir den Ort überhaupt finden?«, fragte Naomi. »Sie werden merken, dass jemand uns folgt. Ich habe dir schon gesagt, das Haus steht irgendwo im Wald. In den letzten zwanzig Minuten der Fahrt sind keine anderen Autos zu hören.«

»Du kannst dein Telefon verwenden. Du musst mir nur eine Nachricht mit deinem Standort schicken, sobald du angekommen bist. Ich kann dir zeigen, wie das geht.«

»Ich weiß, wie das geht. Aber das wird nicht funktionieren. Sie nehmen uns die Telefone ab, bevor sie uns dort hinbringen, und geben sie uns erst nach unserer Rückkehr wieder.«

»Du könntest es hineinschmuggeln.«

»Sie tasten uns ab.«

»Du könntest es in dich reinschieben.«

»Wie, rein?«

»Du weißt schon, rein eben.«

Die beiden Frauen starrten einander an. Naomi schloss die Augen und schüttelte den Kopf. »Nein.« Sie stand auf, noch immer den Kopf schüttelnd, und fing an, zwischen den beiden Sofas auf und ab zu laufen. »Nein, nein, nein«, wiederholte sie. »Hör zu, ich habe dir bereits gesagt, ich kann dir nicht helfen. Ich möchte nichts mit dieser Sache zu tun haben. Bitte, du musst jetzt gehen. Und bitte, komm nicht wieder hierher. Lass mich in Ruhe. Komm nicht mehr her. Nie wieder.«

»Du hast diese Bilder auf Florentines Telefon gesehen«, sagte Amaka beim Aufstehen. »Denk darüber nach. Eines Tages könntest du das sein. Und noch eine Sache: Ich werde den Harem finden, mit deiner Hilfe oder ohne. Und wenn es so weit ist, wäre es besser für dich, wenn du mir geholfen hättest. Ich hoffe, du verstehst. Das Angebot mit meinem Vater bleibt nicht für immer bestehen.«

Ein weißer Range Rover Sport kam in der Auffahrt zum 1004 Estate zum Stehen. Soeben waren in einer Reihe geparkter Fahrzeuge die Bremslichter eines Bora angegangen. Der Mann in dem Range Rover drehte am Regler der Klimaanlage, wählte auf der Stereoanlage ein Jazzstück aus und wartete, bis das andere Auto ausgeparkt hatte. Seine Scheinwerfer beleuchteten das Gesicht der Person am

Steuer. Es war eine Frau. Sie hob die Hand, um ihre Augen abzuschirmen. Als sie zurücksetzte, kam das Heck ihres Autos dicht an seinen SUV heran, ehe sie den Vorwärtsgang einlegte und davonfuhr. Er sah ihr nach, wie sie an der Reihe geparkter Wagen vorbeifuhr, und als er sie nicht länger erkennen konnte, parkte er in der Lücke, die sie freigegeben hatte.

Er ließ den Motor laufen, drückte auf das Telefonzeichen auf der Mittelkonsole und scrollte durch sein Telefonbuch, bis er »Naomi Sexy« fand. Während es in den sechzehn Lautsprechern seines Autos klingelte, beugte er sich vor, um in den Spiegel zu schauen. Ein Gesicht mit hellem Teint und gestutztem Bart blickte ihm in der Dunkelheit entgegen. Er wischte sich einen roten Fussel von der Schulter seines schwarzen Hemds, rückte den Stift in seiner Brusttasche zurecht und lehnte sich zurück. Mit seinen manikürten Fingern klopfte er rhythmisch auf das Lenkrad.

Eine weibliche Stimme sagte: »Hallo.«

»Bist du so weit? Ich bin unten«, sagte er.

»Gib mir fünf Minuten«, erwiderte Naomi.

»Beeil dich. Ich muss auf dem Weg noch beim Osborne Estate haltmachen.«

»Okay. Ich brauche nicht lang.«

»Hey, wer ist das Mädel aus deinem Haus, das einen silbernen Bora fährt?«

»Aus meinem Haus?«

»Ja. Sie ist gerade weggefahren. Dunkel, Braids, hübsches Gesicht.«

»Was hatte sie an?«

»Ein cremefarbenes Oberteil, glaube ich. Kennst du sie?«

»Nein.«

»Silberner Bora. Sie parkte direkt vor deinem Haus.«

»Ich kenne niemanden mit einem Bora. Ich komme jetzt runter.«

Naomi legte das Telefon auf ihre Frisierkommode. Ihre Hände zitterten. Er hatte sie gesehen, er hatte gesehen, wie Amaka das Haus verlassen hatte, aber er hatte sie nicht erkannt. Er wusste nicht, wie sie aussah, Gott sei Dank. Aber wenn ihm nun klar geworden war, dass sie es war? Und dass sie aus Naomis Wohnung gekommen war?

Sie legte die noch immer zitternden Hände auf die Knie und schaute in den Spiegel. Seit Amaka gegangen war, hatte sie noch keine Zeit gehabt, sich zu schminken. Sie nahm die Brille ab und legte sie neben ihren Kontaktlinsenbehälter, nach dem sie nun griff, aber statt die winzigen Linsen auf ihren Augäpfeln zu platzieren, starrte sie nur ihr verschwommenes Spiegelbild an: Naomi, zweitplatzierte Miss Nigeria.

In der Queen's School in Ibadan war sie zum ersten Mal Naomi genannt worden. Es war am Literatur- und Debattiertag gewesen, an dem sie Jungs in das reine Mädchengymnasium einladen durften. Sie hatte sich das Haar frisiert wie das Supermodel Naomi Campbell, und statt ihrer Brille hatte sie ein Paar Einmalkontaktlinsen eingesetzt, die ihre Mum im Urlaub in London gekauft hatte. Ein Oberstufenschüler hatte sie gesehen und behauptet, sie sähe aus wie die Campbell. Alle anderen stimmten ihm zu. Irgendwann sah sie es selbst, und es wurde zu ihrem Look – zumindest entschied sie, dass es zu ihrem Look werden würde, sobald sie auf die Universität ging. In der Zwischenzeit kehrte ihre Brille zurück, ihr brasilianisches Haarteil verschwand, aber der Name blieb hängen: Naomi. Zuerst war es lediglich ein Spitzname, und alle kannten ihren echten Namen, Mayowa Idowu, aber sobald sie zum BWL-Studium an der University of Lagos zugelassen wurde, begann sie, sich als Naomi vorzustellen, und es wurde der einzige Name, unter dem die meisten sie kannten.

Befreit von der Schuluniform und den reglementierten Frisuren des Gymnasiums, brachte ihr Aussehen ihr noch mehr Aufmerksamkeit ein. Sie durfte endlich nicht nur brasilianisches und peruanisches Haar genauso stylen wie das Supermodel, sie konnte auch Make-up tragen und dafür die Bilder aus der *Vogue* und anderen Zeitschriften als Vorlage benutzen. Außerdem durfte sie hochhackige Schuhe tragen, und keine Oberstufenschülerin konnte sie irgendjemandem gegenüber verpfeifen, weil sie mit dem Hintern wackelte – und dabei jenen Gang nachahmte, von dem sie glaubte, die echte Naomi würde ihn im echten Leben die ganze Zeit verwenden.

Dann überzeugten ihre Freundinnen sie, sich für die Miss-Nigeria-Wahl anzumelden, und ohne darüber nachzudenken, schrieb sie »Naomi« als Vornamen in die Anmeldeformulare. Aber das Organisationsteam verlangte einen Ausweis. Sie erklärte, es sei nicht ihr richtiger Name, und man hatte Verständnis, bat sie aber, sich noch einmal unter ihrem richtigen Namen anzumelden. Sie wollte jedoch ihren neuen Namen behalten, also beantragte sie auf die Schnelle einen neuen Pass, zahlte ein Bestechungsgeld, und damit wurde es offiziell. Vorname: Mayowa. Nachname: Idowu. Weitere Namen: Naomi.

Sie gewann nicht. Ihr Ein-Meter-achtzig-Körper und ihr Naomi-Campbell-Look verloren gegen eine einen Meter fünfundsechzig kleine, gebleichte, keinen grammatisch korrekten Satz zustande bringende Miss Lagos State – die noch nicht einmal aus Lagos stammte. Alle wussten, weshalb Naomi verloren hatte, aber als sie es auch noch von ihrer Mutter hörte, klang es eher wie eine Anschuldigung als wie eine Erklärung: »Mayowa hat nicht mit den Preisrichtern geschlafen.« Alle wussten es: Das unterbelichtete Mädchen mit den schlaffen Armen hatte gewonnen, weil sie mit irgendjemandem geschlafen hatte. Vielleicht nicht mit den Preisrichtern, vielleicht noch nicht einmal mit den Organisatoren. Vielleicht mit jemandem im Senat in Abuja, einem Boss, der den Boss des Schönheitswettbewerbs angerufen und zu ihm gesagt hatte:

»Mein Babe muss gewinnen.« Alle wussten, dass Naomi hätte gewinnen sollen. Aber sie gewann nicht, und nach sehr kurzer Zeit wussten alle, wer Miss Nigeria war, aber niemand erinnerte sich mehr an die Zweitplatzierte.

Eine Freundin wollte Naomi unbedingt zu einem Juju-Mann mitnehmen. Die Freundin sagte, der Juju-Mann würde die Gewinnerin mit einem Fluch belegen, damit sie von einem Skandal heimgesucht würde, der sie die Krone kostete, oder von einer Krankheit, die mit dem Tod endete, damit Naomi bekam, was rechtmäßig ihr gehörte. Aber Naomi war nicht mit solchen Dingen aufgewachsen. In ihrer Familie wurde kein Juju praktiziert. Ihre Mum war eine Staatsbeamtin, die um die Welt reiste und an Fortbildungen teilnahm, die von der Regierung bezahlt wurden. Ihr Vater ebenso. Die Kinder gingen auf gute Schulen und sprachen gutes Englisch. Die Familie lebte in ihrem Amtssitz – einem Doppelhaus mit drei Schlafzimmern im 1004 Estate, ehe die Regierung die Wohnsiedlung verkaufte und das Bauunternehmen, das es günstig kaufte, die bisherigen Beamtenunterkünfte in teure Luxuswohnungen verwandelte.

Die Familie zog fort aus Lagos, aber Naomi blieb zum Studieren zurück. Sie nahm an dem Schönheitswettbewerb teil und verlor, aber sie war ganz nah dran gewesen, und in den Wochen davor und danach lebte sie in der Welt von Schönheit, Luxus und Wohlstand und genoss es. Und eines Tages, sich vollkommen im Klaren darüber, worum es sich handelte, nahm sie eine Einladung zu einer Party in Victoria Island an, die für auswärtige Gouverneure ausgerichtet wurde, und begegnete dort Malik.

War Florentine genauso wie sie gewesen? Stammte sie aus gutem Haus? Hatte sie ebenfalls rosige Zukunftsaussichten gehabt? Hätte sie auch etwas anderes aus ihrem Leben machen können, als die Schwänze reicher, fetter Männer zu lutschen, die alt genug waren, um ihre Väter zu sein?

Vor ihrem inneren Auge konnte Naomi die Bilder auf Florentines Telefon sehen, die die junge Frau ihr an jenem Tag gezeigt hatte. Die blauen Flecken. Die aufgeplatzten Lippen. Die zugeschwollenen Augen. Es hätte auch sie selbst sein können.

Sie schob sich den Morgenmantel von den Schultern, und er fiel über den Hocker. Beim Aufstehen nahm sie ihr Telefon vom Tisch, schaltete das Display an, um zu sehen, ob sie eine Nachricht bekommen hatte, und hielt dann den Ausschaltknopf gedrückt. Sie befeuchtete ihre Finger und rieb damit über ihre Schamlippen. Sie blickte hinunter auf die Frisierkommode. Ihr Blick blieb an einer Dose Vaseline hängen. Sie drehte sich um und ging zum Nachttisch, zog die Schublade auf und kehrte mit ihrem Telefon in der einen und einer Tube Gleitgel und einem Kondom in der anderen Hand zurück vor den Spiegel.

16

AMAKA BOG auf den Oyinkan Abayomi Drive ein, und das Licht ihrer Scheinwerfer fiel auf einen Einsatzwagen, der auf der anderen Straßenseite parkte. Zwei Polizist*innen mit Sturmgewehren schirmten sich die Augen ab. Amaka blendete ab und wartete, bis die beiden an ihr Auto getreten waren.

»Guten Abend, Madam«, sagte die Polizistin vor ihrem Fenster. »Die Straße ist gesperrt.«

»Ich heiße Amaka Mbadiwe. Ich wohne hier. Im Haus von Botschafter Mbadiwe.«

»Darf ich Ihren Ausweis sehen?«

»Meinen Ausweis? Mir wurde heute die Handtasche gestohlen. Die Wachleute können mich identifizieren.«

»Verstehe. Wir lassen bis morgen keine Fahrzeuge herein oder hinaus.«

»Kann ich mein Auto hier stehen lassen und laufen? Ich möchte nur ein paar Sachen holen.«

»Madam, wir lassen niemanden durch.«

Amaka fuhr zum Bogobiri House auf der Maitama Sule Street. Die Straße war dunkel, da es keine Laternen gab. Über ihrem Kopf kreuzten sich die Kabel an den Strom- und Telefonmasten. Hinter den Mauern dröhnten Generatoren. Das Tor des Boutiquehotels war geschlossen. Sie ließ den Motor laufen, stieg aus und klopfte. Ein schläfriger Nachtwächter spähte durch die Eisenstäbe des Tors. Nachdem Amaka nach einem Zimmer gefragt hatte, entschuldigte er sich, um den Nachtmanager zu holen.

»Haben Sie für heute Nacht ein Zimmer frei?«, fragte Amaka den jungen Mann, der aussah, als wäre er gerade geweckt worden.

Der Wachmann begann auf ein Zeichen des Nachtmanagers, das Tor zu öffnen, aber Amaka hielt die beiden auf. »Ich möchte nur wissen, ob Sie ein Zimmer frei haben«, erklärte sie.

»Ja, Ma, haben wir.«

»Wie viel kostet es?«

»Achtundzwanzigtausend, Ma.«

»In Ordnung. Bin gleich wieder da.«

Amaka stieg in ihren Wagen, während die beiden Hotelangestellten ihr durch die Stäbe des Tors hinterherschauten.

Amaka verlangsamte, um auf die Sanusi Fafunwa Street abzubiegen. An der Straßenecke stand eine Frau in einem engen schwarzen Minirock und einem Tube-Top, die versuchte, sie mit einem Winken anzulocken. Auf der Sanusi Fafunwa fuhr Amaka an weiteren Frauen vorbei, die allein oder zu zweit dastanden und Autofahrern auf der Suche nach käuflichem Sex winkten.

Sie erreichte einen Abschnitt, in dem auf beiden Straßenseiten Autos parkten. Hier, vor den Clubs, Bars, Casinos und bis in die Nacht geöffneten Schawarma-Imbissen, standen die Frauen dicht beieinander und teilten sich die Straße mit Leuten, die Zigaretten, Süßigkeiten und Kondome verkauften, sowie mit bettelnden Menschen, die ausschließlich männliche Kunden ansprachen, die in den verschiedenen Etablissements ein und aus gingen.

Amaka fuhr auf einen freien Parkplatz. Eine Frau in Hotpants und einem Nieten-BH zwängte sich zwischen dem Bora und einem Range Rover hindurch und wandte sich erst ab, als sie bemerkte, dass in Ersterem eine Frau am Steuer saß.

Amaka strich ihre Kleidung glatt, ehe sie auf das Y-Not zulief. Der Türsteher begutachtete sie, starrte ihr ein paar Sekunden in die

Augen und ließ sie dann herein. Amaka betrat die verrauchte Bar, blieb im Türrahmen stehen und sah sich um. Dann drängte sie sich bis zur Bar durch und setzte sich mit Blick auf die Menge davor. Die meisten Männer im Raum waren *weiß*, alle Frauen waren Schwarz und jünger als die Männer, und sie waren auch jünger als die Frauen, die draußen auf der Straße standen, und besser gekleidet. Im Laufe der Zeit, wenn das Alter an ihrer Jugend nagte, mochten auch sie auf dem Gehweg enden, wo sie nachts fremde Männer herbeiwinkten und hofften, dabei nicht an einen Mörder zu geraten und die Brüste abgeschnitten zu bekommen wie jene junge Frau, die man nur wenige Meter entfernt von der Stelle, an der die anderen Frauen nun standen, in den Straßengraben geworfen hatte.

Amaka kehrte dem Barkeeper weiter den Rücken zu und konzentrierte sich auf die Billardtische, an denen eine Gruppe von vier *weißen* Männern die Aufmerksamkeit von acht jungen Frauen genoss, die sich um sie versammelt hatten und das Spiel beobachteten. Einer der Männer trug gerade Kreide auf seinen Queue auf, während eine große, schlanke *light-skinned* Frau in einem schwarzen Slipdress halb auf dem Tisch lag und eine Kugel anzielte. Der Mann blickte auf und bemerkte, dass Amaka ihnen zuschaute. Er lächelte und zwinkerte. Amaka zwinkerte zurück.

17

MALIK STIEG AUS und war bereits an zwei am Straßenrand parkenden Autos vorbeigelaufen, als er sich noch einmal umdrehte, mit dem Schlüssel auf den Range Rover zeigte, in dem Naomi saß, und auf einen Knopf drückte, um die Alarmanlage zu aktivieren.

Am Eingang zur Peace Lodge lehnte er sich dicht vor die Gegensprechanlage an der Mauer und sagte: »Mein Name ist Malik. Baba erwartet mich.«

Noch immer nah an die Mauer gedrückt und somit verborgen vor der Kamera über der Konsole, holte er einen Stift aus der Brusttasche seines schwarzen Dashiki, drehte die Kappe, bis er ein Klicken hörte, und steckte den Stift dann wieder zurück.

Auf der anderen Seite der Mauer betrachtete ein Wachmann den hochgewachsenen Mann mit hellerem Hautton auf seinem Bildschirm. Aus dem Haupthaus war ein Anruf gekommen, um das Tor wissen zu lassen, dass Otunba einen Malik erwarte, aber dem Namen war kein Titel vorangestellt worden, kein Chief, Prince, Senator oder auch Ehrenwerter, also hatten die Wachleute nicht gewusst, was sie zu erwarten hatten. Der Mann draußen könnte ein Politiker oder auch ein Laufbursche sein. In seinem gestärkten Hemd mit dem eingestickten Emblem über der Brusttasche wirkte er reich. Selbst auf dem kleinen Farbmonitor sah seine Haut aus, als wäre er es gewöhnt, gut zu essen und in einem klimatisierten Haus zu leben. Sein Bart allerdings, der vor Pomade glänzte, ließ ihn eher wie ein Emporkömmling aus Lagos wirken als wie ein wichtiger

Mann aus Abuja. Der Wachmann drückte auf den Summer für das Fußgängertor.

Als Malik das Anwesen betrat, wurde er von zwei Wachmännern erwartet. Einer von ihnen hielt einen Stab, der andere hatte ein quadratisches graues Plastiktablett in der Hand. Drei Polizisten mit AK-47-Gewehren standen hinter den Wachmännern und schauten zu.

Der Stab piepte bei Maliks Hose. Malik ließ die ausgestreckten Arme sinken, um seine beiden Telefone hervorzuziehen. Aus der anderen Hosentasche holte er den Schlüssel für seinen Range Rover Sport und ein Bündel Scheine in einer goldenen Klammer. Alles wanderte auf das graue Tablett. Als Nächstes nahm er seine Hublot Fusion King Gold ab und legte die Armbanduhr vorsichtig auf die Geldbörse, die bereits auf dem Tablett lag. Er mühte sich mit dem Verschluss seines goldenen Armbands ab, bis der Mann mit dem Stab sagte: »Nicht nötig.«

Der Wachmann strich mit dem Stab erneut an Maliks Seiten entlang bis zu den Füßen, seinen Rücken hinunter, über die Beininnenseiten und dann über beide Hände, wobei der Stab piepte, als er über das goldene Armband fuhr. Aus Maliks Brusttasche schaute ein schwarzer Stift heraus. Der Mann ging mit dem Stab darüber, und er piepte. Malik nahm den Stift heraus und wollte ihn gerade auf das Tablett legen, als sein Gegenüber die Hand danach ausstreckte. Der Wachmann prüfte das Gewicht in seiner Hand. Er wirkte fasziniert von dem schwebenden Stern in der Spitze der Kappe. »Mont Blanc«, sagte er zu seinem Kollegen, nickte und gab Malik den Stift dann mit einem Lächeln zurück.

Einer der wartenden Polizisten wies Malik an, ihm zu folgen. Sie gingen auf das Hauptgebäude zu, ehe sie rechts auf einen Pfad mit getrimmten Rasenflächen auf beiden Seiten abbogen. Sie ließen das Haus hinter sich und folgten der Kurve des Pfads, vorbei an dem Drahtzaun um einen erleuchteten Tennisplatz und an einer

Reihe weißer Plastikliegestühle bis zu dem Poolhaus hinter einem großen rechteckigen Swimmingpool.

Nachdem er fünfzehn Minuten allein im Poolhaus gesessen hatte, tippte Malik eine Nachricht in sein Telefon: »Ich bin bei Otunba Oluawo. Er hat mich gebeten, ihn aufzusuchen. Ich weiß nicht, warum.« Er wählte mehrere Kontakte in seinem Adressbuch aus, viele von ihnen mit vorangestellten Titeln: Senator, Ehrenwerter, Chief. Er schickte den Text an sie alle und beobachtete auf seinem Display, wie die Nachrichten versendet wurden.

Von seinem Sessel aus konnte er die beleuchteten Fenster des großen Hauses sehen. Er sah Menschen dahinter vorbeigehen, für ein Gespräch stehen bleiben, sich gegen den Fensterrahmen lehnen. Es musste etwas mit dem toten Kandidaten der Partei zu tun haben. Womöglich würde er noch eine ganze Weile warten müssen. Aber weshalb hatte Otunba ihn kontaktiert?

Der Polizist an der Tür, das Gewehr quer über die Schulter gehängt, die Hände hinter dem Rücken verschränkt, sollte vermutlich sicherstellen, dass Malik blieb, wo er war.

Malik war Douglas einmal vorgestellt worden, bei einer von einem Senator ausgerichteten Party, und danach hatte er ihn noch ein paarmal auf anderen Partys gesehen, aber nach jener ersten Vorstellung hatten sie einander nie wieder auch nur begrüßt. Douglas war kein echter Lagoser. Sein Leben hatte sich überwiegend in Amerika abgespielt, wo er sein Geld damit verdient hatte, Subprime-Hypotheken zu verkaufen. Erst vor fünf Jahren war er nach Nigeria zurückgekehrt, um eine Berufung zum staatlichen Baubeauftragten anzunehmen, und in dieser Funktion hatte er sich einen Namen gemacht, indem er kleine Grundstücke in den zurückgewonnenen Gebieten von Lekki indigenen Gruppen zugeteilt hatte, die das Land dann weiterverkauften und damit zum ersten Mal zu Millionär*innen wurden. Die Menschen liebten ihn. Aber was um alles in der Welt hatte er mit Malik zu tun? Warum hatte

Otunba, dem Malik noch nie begegnet war, ihn höchstpersönlich angerufen und gefragt, ob es ihm etwas ausmachen würde, unverzüglich zur Peace Lodge zu kommen? Otunba Oluawo, der einst einen Präsidenten der Föderation warten ließ, weil er mit seinem Enkel Tischtennis spielte, um dem Präsidenten dann, als er schließlich Zeit für ihn hatte, lediglich mitzuteilen, er sei zur Hochzeit seiner einzigen Tochter eingeladen, ließ nun auch Malik warten, aber definitiv nicht, um ihn zu irgendeiner Feier einzuladen.

Malik behielt den Polizisten im Blick, während er sich an seine Brusttasche griff. Der Polizist drehte sich zu ihm um. Malik ließ die Hand sinken. »Weiß er, dass ich da bin?«, fragte er.

»Wie bitte?«, erwiderte der Polizist.

»Weiß Baba, dass ich da bin?«

»Ich denke, man hat ihn bei Ihrer Ankunft angerufen. Bitte, haben Sie Geduld. Er wird Sie in Kürze empfangen.«

Eine Hintertür der Villa wurde geöffnet, und ein Mann trat heraus. Malik beugte sich vor und stand dann auf. Auch der Polizist nahm Haltung an, und Malik wollte auf die Tür zugehen.

»Bitte, bleiben Sie dort«, wies der Polizist ihn mit ausgestreckter Hand an.

Durch das Fenster beobachtete Malik den alten Mann, der sich nun näherte. Er sah im echten Leben kleiner aus als in den Zeitungen und war leicht gebeugt, aber es war beeindruckend, dass er mit über achtzig noch solch sicheren Schrittes gehen konnte. Er hatte keine Bodyguards bei sich. Nun ja, es war schließlich sein eigenes Haus, dennoch fühlte es sich seltsam an, einen so mächtigen Mann so verletzlich zu sehen.

Der Polizist öffnete die Glastür für Otunba.

»Malik, wie geht es Ihnen?«, fragte Otunba und streckte die Hand aus.

»Mir geht es gut, Sir«, antwortete Malik und verneigte sich beim Händeschütteln. »Es ist eine große Ehre, Sie kennenzulernen, Sir.«

»Ja, ja. Setzen Sie sich.«

Sie setzten sich auf gegenüberliegende Sessel.

»Lassen Sie uns allein«, sagte Otunba zu dem Polizisten. Dieser verschwand, schloss die Tür hinter sich und lief bis auf die andere Seite des Pools, wo er stehen blieb und sich in ihre Richtung umdrehte.

Mit den Händen auf den Armlehnen ergriff Otunba das Wort. »Wie ich gehört habe, besucht mein Schwiegersohn Ihren kleinen Club im Wald«, sagte er.

»Ja, Sir«, erwiderte Malik.

»Nein. Die Antwort lautet Nein.«

»Ganz recht, Sir. Nein. Ich besitze keinen Club im Wald.«

»Gut. Ich habe gehört, Ihr Geschäftsmodell sei Erpressung.«

Malik öffnete den Mund, um etwas zu sagen. Otunba hielt ihn mit einer erhobenen Hand davon ab.

»Streiten Sie nichts ab. Sie lassen zu, dass Ihre Kunden sich außerhalb Ihres Clubs mit den Frauen treffen. Die Männer glauben dann, sie würden Sie betrügen, aber die Frauen arbeiten für Sie. Die Frauen organisieren ihnen noch jüngere Mädchen und manchmal sogar Jungs. Sie nehmen sie auf Video auf, wie sie alle möglichen Dinge mit den kleinen Mädchen und Jungs anstellen, und dann nutzen Sie das Material, um die Männer unter Druck zu setzen, während diese glauben, die Frau würde dahinterstecken.

Entweder bezahlen sie die Frau dann, oder sie erzählen Ihnen von der Sache. Wenn sie es Ihnen erzählen, versichern Sie, dass Sie sich darum kümmern. Die Frau verschwindet, und Sie geben den Männern eine Kopie des Videos und behaupten, es wäre die einzige, woraufhin sie in Ihrer Schuld stehen. Sie glauben, Sie hätten für sie gemordet, und können nie sicher sein, ob Sie nicht doch eine Kopie des Videos behalten haben.

Liege ich so weit richtig?«

Malik nickte.

»Wir wissen über Ihre kleinen Spielchen Bescheid. Sie sind Geschäftsmann, ich bin Politiker. Wir tun beide, was wir tun müssen, das verstehe ich. Ihre Geschäfte gehen mich nichts an, deswegen brauchen Sie sich keine Sorgen zu machen. Aber Sie müssen tun, worum ich Sie bitte, ansonsten haben Sie mich von diesem Abend an zum Feind. Also, da wir einander nun verstehen, sagen Sie mir, was haben Sie gegen meinen Schwiegersohn in der Hand?«

18

DIE JUNGE FRAU machte ihren Stoß, spielte den Ball in das Eckloch, blickte zu ihrem Gegner auf und stellte fest, dass er gar nicht zugesehen hatte. Er beobachtete jemanden hinter ihr und fuhr sich mit der Zungenspitze über die Oberlippe. Noch immer flach auf dem Tisch ausgestreckt und den Queue in der Hand, drehte sie den Kopf, um zu erkennen, um wen es sich handelte.

Als sie sich aufrichtete, brachte Funke ein paar Kugeln auf dem Billardtuch durcheinander, dann ließ sie ihren Queue auf den Tisch fallen, wobei noch mehr Kugeln in Bewegung gerieten, und lief auf die Bar zu.

Amaka drehte sich auf ihrem Barhocker um und verschränkte die Arme auf dem kühlen Marmortresen. Als Funke auf den leeren Hocker neben ihr kletterte, wandte sie sich ab.

»Aunty, was machst du hier?«, fragte Funke leise. Aus dem Augenwinkel begutachtete sie Amakas Kleidung. »Was ist passiert?«

»Ich bin ausgeraubt worden«, sagte Amaka. »Wie geht es dir?«

»O Gott! Was haben sie mitgenommen?«

»Meine Tasche, mitsamt Inhalt. Aber mach dir um mich keine Sorgen. Geht es dir gut?«

»Ja. Du meinst, wegen ihm? Hat es funktioniert?«

»Ja. Vielen Dank, Funke.«

»Als ich nichts mehr von dir gehört habe, hatte ich Angst, er wüsste vielleicht, dass ich ihn in eine Falle gelockt habe.«

»Nein, das weiß er nicht. Hat er dich noch mal angerufen?«

»Nein. Seitdem nicht mehr. Er hat mir eine Nachricht geschrieben, ich sei eine undankbare Person. Ich habe ihn einfach ignoriert, wie du gesagt hast. Dieser dumme Mann.«

»Es tut mir so leid, dass ich dich in diese ganze Sache hineingezogen habe.«

»Ach, nein *o*, Aunty. Nach allem, was du für mich getan hast? Und ich schwöre, nach dem, was er dem Mädchen angetan hat, würde ich alles unternehmen, um dafür zu sorgen, dass er bekommt, was er verdient hat. Dieser böse Mann.«

»Danke. Falls er dich anruft, sag ihm, du wärst nicht in der Stadt. Halte dich von ihm fern, und warne auch deine Freundinnen.«

»Hältst du mich für blöd? Nachdem du mir diese Bilder gezeigt hast ... Vielleicht wollte er das Gleiche auch mit mir machen. Willst du mir immer noch nicht erzählen, was du mit ihm vorhast?«

»Es ist besser, wenn du es nicht weißt. Zu deiner eigenen Sicherheit. Funke, ich brauche deine Hilfe.«

»Was kann ich für dich tun, Aunty?«

»Ich brauche ein Smartphone, eine neue SIM-Karte mit fünftausend Naira Guthaben und dreißigtausend Naira in bar.«

»Wann?«

»Jetzt.«

Funke starrte Amaka einen Augenblick an, dann hellte sich ihr Gesicht entschlossen auf. »Bin gleich wieder da«, sagte sie und sprang von ihrem Hocker.

Amaka sah zu, wie Funke zum Billardtisch zurückkehrte. Ihr ehemaliger Gegner sammelte gerade die Kugeln ein, um ein neues Spiel mit einer anderen jungen Frau zu beginnen. Funke lief auf zwei der Frauen zu und sprach mit ihnen, und als die beiden sich entfernten, ging sie zu ein paar weiteren Frauen.

Zwanzig Minuten später kehrte Funke an die Bar zurück und setzte sich neben Amaka. Sie hatte ein Nokia-Telefon samt Ladegerät und eine zerknitterte schwarze Plastiktüte dabei, in der ein kleines Päckchen steckte. Sie legte die Gegenstände auf den Tresen. Quer über das Display des Telefons lief ein schmaler Riss, und das Ladegerät hatte einen europäischen Stecker. Funke öffnete die Plastiktüte und zog ein Bündel aus unterschiedlichen Banknoten hervor, die sie Amaka allesamt reichte.

»Vierzigtausend«, sagte sie.

»Ich brauche bloß dreißig«, entgegnete Amaka.

»Mach dir keine Gedanken«, erwiderte Funke. Sie griff erneut in die Tüte und holte eine originalverpackte SIM-Karte und mehrere Guthaben-Rubbelkarten heraus. Sie packte die SIM-Karte aus und steckte sie in das Telefon, woraufhin sie den Einschaltknopf gedrückt hielt. »Was möchtest du trinken, Aunty?«, wollte sie wissen.

Während der Kellner Amaka ein Glas Rémy Martin VSOP holte, begann Funke, alle Verpackungen der Guthabenkarten aufzureißen, den Code mit einem langen roten Fingernagel freizurubbeln und das Guthaben auf das Telefon zu laden.

Amaka prägte sich die neue Telefonnummer auf der Rückseite der SIM-Kartenverpackung ein. Funke gab ihr das Telefon, und Amaka reichte der jungen Frau die leere Verpackung der SIM-Karte.

»Das ist die neue Nummer, die ihr benutzen müsst«, erklärte Amaka. »Sag den anderen Frauen Bescheid, und sie sollen es auch ihren Freundinnen sagen. Die alte Nummer funktioniert nicht mehr. Zumindest nicht heute Nacht.«

Funke nickte.

Amaka legte Funke eine Hand auf die Schulter. »Noch einmal: vielen Dank, Funke. Für das hier, und auch für alles andere.«

Mit Tränen in den Augen wandte Funke den Blick ab. Dann beugte sie sich vor und schlang die Arme um Amaka. Die beiden Frauen umarmten sich schweigend, während Wizkid der Menge um sie herum ein Ständchen brachte.

19

EIN WEITERES AUTO kroch auf der Suche nach einem Parkplatz vorbei. Es war das dritte, seit Malik sie in seinem Wagen allein gelassen hatte. Der Motor war ausgeschaltet und die Fenster geschlossen, und er hatte den Schlüssel mitgenommen. Er hatte gesagt, es würde nicht lange dauern, war nun aber schon über eine halbe Stunde fort. Die Restkühle aus der Klimaanlage war verschwunden, und langsam wurden Naomis Achselhöhlen feucht.

Sie blickte zu den drei Soldaten in ein paar Metern Entfernung, die sich einen Joint teilten. Wenn sie nun versuchte, die Tür zu öffnen, und der Alarm ging los? Sie trug enge Shorts und ein Tube-Top. Es war besser, im Auto zu bleiben und die zunehmende Hitze zu ertragen.

Malik hatte ihr lediglich gesagt, er müsse sich kurz um etwas Geschäftliches kümmern. Ihr war klar gewesen, dass sie ihn nicht fragen durfte, worum es sich handelte, aber angesichts der vielen Autos, die vor dem allem Anschein nach größten Anwesen im Osborne Estate parkten, musste es eine Party sein. Das ergab Sinn. Irgendein hohes Tier gab eine Party, und Malik organisierte die Mädchen dafür. Hatte er vor, sie an irgendjemand hier zu übergeben? Irgendjemand Reiches und Wichtiges? Irgendjemand, der so wichtig war, dass er keine Zeit für einen Ausflug in den Harem hatte? Auch wenn nie etwas in der Art angedeutet worden war, ging Naomi fest davon aus, dass der Harem nicht das einzige Geschäft war, das Malik am Laufen hatte. Der Mann handelte mit Sex, Punkt. Sie selbst hatte ihn auf einer solchen Party kennengelernt, die vermutlich genau wie diese hier von einem Mitglied des Harem ausgerichtet wurde, das Malik damit beauftragt hatte, für die Muschis zu sorgen.

Zuerst hatte er sich schlicht als Malik vorgestellt, dann hatte er sich für ihre Pläne interessiert, Seerecht zu studieren. Er hatte die University of Dundee erwähnt, noch ehe sie deren Namen hatte fallen lassen. Er schien sich auszukennen. Sie verbrachten den größten Teil des Abends miteinander. Er schien alle zu kennen: die Gouverneure, die Leibwächter, die Geschäftsleute, die jungen, hübschen Mädchen – die womöglich für ihn arbeiteten. Damals war Naomi jedoch davon ausgegangen, er sei einfach nur ein Gast, ein reicher Mann wie all die anderen, aber noch dazu gut aussehend – und ein Mann mit Manieren, der sich tatsächlich über andere Themen unterhalten wollte als darüber, was er beruflich machte, wie groß sein Vermögen war und auf welche Weise er für sie sorgen würde. Nachdem sie sich stundenlang über Dinge unterhalten hatten, an die sie sich nicht einmal mehr erinnern konnte, bat er sie um ihre Telefonnummer, und sie gab sie ihm. Als sie ihn nach seiner fragte, lächelte er nur und versicherte ihr, er werde sie am nächsten Tag anrufen. Er versuchte nicht, sie in sein Hotelzimmer, in sein Gästehaus oder nach Hause mitzunehmen. Kein Flirten, keine Andeutung, dass er mit ihr schlafen wollte. Es war verwirrend. Er war verwirrend.

Am nächsten Tag rief er sie wie versprochen an und lud sie zum Mittagessen ins Double Four ein. Nach Steak und Wein nahm er sie mit in den Polo Club. Sie setzte zum ersten Mal einen Fuß in jenen Club, und dort, bei noch mehr Wein, erzählte er ihr von seinem Geschäft, das ihr in Windeseile Millionen einbringen könnte.

Die Soldaten vor ihr auf der Straße amüsierten sich über irgendetwas. Vermutlich hatte jemand gerade einen Witz erzählt. Einer von ihnen krümmte sich vor Lachen. Ein anderer versuchte, sich die Finger nicht am Joint zu verbrennen. Sie gingen nun langsam davon in Richtung der Party. Naomi sah zu, wie sie um die Kurve verschwanden. Sie wartete. Sie war nun allein. Sie sah sich um, kein Auto näherte sich. Sie blickte nach vorn. Malik war schon seit einer ganzen Weile verschwunden. Könnte er bald zurückkehren? Sie schaute noch einmal in beide Richtungen die Straße hinunter, während ihr Vorhaben ihren Puls beschleunigte. Sie legte die Finger auf den Griff des Handschuhfachs und blickte weiter geradeaus. Sie zog daran. Es war verschlossen. Ihre Hand schnellte zurück in ihren Schoß, und sie überprüfte noch einmal die Straße. Ihre Hände zitterten, und ihr Herz klopfte schnell. Im Auto war es zu heiß geworden. Sie blickte geradeaus und sah, wie er aus dem Tor auf die Straße trat. Zum ersten Mal wurde ihr bewusst, dass sie Angst vor ihm hatte. Dass sie schon immer Angst vor ihm gehabt hatte.

Malik öffnete die Tür, und im Wagen ging das Licht an. Er hatte irgendetwas in der Hand. Naomi musste warten, bis er die Tür geschlossen und das Objekt zwischen die beiden Sitze geschoben hatte, ehe sie erkannte, was es war: ein Metalldetektor – wie sie an Flughäfen benutzt wurden.

»Woher hast du den denn?«, fragte sie.

Malik hielt den Stab hoch. Die Innenraumleuchte war ausgegangen. Er schaltete sie wieder ein. Wie ein Kind, das mit seinem neuen Spielzeug angibt, erklärte er grinsend: »Den habe ich gekauft. Gerade eben. Von einem Polizisten.« Er wies mit dem Kinn in Richtung Tor. »Sie hatten noch einen übrig. Rate mal, wie viel ich dafür bezahlt habe.«

Naomis Mund war trocken. »Wie viel?«

»Rate.«

»Zwanzigtausend.«

»Fünfzig.« Er hielt den Stab hoch und untersuchte ihn.

Sie musste sich normal geben. »Weißt du überhaupt, wie man den benutzt?«

Er sah sich um. Sein Blick fiel auf ihre Tasche im Fußraum. Er fuhr mit dem Stab darüber. Piep, piep, piep. Er fuhr damit über seine Armbanduhr. Dann schaute er Naomi an. Ihre großen Ohrringe sahen metallisch aus. Sie wich zurück, als er den Stab an ihr Gesicht hob. Piep.

»Was hast du damit vor?«, wollte sie wissen. Er fuhr mit dem Stab über das Lenkrad und dann über das Armaturenbrett. Piep, piep, piep.

Das Gästehaus befand sich in Ikeja. Von außen war es ein unscheinbarer Bungalow, wenn auch einer, der sich inmitten eines viertausend Quadratmeter großen Anwesens befand. Im Inneren erwartete sie allerdings das Gleiche wie in jedem anderen Gästehaus: kalte Luft von der rund um die Uhr laufenden Klimaanlage, hochwertige Möbel, ein 42-Zoll-Flachbildfernseher, eine voll ausgestattete Bar und ein Zimmermädchen in Uniform, das die Gäste begrüßte und ihnen zu Diensten war. Naomi setzte sich auf einen Sessel und schlang sich die Arme um den Oberkörper. Sie bekam Gänsehaut. Wie üblich waren weitere junge Frauen da. Zwei. Die Frauen tauschten Blicke aus, blieben aber für sich. Am Esstisch saßen zwei Polizisten, die zerstoßene Jamswurzel mit bloßen Händen aßen. Von den Guinnessflaschen vor ihnen tropfte das Kondenswasser auf den Tisch.

Zwei Polizisten bedeuteten zwei Wagen. Sie erwarteten also noch mehr Mädchen: Normalerweise saßen drei auf der Rückbank von Maliks Range Rover mit den getönten Scheiben, während ein Polizist auf dem Beifahrersitz dafür sorgte, dass sie an den Polizeicheckpoints nicht angehalten wurden. Den Mädchen wurden derweil die Augen verbunden. Beim ersten Mal hatte Naomi Angst gehabt. Sie hatte während der gesamten zweistündigen

Fahrt gezittert und versucht, genügend Mut aufzubringen, um die Augenbinde abzunehmen, die Tür des fahrenden Autos zu öffnen und hinauszuspringen, um sich in Sicherheit zu bringen. Die Angst hatte sie jedoch an den Sitz gefesselt, bis der Wagen zum Stehen kam, die Türen aufgingen und sie nur darauf wartete, dass ein Juju-Mann mit einer glänzenden Machete ihr den Hals durchschlug und ihren vor Blut triefenden Kopf für ein Geldritual verwendete. Aber das war nicht geschehen, stattdessen war sie von Sisi empfangen worden, Maliks Geschäftspartnerin, die sie durch eine Villa inmitten des Waldes führte. Zwei Jahre später und nach Dutzenden solcher nächtlichen Fahrten hatte Naomi sich wie die anderen Mädchen angewöhnt, zu schlafen, bis es an der Zeit war, die Augenbinde abzunehmen.

Es klingelte an der Tür, und ein Zimmermädchen ging die nächsten Gäste begrüßen. Dimeji, Maliks Laufbursche, der als Student an der Unilag Mädchen für den Harem rekrutierte, trat ein, gefolgt von zwei jungen Frauen, die Naomi nicht kannte. Diese neuen Mädchen hielten ihre Reisetaschen fest umklammert und blickten sich um wie Hühner, die eine ungewohnte Umgebung skeptisch beäugten. Sie machten das hier zum ersten Mal.

Dimeji ging auf Malik zu, der gerade auf dem Sofa eine Nachricht auf seinem Telefon schrieb. Sie stießen die Fäuste gegeneinander, dann setzte sich der jüngere Mann neben seinen Chef und nahm den Stab in die Hand, der auf dem Kissen zwischen ihnen gelegen hatte. Malik blickte zu ihm auf und widmete sich dann wieder der Nachricht, die er verfasste. Naomi beobachtete die beiden. In null Komma nichts hatte Dimeji herausgefunden, wie das Gerät funktionierte, und ließ seine Armbanduhr, sein Telefon und seine Gürtelschnalle piepen.

Es war Zeit zum Aufbruch. Die Polizisten, mittlerweile gefüttert und getränkt, nahmen ihre Gewehre vom Fußboden neben dem

Esstisch und stellten sich dann mit aufgeblähten Bäuchen hinter Malik, der nun zu den Frauen sprach. Dimeji stand daneben, den Griff des Stabs in der einen, die Spitze des Geräts in der anderen Hand.

»Du, du und du, ihr geht mit ihm«, sagte Malik. Er hatte auf Naomi und die beiden anderen erfahrenen Frauen gezeigt. Sie würden in Dimejis Auto mitfahren. »Ihr wisst ja, wie es läuft. Telefone.« Er streckte die Hand aus.

Eine Frau stand auf und reichte ihm ihr Telefon. Die zweite tippte noch ihre Nachricht zu Ende und verschickte sie, während sie sich von ihrem Sessel erhob. Sie schaltete das Gerät erst im letzten Augenblick aus, ehe sie es Malik reichte, der es an Dimeji weitergab. Naomi gab vor, ihre Reisetasche nach ihrem Telefon zu durchsuchen, ehe sie in den zu engen Taschen ihrer Shorts nachsah.

»Ich glaube, ich habe meins in der Wohnung vergessen«, sagte sie, als sie aufstand, mit den Händen weiter über nichtexistente Taschen in ihrem Tube-Top fuhr und ihren Sessel absuchte.

Dimeji strich mit dem Stab über die beiden Frauen, die ihre Telefone bereits übergeben hatten. Piep. Armreifen. Piep. Schlüssel.

Malik blickte Naomi in die Augen. Sein Gesicht ließ nichts erkennen.

Sie hatte das Gefühl, irgendetwas sagen zu müssen. »Vielleicht liegt es noch in deinem Auto.«

Er holte sein eigenes Telefon hervor, wählte und hielt sich das Gerät ans Ohr, den Blick weiter auf Naomi gerichtet.

Naomi versuchte, sich daran zu erinnern, ob sie das Telefon ausgeschaltet hatte, bevor sie es in sich hineingeschoben hatte.

»Es ist ausgeschaltet«, stellte Malik fest. »Wir werden im Wagen nachschauen.«

Die anderen Frauen waren vor Naomi hinausgegangen, während Dimeji mit dem Stab auf sie wartete. Sie nahm ihre Tasche vom Sessel, und als sie an Dimeji vorbeilief, streckte dieser die Hand aus, um sie aufzuhalten. Sie schaute ihn verärgert an und hob ihre eigene Hand, um seine abzuwehren.

»Wehe, du kommst mir zu nahe, du Perversling …«, warnte sie ihn.

Dimeji blickte zu Malik. Dieser hatte jedoch nicht hingesehen. Naomi trat mit pochendem Herzen aus der Tür.

20

AMAKAS ZIMMER im Bogobiri House roch vertraut: nach alten Büchern, Potpourri und Ölgemälden. Sie schloss die Augen und holte Luft. Die Klimaanlage lief bereits – wahrscheinlich hatte der Nachtmanager sie eingeschaltet, nachdem sie nach einem freien Zimmer gefragt hatte. An allen Wänden hingen Originalgemälde, genau wie in jenem anderen Zimmer, in dem sie in diesem Hotel einst übernachtet hatte.

Über einem Schreibtisch aus geschnitztem Mahagoni hing ein Ein-mal-ein-Meter-Bild von Ndidi Emefiele. Das in Grautönen gehaltene Gemälde zeigte das Profil einer Frau mit einem riesigen Afro, die den Kopf in den Nacken gelegt hatte, während die Schattenlinien der Jalousien ihr schräg über das Gesicht fielen. Amaka starrte auf das Bild.

Sie hatte den Nachtmanager um etwas Papier und einen Stift gebeten, und er hatte ein paar A4-Bögen aus dem Drucker hinter dem Rezeptionstresen gezogen, den W-Lan-Code für sie notiert und ihr dann seinen eigenen Stift und das Papier gegeben. Sie legte beides auf den Schreibtisch unter der Ruhe ausstrahlenden Frau und suchte dann nach einer Steckdose für das Ladegerät.

Auf der Bettkante sitzend, das Handy nun in einer Dose ladend, aus der sie das Stromkabel des Fernsehers gezogen hatte, sah sie nach, ob sie irgendwelche Textnachrichten bekommen hatte. Keine. Es war spät. Die Nachrichten wären schon früher am Abend gekommen. Amaka dachte an die Anfragen, die an ihre alte Nummer gesendet worden sein mussten. Sie schüttelte die aufkommende

Angst ab. Jetzt konnte sie nur noch hoffen, dass jene, die sie brauchten, ihre neue Nummer bekommen würden.

Sie wählte sich in das W-Lan des Hotels ein, loggte sich in ihrem E-Mail-Postfach ein und suchte. Nachdem sie gefunden hatte, was sie brauchte, stand sie zufrieden auf und entledigte sich ihrer Kleidung, während sie auf das Badezimmer zulief.

Fünfzehn Minuten später kam sie, in den Hotelmorgenmantel gewickelt, aus der Dusche, setzte sich auf den Stuhl vor dem Schreibtisch unter dem Gemälde und nahm den Stift zur Hand.

Auf die Mitte eines Blattes schrieb sie den Namen Malik und umkreiste ihn. Um den Kreis herum begann sie, andere Namen zu notieren und Linien von ihnen zu Malik zu ziehen.

»Ojo.« Die Verbindung zwischen ihm und Malik stand im Mittelpunkt von allem: der Harem. Aber Ojo musste mittlerweile herausgefunden haben, dass sie die Frau gewesen war, die ihn in der Soul Lounge verführt hatte. Sie hatte behauptet, ihr Name sei Iyabo, und eingewilligt, die Nacht mit ihm in seiner Hotelsuite zu verbringen. Er musste auch darauf gekommen sein, weshalb sie ihn unter Drogen gesetzt, sein Telefon durchsucht und seiner Frau ein Bild geschickt hatte. Ihm musste klargeworden sein, dass es mit dem zu tun hatte, was er und Malik Florentine angetan hatten.

»Gabriel.« Ihr Freund seit Kindheitstagen und der Erste, den sie verständigt hatte, nachdem Malik sie angerufen und bedroht hatte. Als sie klein waren, hatte Irene, Gabriels große, schlanke, rothaarige englische Mutter, die beiden manchmal von der Schule abgeholt, und Amaka hatte am Nachmittag bei ihm gespielt, bis Irene sie später nach Hause brachte. Erst als Erwachsene war Amaka bewusst geworden, dass jene Treffen von ihren Eltern vereinbart worden waren, die ein wenig Zeit für sich haben wollten.

Amaka war gerade unterwegs zu seinem Haus in Ikeja gewesen, um ihr Auto bei ihm zu lassen, ehe sie das Land verließ, als sie in den Mob beim Oshodi-Markt geraten war. Die junge Frau. Die Szenen vom Markt spielten sich vor ihrem inneren Auge erneut ab. Sie schüttelte den Kopf. Nicht jetzt.

Erst kürzlich hatte sie Gabriel gefragt, ob er Malik kenne. Gabriel verdiente sein Geld damit, wohlhabenden Nigerianer*innen teure Immobilien zu verkaufen, und er kannte alles, was in Lagos Rang und Namen hatte – und wenn er einmal irgendjemanden nicht kannte, dann kannte er jemanden, der ihn oder sie kannte. Aber als Amaka ihn gefragt hatte, ob er einen Mann namens Malik kenne, hatte er darauf bestanden, den Grund ihrer Frage zu erfahren, bevor er sie ihr beantwortete. Am Ende hatte er ihr nichts Brauchbares mitgeteilt und sie nur gewarnt, es gebe in Lagos gefährliche Menschen, mit denen sie sich nicht anlegen sollte. Sie zog eine Linie zwischen den beiden Namen.

»Florentine.« Die junge Frau, die von fremden Menschen mit einem großen Herzen in Amakas Büro gebracht worden war, verletzt, blutend und geschunden, beinahe zu Tode geprügelt. Sie hatten sie aufgelesen, als sie wie ein Zombie an einer Schnellstraße entlanggelaufen war, nackt und nicht ansprechbar. Sie hatte die brutalen Schläge von Ojo nur knapp überlebt. Ihr Glück war gewesen, dass Ojo und Malik sie für tot hielten, als sie während der grausamen Misshandlung ohnmächtig wurde, und sie daraufhin auf die Straße geworfen hatten. Diese Mistkerle. Amaka zog eine Linie, die Florentine mit Malik verband.

Sie blickte auf und starrte die Frau auf dem Gemälde von Ndidi Emefiele an. Sie fügte Naomi der Liste hinzu und zog eine Linie zwischen der ehemaligen Schönheitskönigin und Malik. Sie blickte erneut auf und ergänzte dann noch einen letzten Gedanken: »Irgendjemand anders.«

Sie stand auf, trat mit dem Stift in der Hand ans Fenster, zog den Vorhang zurück und starrte hinaus. Sie kehrte an den Schreibtisch zurück und schrieb neben Gabriels Namen: »Weiß nicht, nach welchem Malik ich suche.« Darunter schrieb sie: »Wird mich nicht in Gefahr bringen.« Dann strich sie ihn durch, tippte mit dem Stift auf Naomis Namen und hinterließ dabei kleine Punkte auf dem Papier. Schließlich schrieb Amaka neben ihren Namen: »Zu verängstigt«, ehe sie ihn durchstrich. Sie tippte mit dem Stift auf Florentines Namen, stand auf, ging im Zimmer auf und ab, kehrte dann an den Schreibtisch zurück und schrieb: »Behauptete, Malik habe sie nicht bezahlt.« Sie ließ die Spitze des Stifts über Florentine schweben. Sie fügte hinzu: »Könnte versucht haben, ihr Geld zurückzubekommen.« Sie blickte kurz hoch an die Decke, zog dann die Linie nach, die Florentine mit Malik verband, und schrieb die Telefonnummer der jungen Frau daneben. Amakas Telefon, das gerade in der Ecke geladen wurde, piepte zweimal: eine Nachricht von einer Nummer, die sie nicht kannte. Sie enthielt ein Autokennzeichen und einen Namen: »Debo.«

Amaka öffnete ihre E-Mail-App, fand eine Nachricht, die sie an sich selbst gesendet hatte, öffnete das angehängte Microsoft-Excel-Dokument, suchte dann nach dem Kennzeichen und verfasste eine Antwort: »Sicher. Aber pass auf. Könnte versuchen, das Kondom abzuziehen.«

Sie ließ sich zurück auf die Matratze sinken und breitete die Hände auf dem Laken aus. Es hatte geklappt. Die Frauen hatten die neue Nummer bekommen. Und sie konnte mit einem Telefon arbeiten, bis sie einen neuen Laptop bekam.

Das Handy begann zu klingeln, aber es galt eine einfache Regel: Nur Textnachrichten. Manchmal rief eine neue Frau stattdessen an, dann antwortete Amaka ihr mit einer Nachricht, in der sie die Regel erklärte. Nur eine Handvoll der Frauen, die sich auf die von ihr gelieferten Informationen verließen, wussten, wer Amaka war, und dabei wollte sie es auch belassen. Diese Nummer erkannte Amaka allerdings, und sie setzte sich auf und nahm den Anruf entgegen: »Hi, Funke.«

Amaka hatte sich die Telefonnummer der jungen Frau gemerkt, die ihr geholfen hatte, Ojo in die Falle zu locken: Sie merkte sich alle wichtigen Nummern.

»Aunty, wo bist du?«, flüsterte Funke.

»Ich bin in einem Hotel. Was ist los? Wo bist du?«

»Nachdem du den Club verlassen hast, sind wir zu einer Party auf Banana Island gefahren. Aunty, ein paar Libanesen hier sagen, er werde der nächste Gouverneur des Staates Lagos.«

»Wer?«

»Ojo. Sie sagten, er sei ausgewählt worden, Douglas zu ersetzen. Aunty, ich habe Angst. Was, wenn er herausfindet, was wir getan haben?«

21

MIT EINEM SAUGENDEN GERÄUSCH nahm Dimeji einen langen Zug. Er hielt den Rauch in der Lunge und reichte den Joint an den Polizisten auf dem Beifahrersitz weiter. Alle vier Fenster waren geschlossen, die Musik war laut, die Klimaanlage voll aufgedreht, und er fuhr schnell.

Mit verbundenen Augen merkte Naomi sich, wann sie plötzlich abbremsten und in welchen Abschnitten das Auto langsamer wurde – wie sie es auch während ihrer ersten paar Fahrten getan hatte. Vielleicht würde sie heute erkennen, wann sie auf der Schnellstraße waren, und könnte dann zählen, wie oft sie bis zu ihrer Ankunft abbogen. Könnte sie doch nur die Geräusche von draußen hören, vor allem, wenn sie im Verkehr feststeckten. Busfahrer*innen, die Fahrgäste herbeiriefen, würden ihr dabei helfen, eine Landkarte in ihrem Kopf zu erstellen. Als sie einmal mit Malik unterwegs gewesen war, der zwar auch Musik gehört hatte, aber nicht so laut, hatte sie mitbekommen, wie ein Fahrer »Oworonshoki« gerufen hatte, aber sie konnte damals nicht sagen, in welche Richtung sie unterwegs waren. Vielleicht war das der Zweck der lauten Musik: noch schwerer erkennbar zu machen, wohin sie gebracht wurden. Malik hatte von Beginn an klargestellt: »Der Harem ist ein Geheimnis. Ihr dürft mit niemandem darüber sprechen. Für eure eigene Sicherheit ist es besser, wenn ihr nicht wisst, wie man dort hinkommt.« Er führte nie aus, weshalb es für die Frauen so gefährlich war, den Weg zu kennen. Zunächst hatte Naomi geglaubt, es hätte etwas damit zu tun, dass sie ein Mitwissen auf diese Weise glaubhafter abstreiten könnten. Als sie länger darüber nachdachte, kam sie mit einem kalten Schaudern zu dem Schluss, dass Malik darauf anspielte, die Behörden könnten von der Existenz dieses Ortes erfahren, eines Generalkonsulats von Sodom und Gomorrha mitten im Wald von Nigeria, sich eine Liste der Frauen beschaffen, die dort »arbeiteten«, und sie eine nach der anderen foltern, um eine Wegbeschreibung aus ihnen herauszubekommen. Aber das wäre dann vor allem auch gefährlich für ihn. Und an diesem Punkt, als ihr vor mehreren Monaten der klaffende Widerspruch auffiel zwischen dem, was er gesagt, und dem, was er womöglich gemeint hatte, hörte sie auf, darüber nachzudenken, weil sie sich ansonsten eingestehen müsste, dass er ihr mit dem Tod gedroht hatte.

Der Marihuanarauch verdünnte sich in der heruntergekühlten Luft. Dimeji legte eine Pause ein, ehe er den nächsten Joint anzündete. Naomi füllte endlich ihre Lungen. Sie würde die Wirkung der Droge spüren, sosehr sie auch versuchte, nicht zu inhalieren, aber bis zu ihrer Ankunft würde er sich keinen neuen Joint mehr anstecken. Sie saß in der Mitte zwischen den beiden anderen Frauen. Eine von ihnen schnarchte, die andere hatte schon wenige Minuten nach ihrer Abfahrt aus Ikeja den Kopf auf Naomis Schulter gelegt. Normalerweise hätte auch Naomi geschlafen, bis sie bei ihrer Ankunft vom Ausbleiben der Bewegung sowie von der Abwesenheit des Motorengeräuschs und der lauten Musik geweckt würde. Aber heute blieb sie wach, kämpfte gegen die stickige Luft an, die ihren Verstand vernebelte, und gab sich Mühe, sich auf die Fahrt und auf das Telefon in ihrem Inneren zu konzentrieren und dabei den Drang zu pinkeln zu unterdrücken.

Als das Weed zu wirken begann, überlegte sie, was wohl geschehen würde, wenn sie vergaß, was sich gerade in ihr befand, und ein Kunde es entdeckte, während er seinen Penis in sie hineinstieß. War es das, was Florentine widerfahren war? Hatte ein Kunde sich den Schwanz an einem Telefon geprellt, das sie in ihrer Muschi versteckt hatte? Hatte Amaka sie dazu überredet? Hatten sie deshalb versucht, sie umzubringen? Was hatte Naomi sich bloß dabei gedacht? Sie musste das Telefon loswerden, sobald sie den Harem erreicht hatten. Es war sicherer für sie, nicht zu wissen, wie sie dort hinkamen.

Die Schenkel zusammengepresst, lief Naomi seitlich die Treppe hinauf, wobei sie einen Fuß nach dem anderen auf eine Stufe setzte, alles fest zusammenzog, und dann erst den nächsten Schritt wagte. Malik stand mit den neuen Frauen unten, beobachtete sie und würde sie garantiert gleich ansprechen. Aber er tat es nicht. Auf der Hälfte der Treppe blieb sie stehen und blickte zu ihm hinunter. Er hatte den Blick auf sie gerichtet. Sie kämpfte gegen ihre Benommenheit an und erinnerte sich wieder daran, dass sie high war. Sie musste aufpassen. Sie musste sich konzentrieren. Sie wurde schon paranoid. Dann fiel ihr das Telefon wieder ein, das noch immer in ihr steckte. Wie konnte sie es bloß auch nur für einen einzigen Schritt vergessen haben? Das Weed. Scheiße.

»Ja«, sagte sie. Sie hörte ihre eigene Stimme, als würde man sie ihr vorspielen. Weshalb hatte sie es so laut hinausplärren müssen? Malik sah sie an und wartete auf eine Erklärung. Hatte er sie gerade nur gefragt, wie es ihr ging, oder war es etwas anderes gewesen? Hatte er ihren Gang bemerkt? Hatte er überhaupt irgendetwas gesagt?

»Dimeji hat wieder geraucht, *abi*?«

»Ja.« Die Benommenheit wich, verschaffte Naomi einen kurzen Augenblick der Klarheit, aber sie wusste, dass er nicht von Dauer sein würde. »Ich muss echt mal pinkeln.«

Die Klarheit war wieder verschwunden, sie hatte keine Ahnung, wie sie es bis nach oben geschafft hatte. Sie saß vornübergebeugt auf einer Klobrille, die Shorts um ihre Knöchel gewickelt, hatte die Finger tief in ihrem Inneren und versuchte, sie noch weiter hineinzugraben. Sie konnte ihn nicht spüren, den Knoten des Kondoms, in das sie das Telefon gesteckt hatte. Sie lehnte sich gegen den Spülkasten zurück und hob den Hintern über der Kloschüssel, aber statt ihr einen tieferen Zugriff zu ermöglichen, führte diese Position nur dazu, dass sie sich mit den Nägeln kratzte. Sie schwitzte. Wie lange war sie schon hier drinnen? Sie saß vor der Toilettenschüssel in der Hocke. Wann war sie vom Klo aufgestanden? Sie presste. Mit den Fingerspitzen konnte sie es spüren. Sie griff nach dem Ende des Kondoms und zog daran.

Ein Klopfen an der Tür, gefolgt von einer Stimme. Sisi. »Was machst du da drin?«

»Bin gleich da«, antwortete Naomi. Das Klopfen, Sisis Stimme, ihre eigenen Worte, das Zirpen der Grillen vor dem geöffneten Badezimmerfenster, alles war laut und deutlich zu hören. Im Zimmer wurde es auch heller. Naomi konnte wieder klarer denken. Sie hielt ihr Telefon in der Hand. Schleimig und gefährlich.

»Du bist heute nicht in diesem Zimmer«, sagte Sisi hinter der Tür. »Ich brauche es für ein paar neue Mädchen.«

Naomi blickte auf den Riegel vor der Tür und stand dann auf, darauf bedacht, keinen Laut von sich zu geben. In der Hand das Telefon, noch immer sicher geschützt in seinem verknoteten Kondom, sah sie sich um. Sie hatte zwei Möglichkeiten: sich auf den Badewannenrand stellen, den Arm aus dem Fenster strecken und werfen oder es in der Toilette hinunterspülen. Sie stellte sich das Anwesen vor und was sich unter ihr befand. Sie schlüpfte aus ihren Schuhen und stellte sie leise auf dem Fußboden ab, dann kletterte sie hoch. Die Mauer war zu weit vom Gebäude entfernt und zu hoch. Sie wog das Telefon in der Hand und kletterte wieder hinunter.

Sisi klopfte noch einmal. »Naomi, hast du mich gehört? Ich brauche dieses Zimmer für ein paar neue Mädchen.«

»Bin gleich da«, wiederholte Naomi.

Sie lauschte. Sie hatte Sisi nicht weggehen hören. Naomi legte das Telefon vorsichtig auf den Keramikdeckel des Spülkastens, hob diesen dann ebenso behutsam ab und platzierte ihn langsam auf dem Toilettensitz. Sie nahm das Telefon und tauchte die Hand in das kalte Wasser, ohne die Spülvorrichtung zu berühren. Nachdem sie den Deckel wieder aufgesetzt hatte, riss sie etwas Toilettenpapier ab und wischte über die Oberfläche, wo das Telefon gelegen hatte. Sie betätigte die Spülung und suchte den Fußboden ab. Ihr Höschen und ihre Shorts lagen verknäult neben einem Wäschekorb.

22

AMAKA WAR EINE VON DREI GÄSTEN in dem kleinen Barbereich des Bogobiri House, der auch als Lobby und Restaurant fungierte. Vor ihr standen eine Schüssel Obstsalat und eine Tasse Kaffee, und sie saß mit Blick auf die Tür, sodass sie Gabriel schon beim Hereinkommen sah. Es war Viertel vor acht Uhr morgens. Er musste schnell gefahren sein. Er trug abgetragene zerknitterte Khakishorts und ein hellblaues Polohemd, das ebenfalls einmal gebügelt werden müsste. Aber selbst mit seinen Badelatschen, seinen Bartstoppeln und den ergrauenden Locken zog er noch immer die Blicke der anderen Frauen auf sich, die sich gerade mit Messer und Gabel durch ihr kontinentales Frühstück arbeiteten. Amaka war an die Wirkung seiner hellen *mixed-race* Haut auf Frauen bereits gewöhnt. Er scherzte häufig, sie selbst sei nur deshalb »immun gegenüber seinem Juju«, weil die beiden sich kannten, seit sie in Windeln herumgerannt waren.

Er setzte sich gegenüber von Amaka und legte einen braunen Umschlag auf den Tisch. »Erzählst du mir jetzt endlich, was zum Teufel los ist?«, fragte er.

Sie nippte an ihrem Kaffee und blickte ihn über den Rand der Tasse hinweg an. »Dir auch einen guten Morgen«, antwortete sie.

»Amaka, ich bin beinahe verrückt geworden vor Sorge um dich. Du sagst, jemand habe dich bedroht, dann legst du auf, und als ich versuche, dich zurückzurufen, ist dein Telefon ausgeschaltet. Weißt du, dass ich den Polizeipräsidenten angerufen habe?«

»Ernsthaft?«

»Ja. Ernsthaft. Ich habe mir Sorgen gemacht. Er hat mich fünf Minuten später zurückgerufen. Du warst im Haus eines Polizeiinspektors?«

»Das hat er dir erzählt?«

»Ja. Er meinte, du hättest versucht, einen Lynchmord in Oshodi zu verhindern. Was hast du dir dabei gedacht? Sie hätten dich ebenfalls umbringen können, Amaka. Er meinte, dieser Polizist habe dich gerettet. Inspector ...«

»Ibrahim. Und er hat mich nicht gerettet.«

»Genau, Ibrahim. Ich habe den Kerl angerufen. Ich habe mit ihm gesprochen.«

»Wirklich?«

»Ja. Er sagte, du hättest seine Wohnung mitten in der Nacht verlassen. Amaka, was zum Teufel geht hier vor?«

»Ist das das Geld?«

»Ja.« Er schob ihr den Umschlag hin. »Was hast du vor, Amaka?«

»Ich werde mich bloß um Dinge kümmern, um die ich mich schon längst hätte kümmern sollen.«

»Du machst mir Angst. Wieso sucht dieser Malik nach dir? Warum hast du überhaupt erst nach ihm gesucht? Und wer zum Teufel ist er eigentlich?«

»Es ist nichts, was ich nicht bewältigen könnte. Du musst mir einen Gefallen tun.«

»Keine Gefallen mehr, bis du mir sagst, was los ist.«

»Du musst für mich ein Treffen mit jemandem arrangieren.«

»Hast du nicht gehört, was ich gerade gesagt habe?«

Sie starrte ihn an und nahm einen Schluck aus ihrer Tasse.

»Mit wem?«, fragte er.

»Chief Ambrose Adepoju.«

»Prince. Nicht Chief. Und weshalb?«

»Ich brauche seine Hilfe. Arrangiere das Treffen, und ich erkläre dir alles.«

Von dort, wo Amaka geparkt und einen Jungen dafür bezahlt hatte, auf ihr Auto aufzupassen, war es noch ein langer Fußweg bis zum Oshodi-Markt, wo sie am Straßenrand zwischen Passant*innen, die auf im Verkehr feststeckende Busse warteten, stehen blieb. Dort konnte sie zwischen den vorbeifahrenden Autos erkennen, wo der Asphalt vom Feuer geschwärzt war. Die Luft stank nach Abgasen und dem Qualm von brennendem Abfall, aber sie roch darin auch brennende Haut. Für den Rest ihres Lebens würde sie in jeglicher Art von Rauch brennende Haut riechen.

Auf dem Markt herrschte das übliche Gedränge: Tausende Menschen in einen Straßenabschnitt gequetscht, baufällige Stände neben schmutzverkrusteten Regendächern und Markisen, Waren auf Matten auf dem blanken Fußboden. Eine sich bewegende, wogende, lautstarke Ansammlung von Verkäufer*innen und Kund*innen, Taschendieb*innen und Kids, die dafür bezahlt wurden, die Einkäufe anderer zu tragen, Propheten in weißen Umhängen, die Glocken läuteten und ihre Predigten hinausschrien, Kleinkriminelle und Händler*innen und unter ihnen auch Mörder*innen. Der Markt war zum Motiv vieler Maler*innen geworden, die das bunte Treiben oftmals von der schmalen Fußgängerbrücke darüber festhielten. Er sollte demnächst abgerissen werden, aber in der Zwischenzeit herrschte der übliche Betrieb, und es hieß sogar, die Regierung des Bundesstaates würde es nicht wagen, ihre Drohung wahrzumachen. Oshodi war ein gefährlicher Ort, hieß es, ein Ort, an dem Aufstände begannen und sich über den gesamten Bundesstaat ausbreiteten. Ein Ort, an dem man alles kaufen konnte, inklusive menschlicher Körperteile, war kein Ort, mit dem man sich anlegen sollte.

Autos fuhren über die Stelle, an der einen Tag zuvor ein Mensch gebrannt hatte, und Leute liefen daran vorbei, versuchten, einander auszuweichen, und streiften einander dennoch. Es war, als wäre es nie geschehen – als wäre Amaka nicht selbst beinahe von den Flammen der Gewaltorgie verschlungen worden.

Der Stelle am nächsten befand sich eine Gruppe Frauen mit von Tomaten überquellenden Körben. Am Tag zuvor hatte Amaka sie nicht gesehen – hatte sie durch den dichten mörderischen Mob nicht sehen können –, aber sie mussten ebenfalls dort gewesen sein, wie auch einen Tag zuvor und einen Monat zuvor. Jetzt saßen sie auf niedrigen Hockern hinter ihren Körben und riefen Amaka herbei. Jede von ihnen versuchte, ihre potenzielle Kundin davon zu überzeugen, ihre Tomaten seien »besser« und »süßer« als die der anderen, und aus ihnen ließe sich »eine Suppe kochen, nach der Ihr Mann verrückt sein wird«. Amaka wählte eine alte Frau in Iro und Buba aus unterschiedlichen Ankara-Stoffen. Sie hatte weder am lautesten gerufen noch ihr Angebot am überzeugendsten ausgeschmückt, aber die anderen Frauen um sie herum sahen aus, als wären sie in ihren Zwanzigern, während sie alt genug wirkte, um Kinder in ihrem Alter zu haben.

»Guten Abend, Ma«, sagte Amaka.

Die anderen Marktfrauen richteten ihre Aufmerksamkeit sogleich auf andere potenzielle Käufer*innen. Die alte Frau wedelte mit einer in der Mitte gefalteten Zeitung die Fliegen von ihren Tomaten.

»Fünf für zweihundert für Sie, meine Tochter«, sagte die Frau.

Amaka hockte sich neben ihren Korb. »Mama, ich kaufe heute nichts. Waren Sie gestern hier?«

»Gestern? Da war ich hier. Ich bin immer hier.«

»Haben Sie gesehen, was hier passiert ist?«

»Was denn?«

»Den Mann, der umgebracht wurde.«

Die Frau seufzte tief. »Wir haben es gesehen, meine Tochter. Wir haben es alle gesehen. Möge Gott ihm seine Sünden vergeben.«

»Mama, da war eine junge Frau. Ihr wollten sie auch etwas antun. Haben Sie es gesehen? Haben Sie gesehen, was mit ihr passiert ist?«

»Die junge Frau? Was haben Sie noch gleich gesagt, wer Sie sind?«

»Ich war auch hier. Ich habe versucht, der Frau zu helfen. Sie haben mir mit irgendetwas auf den Kopf geschlagen. Ein paar Frauen haben mich vor den Männern beschützt, bis die Polizei kam.«

»Polizei? Sind Sie Polizistin?«

»Nein, ich bin nicht von der Polizei. Mein Name ist Amaka. Ich bin eine gewöhnliche Bürgerin, genau wie Sie. Ich möchte nur wissen, was mit der jungen Frau geschehen ist.«

»Die Frau? Was haben Sie mit ihr zu tun?«

Amaka wurde sich der Menschenmenge bewusst, die sie umringte. Die anderen Händlerinnen waren zu ihnen getreten, und neben ihnen standen Männer in blutverschmierter Kleidung. Amaka richtete sich auf.

Ein untersetzter Mann in seinen Fünfzigern in Khakishorts und einem verblichenen blauen Polohemd, verschmiert mit rotbraunen Flecken, hielt eine Machete in der Hand und fragte die Frau: *»Mama, kíni ó bi yín?«* Die Dame erklärte ihm, dass Amaka nach dem Dieb gefragt habe, der am Vortag hier umgebracht worden war.

Der Mann erwiderte, er hoffe, sie habe ihr nichts erzählt. Die Frau schüttelte den Kopf und antwortete, das habe sie nicht.

Während er noch mit der Frau sprach, blickte der Mann Amaka an. Er sagte, sie sei vermutlich eine verdeckte Ermittlerin oder Journalistin.

Die Frau hob die Hände und wiederholte, sie habe nichts gesagt.

»Wer sind Sie? Wieso sind Sie hier?«, fragte der Mann Amaka.

Weitere Männer drängten sich in die Mitte des Halbkreises, der sich nun um Amaka und die alte Dame gebildet hatte. Die meisten waren oberkörperfrei, und ihre schlanken, harten Muskeln glänzten unter der vor Schweiß öligen Haut. Viele von ihnen hatten Macheten in der Hand.

»Orukọ mi ni Amaka«, sagte Amaka.

»Ah, ó gbọ́ Yorùbá o«, rief jemand.

»Wieso belästigen Sie diese Frau?«, fragte der untersetzte Mann.

»Ich habe Mama erklärt, dass ich gestern hier war, als es geschehen ist. Ich möchte wissen, was mit der jungen Frau passiert ist. Sie wurde beinahe gemeinsam mit dem Dieb umgebracht.«

»Da war keine junge Frau. Wir haben keine junge Frau gesehen. Die Polizei hat uns bereits befragt, und wir haben ihr erzählt, was ich Ihnen jetzt auch erzähle, dass wir nichts mit alldem zu tun hatten.«

Noch mehr junge Männer schlossen sich der Menge an. Amaka und die alte Frau waren umzingelt.

»Sie hatten nichts damit zu tun, was mit der jungen Frau passiert ist?«

»So verhaltet ihr gebildeten Leute euch immer, ihr geht davon aus, weil wir nicht so viel lesen wie ihr, hätten wir keinen Verstand im Kopf. Warum legen Sie mir Worte in den Mund? Oder sind Sie Anwältin? Habe ich etwas von einer jungen Frau gesagt? Ich sagte, wir hatten nichts mit den Area Boys zu tun, die den armen Jungen angezündet haben.«

»Sie haben recht, ich bin Anwältin, aber ich versuche nicht, Ihnen Worte in den Mund zu legen. Ich möchte lediglich die junge Frau finden.«

»Sind Sie mit ihr verwandt?«

»Ich kenne sie nicht. Ich möchte nur wissen, was mit ihr passiert ist. Wie ich bereits zu Mama gesagt habe, war ich hier und habe versucht, sie vor den Area Boys zu retten, aber dann sind die auch auf mich losgegangen. Außerdem möchte ich gern die Personen finden, die mir geholfen haben, die mich abgeschirmt und vor ihnen gerettet haben.«

Ein kleiner Junge neben dem Mann hatte sich Amakas Gesicht genau angesehen.

»Sie ist die Frau, die sich mit den Area Boys angelegt hat«, sagte er.

Nach und nach erkannten auch andere Menschen sie wieder.

Der untersetzte Mann studierte Amakas Gesicht. »Sind Sie das?«, fragte er und wies mit seiner Machete auf sie.

»Ja. Ich habe versucht, die junge Frau zu retten«, sagte Amaka und starrte ihm an seiner Machete vorbei in die Augen.

»Folgen Sie mir«, sagte er.

Die jüngeren Männer versammelten sich hinter Amaka.

»Wohin gehen wir?«, fragte sie.

Jemand schubste sie von hinten. »Folgen Sie uns einfach«, sagte der Junge, als Amaka sich nach ihm umdrehte. Seine Machete baumelte in seiner Hand.

»Was passiert hier? Wohin bringen Sie mich?«

Niemand antwortete.

23

EIN KONVOI AUS DREIZEHN FAHRZEUGEN, am vorderen und hinteren Ende Einsatzwagen der Polizei mit kreischenden Sirenen, kam zwischen zwei Reihen vor der Peace Lodge geparkter Autos in einer Linie zum Stehen. Uniformierte Polizist*innen und anzugtragende Frauen und Männer mit versteinerten Mienen sprangen heraus und blickten sich in der Gegend um, deren Ruhe von ihren Blaulichtern und Sirenen gestört worden war.

Soldat*innen in kugelsicheren Westen und Helmen, die Gewehre im Anschlag, verteilten sich mit dem Rücken zur Peace Lodge über die Straße und suchten die Umgebung ab.

Eine Frau in schwarzem Anzug, die Hand am Türgriff eines schwarzen Mercedes S-Klasse in der Mitte des Konvois, blickte sich ein letztes Mal um und zog dann die Tür auf. Andere Agent*innen in Anzügen versammelten sich um den Mann, der nun ausstieg, und eskortierten ihn zu dem bereits geöffneten Fußgängertor zur Peace Lodge, auf deren Grundstück keine Fahrzeuge zugelassen waren, wie wichtig die Person darin auch sein mochte. Aus dem Kofferraum eines schwarzen Land Cruisers im Konvoi holten zwei Polizisten eine große Aluminiumgeldkassette. Diese genoss den gleichen Schutz wie der Mann, der ihr vorausgegangen war.

Vor dem offenen Eingang zur Villa stand Otunba Oluawo und wartete darauf, den wichtigen Mann zu empfangen, der im Schutz seiner Bodyguards die lange Auffahrt hinaufgeführt wurde. Zu Oluawos Rechten stand Ojo, die Hände im Rücken verschränkt, Seite an Seite mit seinem engen Freund, dem Kommodore der

Marine außer Dienst Shehu Yaya. Links neben Otunba stand ein Mann in einer schwarzen Agbada, die Augen hinter einer Sonnenbrille versteckt. Was von seinem Gesicht zu sehen war, wirkte stoisch und ernst. Die vier in der Mitte wurden flankiert von anderen Männern und Frauen, die teure traditionelle Kleidung und Kauriketten um Hals und Handgelenke trugen. Es handelte sich um Parteigrößen und Chiefs.

Die Bodyguards und Soldat*innen traten beiseite, und ein kleiner Mann in einem gestärkten himmelblauen Dashiki und einem roten Hut lief lächelnd und mit ausgestreckten Händen auf Otunba zu.

»Vize«, begrüßte ihn Otunba und ergriff seine Hand. Der Vizepräsident wollte schon vor Otunba in die Knie gehen, aber dieser hob die Arme, um ihn davon abzuhalten. »Willkommen zu Hause. Abuja tut dir wirklich gut. Sieh dir nur deine Wangen an.«

»Baba, es ist nicht so rosig in der Hauptstadt. Molade ist der einzige Grund dafür, dass diese Wangen noch nicht eingefallen sind.«

»Bist du sicher, dass sie die Einzige ist, die in Aso Rock für dich kocht?«, fragte Otunba mit einem Lächeln im Gesicht.

Die beiden Männer lachten über ihren Witz, und die Umstehenden fielen ein.

»Ich überbringe eine Botschaft des Präsidenten«, erklärte der Vizepräsident.

»Das kann warten, bis wir im Haus sind. Hast du meinen Schwiegersohn schon kennengelernt?«

»Nein, die Ehre hatte ich bis heute noch nicht«, entgegnete der Vizepräsident, »aber ich habe schon viel von ihm gehört.«

Ojo verbeugte sich, als er dem Vizepräsidenten die Hand schüttelte. »Guten Morgen, Sir«, sagte er.

»Guten Morgen, Eure Exzellenz«, antwortete der Vizepräsident.

»Und Shehu kennen Sie ja bereits«, fügte Otunba hinzu.

Der Mann in der schwarzen Agbada, der die Hand ausgestreckt

hatte, um den Vizepräsidenten zu begrüßen, stand noch immer mit dem Arm in der Luft da.

Der Vizepräsident und Shehu umarmten sich, bevor sie einander abklatschten und mit den Fingern schnipsten.

»Old Navy«, sagte der Vizepräsident. »Ich wusste gar nicht, dass du Mitglied unserer Partei bist.«

»Tja, Ojo hier ist ein enger Freund«, antwortete Shehu.

»Du meinst, Seine Exzellenz«, bemerkte der Vizepräsident. All die Männer und Frauen lächelten, bis auf den Mann in der schwarzen Agbada, dessen Hand ignoriert worden war und den vorzustellen Otunba sich nicht die Mühe gemacht hatte.

Die Geldkassette wurde in ein Schlafzimmer getragen und dort auf dem Fußboden abgestellt. Nachdem die Träger sich entfernt hatten, waren nur noch der Vizepräsident, seine Beraterin, Otunba, Ojo und Shehu im Raum.

»Machen Sie sie auf«, sagte Otunba.

Die Mitarbeiterin des Vizepräsidenten beugte sich über die Kassette und öffnete sie. Sie klappte den Deckel ganz auf und trat dann einen Schritt zurück.

»Wie viel?«, fragte Otunba.

»So viel, wie du verlangt hast«, sagte der Vizepräsident.

»Dann kann ich also davon ausgehen, dass dein Chef unseren Kandidaten gutheißt?«

»Wir können es uns nicht leisten, Lagos zu verlieren«, erwiderte der Vizepräsident. »Er glaubt daran, dass du ihm den Bundesstaat liefern kannst.«

»Und glaubt er auch an meinen Schwiegersohn?«

»Er vertraut deiner Entscheidung vollkommen.«

»Gut. Wir werden es unten gleich gemeinsam verkünden.«

»Was machen wir mit dem stellvertretenden Gouverneur?«

»Was ist mit ihm?«

»Er hat eben gerade nicht glücklich ausgesehen. Er hat schon ein paar Leute gebeten, für ihn mit dem Präsidenten zu sprechen.«

»Und?«

»Er findet, er sollte als Kandidat nominiert werden.«

»Der Parteiausschuss hat entschieden. Sollte der Mann sich als stur erweisen, werde ich mich um ihn kümmern. Geh und warte unten auf mich.«

Der Vizepräsident und seine Beraterin verschwanden.

»Ojo, bring mir ein Bündel«, sagte Otunba.

Ojo raffte seine Agbada und presste sie an seinen Körper, ehe er sich hinunterbeugte, einen in Zellophan gewickelten Klotz aus Hundert-Dollar-Scheinen herausholte und ihn Otunba reichte, der die transparente Folie abriss. Ein paar der Bündel darin fielen auf den Rest der Klötze in der Kiste. Er gab Ojo ein Bündel zurück und den Rest an Shehu weiter, der begann, das Geld so ordentlich wie möglich wieder in der Kassette zu verstauen.

»Das ist für die Presse«, sagte Otunba zu Ojo, der mit dem Geld in den Händen auf Instruktionen wartete. »Sie speisen gerade im großen Esszimmer zu Mittag. Es ist wichtig, dass sie das Geld bekommen, bevor sie fertig sind, aber du darfst nicht derjenige sein, der es ihnen gibt. Sag Lasaki, er soll für jede Person fünfhundert in einen Umschlag stecken, dann geh ins Esszimmer und begrüße sie. Schüttele ihnen allen die Hände, frage sie, ob ihnen das Essen schmeckt, ob sie noch irgendetwas benötigen, ob du ihnen irgendetwas bringen kannst und ob sie es bequem haben. Und nachdem du das Zimmer verlassen hast, wird Lasaki eintreten und ihnen ihre Umschläge geben. Beantworte keine Fragen, wenn sie dir welche stellen. Lächele einfach nur und sage ihnen, sie sollen zuerst ihre Mahlzeit genießen.«

Ojo steckte das Geld in seine Hosentasche und ging. Shehu wollte ihn begleiten.

»Warte«, hielt Otunba ihn auf.

Als Ojo die Tür hinter sich geschlossen hatte, blickte Otunba auf das Geld hinunter und wedelte mit der Hand darüber.

»Alùjọnú bí owó ò sí«, sagte er. »Es gibt kein machtvolleres Wesen als das Geld. Hier drin ist genug davon, um Privatjets und ganze Grundstücke in Osborne zu kaufen und immer noch ausreichend Kleingeld für Hunderte und Aberhunderte Mercedes zu haben. Und wenn du vor all diesen Dingen stehst und sie betrachtest, fühlst du gar nichts. Aber wenn du vor einem Haufen Geld wie diesem hier stehst und dein Herz nicht stark genug ist, dann kann es dich in den Wahnsinn treiben. Das hängt mit dem Wesen zusammen, das dem Geld innewohnt. Geld ist Macht, dabei ist es nichts als Papier.«

Shehu hatte Otunba die ganze Zeit über beobachtet. Otunba drehte sich zu ihm um.

»Du bist sein Freund. Er erzählt nur Gutes von dir.«

»Vielen Dank, Sir.«

»Du beschaffst deinen reichen Freunden Mädchen.«

»Nein, Sir. Ich habe ein Cateringunternehmen. Ich organisiere Begleitungen.«

»Nenn es, wie du willst. Ein Mann wie du hat mehr verdient als das Taschengeld, das sie dir dafür geben. Was möchtest du, drinnen oder draußen?«

»Ich kann Ihnen nicht folgen, Sir.«

»Drinnen heißt eine Regierungsposition. Draußen heißt Auftragnehmer der Regierung. Du weißt, dass er der nächste Gouverneur wird und all das hier reine Formsache ist. Unsere Partei darf in diesem Bundesstaat nicht verlieren, du hast es vom Vize gehört – also vom Präsidenten selbst. Wir haben längst gewonnen. Wenn er ins Regierungsgebäude einzieht, welche Position hättest du dann gern? Stellvertretender Gouverneur kommt nicht infrage, ebenso wenig alle wirklich lukrativen Ämter, aber wir können trotzdem etwas für dich finden. Weißt du, der Bundesstaat Lagos ist der einzige Ort in Nigeria, an dem ein Igbo-Mann es ins Kabinett schaffen kann. Du kommst aus dem Norden, aber wir können trotzdem etwas für dich finden. Kannst du mir jetzt folgen?«

»Ja, Sir.«

»Du brauchst mir nicht sofort zu antworten. Denk darüber nach.«

»Vielen Dank, Sir.«

»Eine Sache müsstest du allerdings für mich tun: Von jetzt an folgst du ihm überallhin. Du hörst alles, was er hört. Du siehst alles, was er sieht. Du weichst nie von seiner Seite. Hast du verstanden?«

»Ich habe verstanden, Sir.«

»Gut. Und das hier bleibt unter uns.«

24

BLUTVERSCHMIERTE MÄNNER MIT MACHETEN umringten Amaka und führten sie durch den Markt. Sie marschierten mit ihr vorbei an von Kleiderbügeln baumelnden Anzügen und Hochzeitskleidern, an Haufen gebrauchter Damenunterwäsche auf Matten auf dem Fußboden, an Ständen mit geräuchertem Fisch, riesigen geräucherten Nagetieren und an Bretterbuden, die Autoradios verkauften. Sie schritten direkt durch die Menge, und die Menschen traten für sie beiseite.

Sie erreichten einen Bereich, in dem Tiere und Fleisch von unterschiedlichen Körperteilen auf Holztischen ausgelegt waren, die kreuz und quer von Messerspuren durchzogen und vom Blut dunkel verfärbt waren. Die Luft roch nach geschlachtetem Rind. Grüne Schmeißfliegen surrten von Tisch zu Tisch.

Die Männer nahmen Amaka mit hinter die Stände und in ein zweistöckiges Gebäude mit leerem Türrahmen. Sie führten sie durch einen dunklen Flur, der durch das gesamte Haus führte, in einen gepflasterten Hinterhof, der zu einer Seite abfiel. Dort wuschen junge Männer in Shorts oder hochgekrempelten Hosen mit Besen und Wasser aus Eimern geronnenes Blut in eine Rinne, die nun rot schäumte. Auf der anderen Seite des Hofs waren vom Gebrauch glatt geriebene Holzbänke und Metallstangen mit runden Zementgewichten in verschiedenen Größen zu sehen. Die Männer unterbrachen ihre Arbeit, um Amaka zu begutachten.

Bänke wurden herausgebracht, und Amaka wurde auf eine davon gesetzt. Der stämmige Mann nahm ihr gegenüber auf einer zweiten Bank Platz, und die anderen Männer versammelten sich um sie herum.

»Mein Name ist Ajani«, sagte der untersetzte Mann. »Ich bin der Präsident der Fleischervereinigung des Oshodi-Markts, Ortsgruppe 111. Sie behaupten, Sie haben gestern versucht, die junge Frau zu retten?«

»Ja.«

»Kennen Sie sie?«

»Nein.«

»Warum haben Sie dann Ihr Leben aufs Spiel gesetzt, um sie zu retten?«

»Sie ist eine Frau wie ich.«

»Sie wollen sagen, Sie kannten sie vorher nicht?«

»Nein.«

»Was hatten Sie dort zu suchen?«

»Ich war gerade mit dem Auto auf dem Weg zu jemandem, als ich sah, was vor sich ging.«

»In Ordnung. Die Frauen, die sich um Sie gestellt und Sie abgeschirmt haben, kamen von diesem Markt. Als wir die Straße erreicht hatten, war es schon zu spät, um den Jungen zu retten. Niemand von unserem Markt hatte irgendetwas damit zu tun. Haben Sie mich verstanden?«

»Ich habe Sie verstanden«, bestätigte Amaka.

»Diese Area Boys machen uns ständig Schwierigkeiten. Sie haben Oshodi einen schlechten Ruf eingebracht. Sehen wir so aus, als wäre einer von uns hier kriminell? Auf diesem Markt gibt es Ebira-Leute, Edo-Leute, Igbo, Hausa, Yoruba. Wir haben sogar Leute aus Lomé, und wir sind alle eins: keine Unterschiede zwischen uns, kein Kampf, kein Theater. Dieser Markt ist unser Zuhause. Weshalb sollten wir hier Schwierigkeiten wollen? Aber diese Jungs, die machen uns immer wieder Probleme, und jetzt wird die Regierung, die sowieso schon unsere Geschäfte plattmachen und uns von diesem

Ort verjagen will, diese Gelegenheit nutzen, um uns loszuwerden, obwohl wir in dieser Angelegenheit sauber sind.

Sie sagten, Sie seien Anwältin. Wir haben bereits zusammengelegt und Geld gesammelt, um einen Anwalt zu beauftragen, der uns dabei helfen sollte, die Regierung von der Zerstörung dieses Markts abzuhalten, aber wir wussten nicht, dass der Mann, den wir gefunden haben, bloß ein lausiger Niemand ist, der frühmorgens schon Paraga trinkt, bevor er zum Gericht fährt. Er hat uns den ganzen Prozess vermasselt. Die Regierung hat uns einen Termin genannt, an dem die Bulldozer herkommen und alles abreißen werden. Was können Sie tun, um uns zu helfen?«

Amaka ließ sich mit ihrer Antwort Zeit. Als sie schließlich sprach, wandte sie sich an die versammelte Menge, nicht nur an den untersetzten Mann. »Ich würde lügen, wenn ich behauptete, ich könnte irgendetwas dagegen unternehmen. Die Regierung lässt sich nicht aufhalten. Sie können lediglich mit ihr verhandeln und hoffen, dass sie Sie irgendwie entschädigt. Aber wenn irgendjemand von Ihnen jemals eine Anwältin braucht, kommen Sie einfach zu mir, und ich werde alles tun, was in meiner Macht steht.«

»Gegen den Räumungsbefehl können Sie nichts ausrichten?«, hakte Ajani nach.

»Nein.«

»Gar nichts?«

»Gar nichts. Ich würde lügen, wenn ich etwas anderes behauptete.«

»In Ordnung. Ich verstehe. Vielen Dank für Ihre Ehrlichkeit.« Er wandte sich an die Männer. »Bringt sie her.«

Amaka sah sich um.

»Haben Sie Geduld«, sagte Ajani.

Zwei Männer kehrten mit einer jungen Frau in ihrer Mitte zurück – es war die Frau, die Amaka vor dem Mob hatte retten wollen. Amaka stand auf. Die Männer führten die Frau zu ihr und setzten sie auf die Bank. Die Frau sah geradeaus, ihr zombiehafter Blick ging starr ins Leere. Amaka beugte sich vor, damit die Frau ihr Gesicht erkennen konnte. Sie winkte. Die Frau blinzelte weder, noch schaute sie Amaka an. Ihre Augen waren rot.

»Sie hat gesagt, ihr Name sei Chioma«, erklärte Ajani. »Sie sagte, der Junge, den sie umgebracht haben, sei kein Dieb gewesen. Er sei ihr Bruder. Hier in Lagos muss jemand bloß ›Dieb‹ rufen, und die Area Boys gehen auf denjenigen los und prügeln ihn zu Tode, und dann verbrennen sie ihn, auch wenn er noch nicht tot ist. Chioma weigert sich seit gestern, nach Hause zu gehen. Sie hat Angst, der Mann, der ihren Bruder umgebracht hat, werde kommen und sie holen, um sie ebenfalls zu töten.«

»Der Mann, der ihren Bruder umgebracht hat?«

»Ja. Sie kennt ihn. Sie soll es Ihnen selbst erzählen.«

25

VOR OJOS AUTO FUHR EIN POLIZEIWAGEN mit heulender Sirene. Auf der offenen Ladefläche saßen Polizist*innen, die ihre Waffen auf die anderen Verkehrsteilnehmer*innen gerichtet hielten.

»Lagos ist wirklich der einzige Ort auf der Welt, an dem man als Bettelknabe ins Bett gehen und als Milliardär aufwachen kann«, bemerkte Ojo. Shehu saß neben seinem Freund auf dem Rücksitz des Mercedes und hörte ihm zu. »Sieh mich an. Gestern noch war ich für all diese Leute nicht mehr als ein Witz, und heute nennen sie mich Exzellenz. Stell dir das mal vor. *Lagos na wa o.*«

»Um ehrlich zu sein, warst du aber auch nicht gerade ein Bettelknabe.«

»Nein. Aber du verstehst doch, was ich meine. In Lagos kann man in Windeseile aufsteigen, schneller als ... als ... ich weiß auch nicht. Du weißt schon, was ich meine.«

»Eine Bekannte von mir drückt es anders aus: Sie sagt, in Lagos wisse man nie, in wessen Bett man aufwachen wird. An einem Morgen liegt man auf seiner verlausten und zerlumpten schmalen Matratze auf dem nackten Fußboden in seinem rattenverseuchten gemieteten Zimmer, und am nächsten Morgen wacht man im Intercontinental Hotel in ägyptischen Baumwolllaken mit einer Fadendichte von eintausend neben irgendeinem Senator auf, der gleich einen Vertrag über fünf Millionen Dollar für einen unterschreiben wird. Mein Freund, du bist heute Morgen im richtigen Bett aufgewacht.«

Ojo starrte aus dem Fenster auf die vorbeiziehenden niedrigen Türme des Dolphin Estate. Er seufzte laut. »Shehu, ich habe ein Problem.« Nach einer Pause fügte er hinzu: »Erinnerst du dich noch an das Mädchen, das im Eko Hotel bei mir war?«

»Die hübsche Braut, die du in der Soul Lounge aufgegabelt hattest?«

»Sie hat mir etwas gestohlen.«

»Diese Frau? Was hat sie mitgenommen?«

»Die Speicherkarte aus meinem Telefon.«

»Sie hat dir eine Speicherkarte gestohlen?«

»Ja.«

»Wieso? Was ist darauf?«

Ojo schaute Shehu an. Dann warf er einen Blick auf den Fahrer. »Videos«, flüsterte er.

»Videos? Was für Videos?«

Ojo starrte seinem Freund in die Augen.

»Oh. Verstehe«, sagte Shehu und nickte.

»Nein. Es ist schlimmer. Ein paar der ...« Ojo warf noch einen prüfenden Blick auf Abiodun. »Ein paar der Mädchen sind jung.«

»Wie jung?«

»Ich weiß es nicht. Wirklich jung.«

»Achtzehn? Neunzehn?«

»Jünger.«

»Wie jung?«

»Ein Mädchen sagte, sie sei ... zwölf.«

»*Bura ubanka.* Zwölf. Olabisi! Zwölf. Warum?«

Ojo sah aus seinem Fenster.

»Wenn du Mädchen willst, besorge ich dir Mädchen, aber keine Kinder, Bisi. Keine Kinder. Das ist *haram.* Und du hast sie gefilmt. Warum?«

»Was können wir tun, Shehu?«

»Wir müssen die Frau finden.«

»Ich weiß. Baba sagte, ich solle ihm von allen Leichen erzählen, die ich im Keller habe, damit er sich darum kümmern kann. Ich sollte ihm davon berichten, oder?«

»Nein.«

»Nein?«

»Nein. Überlass das mir. Das ist ... das ist kriminell. Zwölf? Olabisi Ojo, zwölf. Warum?«

Ojo drehte sich erneut weg in Richtung Fenster. »Bitte, hilf mir, diese Sache aus der Welt zu schaffen.«

26

AMAKA VERSUCHTE ERNEUT, Blickkontakt zu Chioma aufzunehmen. »Mein Name ist Amaka«, sagte sie. »Ich war gestern hier. Erinnern Sie sich? Ich habe versucht, die Männer aufzuhalten, die Sie davongeschleift haben.«

Chioma sah Amaka an. Sie kniff die Augen zusammen, als versuchte sie, sich zu erinnern, aber nach wenigen Sekunden gab sie es auf und wandte sich wieder ab.

»Ich bin Anwältin, ich ...«

»Kingsley und seine Freunde haben meinen Bruder umgebracht«, sagte Chioma, noch immer ins Leere starrend. Ihre Stimme war ruhig und emotionslos.

»Wer ist Kingsley?«

»Mein Ex-Freund.«

»Wieso hat er ... wieso hat er das getan?«

»Weil Matthew ihn zu Hause aufgesucht und zur Rede gestellt hat.«

»Matthew ist Ihr Bruder?«

»Ja. Er hat bei mir gewohnt.«

»Und weswegen hat Ihr Bruder Kingsley zur Rede gestellt?«

»Ich hatte keine Ahnung, dass Kingsley uns beim Sex gefilmt hat. Nachdem wir uns getrennt hatten, hat er das Video an seine Freunde geschickt. Mein Bruder hat es gesehen.«

»Also hat Ihr Bruder ihn wegen dieses Videos zur Rede gestellt?«

»Ja.«

»Haben Sie eine Kopie des Videos?«

Chioma drehte sich zu Amaka um. Sie sah ihr einen Moment lang in die Augen, ehe sie sich wieder abwandte. »Nein.«

»Tut mir leid, dass ich gefragt habe. Ich versuche bloß, zu verstehen, was genau passiert ist. Warum sagen Sie, Kingsley und seine Freunde seien für den Mord verantwortlich?«

»Ich habe sie gesehen.«

»Wo? Gestern? Waren sie gestern hier?«

Chioma nickte. Amaka wollte nach ihrer Hand greifen, aber sie zog den Arm fort.

»Ich habe ihn angefleht, nichts zu unternehmen. Ich habe ihn gewarnt, dass Kingsley gefährlich ist. Ich sagte, er solle warten, bis ich von der Arbeit zurück bin, damit wir gemeinsam meinen Pastor aufsuchen und ihn um Rat bitten können. Aber er hat darauf bestanden, Kingsley zur Rede zu stellen, also habe ich darum gebettelt, früher von der Arbeit aufbrechen zu dürfen. Während ich zu Kingsleys Haus geeilt bin, bekam ich mit, wie die Area Boys jemanden verfolgten. Eine unserer Nachbarinnen sah mich. Von ihr erfuhr ich, dass es Matthew war, den sie jagten.

Ich bin ihnen hinterhergerannt. Kingsley und seine Jungs waren unter den Leuten, die Matthew verprügelt haben. Ich wollte den Reifen entfernen, den sie ihm um den Hals gelegt hatten, aber diese Leute ließen mich nicht näher kommen. Ich habe sie angefleht, aber sie haben mir nicht zugehört. Ich habe ihnen gesagt, dass er kein Dieb ist, aber sie haben mir nicht zugehört. Sie haben mich beschuldigt, ebenfalls eine Diebin zu sein. Dann haben sie ihn angezündet. Kingsley hat ihnen geholfen. Ich habe ihn gesehen. Ich habe ihm direkt in die Augen geblickt.«

»Wenn er dort war und Sie ihn gesehen haben, müssen Sie es der Polizei melden«, sagte Amaka. »Ich werde Sie begleiten, als Ihre Anwältin.«

Chioma blickte Amaka an. »Kingsley ist selbst Polizist.«

27

DIE POLIZEIESKORTE war gerade um den siebten Kreisverkehr auf der Schnellstraße zwischen Lekki und Epe gefahren, als sich ein Motorrad mit Fahrer und Beifahrer vor Ojos Wagen schob und den Mercedes von seiner Eskorte trennte. Abiodun stieg auf die Bremse. Chief Ojo, der keinen Gurt trug, knallte gegen den Fahrersitz und fiel halb in den Fußraum. Shehu löste seinen eigenen Gurt, um Ojo zu helfen. Abiodun spreizte die Finger gegenüber dem rücksichtslosen Motorradfahrer und öffnete dann die Tür, um auf die Straße zu treten. Der Beifahrer stieg ab. In den Händen hielt er eine Uzi, die zwischen seinem Bauch und dem Rücken des Fahrers verborgen gewesen war. Ohne Abiodun Zeit zum Aussteigen zu lassen, zielte er auf die Windschutzscheibe, ließ zwei kurze Salven los und kletterte dann wieder auf das Motorrad. Straßenhändler*innen und Passant*innen auf dem Gehweg rannten davon. Der Verkehrspolizist an der Kreuzung floh. Motorräder machten kehrt und rasten in die andere Richtung. Autos fuhren rückwärts in die Kühlerhauben der Autos hinter ihnen, und ein paar Fahrer*innen ließen ihre Fahrzeuge gleich ganz stehen.

Das Motorrad fuhr mit Vollgas davon in Richtung Ajah. Die Polizist*innen aus dem Begleitwagen rannten auf Ojos Mercedes zu und öffneten die Fondtür. Shehus Körper lag auf Ojos und presste ihn nach unten. Ojo schrie wieder und wieder: »Jesus, Jesus!« Die Polizist*innen griffen nach den beiden Männern und zogen sie auseinander. Ojo wehrte sich, behielt die Hände über dem Kopf und versuchte, sich im Fußraum zu verkriechen. »Jesus, Jesus!«

Die Polizei stoppte den Verkehr im Kreisverkehr und schwenkte dabei ihre Waffen, als würden weitere Attentäter unter den Fahrenden lauern, die sich unterhalb ihrer Fenster versteckt hielten. Passant*innen und Personen, die es gewagt hatten, aus ihren Wagen auszusteigen, machten Bilder mit ihren Telefonen. Der Polizeiwagen fuhr rückwärts auf den Mercedes zu. Ojo, von zwei Polizisten gehalten, die ihn zu ihrem Fahrzeug führten, drehte sich zu seinem Auto um. Die Windschutzscheibe war auf der Fahrerseite von Einschusslöchern durchsiebt. Abiodun war seitwärts auf den Beifahrersitz gesackt, seine Kopfstütze war rot verschmiert, und Blut floss aus seinem Körper auf die Mittelkonsole.

28

AMAKA LANGTE NACH HINTEN und öffnete die Fondtür. Zwei Männer mit braun verfärbten Blutflecken auf ihren Hemden und Hosen halfen der jungen Frau, die ihr Gesicht unter einem langen Stück Ankara-Stoff versteckt hatte, auf die Rückbank. Chioma legte sich flach hin und behielt das Tuch über dem Kopf. Die Männer schlossen die Tür und sahen dem Auto nach, als Amaka davonfuhr.

Amaka bog auf das Grundstück ein, und der Pförtner starrte auf den verdeckten Körper auf der Rückbank ihres Wagens. Gabriel und Eyitayo erwarteten sie vor der großen Veranda ihres weißen Bungalows. Das Ehepaar half Chioma aus dem Auto und führte sie, die Arme über ihre Schultern gelegt, in ihr Haus.

Gabriel stellte drei Schnapsgläser auf den Esstisch und schenkte in jedes von ihnen einen Schluck aus einer Flasche Hennessy XO. Eins der Gläser reichte er Amaka.

»Ich sollte eigentlich nicht«, sagte sie, nahm das Glas jedoch entgegen, leerte es und verzog das Gesicht, als der Alkohol ihr die Kehle hinunterrann. Sie hatte sich umgezogen und trug nun einen beigefarbenen Overall, den sie sich von Eyitayo geliehen hatte. Die beiden waren etwa gleich groß, und Eyitayo hatte dunkle Haut wie Amaka. Gabriel prahlte gern, seine Frau sehe aus wie Alek Wek. Amaka fand sie sogar noch schöner als das umwerfende Supermodel.

Gabriel setzte sich ihr gegenüber. Eyitayo saß zwischen ihnen am Kopfende des Tisches und starrte Amaka mit weit geöffnetem Mund an.

Gabriel leerte sein Glas und füllte es dann erneut auf. Wie auf sein Zeichen hob auch Eyitayo ihr Glas und leerte es ebenfalls. »O mein Gott, Amaka, die hätten dich umbringen können«, sagte sie.

»Jepp«, antwortete Amaka. »Aber ich bin noch am Leben, den Frauen auf dem Markt sei Dank.«

»Und das arme Mädchen. Zusehen zu müssen, wie ihr Bruder auf solche Weise ermordet wird«, fügte Eyitayo hinzu.

»Tiere. Ihre Anführer plündern täglich die Staatskasse, und sie tun nichts dagegen, aber wenn ein armer Schlucker beschuldigt wird, eine Brieftasche gestohlen zu haben, verbrennen sie ihn bei lebendigem Leib.« Amaka hielt Gabriel ihr Glas zum Nachfüllen hin. »Ihr hättet sie sehen sollen. Sie waren begeistert. Es hat ihnen Spaß gemacht – als wäre es eine Party oder so. Und statt zu helfen, haben die Leute nur zugesehen und es gefilmt.«

»Dieses Land«, sagte Eyitayo. Sie schauderte.

»Ich hatte alles aufgenommen. Ich hatte sie. Hätte ich bloß mein Telefon nicht verloren.«

»Was machen wir jetzt? Er darf damit doch nicht einfach davonkommen.«

»Das wird er nicht. Sie will allerdings nicht zur Polizei gehen.«

»Kannst du es ihr verübeln? Ihr eigener Freund. Das muss man sich mal vorstellen.«

»Ex-Freund. Ich werde sie dazu bringen, ihn anzurufen, und dabei das Gespräch aufnehmen. Hoffentlich sagt er irgendetwas, das ihn belastet, dann habe ich etwas, womit ich zur Polizei gehen kann.« Amaka schaute auf ihre Armbanduhr. »Ich muss los. Tut mir wirklich leid, euch so zur Last zu fallen. Ich wusste nicht, wohin ich sie sonst bringen sollte.«

»Sei nicht albern. Das ist doch kein Problem. Gabriel sagte, du hättest die Nacht in einem Hotel verbracht. Wieso bist du nicht hierhergekommen?«

»Es war spät. Ich wollte euch nicht stören.«

»Unsinn. Du kommst heute Abend wieder, ja?«

»Klar. Ich muss mich bloß um ein paar Dinge kümmern, meine Anschlüsse zurückbekommen, einen neuen Pass beantragen, ein paar Leute treffen, dann komme ich sie abholen. Ich will nur nicht, dass sie allein bleibt.«

»So habe ich das nicht gemeint. Du schläfst heute Nacht nicht in einem Hotel. Und deine Patentochter würde sich freuen, dich zu sehen.«

»Danke, Liebes, aber ich sollte heute Abend wieder nach Hause zurückkehren können. Die Straße kann ja nicht für immer gesperrt bleiben.« Amaka wandte sich an Gabriel. »Hast du mir den Termin beschafft?«

»Weißt du, Amaka, nur wenige Menschen in diesem Land haben die Sorte Beziehungen und werden so sehr respektiert, dass sie eine Person wie Ambrose einfach aus heiterem Himmel anrufen und ein Treffen verlangen können.«

»Sag mir, dass du zu diesen Menschen gehörst.«

»Das tue ich. Er wird dich heute Nachmittag empfangen. Er kennt deinen Vater. Das hat geholfen.«

Amaka stand auf und leerte den Rest ihres Brandys.

»Wohin willst du? Ich habe dir noch nicht einmal gesagt, wann oder wo.«

»Ich muss jemanden in Ikoyi treffen. Wann und wo?«

»Vier Uhr. Victoria Island. Er sagte, er werde mir den genauen Ort per Textnachricht mitteilen. Ist Guy der Jemand in Ikoyi?«, fragte Gabriel.

»Oh, Scheiße, danke, dass du mich daran erinnerst«, erwiderte Amaka. »Nein, er ist es nicht. Er ist gestern nach England zurückgeflogen. Scheiße.«

»Was ist?«

»Kurz vor der Sache in Oshodi hatte ich ihm eine Nachricht geschickt, dass Malik mich gefunden hat. Seitdem haben wir nicht mehr miteinander gesprochen. Er muss versucht haben, mich zu erreichen. Verdammt. Ich muss ihn anrufen.«

»Guy ist der Oyinbo-Junge, den du in den Yoruba Tennis Club mitgebracht hast?«, fragte Eyitayo. Amaka nickte. »Süßer Typ. Und du hast ihn in den Kleidern deines Vaters herausgeputzt. Alle haben euch angestarrt. Ihr wart so ein hübsches Paar. Zwischen euch beiden hat einfach die Chemie gestimmt. Seid ihr zusammen, oder werdet ihr bald zusammenkommen?«

Amaka lächelte. »Er ist in Ordnung.«

»Kommt er zurück, oder wie wollt ihr es machen? Fernbeziehungen können eine Herausforderung sein.«

»Ist noch zu früh, aber wir werden sehen.«

»Gabriel mag ihn. Er drückt ihm die Daumen.«

Gabriel zuckte mit den Achseln.

»Und wer ist Malik?«

»Ein Ärgernis«, antwortete Amaka. Sie nahm ihr geliehenes Telefon in die Hand und betrachtete es nachdenklich. »Kann ich ihn von deinem aus anrufen? Ich habe meine alten Nummern noch nicht zurück, und dieses hier möchte ich ausschließlich für die Arbeit verwenden.«

Sowohl Eyitayo als auch Gabriel entsperrten ihre Telefone und hielten sie ihr hin. Sie nahm Eyitayos Gerät und wählte Guys Londoner Nummer aus dem Gedächtnis. Es klingelte eine Weile, und sie wollte gerade auflegen, als jemand abhob.

»Hallo, Liebster«, sagte sie.

Eine weibliche Stimme antwortete: »Sorry, du willst wahrscheinlich Guy sprechen. Er steht unter der Dusche. Möchtest du ihm eine Nachricht hinterlassen oder später noch mal anrufen?«

»Ich rufe später noch mal an«, sagte Amaka und legte auf. Sie gab Eyitayo das Telefon zurück.

»Das ging aber schnell«, bemerkte Eyitayo.

»Er ist beschäftigt«, erklärte Amaka. »Ich muss mich beeilen, sonst stecke ich im Stau fest.« Sie lief bereits in Richtung Tür, als Eyitayos Telefon klingelte. Sie wirbelte herum. »Falls er das ist, geh nicht dran.«

Aber Eyitayo nahm den Anruf entgegen. »Hallo? Guy? Hier ist Eyitayo. Gabriels Frau. Wir sind uns auf der Party begegnet. Warte, ich gebe dir Amaka.«

Amaka nahm das Telefon entgegen und wandte dem Paar den Rücken zu.

»Amaka …«, sagte Guy und klang atemlos.

»War das Mel?«, fragte sie.

Eine lange Pause entstand. »Ja.«

»Deine Ex-Freundin. Cool. Tut mir leid, dass ich euch gestört habe. Ruf nicht noch einmal an. Das hier ist Eyitayos Telefon.« Amaka gab Eyitayo das Telefon zurück.

»Alles in Ordnung, Liebes?«, fragte diese.

»Ja. Bis später.« Amaka lief auf die Tür zu.

»Amaka«, rief Gabriel ihr hinterher.

»Was?«

»Wir hatten eine Abmachung, weißt du noch? Ich besorge dir den Termin, du sagst mir, was du vorhast. Ich schicke dir keine Details, bis du es mir nicht erzählt hast.«

29

HUNDERTE MÄNNER hatten sich auf der Straße und zwischen den vor der Peace Lodge geparkten Autos versammelt und schwenkten Schrotflinten und Macheten. Einige von ihnen hatten die Kampagnenplakate des verstorbenen Douglas von den Mauern gerissen und hielten sie über ihre Köpfe. Gemeinsam skandierten sie auf Yoruba: »Sie haben unseren Gouverneur ermordet, und wir haben geschwiegen, aber nun wollen sie den nächsten töten, und das werden wir verhindern. Wir bringen ihre gesamte Familie um, mit Kind und Kegel.«

Stunden zuvor war ein Mannschaftswagen der Polizei auf die Menge zugestürmt und hatte sich durch die Schläger gedrängt, um das Tor zu erreichen. Hinterher hatte sich das Gerücht verbreitet, der Wagen hätte Ojo zurück in die Peace Lodge gebracht. Der neue Kandidat der Partei hatte tatsächlich das versuchte Attentat überlebt. Die Polizist*innen und Soldat*innen bemühten sich kaum, die Menge unter Kontrolle zu bringen, abgesehen von einem Halbkreis vor dem Tor, wo die Presse ihre Kameras aufgebaut hatte und Militärpersonal hinter ihnen die Menschen zurückhielt.

Das Tor öffnete sich gerade weit genug, damit ein Mann sich seitlich hindurchzwängen konnte. Er begutachtete die Menge, schob dann den Kopf zurück in den Spalt und sprach mit den Personen, die auf dem Grundstück warteten. Die Tore öffneten sich.

Die Menge jubelte beim Anblick von Otunba und Chief Ojo, begleitet von einem Dutzend weiterer bekannter Politiker*innen sowie einem Dutzend bewaffneter Männer: Polizisten und Schläger.

Otunba hob die Hand, um die Menge zum Schweigen zu bringen, und wie ein Direktor vor seiner versammelten Schule konnte er die Schar beruhigen. Otunba richtete sich mit lauter Stimme an sie und unterstrich seine Rede mit erhobenem Zeigefinger.

»Nehmt all diese Plakate von Douglas herunter. Wir werden keinen toten Kandidaten wählen. Er wurde umgebracht, aber unser neuer Kandidat ist noch am Leben.«

Er hielt Ojos Hand hoch, und die Menge jubelte erneut.

Die Presse richtete Kameras und Mikrofone in Otunbas Richtung.

»Packt eure Waffen weg. Die Menschen schauen auf uns. Und Sie, Reporterinnen und Reporter, sorgen Sie dafür, unsere Anhängerschaft aufzunehmen. Sehen Sie, wie viele es sind. Sorgen Sie dafür, dass Sie sie ins Bild bekommen. Ich möchte keine Plakate von unserem verstorbenen Bruder Douglas sehen. Wir haben noch keine Plakate unseres neuen Kandidaten gedruckt, aber Sie können ihn jetzt fotografieren, dann werden wir die Zeitungen von morgen als Plakate verwenden.«

Die Menge jubelte.

Otunba ergriff das Mikrofon, überflog die Menge, räusperte sich und begann.

»Liebe Söhne und Töchter von Lagos, was sind das für Menschen, die versuchen, zwei Gouverneurskandidaten in zwei Tagen umzubringen?«

Die Reporter*innen wetteiferten um einen Platz direkt vor Ambrose. Er stand vor seinem Tor, flankiert von älteren Mitgliedern seiner Partei. Babalola beobachtete die Szene durch ein Fenster im Obergeschoss – er konnte nicht hören, was gesagt wurde, aber das Skript war von der inneren Parteiclique abgesegnet worden, wie Ambrose seine vertrautesten Kolleg*innen nannte.

Ambrose sprach wild gestikulierend, während sein Gesicht eine

Mischung aus Wut und Frustration zeigte und Speicheltröpfchen aus seinem Mund flogen.

»Genug ist genug. Wir dürfen nicht zulassen, dass diese Menschen den Bundesstaat Lagos durch ihre Habsucht oder ihre Machtgier in ein Schlachtfeld verwandeln. Sind das die Sorte Menschen, die um eure Stimme bitten? Menschen, die sich gegenseitig umbringen, nur um Gouverneur zu werden? Wenn sie ihre eigenen Brüder umbringen können, was würden sie dann erst euch antun, nachdem sie gewählt wären? Gestern ein Flugzeugabsturz, heute ein versuchtes Attentat. Wann würde es je aufhören? Wer steht als Nächstes auf ihrer Abschussliste? Unser eigener Kandidat? Ich? Ihr, die Wählerschaft? Sie wollen Lagos in ein Kriegsgebiet verwandeln.«

Eine Reporterin hielt ihr Aufnahmegerät vor Ambrose. »Otunba Balogun Oluawo hat Ihre Partei offiziell beschuldigt, hinter dem Mord an Chief Douglas und dem versuchten Attentat auf seinen Schwiegersohn und neuen Kandidaten, Chief Olabisi Ojo, zu …«

»Und ich werde Ihnen ganz offiziell mitteilen, dass wir ihn noch heute wegen Verleumdung verklagen werden. Wir haben unsere Anwälte damit beauftragt. *Ich* bin ihr Opfer. *Sie* sind ihr Opfer. Wir sind alle ihre Opfer, Opfer ihrer Machtgier. Und wir werden nicht ruhen, ehe wir ihre Identität offengelegt haben. Tatsächlich hat Dr. Babalola verkündet, sobald er im Amt sitze, werde er als Erstes die Polizei anweisen, eine gründliche Ermittlung einzuleiten, um diesen heimtückischen Taten auf den Grund zu gehen und die Identität der Verantwortlichen offenzulegen. Wir werden nicht zulassen, dass sie Lagos in ein Blutbad verwandeln.«

30

AMAKA LEHNTE SICH AN DEN RAHMEN der Fahrertür, ein Bein drinnen, eins draußen. Gabriel stand auf der anderen Seite der Tür, schirmte sich die Augen vor der Sonne ab und wartete darauf, dass sie das Wort ergriff, aber ihm schlug Schweigen entgegen. »Komm schon, Amaka, was geht hier vor?«

»Kennst du Chief Olabisi Ojo?«

»Nicht besonders gut. Ich weiß nur, dass er der nächste Gouverneur des Bundesstaates Lagos werden soll. Der Glückliche. Was hat er mit dir zu schaffen?«

»Was, wenn ich dir sage, dass ich ein Bild von ihm und mir an seine Frau geschickt habe?«

»Was? Du hast mit ihm geschlafen? Amaka, nein. Dieser schmierige Typ.«

»Nein, ich habe nicht mit ihm geschlafen. Komm schon, Gabriel. Und hattest du nicht gesagt, du wüsstest nicht besonders viel über ihn?«

»Ja, aber man weiß doch allgemein, dass er ein Manshewo ist.«

»Manshewo?«

»Ja. Männliche Ashewo, Schlampe.«

»Du spinnst. Wie auch immer, er ist der Grund dafür, dass ich nach Malik gesucht habe.«

»Okay. Jetzt fängst du wieder an, mir Angst einzujagen.«

»Ich habe ja selbst Angst, deshalb erzähle ich dir davon. Falls mir irgendetwas zustößt.«

»Du siehst aber gar nicht verängstigt aus, und bitte, sag so etwas nicht. Du treibst mich echt in den Wahnsinn. Irgendwie ahne ich, dass mir nicht gefallen wird, wo das hier hinführt.«

»Ojo hat eine junge Frau beinahe umgebracht, in einem Haus, das Malik gehört. Ein geheimer Sexclub namens Harem.«

»Was? Lass mich raten, du hast also beschlossen, selbst für Gerechtigkeit zu sorgen, *abi*?«

»Ich habe mich mit Ojo auf seinem Hotelzimmer getroffen. Er denkt, ich heiße Iyabo. Ich habe ihm etwas in den Drink getan.«

»Du hast was? Amaka. Verdammt.«

»Ich habe ein Foto von uns gemacht. Mein Gesicht kann man darauf nicht sehen. Ich habe es an seine Frau geschickt.«

»Meine Güte, Amaka.«

»Es kommt noch mehr. Ich habe eine Speicherkarte aus seinem Telefon mitgenommen.«

»Was ist darauf?«

»Wie er Sex mit Kindern hat.«

»Das gibt's doch nicht. Fuck, Amaka. Fuck. Ist dir klar, was du getan hast? Er wird Himmel und Hölle in Bewegung setzen, um dich zu finden und diese Karte zurückzubekommen.«

»Er hat mich bereits gefunden. Malik hat mich angerufen, weißt du nicht mehr?«

»Oh, Scheiße. Oh, Fuck. Okay. Jetzt verstehe ich. Ambrose ist der Vorsitzende der Oppositionspartei. Sein Kandidat ist der Underdog, der gegen Ojo antreten wird. Du wirst ihnen die Speicherkarte geben.«

»Nein. Ich habe sie verloren. Sie war in meiner Handtasche.«

31

OTUNBA HIELT EIN BLATT PAPIER in der Hand. Er saß in der Mitte seines Sofas, der Vizepräsident zu seiner Linken, Ojo zu seiner Rechten.

Ausgestreckt auf dem Fußboden, den Kopf vor Otunbas Füßen und die schwarze Agbada auf dem Teppich ausgebreitet, lag der stellvertretende Gouverneur und weinte.

Im Zimmer befanden sich noch etwa ein Dutzend anderer Politiker*innen, hochrangige Parteimitglieder, außerdem Shehu, der interessiert zusah.

»Ich möchte nur, dass er die Zusage unterschreibt, dass meinem Schwiegersohn nichts zustoßen wird«, erklärte Otunba und hielt das Blatt hoch. Er weigerte sich, den schluchzenden Mann zu seinen Füßen anzusehen.

Vom Fußboden aus bettelte der stellvertretende Gouverneur und richtete sein Flehen mit zitternder Stimme an den Vizepräsidenten.

»Ich schwöre beim Leben meiner Kinder, ich hatte nichts damit zu tun. Bitte, helfen Sie mir, Baba umzustimmen.«

»Welche von deinen Kindern meinst du?«, fragte Otunba. »Die Bastarde oder die, die du ins Regierungsgebäude mitnehmen wolltest?«

»Baba, ich verspreche Ihnen, ich hatte bei der Sache meine Finger nicht im Spiel. Ich habe mich niemals an so etwas beteiligt. Bitte, Baba, erhören Sie mein Flehen. Ich werde auf alles und bei allem schwören, was Sie mir nennen. Bibel, Koran, Ogún, ganz egal, Baba.«

»Seht ihr? Jemand, der bereit ist, auf alles zu schwören – beweist das nicht, dass er an gar nichts glaubt? Welchen Wert hätte sein Schwur schon? Unterschreib einfach die Zusage.«

»Aber, Baba, wie kann ich eine Zusage unterschreiben, Seiner Exzellenz keinen Schaden zuzufügen, wenn ich doch unschuldig bin? Bitte, setzen Sie sich bei Baba für mich ein.«

Der Vizepräsident ergriff das Wort. »Ich saß bereits in meinem Jet, als ich davon hörte. Ich sollte den Präsidenten heute eigentlich bei einem Stapellauf in Yola vertreten. Als ich ihn anrief, hatte auch er schon davon gehört.«

»Ich habe es nicht getan«, beteuerte der Stellvertreter. »Bitte, helfen Sie mir, Otunba umzustimmen. Eure Exzellenz, ich hatte meine Finger nicht im Spiel, Sir«, richtete er sich nun an Ojo.

Otunba hievte sich auf die Sofakante und blickte auf den stellvertretenden Gouverneur hinunter.

»Du hast nicht das Zeug zum Gouverneur. Das habe ich dir doch schon gesagt. Selbst der Stellvertreterposten, den wir dir angeboten haben, ist reines politisches Kalkül, du kannst deshalb nicht eines Tages für das Gouverneursamt kandidieren.

Als ich dir mitteilte, ich würde meinen Schwiegersohn aufstellen, bist du hierhergekommen und hast Nein gesagt. Zu mir, Otunba, hast du Nein gesagt. Habe ich dich etwa um Erlaubnis gebeten? Und nachdem die Parteimitglieder unsere Entscheidung bestätigt haben, besitzt du noch immer die Frechheit, heute hier anzukommen und allen zu erzählen, wir hätten dich hereingelegt. Denkst du etwa, das würde nicht an mich weitergetragen werden? Wer hat dich denn hereingelegt? Und dann stehst du heute Morgen bei der Verkündung da und verziehst das Gesicht so, dass die ganze Welt erfährt, wie unglücklich du mit unserem Kandidaten bist, *abi*?«

»Nein, Baba, ich habe mein Gesicht gar nicht verzogen. Die Sonne hat mich geblendet.«

»Oh. Die Sonne hat dich also geblendet? Wieso hat sie mich dann nicht geblendet?«

»O mein Gott, Herr, steh mir bei«, rief der stellvertretende Gouverneur aus. Er vergrub den Kopf in den Teppich. Sein Rücken zitterte.

Der Vizepräsident rutschte zu Otunba an die Sofakante. »Baba, ich bitte Sie, er soll einfach sein Wort geben. Er muss nichts unterschreiben. Der Präsident hat mir bereits versichert, er werde uns jede Unterstützung zukommen lassen, um die Schuldigen zu finden. Bitte, Baba, tun Sie es für mich. Bitte.«

Otunba blieb auf dem Sofa sitzen, während alle anderen den Raum verließen. Einzig Shehu saß noch bei ihm. Ojo kehrte zurück, nachdem er den Vizepräsidenten zur Tür gebracht hatte. Er setzte sich wieder neben seinen Schwiegervater.

»Komm her«, sagte Otunba zu Shehu. »Stell dich dort hin.«

Shehu stellte sich vor Otunba.

»Du auch«, verlangte Otunba.

Ojo drückte sich vom Sofa hoch und stellte sich neben Shehu.

»Und nun sagt mir, weshalb versucht jemand, dich umzubringen?«

»Du meintest doch, es sei der stellvertretende Gouverneur gewesen«, erwiderte Ojo.

»Halt die Klappe. Anscheinend bist du ein Vollidiot. Allen war doch klar, dass er nichts damit zu tun hatte. Sogar Shehu weiß das. Ich habe die Situation nur genutzt, um ihn in seine Schranken zu weisen. Du musst wirklich dumm sein, wenn du geglaubt hast, er hätte etwas damit zu tun gehabt, und in dem Fall weißt du tatsächlich nicht, wer versucht hat, dich umzubringen. Oder aber, du bist gar nicht so dumm und lügst mich nur an, wenn du behauptest, du würdest glauben, dass er es war. Was davon stimmt?«

»Ich weiß nicht, wer es getan hat, Sir.«

»Du weißt nicht, wer es getan hat? Was ist mit dir, Shehu, wer will deinen Freund umbringen?«

»Ich persönlich glaube nicht, dass es ein versuchtes Attentat war«, antwortete Shehu. »Der Schütze hatte ein freies Schussfeld, trotzdem hat er es nur fertiggebracht, den Fahrer auszuschalten.«

»Also glaubst du, dass es eine Warnung war?«

»Höchstwahrscheinlich.«

»Nun, wer warnt dich also?«, wollte Otunba von Ojo wissen. »Und weswegen warnt man dich?«

»Vielleicht ist es die Opposition«, meinte Ojo.

Otunba sah ihn lange verächtlich an. »Ich habe dich gebeten, mir von all deinen Leichen im Keller zu erzählen, damit wir uns darum kümmern können, bevor so etwas passiert. Nun sag mir, wer hat Angst davor, dass du Gouverneur wirst?«

Ojo und Shehu blickten einander an.

»Was ist los?«, fragte Otunba. »Wir drei bleiben hier, bis einer von euch es mir sagt.«

»Da ist dieses Mädchen«, sagte Ojo, noch immer Shehu zugewandt. »Sie heißt Iyabo.«

»Erzähl mir alles«, verlangte Otunba.

Ojo sprach zehn Minuten lang ununterbrochen.

Otunba starrte zwischen Shehu und Ojo ins Leere und nickte die ganze Zeit über, die Ellbogen auf die Knie und das Kinn auf die verschränkten Finger gestützt.

»Man hat dich in eine Falle gelockt«, stellte Otunba schließlich fest, den Blick noch immer geradeaus gerichtet. »Du sagst, du weißt nicht, wie du das Mädchen finden sollst. Aber das reicht mir nicht. Du musst sie finden. Sie ist gefährlich. Das Foto, das sie an Matilda geschickt hat, sollte dich nur wissen lassen, dass sie es ernst meint, wenn sie dich kontaktiert. Wahrscheinlich hat sie noch mehr Fotos aufgenommen. Sie wird sie an die Presse schicken, dich damit erpressen oder zur Opposition gehen. Nach der Bekanntgabe deiner

Kandidatur heute dürfte ihr Preis gestiegen sein, aber wir können es uns nicht leisten, sie einfach zu bezahlen.

Finde sie, oder finde heraus, wie sie zu finden ist, und sag mir dann Bescheid. Und besorg mir das Bild vom Telefon deiner Frau. Sie hatte so etwas erwähnt. Ich hielt es für belanglos, aber jetzt wünschte ich, ich hätte es ernst genommen.

Diese Sache sollte dich lehren, dass jede Handlung Konsequenzen hat. Es war dein Handeln, deine Fahrlässigkeit, die nun dieses Mädchen das Leben kostet.«

32

AMAKA PARKTE AM STRASSENRAND vor einem Laden mit großen bodentiefen Schaufenstern, hinter denen Grabsteine aus Granit und Marmor ausgestellt waren. Über dem Eingang zwischen den Fenstern verkündete ein Schild mit goldener Schrift auf schwarzem Marmorhintergrund: »B. Adeniran & Söhne. Bestattungen.«

Amaka sah sich um, überprüfte die Adresse in einer Textnachricht und sah sich dann noch einmal um. Sie wählte eine Nummer und überflog die Geschäfte auf der anderen Straßenseite.

Ibrahim klopfte an Amakas Fenster und ließ sie in ihrem Sitz zusammenzucken. Sie beendete den unbeantworteten Anruf bei ihm und öffnete das Fenster. »Sie haben mich erschreckt«, sagte sie.

»Tut mir leid. Wie geht es Ihnen?«, fragte Ibrahim.

»Was tun Sie hier? Ist jemand gestorben?«, wollte sie wissen.

Er warf einen Blick auf den Laden. »Ich hatte schon lange vor, einen Stein für das Grab meines Vaters zu besorgen. Ich bin hier, um mich danach zu erkundigen.«

»Oh, das tut mir leid.«

»Ach, nein, er ist vor sieben Jahren gestorben. Ich bin bloß einfach nie dazu gekommen.«

»Verstehe. Wo ist Ihr Wagen?«

»Ich habe meinen Fahrer zum Tanken geschickt. Haben Sie schon getankt?«

»Nein. Wozu?«

»Wir erwarten Unruhen. Es gab ein paar vereinzelte Tumulte, die wir unter Kontrolle bekommen haben, aber sobald die Parteien Zeit hatten, ihre Schläger zu bewaffnen, gehen wir von Ausschreitungen im ganzen Land aus. Womöglich wird sogar der Ausnahmezustand verhängt.«

»Wegen des abgestürzten Flugzeugs?«

»Haben Sie es noch nicht gehört? Es wurde versucht, auch den Ersatz für ihn umzubringen. Die Partei hat bereits einen neuen Kandidaten ausgewählt. Chief Olabisi Ojo. Heute wurde ein Anschlag auf ihn verübt.«

»Tatsächlich. Er hat überlebt?«

»Ja. Sie sollten heute nicht mit dem Auto unterwegs sein. Was war so dringend, dass es nicht warten konnte, bis ich wieder auf dem Revier bin?«

»Ich möchte ein Verbrechen melden.«

Mit einer glimmenden Zigarette in der Hand beobachtete Shehu ein einzelnes vertrocknetes Blatt, das auf dem glitzernden Poolwasser trieb. Ojo stand neben ihm vor dem leeren Poolhaus, im Schatten des aufragenden Hauptgebäudes. Abgesehen von Toiletten und privaten Schlafzimmern war dies der einzige Ort in der Peace Lodge, an dem sie ungestört sein konnten. Politiker*innen und ihre Schläger hatten das Gebäude in Beschlag genommen.

»Ich hatte Angst, du würdest die Speicherkarte erwähnen«, sagte Shehu.

Ojo hatte schon einmal nachgesehen, versicherte sich nun aber erneut, dass niemand im Poolhaus war, der sie hören konnte.

Beinahe flüsternd fragte er: »Denkst du, ich hätte ihm davon erzählen sollen?«

»Auf keinen Fall. Niemand außer dir und mir darf davon wissen.«

»Und wenn sie sie an die Presse schickt? Oder der Opposition gibt?«

»Nun, genau aus diesem Grund muss ich sie finden, bevor dein Schwiegervater oder irgendjemand anderes es tut.«

»Wie willst du sie finden?«

»Ich weiß, wo du sie kennengelernt hast, und ich weiß, wie sie aussieht. Ich habe noch immer Zugang zu Ressourcen – die Art von Leuten, die andere Leute finden. Ich werde sie aufspüren.«

»Und dann?«

»Dann finden wir heraus, was sie will, wer außer ihr die Videos noch gesehen hat und für wen sie arbeitet.«

»Du denkst, sie arbeitet für jemanden? Vielleicht für die Opposition?«

»Wie kann es die Opposition sein? Wussten sie etwa, dass Douglas bei einem Flugzeugabsturz über seinem eigenen Haus ums Leben kommen würde?«

»Aber wenn die Opposition ihn umgebracht hat?«

»Also haben sie Douglas ausgeschaltet und gleichzeitig diese Frau losgeschickt, um dir eine Speicherkarte zu stehlen, weil sie bereits wussten, dass Otunba dich als Ersatzkandidaten aussuchen würde?«

»Du hast recht. Ich kann nicht klar denken. Ich bin völlig fertig, Shehu. Vielleicht sollte ich es Otunba sagen.«

»Hör zu, alter Junge, wer auch immer diese Videos in die Finger bekommt, kann dich damit dein Leben lang zu seiner Marionette machen. Oder dich gar ins Gefängnis bringen. Hast du verstanden? Niemand, nicht einmal Otunba, darf diese Videos sehen. Lass mich die Frau finden und diese Bedrohung eliminieren.«

»Du meinst, du willst …?« Er wartete darauf, dass Shehu seinen Gedanken zu Ende führte.

Ein Mann mit einem Kescher trat aus dem Haus und kam auf den Pool zugelaufen. Er verneigte sich vor ihnen, warf sein Netz in das glitzernde Wasser und zog es über die Oberfläche.

»Ich werde nichts anderes tun, als was dein Schwiegervater auch tun würde«, sagte Shehu. »Nur würde bei mir niemand sonst von den Videos erfahren.«

»Danke, Shehu. Ich danke dir so sehr.«

»Steigen Sie ein«, sagte Amaka. Sie beugte sich über den Beifahrersitz und öffnete Ibrahim die Tür.

»Was für ein Verbrechen?«, wollte Ibrahim wissen, als er sich neben sie setzte. Er suchte nach dem Griff, um seinen Sitz zu verstellen. »Sprechen Sie von dem Lynchmord in Oshodi? Von der jungen Frau, die Sie gesehen haben?«

»Nein. Und übrigens habe ich sie gefunden.«

»Ernsthaft? Geht es ihr gut?«

»Ja. Der Junge, den sie umgebracht haben, war ihr Bruder.«

»Kai!«

»Sie hat einen der Männer wiedererkannt, die ihn gelyncht haben.«

»Das ist gut. Bringen Sie sie aufs Revier, damit sie eine Aussage machen kann. Wo ist sie jetzt?«

»Sie steht noch unter Schock. Ich werde sie aufs Revier bringen, wenn sie stabil genug ist. Hören Sie, vor ein paar Monaten wurde eine junge Frau zu den Street Samaritans gebracht. Man hatte sie nackt und kaum bei Bewusstsein auf der Schnellstraße zwischen Lagos und Ibadan aufgefunden. Sie war zusammengeschlagen worden.«

»Eine Sexarbeiterin?«

»Nein. Sie ist eine von vielen jungen Frauen, die in einem Gebäude mitten im Wald zwischen Lagos und Ibadan als Sexsklavinnen gehalten werden.«

Ibrahim drehte seinen Oberkörper in Amakas Richtung.

»Das hat sie Ihnen erzählt?«

»Ja.«

»Und Sie glauben ihr?«

»Ja. Wie es sich anhört, könnte es sogar eine Babyfabrik sein. Sie vergewaltigen die Frauen ununterbrochen, damit sie schwanger werden, und verkaufen dann ihre Babys.«

»Das Mädchen ist von diesem Ort entkommen?«

»Mehr weggeworfen worden als entkommen. Man hielt sie für tot, deshalb wurde sie auf der Schnellstraße liegen gelassen.«

»Meine Güte.«

»Ich versuche seither, den Ort zu finden. Sie wurde mit verbundenen Augen dort hingebracht. Sie beschrieb es als ein großes Gebäude auf einem weitläufigen Gelände, umgeben von Wald. Ich habe auf Google Maps nachgesehen. Es gibt Hunderte solcher alleinstehender Häuser an allen möglichen Orten. Ich war bei den Ministerien für Landesentwicklung und Wohnen von Lagos, Ogun und Ibadan. Sie hatte mir den Namen des Besitzers genannt. Malik. Ich hoffte, ihn auf einer Baugenehmigung oder in einem Grundbucheintrag zu finden.«

»Malik, und wie weiter?«

»Ich weiß es nicht.«

»Sie hätten zu mir kommen sollen. Wo ist die junge Frau jetzt?«

»Das ist ja das Problem. Nachdem sie sich erholt hatte, haben wir ihr geholfen, Lagos zu verlassen. Seit gestern habe ich sie nicht mehr auf dem Telefon erreicht. Ich habe mehrmals versucht, sie anzurufen, und ihr Nachrichten geschrieben. Heute Morgen war ihr Telefon noch immer ausgeschaltet, und sie hat auf keine meiner Nachrichten geantwortet. Sie hätte mir Bescheid gegeben, wenn sie eine neue Nummer hätte.«

»Sie denken, ihr ist irgendetwas zugestoßen?«

»Ich hoffe nicht. Vielleicht antwortet sie auch nicht, weil ich mich nicht von meiner üblichen Nummer aus gemeldet habe. Aber ich mache mir Sorgen. Malik hat mich auf meinem Telefon angerufen. Er weiß, dass ich nach ihm suche. Er hat mich bedroht. Es kann nur sie gewesen sein, durch die er von mir erfahren und meine Nummer bekommen hat. Vielleicht hat er sie gefunden.«

Ibrahim starrte eine Weile auf das Armaturenbrett. »Im Augenblick kann ich wirklich nichts unternehmen. Sie können die junge Frau nicht kontaktieren, Sie wissen nicht, wo das Gebäude zu finden ist, und Sie wissen noch nicht einmal, wer dieser Malik ist.«

»Wenn ich herausfinde, wer er ist, können Sie dann etwas unternehmen?«

»Ich weiß es nicht. Ich brauche die Aussage der jungen Frau. Finden Sie sie erst einmal, dann sehen wir weiter. Zum jetzigen Zeitpunkt kann ich Ihnen nur raten, vorsichtig zu sein.«

33

HOHE BÄUME formten ein dichtes Blätterdach, und der Boden war von verschlungener Vegetation bedeckt. Zwei oberkörperfreie Männer gruben mit Schaufeln, während ihnen der Schweiß von ihren nackten Rücken rann und um sie herum Moskitos surrten. Etwa einen Meter in der Tiefe erreichten sie den Leichnam. Die Männer legten die Schaufeln beiseite und schoben die Erde mit den Händen weg. Unter dem pinkfarbenen Polohemd und der Jeans hatte die Leiche begonnen, sich aufzublähen. Die Männer wühlten in der Erde, einer auf jeder Seite des geöffneten Grabs. Der Mann am Fußende stieß in der Nähe der Beine der jungen Frau auf pinkfarbenes Plastik. Er stand mit ihrem Telefon in der Hand auf, rieb mit den Fingern darüber und wischte es dann an seiner Hose ab. Als sie sie begraben hatten, hatten sie ihre Habseligkeiten mit hineingeworfen: Telefon, Handtasche und Schuhe.

Der Mann wischte sich mit dem Unterarm das Gesicht ab, blinzelte den Schweiß weg und schlug nach einem Moskito, der vor seinem Gesicht herumschwirrte. Er drehte das Telefon um und drückte mit dem Daumen auf den Einschaltknopf. Das Display leuchtete auf. Er wartete, bis er die Symbole sehen konnte, dann hielt er denselben Knopf gedrückt, um das Telefon wieder auszuschalten, und steckte es in seine Hosentasche.

Sie begannen, den Leichnam erneut mit Erde zu bedecken.

Malik lehnte sich in seinem großen burgunderroten Schreibtischstuhl nach vorn. Das Lederpolster quietschte. Zwei Klimaanlagen summten und hielten das Zimmer konstant bei siebzehn Grad. Ein geschlossener silbergrauer Apple-Laptop war der einzige Gegenstand auf der roten Lederoberfläche des Holzschreibtisches. Sisi, hochgewachsen mit im Fitnessstudio gestählten Muskeln und unbeweglichen, in Brasilien erworbenen Brüsten, stand in einem durchsichtigen schwarzen Top und schwarzen Hotpants neben Malik hinter dem Tisch. Ihnen gegenüber saßen zwei Russen mittleren Alters und tranken Kaffee aus Teetassen, die in ihren dicken, mit Klunkern geschmückten Fingern winzig aussahen. Beiden Männern war schon mehr als einmal die Nase gebrochen worden. An ihren gebräunten Hälsen blitzten unter ihren weißen Hemden Goldketten auf. Hinter ihnen standen zwölf junge Ukrainerinnen in einer Reihe, traten von einem Bein aufs andere, starrten auf die Personen, die sich am Schreibtisch unterhielten, und lauschten auf Wörter, die sie verstanden.

»Wie lange kann ich sie haben?«, fragte Malik. Sein Blick wanderte von einer jungen Frau zur nächsten, von ihrem Gesicht bis hinunter zu den Füßen und wieder hoch zum Gesicht.

Der Mann rechts hob drei Finger hoch. »Drei Wochen. Nur drei Wochen. Dann ich komme und nehme sie mit.« Er sprach mit starkem Akzent.

»Und die ärztlichen Untersuchungen?«

»Alle Bescheinigungen da, ich habe Sisi bereits gegeben.«

Malik schaute Sisi an. Sie nickte.

»Sagen Sie ihnen, sie sollen sich ausziehen.«

Der Mann drehte sich um und sagte etwas auf Russisch. Ein paar der jungen Frauen hatten schon angefangen, ihre Kleider abzulegen.

»Ich brauche noch etwas von Ihnen, Dmitry. Etwas ganz Spezielles«, fügte Malik hinzu.

»Sehr junges Mädchen?«

»Nein. Eine Transe. Wissen Sie, was das ist?«

»*Da.* Transvestit. Mädchen mit …« Er deutete mit dem Finger über seinem Schritt einen Penis an.

»Ja. Können Sie mir eine beschaffen?«

»Eine? Ich kann Ihnen viele beschaffen. Sie sagen Bescheid, ich bringe.«

»Nur eine. Er … Sie muss aussehen wie eine Frau.«

»Die sind sogar noch mehr sexy als echte Frau.«

»Ich möchte eine, die jung aussieht, gute Brüste, guter Körper, Stimme wie ein Mädchen. Und ich möchte Bilder von ihr sehen, bevor Sie sie bringen.«

»Kein Problem. Wann wollen Sie Transe?«

»So bald wie möglich.«

Hinter den Frauen klopfte jemand an die Tür. Sie drehten sich alle um. Die Tür öffnete sich. Naomi betrat das Zimmer in einem roten BH, rotem Höschen, roten High Heels und schwarzen Strümpfen mit Strapsen. Sie lief mitten durch die Frauen hindurch. In der Hand hielt sie einen braunen Umschlag, den sie Malik reichte.

Malik riss den Umschlag auf und schaute hinein. Er kippte ihn aus, und ein Telefon mit pinkfarbener Hülle fiel auf seinen Schreibtisch. Er hob das Gerät mit Daumen und Zeigefinger hoch und drehte es um, betrachtete es eingehend und blickte dann auf. Naomi starrte das Telefon an. »Was?«, fragte Malik.

Naomi schüttelte den Kopf. »Nichts. Gar nichts ist los.«

»Ich habe dich nicht gefragt, was los ist.«

»Tut mir leid.«

34

EIN MANN in einem weißen Matrosenanzug hielt Amaka die Hand hin. Er war von der Yacht heruntergestiegen, um ihr an Bord zu helfen. Sie ignorierte sein Angebot, griff mit einer Hand an das Geländer und blickte beim Betreten der steilen Gangway hinab auf das Metallgitter unter ihren Füßen. Das Schiff lag an einem privaten Anlegeplatz des exklusiven Aquamarine Boat Club des Civic Centre auf der Ozumba Mbadiwe Avenue vor Anker. Auf der Bordwand der Megayacht stand in Goldbuchstaben: *Ẹja nlá* – Großer Fisch.

Amaka gab acht, mit den Absätzen nicht in die winzigen Löcher unter ihren Füßen zu rutschen. Zu beiden Seiten hob und senkte sich der Plastikmüll in der Lagune von Lagos gemeinsam mit dem Wasser und schwappte gegen den Beton.

An Bord wurde sie von einem Albino-Mann erwartet. Er bat sie, ihm zu folgen, und führte sie durch eine Tür in einen Aufenthaltsbereich mit weißen Ledersesseln vor eichengetäfelten Wänden mit Bullaugen. Von dort führte eine Treppe ins Oberdeck.

Der Mann ging als Erstes hinauf. Oben stießen sie auf eine Gesprächsrunde. Der Raum hatte weiße Wände, die Decke war verspiegelt, und der Fußboden war mit einem cremefarbenen Hochflorteppich ausgelegt. Eine Gruppe Chinesen in Anzügen besetzte zwei der fest eingebauten weißen Sofas. Auf einem anderen erkannte Amaka den Thronanwärter der Mourtadas. Es machte Klick – die Yacht gehörte also der milliardenschweren libanesischen Familie. Allein auf einem weiteren Sofa saß Ambrose, der kleinste von allen Männern im Raum.

»Hier entlang, bitte«, sagte der Albino und streckte die Hand in Richtung der Glastür aus. Die Männer unterhielten sich weiter. Amaka drückte die Tür auf und trat hinaus an Deck. Sie betrachtete den Whirlpool am hinteren Ende und schaute dann auf zu dem nautisch inspirierten Gebäude des Civic Centre, ehe sie den Blick über die anderen Boote schweifen ließ, die neben der *Ẹja nlá* vor Anker lagen. Schließlich sah sie über die Lagune hinweg bis zum Oyinkan Abayomi Drive. Hinter den Bäumen, die die Lagune säumten, befand sich ihr Haus. Als sie an den Männern vorbeigelaufen war, hatten diese weitergeredet, als hätten sie sie nicht bemerkt. Jetzt setzte sie sich mit dem Gesicht zu ihnen hin. Sie standen auf. Amaka beobachtete sie. Ambrose gab den anderen ein Zeichen, sich wieder zu setzen, sagte etwas, drehte sich dann um und kam mit dem Albino-Mann im Schlepptau auf die Tür zu.

Er trat heraus an Deck, kniff die Augen vor der Sonne zusammen und kam auf Amaka zu. Er war noch kleiner, als sie erwartet hatte.

»Sie sind Amaka?«, fragte er, machte jedoch keine Anstalten, ihr die Hand zu reichen. Der Albino stand hinter ihm, die Augen hinter den verspiegelten Gläsern seiner Brille verborgen.

»Ja«, sagte Amaka und erhob sich. »Vielen Dank, dass Sie sich Zeit für mich genommen haben.«

»Ja, ja. Wie Sie sehen können, bin ich sehr beschäftigt. Was brauchen Sie von mir?« Er schaute auf seine Armbanduhr.

»Ich habe Informationen über Chief Olabisi Ojo. Im Gegenzug möchte ich Ihrer Partei beitreten.«

Er hob den Blick. »Was für Informationen?«

Sie sah den Albino an.

»Schnell«, sagte Ambrose. »Ich muss zurück in mein Meeting.« Er schaute noch einmal auf die Uhr.

»Videos, die ihn vernichten können.«

»Wo sind diese Videos?«

»Auf einer Speicherkarte, die ich aus seinem Telefon entwendet habe.«

»Haben Sie sie bei sich?« Er streckte die Hand aus.

»Nein.«

»Bringen Sie sie heute Abend zu mir nach Hause. Fragen Sie Gabriel nach der Adresse.«

Er drehte sich um und kehrte zu seinem Meeting zurück. Die Männer erhoben sich erneut, als er den Raum betrat. Der Albino blieb an Deck zurück und hielt die Hand ausgestreckt, um Amaka vom Schiff zu geleiten.

35

ALS AMBROSE DIE GANGWAY der *Ẹja nlá* hinunterlief, ging die Sonne gerade unter. Yellowman folgte ihm, und unten erwartete ihn Babalola in einer himmelblauen Agbada, die sich im Wind blähte.

»Doc, wir haben einen Joker gezogen«, sagte Ambrose, als er von der Gangway trat. Er lief los in Richtung Parkplatz, Babalola neben ihm. »Manna ist aus dem Himmel direkt in unseren Schoß gefallen.«

»Unterstützen die Mourtadas uns?«

»Sie werden stets all meine Unternehmungen unterstützen. Das meine ich nicht. Ich habe eine Ehefrau für dich gefunden.«

Babalola blieb stehen. Ambrose ging ein paar Schritte weiter, ehe er innehielt und sich umdrehte. »Komm schon«, sagte er und winkte ihn herbei. »Ich habe die perfekte Partnerin für dich gefunden. Eine Frau, die dir helfen würde, die Wahl zu gewinnen.«

»Prince, wovon reden Sie?«

»Kennen Sie Botschafter Mbadiwe?«

»Ja.«

»Seine Tochter hat mich heute aufgesucht. Ein Name wie ihrer auf unserer Wahlliste, und wir haben gewonnen.«

»Prince, das hatten wir so nicht besprochen.«

Ambrose blieb stehen und griff nach Babalolas Agbada.

»Was du hinter verschlossenen Türen machst, geht mich nichts an«, sagte er. »Selbst wenn du es mit einem anderen Mann treibst. Ich weiß alles über dich. Alles. Hast du verstanden? Diese Frau wird an deiner Seite bleiben, bis du ins Regierungsgebäude eingezogen bist. Keine Diskussion.« Er ließ Babalola los und entfernte sich, dann blieb er erneut stehen und drehte sich um.

»Und noch eins. Dieser Junge, der dir überallhin folgt, den möchte ich nicht mehr sehen. Ich gebe dir vierundzwanzig Stunden, um ihn außer Landes zu schaffen.«

Otunba Oluawo ging allein an seinem Swimmingpool entlang und betrat das Poolhaus. Die untergehende Sonne spiegelte sich im Wasser und warf eine orangefarbene Linie, dicker und heller in der Mitte, auf die Glaswand. Im Inneren wartete auf einem Sessel ein kleiner Mann in Jeans, einem kurzärmeligen Hemd mit Blumenmuster und einem schwarzen Filzhut.

»Area, wie geht es dir?«, fragte Otunba. »Du hast dich um alles gekümmert?«

»Baba«, sagte Area. Er wollte sich aus dem Sessel schieben, aber Otunba bedeutete ihm mit der Hand, dass er sitzen bleiben dürfe.

»Es heißt, der Junge habe überlebt, bis er das Krankenhaus erreichte«, sagte Otunba.

»Er muss stark sein, oder sein Juju ist stark«, erwiderte Area. »Er hat sechs Kugeln abbekommen.«

»Warst du dabei?«

»Nein.«

»Wen hast du genommen?«

»Sky und Mutiu.«

»Gut. Ehemalige Soldaten sind immer besser. Sie müssen jetzt noch einen Job für mich erledigen. Ein Mädchen. Ich weiß bislang keine Details über sie, aber sag ihnen, sie sollen sich bereithalten. Und diesmal muss es aussehen wie ein Raubüberfall. Oder sogar ein Unfall. Eigentlich lieber Letzteres. Es soll wie ein Unfall erscheinen.«

»Baba, ich vertraue diesen Jungs nur, was den Einsatz von Schusswaffen angeht.«

»In Ordnung. Ein Raubüberfall ist auch gut.«

»Baba, bitte seien Sie nicht verärgert, weil ich Ihnen Fragen stelle, aber die Jungs wollten von mir wissen, weshalb wir einen unserer eigenen Leute angegriffen haben. Sie fragen sich, was der Fahrer Ihnen getan hat.«

»Er hat Dinge gesehen, die er nicht hätte sehen sollen.«

»Und das Mädchen?«

»Sie gehört zu den Dingen, die er nicht hätte sehen sollen.«

36

»WEM GEHÖRT DAS TELEFON?«, wollte Sisi wissen.

»Einer Person, die mich sehr reich machen wird«, antwortete Malik.

Die Russen und die Ukrainerinnen hatten sein Arbeitszimmer verlassen, und Malik und Sisi waren nun allein. Malik öffnete ein paar Schreibtischschubladen, bis er in einer ein Päckchen Feuchttücher fand. Er zog eins heraus und begann, das Telefon zu säubern.

»Hat sie einen Namen?«, fragte Sisi.

»Wie kommst du darauf, dass es eine Sie ist?«

»Ist doch logisch. Pink.«

Sie setzte sich auf einen der Stühle ihm gegenüber.

»Ach ja, richtig.«

Malik hielt das Telefon hoch. In die rosa Hülle waren kleine Herzen eingraviert. Er nahm die Hülle ab und warf sie in einen Mülleimer hinter seinem Schreibtisch. Das weiße Gehäuse des Telefons sah nagelneu aus.

»Ich nehme an, die Besitzerin bekommt ihr Telefon nicht zurück?«, fragte Sisi.

»Nope.«

»Was hast du vor, Malik?«

»Nichts, was dich etwas anginge.«

»Für wen ist die Transe?«

»Für einen Kunden.«

»Er hat nach einer Transe gefragt?«

»Nicht direkt. Aber wir besorgen ihm eine.«

»Und wenn er nicht darauf steht?«

»Das macht nichts.«

»Malik. Wir waren uns einig. Schluss damit. Keine Erpressungen mehr. Wem gehört das Telefon?«

»Einer Person, die es nicht mehr braucht. Du hast jetzt genug Fragen gestellt. Wenn du die Antworten nicht hören willst, dann frag nicht.«

»Sollte ich mir Sorgen machen?«

»Nur, wenn du mir in die Quere kommst.«

»Malik. Du machst mir Angst, wenn du so redest.«

»Gut.«

»Gut?«

»Ja. Gut. Denn diese Angst sorgt dafür, dass du dich nicht in Schwierigkeiten bringst.«

»Malik, ich kann so nicht weitermachen.«

»Da sind wir schon zwei. Du willst wissen, für wen die Transe ist? Ich sage es dir. Ojo. Ja, genau. Chief Olabisi-Vollidiot-Ojo. Der Schwachkopf wird der nächste Gouverneur des Bundesstaates Lagos. Wusstest du das? Dieser Trottel soll Gouverneur werden. Dieser Schwachkopf. Ein Gouverneur. Das ist meine Chance. Wer auch immer ihn kontrolliert, kontrolliert Lagos, und diese Person werde ich sein. Das steht mir zu. Seinetwegen habe ich ein gutes Mädchen verloren.«

»Ist das das Telefon des Mädchens? Das er verprügelt hat?«

»Das er umgebracht hat.«

»Was hast du mit dem Telefon vor?«

»Das braucht dich nicht zu interessieren. Du hast lediglich dafür zu sorgen, dass Ojo mit der Transe ins Bett geht, wenn sie hier ist. Um den Rest kümmere ich mich.«

»Erpressung. Wir machen es also wieder.«

»Wir haben nie damit aufgehört. Wir hatten bisher nur keinen ausreichend großen Fang.«

37

AMBROSE GING VOR AMAKA durch den dunklen, unbeleuchteten Flur seiner Villa. Yellowman folgte ihnen. Mitten auf dem Gang, wo durch ein Fenster mit Blick über den Hof der Mond hereinschien, blieb Ambrose stehen. Er drehte sich zu Amaka um. »Haben Sie sie mitgebracht?«, fragte er.

Amaka sah zu Yellowman. Das Licht vom Fenster fiel ihm von den Schultern abwärts schräg über den Körper. Sein Hals und Gesicht sahen im Schatten blassgrau aus. Er hatte die Hände hinter dem Rücken verschränkt und stand ein paar Meter entfernt, aber immer noch in Hörweite. Amaka blickte zu Ambrose. »Können wir unter vier Augen sprechen?«, fragte sie.

Ambrose gab Yellowman ein Zeichen, und die große Gestalt zog sich in den Schatten zurück. Amaka wartete, bis sie hörte, wie sich eine Tür schloss, dann wandte sie sich an Ambrose.

»Ich muss Ihnen etwas gestehen. Ich habe die Speicherkarte nicht mehr, aber das weiß er nicht. Sie müssen ihm einfach nur genau wiedergeben, was ich Ihnen beschreiben werde, dann wird er überzeugt davon sein, dass Sie die Videos gesehen haben. Er wird keine andere Wahl haben, als seine Kandidatur zurückzuziehen. Ich kann mich um ihn kümmern, solange er Zivilist ist, aber wenn Ojo Gouverneur wird, ist er zu mächtig und genießt Immunität.«

»Immunität bedeutet nicht, dass nicht gegen ihn ermittelt werden könnte. Gani Fawehinmi vs Inspector General of Police. 2002.«

»Sind Sie Anwalt?«

»Nein. Ich bin Politiker. Aber ich kenne das Gesetz, wenn es mich betrifft. Wie haben Sie die Speicherkarte verloren?«

»Mir wurde in Oshodi die Handtasche gestohlen. Die Karte war darin.«

»Verstehe.« Im Dunkeln wirkte er größer. Er lehnte sich gegen die Fensterbank und verschränkte die Arme. »In diesem Fall ist die Information nutzlos. Was, wenn er meinen Bluff durchschaut? Was, wenn es gar kein Video gibt? Ich meine, ich weiß zwar, dass der Mann ein Hund ist, aber die Dinge, die Sie beschrieben haben, sind selbst für mich kaum zu glauben.« Amaka wollte etwas sagen. Er hob die Hand. »Und was ist, wenn wir sogar möchten, dass er kandidiert? Haben Sie das einmal in Betracht gezogen?«

Ambrose blickte aus dem Fenster. Draußen, hinter der Mauer seines Anwesens, erstreckten sich durch Zäune abgetrennte leere Grundstücke neben Häuserreihen in verschiedenen Baustadien.

»Schauen Sie«, sagte er. »Alles, was Sie hier sehen, gehört mir. Gebäude, Land, Straßen, alles. Aber so ein kleiner Junge kann daherkommen und Gouverneur werden und behaupten, die Regierung habe die Zuteilung an mich widerrufen, und dann verliere ich mit einem Schlag alles. Das ist Macht. All das Land, das Sie hier sehen, das Land, auf dem dieses Haus errichtet ist, all das wurde mir zugeteilt. So habe ich mein Geld verdient, durch staatliche Zuteilungen, und ich möchte es nicht wieder verlieren. Das nennt man Interesse. Das ist mein Interesse in dieser Angelegenheit. Worin besteht Ihres? Sie sagen, Sie wollen nicht, dass er Gouverneur wird. Angeblich, weil er ein schlechter Mensch ist, weil er kleinen Mädchen schlimme Dinge antut. Aber das überzeugt mich nicht. Da muss noch mehr dahinterstecken. Irgendetwas Persönliches.

Sie sagen, Sie können mir nicht erzählen, wie Sie die Sachen auf seinem Telefon in die Hände bekommen haben, aber nun, da er für den Gouverneursposten kandidiert, wollen Sie die Beweise nutzen, um ihn fertigzumachen. Ich vermute, Sie haben Angst, dass Sie ihm jedes Mal in den Sinn kommen, wenn er an seine Bewerbung um das Gouverneursamt denkt. Sie haben ihn bestohlen, und jetzt möchte er zurückbekommen, was Sie ihm entwendet haben.

Schutz, ich denke, das ist es, wonach Sie eigentlich suchen. Habe ich recht?« Er schaute ihr über den Rand seiner Brille hinweg in die Augen. »Meine Antwort lautet Ja. Sie können in die Partei eintreten. Nun, normalerweise würden wir Sie dafür zu einem Schrein bringen, wo Sie vor einem Babalawo einen Eid ablegen müssten, aber das würde bei Ihnen nicht funktionieren, weil Sie wissen, dass das alles Blödsinn ist. Die zweite Möglichkeit ist, dass Sie sich selbst die Hände schmutzig machen. Und genau das werden Sie tun müssen.

Sie werden mit für das Geld zuständig sein. Sie müssen nämlich wissen, bei Wahlfälschungen gibt es viele undichte Stellen. Von jeder Million, die man ausgibt, kommen nur ein paar Tausend bei den beabsichtigten Empfängern an. Deshalb haben wir die letzte Wahl verloren: Unsere eigenen Leute haben das Geld gestohlen, das uns Wählerstimmern hätte erkaufen sollen. Sie werden sich also persönlich um die Verteilung der Mittel kümmern. Sie werden das Bestechungsgeld zur Wahlleitung der INEC bringen, die es entweder annehmen oder Sie an den Geheimdienst übergeben wird, falls sie schon von der Opposition gekauft wurde. Können Sie das tun, im Wissen darum, wer Ihr Vater ist?

Aber selbst das bringt Ihnen lediglich die Mitgliedschaft ein. Für das, was Sie eigentlich wollen, für meinen Schutz, müssen Sie noch etwas anderes für mich tun.«

38

DIE GRILLEN ZIRPTEN aus allen Richtungen. Der Vollmond war hinter dichten Wolken verschwunden, und es wehte eine warme Brise.

Ojo und Shehu standen neben Otunbas Stretchlimousine, die inmitten von sechs weiteren Autos mit bewaffneten Männern hinter den abgedunkelten Scheiben im Leerlauf lief. Der alte Mann saß allein auf der Rückbank, das Fenster geöffnet und den Arm über die Tür gelegt, während er mit den beiden Männern sprach, die mit im Rücken verschränkten Händen dastanden.

»Shehu, bleibst du heute Nacht hier?«, fragte Otunba. »Du kannst jemanden losschicken, um ein paar Dinge aus deinem Haus zu holen.«

»Nein, Sir. Aber vielen Dank für die Einladung. Alhaja erwartet mich heute Abend zu Hause.«

»Du kannst auch sie hierherbringen lassen. Dies ist gerade der sicherste Ort für euch beide.«

»Mir passiert bestimmt nichts, Sir.«

»Dir passiert nichts?«

»Nein, Sir.«

»Und was ist mit dir, Olabisi? Wirst du hier übernachten?«

»Ich werde Matilda fragen, Sir.«

»Du wirst Matilda fragen. In Ordnung. Seid jedenfalls beide morgen früh um sieben Uhr hier. Wir haben eine Menge zu erledigen.« Otunba zog sich in den dunklen Innenraum der Limousine zurück, und die Scheibe aus acht Zentimeter dickem schusssicherem Glas glitt nach oben.

Die Tore öffneten sich, und die Autos fuhren vom Anwesen. Shehu und Ojo blieben unter dem dunklen Himmel stehen, wo das Zirpen der Grillen nach dem Verschwinden der Autos noch lauter geworden war.

»Kannst du das glauben, dass er dich gefragt hat, ob du hierbleiben möchtest, als wärst du noch ein Kind?«, fragte Ojo.

»Er war nur besorgt um unsere Sicherheit«, erwiderte Shehu.

»Nein, Shehu. Es geht um Kontrolle. Sieh doch nur, wie wir dastanden, wie Schuljungen, die vor den Direktor zitiert wurden. Er weiß genau, was er tut. Er erwartet, dass es auch so weitergeht, wenn ich Gouverneur werde.«

»Erwartest du denn etwas anderes?«

»Vergiss es. Weißt du was, Shehu, ich möchte dich an einen ganz besonderen Ort ausführen.«

»Ich bin mir nicht sicher, ob es eine gute Idee ist, heute Abend noch irgendwo hinzugehen.«

»Hast du etwa Angst?«

»Vor deinem Schwiegervater?«

»Vor Attentätern.«

»Glaub mir, ich habe mehr Angst vor Otunba als vor irgendwelchen Attentätern. Und das solltest du auch.«

»Bald wird sich alles ändern. Schon sehr bald wird alles ganz anders sein.«

Shehu seufzte.

»Dieser Ort, an den ich dich bringe, so etwas hast du in deinem ganzen Leben noch nicht gesehen. Würde irgendjemand dir erzählen, dass es in Nigeria einen solchen Ort gibt, würdest du es für eine Lüge halten. Mein Freund, heute Abend kannst du dich auf etwas gefasst machen. Du wirst Geheimnisse und Wunder zu sehen bekommen.«

»Ich weiß nicht, ob ich das gut finden soll.«

39

ZWEI MÄNNER IN KÜCHENUNIFORM waren mit einer Ziege beschäftigt, die auf einem Spieß röstete, und ihre verschwitzten, öligen Gesichter glänzten in den hochschlagenden orangeroten Flammen, die sie zu zähmen versuchten. Neben ihnen drehte ein weiterer Koch Suya-Spieße auf einem Holzkohlegrill. Rauch, aufgeladen mit dem Aroma von Gewürzen und geröstetem Fleisch, wehte über den Pool hinweg. Malik, das Gesicht versteckt hinter einer weißen Maske mit Aussparungen für Augen und Nasenlöcher, die weiße Agbada von der nächtlichen Brise an seinen Körper geweht, stand bei einer Gruppe Männer mit ähnlichen Masken. Fünf Chinesen, ein Amerikaner und zwei Nigerianer hatten gerade ihre erste jährliche Mitgliedschaftsgebühr von fünf Millionen Naira bezahlt, und Malik gab ihnen nun eine Einweisung, erzählte ihnen von bestimmten Mädchen, prahlte mit Orgien im Pool und erinnerte sie an die speziellen Zimmer für spezielle Erlebnisse.

Von der anderen Seite des Pools aus, in einem weißen Bikini auf einer Sonnenliege ausgestreckt, beobachtete Naomi Malik. Er gestikulierte, schüttelte sich vor Lachen, klopfte jemandem auf den Rücken, blickte sich dann um und nickte ihr zu. Auf den Liegen zu ihren beiden Seiten und ebenfalls in Bikinis waren die halb nigerianischen, halb libanesischen Zwillinge aus Kano drapiert. Auch sie beobachteten Malik und die neuen Kunden.

Die Hintertür der Villa öffnete sich. Sisi trat in einem schwarzen, fließenden, durchsichtigen Slipdress heraus. Über den Pool hinweg konnte Naomi sehen, dass sie nichts darunter trug. *Ashewo*, dachte sie. Prostituierte. Sisi hatte eine Champagnerflöte in der einen und eine glimmende Zigarre in der anderen Hand. Sie tänzelte in ihren High Heels voran, und hinter ihr folgten die Ukrainerinnen, allesamt in Bikinis, ihre cremeweiße Haut unberührt von der Sonne.

Naomi verscheuchte einen surrenden Moskito von ihrem rechten Ohr. Sisi brachte die Frauen zu den Männern, und Malik trat beiseite, um sein neues Personal zu präsentieren. Der Amerikaner prostete den Frauen mit seinem Bierglas zu, während die Chinesen aus irgendeinem Grund klatschten. Die jungen Frauen hatten sich unbeholfen aufgereiht, und jede von ihnen hatte eine Pose eingenommen, als stünden sie vor den Preisrichtern eines Schönheitswettbewerbs.

Naomi schüttelte den Kopf. Sie sprachen nicht einmal Englisch. Wie sollten sie mit den Männern kommunizieren? Malik ermunterte die Frauen immer, sich mit den Kunden zu unterhalten. »Tut so, als wärt ihr auf einem Date«, sagte er. Wie sollten diese Mädchen ihre Kunden *daten*, wenn sie noch nicht einmal Englisch sprachen? Und Sisi, diese Schlampe, diese Hure aller Huren, die Maliks Schwanz lutschte, selbst wenn er gar nicht da war, hatte Naomis Zimmer an die Ukrainerinnen vergeben. Während ihres Aufenthalts im Harem bekamen alle Frauen ihr eigenes Zimmer. Oftmals stellte Naomi bei ihrer Ankunft in der Villa fest, dass ein Kissen fehlte oder ein Stuhl verrückt oder ein Weinglas auf dem Waschbecken im Badezimmer stehen gelassen worden war, und dann fragte sie sich, wessen Zimmer *ihr Zimmer* während ihrer Abwesenheit wohl gewesen war.

»Guckt sie euch an, die sehen aus wie Gespenster«, bemerkte eine der Zwillinge. »Gespenster mit HIV.« Die andere stimmte zu: »Die sehen aus, als wäre die Krankheit schon voll ausgebrochen.«

Naomi fand, die jungen Frauen sahen aus wie Models. In ihrer Heimat waren sie ja vielleicht Models. Oder waren Models gewesen.

Der Wind frischte auf. Der Geruch von Suya und gebratener Ziege kam in Rauchschwaden herbeigeweht, die in den Augen brannten. Einer nach dem anderen verschwanden die maskierten Männer mit den Frauen. Sisi ergriff die Hand des großen *Weißen* und führte ihn fort von der Gruppe und um den Pool herum, vorbei an Spieß und Grill.

Die Zwillinge setzten sich auf ihren Sonnenliegen auf und richteten beide mit der gleichen Bewegung ihre Brüste und ihr Haar. Naomi blieb auf dem Rücken liegen.

Sisi stellte sich vor die drei, und neben ihr ragte der große Amerikaner auf.

»Ladys«, sagte Sisi. Sie blickte die Zwillinge eine nach der anderen an, und die beiden standen auf, lächelten, drückten ihre Brust heraus und begaben sich in die Hände des wartenden Kunden. Sie hakten sich zu beiden Seiten bei ihm unter und führten ihn davon. Sisi nippte an ihrem Champagner, während sie ihnen hinterherschaute, blickte dann auf Naomi herunter und entfernte sich ohne ein weiteres Wort, gefolgt vom Rauch ihrer Zigarre.

Naomi sah zu, wie Malik mit einem der verbleibenden Schwarzen Männer die Finger schnippen ließ. Die restlichen Frauen verharrten an Ort und Stelle, bis Sisi an ihnen vorbeikam, winkte und sie ihr in die Villa folgten.

Der Wind wehte noch heftiger. Dichter Rauch wurde von Spieß und Grill herübergeblasen. Malik führte die Männer auf das Gebäude zu und drehte sich noch einmal zu Naomi um. Sie nickte zurück, aber er hatte sich schon wieder abgewandt und war ins Haus gegangen.

Allein am Pool, sah Naomi zu, wie die Köche mit dem Rauch kämpften und in den Himmel hinaufschauten, als erwarteten sie Regen. Die Luft roch bereits nach nasser Erde.

Sisi kam sie nicht holen. Niemand kam. Naomi wusste nicht, wann sie eingedöst war, aber sie wachte davon auf, dass ein Regentropfen auf ihrem Augenlid landete. Die Köche waren verschwunden, Spieß und Grill waren leer, und die Nacht hatte sich verdunkelt. Ein weiterer Tropfen fiel auf ihren Bauch. Sekunden später fielen noch mehr winzige kalte Tropfen auf sie. Hinter der hohen Mauer rauschte der Wald, und Zweige bogen sich im Wind. Naomi stand von der Liege auf.

Im Inneren des Gebäudes war die Empfangshalle leer. Naomi lief ans Fenster und blickte hinaus auf den Parkplatz. Es regnete nun in Strömen. Sechs Fahrzeuge parkten draußen. Maliks Range Rover stand an seinem üblichen Platz, in der Nähe des Tors und neben Sisis rotem Audi TT. Malik war immer da, bevor die Kunden eintrafen, und verschwand vor ihnen wieder – außer, einer von ihnen blieb die ganze Nacht, was nicht häufig vorkam. Dimeji war gefahren, nachdem er Naomi und die anderen beiden Frauen abgeliefert hatte. Naomi vermutete, Malik wollte ihn nicht hier haben. Gott sei Dank.

Malik kam die Treppe herunter und öffnete die Eingangstür. Der Wind heulte und wickelte die Agbada um seinen Körper. Er zog die Schultern hoch und rannte auf seinen Wagen zu. Der Wind ließ die Tür hinter ihm zuknallen. Naomi lauschte auf das Geräusch des Motors, während ihr Herz bereits raste.

Naomi lief den Flur hinunter. Vor ihrem Zimmer blieb sie stehen, griff nach dem kalten, polierten Chromknauf, drehte ihn aber nicht. Sie legte ein Ohr an die Tür, den Knauf noch immer in der Hand, und zog dann den Kopf zurück. Sie begann, den Knauf zu drehen.

»Was machst du da?«

Naomi blickte sich um. Sisi stand am anderen Ende des Flurs. Sie war aus ihrer Wohnung im zweiten Stock heruntergekommen. Nun kam sie auf Naomi zu. »Ich habe dir doch gesagt, dass du bei den Zwillingen schläfst, oder?«

»Ja, das hast du«, gab Naomi zu.

»Was hast du dann hier zu suchen?« Sisi war mittlerweile ohne Zigarre und Champagnerflöte unterwegs und stemmte die Hände in die Hüften, während sie auf eine Antwort wartete.

»Ich hatte es vergessen«, sagte Naomi. Sie wollte an Sisi vorbeigehen, aber diese griff nach ihrer Hand und hielt sie auf.

»Du hattest es vergessen?«, fragte Sisi. »Und deshalb hast du gelauscht? Ich habe dich gesehen.«

»Ich habe einen Ohrring verloren. Ich wollte im Zimmer nachsehen.«

Sisi warf einen Blick auf ihre Ohren. Naomi trug keine Ohrringe. »Malik hat gerade angerufen und gesagt, dass er zurückkommt«, erklärte sie.

»Warum?«, wollte Naomi wissen, dann dachte sie, dass sie die Frage zu schnell gestellt hatte. Aber warum kam er zurück, und wieso erzählte Sisi ihr das?

»Er erwartet einen sehr wichtigen Gast. Ich möchte, dass du dich frisch machst und dich bereit hältst, bis ich dich hole.«

»In Ordnung.«

Als Naomi sich mit rasendem Herzen entfernte, kam ihr ein Gedanke. Sisi hatte ein Telefon. Falls sie an ihr eigenes nicht herankam oder falls das Wasser irgendwie in das Kondom eingedrungen war und das Gerät zerstört hatte – wenn sie Sisis Telefon in die Hände bekäme, könnte sie Amaka immer noch den Standort des Harem schicken.

40

OTUNBA LIEF VORBEI an dem bewaffneten Polizisten am Tor des dreistöckigen pinkfarbenen Gebäudes in Magodo, vor dem sein Konvoi angehalten hatte. Das Haus nahm, wie alle anderen in dieser Straße, das gesamte Grundstück ein. Auf jeder Seite hatte das Gebäude nur einen Meter Abstand zum Zaun. Ein marineblauer BMW und ein goldener Jaguar Saloon parkten nebeneinander. Die Eingangstür stand offen. Ein weiterer wachestehender Polizist salutierte.

Otunba schritt durch einen großen Salon, in dem Bedienstete in weißen Uniformen und mit Tabletts in der Hand geschäftig aus einer Tür heraustraten, die immer wieder auf- und zuschwang. Sie brachten das Essen eine Marmortreppe hinauf, während andere mit leeren Tabletts heruntereilten. Es roch nach Jollof-Reis und gebratenem Hühnchen, Bier und Egusi-Suppe. Otunba ging die Treppe hinauf. Die Bediensteten verneigten sich, wenn Otunba an ihnen vorbeikam. Sie drückten sich gegen die Wand und hielten die Tabletts hoch über dem Kopf, um ihm sogar noch mehr Platz zu lassen. Seine Hand glitt über das polierte Geländer, und er nickte allen Bediensteten im Vorbeigehen zu. Oben angekommen, schob er eine Hand in die Hosentasche und hielt einem strammstehenden Mann eine Faust voller Geld hin. »Vielen Dank, Sir«, sagte der Mann mit einer Verbeugung.

»Teil es mit den anderen«, sagte Otunba.

Auf dem Treppenabsatz standen drei Sofas, jedes vor einer Wand mit einer Tür. In der Mitte der vierten Wand war eine Flügeltür, und überall um sie herum hingen Bilderrahmen. Aus dem Raum dahinter drangen Gelächter und laute Stimmen. Otunba schritt auf die Tür zu und öffnete die beiden Flügel. Rauch und kühle Luft schlugen ihm entgegen. Um einen großen Esstisch in der Mitte des Zimmers saßen Personen mit Spielkarten in den Händen. Einige hielten Zigaretten zwischen ihre Finger geklemmt, andere rauchten Zigarren. Ein dünner Mann mit einem schmalen Gesicht und einem weißen Afro rauchte Pfeife, und die einzige Frau am Tisch – schlank, älter, das graue Haar zurückgekämmt – zog an einem Joint. Der Großteil der Tischplatte wurde von Karten, Pokerchips und Dollarbündeln eingenommen, daneben standen Aschenbecher, Gläser und Flaschen mit Bier, Wein, Brandy und Champagner.

Am Kopfende des Tisches blickte Ambrose von seinen Karten auf, die er mit der anderen Hand verdeckte. Er war die einzige Person, die nicht rauchte. Sein Blick traf Otunba Oluawos. Er griff nach seiner Champagnerflöte und führte das Glas an die Lippen.

41

DER PFÖRTNER BETRACHTETE AMAKA, die rauchend auf dem Anwesen auf und ab ging. Sie drückte ihre Zigarette aus, aber anstatt die Treppe hinaufzugehen und Eyitayos und Gabriels Bungalow zu betreten, zündete sie sich eine neue an und lief weiter auf und ab.

Gabriel räumte gerade den Esstisch ab, als Amaka hereinkam. »Du hast das Abendessen verpasst«, sagte er.

Sie hatte zwei Schachteln dabei, in denen sich ein neues iPad und ein neues Telefon befanden. Sie legte sie auf den Tisch, setzte sich und sackte in ihrem Stuhl nach hinten.

»Wie ist es gelaufen?«, wollte Gabriel wissen.

»Ich bin erschöpft, Gabriel«, antwortete sie. »Ich möchte nur noch ins Bett. Wo ist Chioma?«

»Sie hat mit uns zu Abend gegessen. Eyitayo hat sie gerade mitgenommen.«

»Mitgenommen, wohin? Sie kommt mit zu mir.«

»Amaka, wir finden, ihr solltet bei uns bleiben, bis sich diese Sache geklärt hat.«

»Diese Sache? Was für eine Sache? Und wen meinst du mit ›wir‹?«

»Eyitayo und ich. Ich habe ihr alles erzählt. Wir finden, es ist sicherer für dich, bei uns zu bleiben, bis du das Land verlassen kannst.«

»Das Land verlassen? Weshalb? Ich gehe nirgendwo hin. Ich werde hierbleiben und den Mistkerl drankriegen, der Chiomas

Bruder umgebracht hat, und ich werde auch Ojo und Malik drankriegen. Ojo wird nicht Gouverneur dieses Bundesstaates werden, das werde ich verhindern, koste es, was es wolle.«

»Auch, wenn es dich dein Leben kostet?«

»Bitte, Gabriel, ich kann das jetzt nicht.« Sie stand auf.

Eyitayo betrat das Wohnzimmer. Sie blieb im Türrahmen stehen und blickte die beiden an. »Was ist los?«, fragte sie.

»Sie möchte heute Abend nach Hause fahren«, antwortete Gabriel.

Eyitayo kam herüber zu Amaka, legte ihr einen Arm um die Schultern und versuchte, sie zum Sofa zu führen. »Sie schläft bereits«, sagte sie. »Ich habe ihr eine Tablette gegeben.«

»Danke«, erwiderte Amaka. Sie wand sich aus Eyitayos Griff. »Aber ich muss wirklich nach Hause. Sieh mich doch an. Ich kann mir nicht immer weiter deine Sachen leihen.«

»Beschwere ich mich etwa?«

»Das ist es nicht allein. Bitte versteht, ich brauche einfach dringend meine eigenen vier Wände, um nachdenken zu können.«

»Amaka, sie haben dich bereits bedroht. Glaubst du wirklich, die würden vor irgendetwas zurückschrecken, um dich davon abzuhalten, diese Videos zu veröffentlichen, die du gestohlen hast?«, fragte Eyitayo.

»Gabriel hätte dir nicht davon erzählen sollen.«

»Tja, das hat er aber, und ich bin froh darüber, denn falls er bereit ist, dich heute Abend gehen zu lassen, ich bin es nicht. Bis du das Land verlassen kannst, bleibst du hier. Das ist sicherer. Niemand wird erfahren, wo du bist.«

»Mein Haus ist der sicherste Ort, an dem ich mich gerade aufhalten kann. Ich habe bewaffnete Polizeiwachen, habt ihr das vergessen?«

»Schsch«, machte Gabriel.

Eyitayo blickte ihn an. »Was?«

»Leise.« Er spitzte das Ohr. Sie lauschten alle.

»Mit wem redet sie?«, fragte Eyitayo.

»Oh, nein«, sagte Amaka. »Mit ihm.«

»Gott wird dich bestrafen für das, was du getan hast, Kingsley«, heulte Chioma in ihr Telefon. Tränen strömten ihr über die Wangen. »Du wirst in deinem Leben niemals Frieden finden.«

Amaka riss ihr das Telefon aus der Hand. Es war feucht von Chiomas Tränen. Amaka legte auf und warf das Telefon auf das Bett. Chioma brach in ihren Armen zusammen.

Gabriel und Eyitayo beobachteten sie aus dem Türrahmen. »Ich wusste nicht, dass sie ein Telefon hat«, sagte Eyitayo. Sie sah zerknirscht aus. Gabriel legte den Arm um seine Frau.

»Ich bringe sie jetzt nach Hause«, erklärte Amaka. Chioma schluchzte an ihrer Brust.

42

DER REGEN HATTE AUFGEHÖRT. Die Scheibenwischer des Range Rovers quietschten über die kugelsichere Windschutzscheibe. Der Fahrer schaltete den Motor aus, und Shehu stieg aus. Kies knirschte unter den dünnen Ledersohlen seiner Schuhe. Auf dem großen Anwesen parkten weitere Wagen. Alle waren nass. Eine Flutlichtanlage machte den Wald hinter der hohen Mauer unsichtbar. Shehu blickte nach rechts, wo er das Summen eines schallgedämpften Generators vernehmen konnte. Überall sonst war Grillenzirpen das einzige Geräusch. Vor ihm ragte das riesige, ungestrichene Haus auf.

Zwischen zwei Säulen, die sich über beide Stockwerke erstreckten, und unter der Lampe über der Eingangstür der Villa stand ein Mann in einer schwarzen Agbada, das Gesicht hinter einer weißen Maske versteckt, die Hände vor dem Körper verschränkt.

Ojo lief unter den Blicken von Shehu und den Polizisten auf das Gebäude zu. Unter der Lampe über der Tür sprach Ojo mit dem maskierten Mann, ehe dieser sich in das Haus zurückzog und die Tür hinter sich schloss. Ojo drehte sich um und winkte Shehu herbei.

Shehu stellte sich neben Ojo auf den Kies, direkt vor dem marmornen Podest vor der Tür. Er sah sich nach den Polizisten um, die die Hälse reckten, um das Haus in Augenschein zu nehmen.

»Was ist das hier für ein Ort, Olabisi?«, wollte Shehu wissen.

»Du wirst schon sehen«, antwortete Ojo grinsend. »Wir müssen Masken aufsetzen, ehe wir eintreten dürfen. Er holt uns gerade welche.«

»Ich trage keine beschissene Maske.«

Malik kehrte mit zwei Masken in den Händen zurück: einer pinkfarbenen, die das Gesicht eines Schweins bis zur Schnauze darstellte, und einer roten, ein halbes Gesicht, das aussah wie ein fauchender Teufel mit einer langen, nach unten gebogenen Nase. Er reichte Ojo das Schwein und Shehu den Teufel.

Die drei Männer traten durch die Tür in die Eingangshalle. Sie wurden von einer Reihe junger Frauen in Dessous erwartet, vor denen Sisi sich aufgestellt hatte.

Malik wandte sich an Shehu. »Sisi wird sich um Sie kümmern, während ich kurz etwas Geschäftliches mit ihm bespreche.«

Die jungen Frauen traten lächelnd vor und umringten Shehu. Ihre Arme wanderten seine Brust hinauf, seine Oberschenkel hinunter und über seinen Rücken, aber er widersetzte sich ihrem sanften Schieben in Richtung Treppe. »Nope«, sagte er. Er schälte ihre Arme von seinem Körper. »Ich gehe, wohin er geht.«

Die jungen Frauen blickten Malik an. Malik griff sich an das Kinn seiner Maske, um sie zurechtzurücken, und nickte dann zur Seite. Die jungen Frauen liefen auf die Tür in der von ihm angezeigten Richtung zu. »Kein Problem«, sagte Malik. »Ihnen wird ebenfalls gefallen, was ich für ihn geplant habe.«

»Heute bin ich am Leben«, sagte Ojo. »Wenn ich morgen sterbe, bin ich zufrieden. Aber was heute anbelangt, da bin ich am Leben.«

Er war nackt bis auf seine Maske. Die Arme hatte er zwei *weißen* jungen Frauen über die Schultern gelegt, die zu seinen beiden Seiten im Whirlpool saßen. Er blickte zuerst die eine, dann die andere an. Sie streichelten weiter über seine nasse Brust.

Auf der anderen Seite blubberte das Wasser um Shehus Brust, während dieser Ojo und die Mädchen beobachtete.

»Sei nicht schüchtern, Old Navy«, sagte Ojo.

Der Kopf einer dritten jungen Frau tauchte aus dem Wasser auf. Sie wischte sich das Gesicht ab und lächelte Ojo an, während sie ihre Lungen füllte. Er legte ihr die Hand auf den Kopf und drückte sie erneut nach unten. Dann schloss er die Augen und warf den Kopf zurück.

»Oh, ja. Oh, ja. Ja. Ja.«

»Mach bloß nichts Ekliges im Wasser«, warnte Shehu ihn.

Ojo öffnete die Augen. Er sah Shehu an.

Das untergetauchte Mädchen kam an die Oberfläche. Ojo legte ihr die Hand auf den Kopf und hielt sie unten.

»Du solltest solche Orte nicht aufsuchen«, sagte Shehu.

»Warum nicht?«

Ojo hielt das Mädchen weiter unter Wasser.

»Du wirst Gouverneur.«

»Und? Als Gouverneur soll ich mich nicht mehr amüsieren?«

»Als Gouverneur solltest du dich keiner Gefahr aussetzen.«

»Alle Mädchen hier sind getestet.«

»Politisch.«

»Oh.«

Das Mädchen ließ den Kopf unter Ojos Hand hervorgleiten, durchbrach blitzschnell die Wasseroberfläche und schnappte nach Luft. Shehu wischte sich mit einem Fingerknöchel einen Tropfen Wasser vom Auge, der den Weg durch die Öffnung seiner Maske gefunden hatte. Die junge Frau schnappte weiter nach Luft. Sie sagte etwas auf Ukrainisch zu Ojo und bespritzte ihn dann mit Wasser. Ojo schlug sie mit dem Handrücken seiner freien Hand. Sie fiel rückwärts ins Wasser und auf Shehu.

In seinem Arbeitszimmer, über seinen Laptop gebeugt, die weiße Maske auf dem Tisch, sah Malik zu, wie Shehu die Arme um die

Frau schlang. Malik stand auf, nahm seine Maske und verließ das Zimmer.

Sisi klopfte an und öffnete dann die Tür. »Alles zu eurer Zufriedenheit, Jungs?«, fragte sie.

Ojo drehte sich im Wasser zu ihr um. Sie legte ihm von hinten die Hände auf die Schultern und ließ sie seine Brust hinuntergleiten. Sie rieb mit Daumen und Zeigefingern an seinen Brustwarzen und flüsterte ihm etwas ins Ohr. Ojo lächelte. Er stand auf, seine missglückte Erektion verborgen unter dem Speck seines riesigen Bauches. Sisi und eine der jungen Frauen halfen ihm aus dem Whirlpool, und er nahm sich ein Handtuch, das er sich um die Taille wickelte.

»Bis gleich«, sagte er zu Shehu. Ein Grinsen breitete sich auf seinem Gesicht aus.

»Ich bringe ihn gleich wieder zurück«, versprach Sisi mit einem Augenzwinkern. Einen Arm auf seinen Rücken gelegt, führte sie Ojo aus dem Zimmer.

Sisi hielt Ojo die Hand über die geschlossenen Augen. »Nicht hinsehen, bis du hörst, wie die Tür zugeht«, sagte sie. Sie entfernte das Handtuch von seiner Taille und nahm es mit.

Die Tür ging zu, und Ojo öffnete die Augen. In dem stillen Zimmer war es stockdunkel. »Hallo?«, rief er. Er streckte die Hände aus, bis er etwas Kaltes und Hartes berührte, das ihn zurückzucken ließ. Die Kette rasselte.

Das Licht ging an. Malik stand allein vor der Wand auf der anderen Seite des Zimmers. Zwischen ihnen baumelten lange, glänzende Ketten von Haken an der Decke. Die Wände waren mit gepolstertem weißem Leder bedeckt. Es gab keine Fenster, und der Fußboden war schwarz-weiß gekachelt.

Ojo legte sich die Hände über seinen Schritt. »Wo sind die Zwillinge?«, fragte er.

»Die Zwillinge kommen nicht.«

»Was ist los?«

»Du steckst in großen Schwierigkeiten. Florentine ist am Leben.«

»Was?«

»Das Mädchen, das du umbringen wolltest. Sie ist nicht tot.«

»Aber du hast gesagt, sie sei tot.«

»Ich habe mich geirrt. Sie ist am Leben. Und sie hat mich kontaktiert.«

»Wie kann das sein?«

»Es ist so.«

»Malik, du versuchst, mich zu erpressen.«

»Nein. Und sie ebenso wenig. Sie wollte einfach nur etwas Geld haben, das ich ihr schulde.«

»Malik, lügst du mich an? Wie hat sie überlebt?«

»Irgendwelche Leute haben sie aufgelesen. Sie haben sie zu einer Institution namens Street Samaritans gebracht.«

»Ein Krankenhaus?«

»Nein. Eine Wohltätigkeitsorganisation. Die Frau, die sie leitet, sorgt für die Schwierigkeiten, in denen du steckst.«

»Wieso?«

»Weil Florentine ihr erzählt hat, was du getan hast, und die Frau geschworen hat, etwas dagegen zu unternehmen. Sie wird nicht zur Polizei gehen. Sie wird die Angelegenheit selbst in die Hand nehmen. Das hat sie Florentine versprochen. Und jetzt, da du für den Gouverneursposten kandidierst, kann sie dir enorm großen Schaden zufügen. Außer, wir verhindern es.«

»Wie soll ich etwas gegen jemanden ausrichten, den ich gar nicht kenne? Wer ist sie?«

»Ihr Name lautet Amaka. Sie muss verschwinden. Wenn sie dich kontaktiert, versuche nicht, zu verhandeln. Triff dich nicht mit ihr, sprich nicht mit ihr. Sie wird jeden Kontakt, den du zu ihr hast, gegen dich verwenden.«

»Was ist mit Florentine?«

»Ich werde mich um sie kümmern.«

»Wo ist sie?«

»Das weiß ich noch nicht. Sie will es mir nicht sagen. Nach dem, was du ihr angetan hast, fürchtet sie sich, aber ich werde sie finden und mich um sie kümmern. Für dich.«

»Woher weiß ich, dass sie am Leben ist?«

»Hast du ihre Nummer noch?«

»Ja.«

»Ruf sie an.«

43

»WER HAT DENN DIESEN ALTEN BABA eingeladen?«, fragte Ambrose von seinem Platz aus.

Alle, die Otunba noch nicht bemerkt hatten, folgten nun Ambrose' Blick zu dem Alten im Türrahmen. Zwei Männer schoben ihre Stühle auseinander, damit ein weiterer am Tisch Platz fand. Otunba setzte sich, und der Bedienstete, der ihm den Stuhl hielt, fragte ihn, ob er etwas zu trinken wünsche. Otunba winkte ihn fort. »Wer versucht, deinen Kandidaten umzubringen?«, erkundigte sich Ambrose, worüber alle lachten, Otunba eingeschlossen.

»Mach dir um meinen Jungen keine Sorgen«, sagte Otunba. Er zog einen braunen Umschlag aus der Tasche, dem er zwei Bündel Hundert-Dollar-Noten entnahm. »Was ist los? Deine Leute proben ja noch keinen Aufstand.«

»Deine Leute müssen anfangen.«

»Wir haben gestern angefangen. Es ist im Sande verlaufen, als deine Leute nicht aufgetaucht sind.« Otunba nahm einen Stapel Chips entgegen.

»Wir waren dort. Aber deine Jungs hatten hochentwickelte Waffen. Hätten wir uns eingemischt, wäre es für uns blutig ausgegangen. Deine Leute wären nicht mehr zu bändigen gewesen.«

Die Dame ergriff nun das Wort. »Jungs, ihr kennt die Regeln, keine Geschäfte bei Tisch.«

»Keine Aufstände, keine Extra-Auszahlung«, gab Otunba zu bedenken. »Keine Extra-Auszahlung, kein Geld.«

»Willst du damit sagen, Abuja hat noch kein Geld geschickt?«
»Jungs«, blaffte die Dame sie an.

44

»ICH WEISS JETZT, wer das Mädchen ist«, sagte Ojo. Als er sich zu Shehu umdrehte, hinterließ sein Haar eine feuchte Spur auf der Kopfstütze der Rückbank des Range Rovers.

»Welches Mädchen?«, fragte Shehu.

»Das Mädchen im Eko Hotel. Das meine Speicherkarte gestohlen hat. Iyabo.«

Shehu beugte sich vor. »Halt hier an«, sagte er zum Fahrer.

Der Fahrer blickte Ojo im Rückspiegel an. Ojo nickte. Der Fahrer brachte den Wagen auf der langen, schmalen Straße mitten im Wald zum Stehen. Auch die Polizeieskorte vor ihnen hielt an und fuhr dann ein Stück rückwärts. Zwei Beamte sprangen mit ihren Waffen aus dem Fahrzeug. Der Harem war mittlerweile hinter einer Kurve verschwunden. Ojo gab den Polizisten ein Zeichen, zu bleiben, wo sie waren, während er und Shehu ausstiegen. Gemeinsam liefen sie über den Sandstreifen zwischen dem wogenden Gras ein Stück zurück. Die Wolken vor dem Vollmond hatten sich verzogen. Unter den Sternen, inmitten des grauen, geräuschvollen Waldes, redete Ojo, und Shehu hörte zu.

Als Ojo geendet hatte, wies Shehu in die Richtung, aus der sie gekommen waren. »Das ist da drinnen passiert?«, fragte er.

»Ja. Aber es war ein Unfall.«

»Liebe Güte.«

»Ich wollte es nicht.«

»Wie schlimm hast du sie zusammengeschlagen?«

»Wir hielten sie für tot.«

»O Gott. Olabisi. O Gott.«

»Es war Maliks Idee, ihren Leichnam auf die Straße zu werfen.«

»Und jetzt hat er einfach behauptet, sie sei noch am Leben?«

»Ja.«

»Und du glaubst ihm?«

»Sie hat mir diese Nachricht hier geschickt.«

Shehu nahm Ojos Telefon entgegen und las: »Was passiert ist, tut mir leid. Bitte, lassen wir die Vergangenheit ruhen. Flo.«

»Wann hat sie das geschickt?«

»Eben gerade. Bevor wir losgefahren sind.«

»Hast du mit ihr gesprochen?«

»Nein. Sie ist nicht ans Telefon gegangen, also habe ich ihr geschrieben, sie solle mich zurückrufen, und sie hat das hier geantwortet. Malik meinte, sie hat Angst.«

»Wie heißt sie?«

»Florentine.«

»Unterschreibt sie immer so?« Shehu blickte auf den Text auf Ojos Telefon.

»Ja.«

»Und sie hat dieser Amaka-Lady alles erzählt?«

»Ja. Das hat Malik jedenfalls gesagt.«

»Und jetzt glaubst du, Amaka ist Iyabo.«

»Ja. Malik sagte, sie sei Anwältin. Iyabo sagte auch, sie sei Anwältin. Es handelt sich um ein und dieselbe Person, Shehu. Das ergibt Sinn. Sie hat mich wegen Florentine in die Falle gelockt. Ich wusste, dass bei diesem Mädchen irgendetwas nicht stimmt.«

»Dennoch hast du sie in deine Hotelsuite eingeladen. Wo ist Florentine jetzt?«

»Malik sagte, er werde sich für mich um sie kümmern.«

»Sich für dich um sie kümmern. Bruder, du willst nicht, dass sich irgendjemand außer mir für dich um irgendetwas oder irgendjemanden kümmert, hast du verstanden? Nicht Malik, nicht die da«, er wies auf die Polizisten, »und auch nicht dein Schwiegervater. Insbesondere nicht dein Schwiegervater. Niemand sonst erfährt etwas hiervon. Sag Malik, er soll das Mädchen nicht anrühren. Er soll ein Treffen zwischen ihr und mir vereinbaren. Hast du ihm von der Sache im Hotel berichtet? Von Iyabo?«

»Nein.«

»Wirklich nicht?«

»Nein. Ich bin ja nicht blöd.«

»Gut.«

»Was ist, wenn sie mit Malik unter einer Decke stecken?«

»Endlich mal ein kluger Gedanke von dir.«

»Ich denke, ich sollte es einfach Otunba sagen. Er kann diese Sache schneller aus der Welt schaffen als wir.«

»Wenn du es ihm sagst, wirst du fortan sein Sklave sein. Möchtest du das, sein Sklave werden? Ich werde mich darum kümmern. Ruf jetzt Malik an und sag ihm, er soll ein Treffen zwischen Florentine und mir vereinbaren.«

45

EIN DÜNNER MANN mit dichtem, gelocktem Haar auf den nackten Unterarmen zog die Chips auf dem Tisch zu sich.

Otunba und Ambrose standen auf und verließen den Raum. Auf dem Treppenabsatz warteten sie, bis ein Bediensteter außer Hörweite war, dann setzten sie sich auf das Sofa, das am weitesten entfernt von der Tür stand, aus der sie gerade gekommen waren.

»Wie ich höre, hat der Vizepräsident dich besucht«, sagte Ambrose. »Und bevor er aus Abuja aufbrach, wurde ein Geldtransporter vor seinem Haus gesichtet.«

»Und?«

»Du hast behauptet, dein Gouverneur hätte keine Extra-Auszahlung erhalten.«

»Wo bleiben die Ausschreitungen?«

»Sie können nicht von unserem Lager ausgehen. Dein Lager hat einen Kandidaten und dann beinahe noch einen verloren. Hattest du irgendetwas damit zu tun?«

»Mit einem Attentat auf meinen eigenen Schwiegersohn?«

»Es war kein Attentat auf deinen Schwiegersohn. Sonst wäre er jetzt tot.«

»Morgen wird Douglas' Leichnam an seine Familie übergeben.«

»Sein Leichnam konnte geborgen werden?«

»Was noch davon übrig ist. Der Sarg wird in seinen Stammsitz in Isale Eko gebracht.«

»Wo der größte Teil unserer Basis herkommt.«

»Exakt.«

»Wir möchten Verluste vermeiden. Sag deinen Jungs, sie sollen niemanden umbringen. Wir wollen nicht, dass Abuja den Ausnahmezustand verhängt.«

»Und was die Extra-Auszahlung zur Erhaltung der öffentlichen Sicherheit anbelangt: Wenn es so weit ist, bekommt der Gouverneur immer noch seine üblichen zwei Drittel.«

»Warum?«

»Es ist seine letzte Amtszeit. Er arbeitet auf seinen Ruhestand hin.«

»Er ist gierig.«

»Den Rest teilen wir auf.«

»In Ordnung.«

»Nach dieser Sache mit Douglas«, sagte Otunba, »vernehme ich, dein Kandidat rechne sich Chancen aus.«

»Wer hat das behauptet?«

»Ruf ihn zur Ordnung. Es hat sich nichts geändert. Der Deal ist derselbe wie zuvor.«

»Stimmt es, dass der Ehemann seiner Freundin das Flugzeug geflogen hat?«, erkundigte sich Ambrose.

»Ja. Der Junge hat sie alle umgebracht.«

»So eine Schande.«

»Ja. Wie auch immer. Bis zu den Wahlen bleiben weniger als sechs Wochen. Nach der Beerdigung beginnen wir mit unserem Wahlkampf. Danach können wir keinen Ärger mehr gebrauchen. Die Auszahlung sollte bis dahin gekommen sein, und du solltest deinen Anteil erhalten haben.«

»Gut. Wir haben übrigens ein neues Parteimitglied. Die Tochter von Botschafter Mbadiwe. Amaka. Amaka Mbadiwe. Sie muss in die Liste geschützter Personen aufgenommen werden.«

»Ich kenne sie nicht.«

»Dein Schwiegersohn kennt sie. Aus diesem Grund steht sie auf der Liste. Sie ist unantastbar. Sag ihm das.«

»Wie schon gesagt, ich kenne sie nicht.«
»Das tut nichts zur Sache. Sie ist eine von uns. Sie ist tabu.«
»Ich habe dich verstanden.«

46

INSEKTEN UMKREISTEN Leuchtstoffröhren, die in Reihen von der Decke hingen. Darunter heulte und sang und klatschte und zuckte die Gemeinde in heiliger Ekstase. Vorne, auf einer mit rotem Teppich bedeckten erhöhten Bühne, schwitzte der Pastor in weißem Anzug, weißem Hemd, weißen Schuhen und roter Krawatte am Ansatz seiner Jheri-Curls, während er von einer Ecke zur anderen rannte, in sein Mikrofon schrie und Spucke in die Gesichter seiner glühendsten Anhänger*innen versprühte, die am Fuß des Altars knieten.

In der ersten Reihe, sich zum Gesang des Chors wiegend, stand Area mit erhobenen Händen, die Augen geschlossen und das Gesicht gen Himmel gerichtet, während er die Verkündigungen wiederholte, die der Mann Gottes ausrief: »All meine Feinde, fallt um und sterbt.« Überall um ihn herum hallte der Refrain »Sterbt, sterbt, sterbt« durch die Kirche.

Area spürte ein Kitzeln an seinem Bein. Er zog sein Telefon hervor und schaute nach, wer ihn anrief, dann drückte er sich an den knienden, stehenden und hüpfenden Gläubigen in seiner Reihe vorbei und trabte etwa hundert Meter den Mittelgang hinunter bis zum Ausgang.

Draußen vor dem Hauptauditorium von Faith and Fire Miracles Ministries schnappte er in einer warmen Brise unter dem Sternenhimmel nach Luft und warf einen Blick auf das Display, wo die Sekunden bereits abliefen.

»Baba«, sagte er.

»Ihr Name lautet Amaka.«

»Das Mädchen?«

»Ja. Amaka Mbadiwe. Botschafter Mbadiwes Tochter. Mach es heute Abend. Sie lebt im Amtssitz ihres Vaters in Ikoyi. Der Botschafter ist nicht da, aber das Anwesen wird von der Polizei bewacht. Nimm so viele Jungs mit, wie du brauchst. Bringt alle um. Nehmt Schmuck, Fernseher und solche Sachen mit. Ich bin gerade in einer wichtigen Besprechung. Ich werde warten, bis du mir Bescheid gibst, dass es erledigt ist. In Ordnung?«

»In Ordnung.«

Otunba trat aus einer Tür neben dem Sofa und kehrte auf den Treppenabsatz zurück. Er verzog das Gesicht und rieb sich den Bauch, während er die Tür hinter sich schloss.

Ambrose sah zu, wie er sich zurück auf das Sofa sinken ließ.

»Alles in Ordnung?«, fragte er.

»Irgendetwas hat meine Verdauung durcheinandergebracht«, sagte Otunba. »Aber ich denke, ich habe es herausgespült.«

»Wirklich?«

»Wir werden sehen.« Er rieb sich erneut den Bauch. »Wir werden sehen.«

Ambrose tauschte seine verbliebenen Chips gegen Bargeld ein. Er war erfolglos geblieben. Er stand auf und ging händeschüttelnd um den Tisch. Otunba war der Letzte, von dem er sich verabschiedete.

»Du gehst schon?«, fragte Otunba.

»Wenn wir bis morgen einen Aufstand wollen, muss ich mich heute Abend noch an die Arbeit machen«, erwiderte Ambrose.

Yellowman hielt Ambrose die Autotür auf, ehe er den Wagen umrundete und sich neben seinen Chef setzte.

»Von jetzt an ist Amaka deine oberste Priorität«, sagte Ambrose. Das Auto fuhr auf die Straße.

»Haben Sie ihm nicht gesagt, dass sie auf der Safelist steht?«, fragte Yellowman.

»Das habe ich. Er behauptete, er wüsste nicht, wer sie ist. Er wird es nach einem Unfall aussehen lassen.«

»Soll ich sie abholen?«

»Nein. Ich möchte, dass sie sieht, wozu er fähig ist. Aber du musst dabei sein, damit wir sie nicht verlieren. Du persönlich. Niemand anderes. Rund um die Uhr. Von heute Abend an liegt ihre Sicherheit in deiner Verantwortung.«

»Und wenn er nichts unternimmt?«

»Dann werden wir es für ihn tun. Genauso, wie er es bei seinem eigenen Schwiegersohn getan hat.«

47

AMAKA HOB IHR BEIN aus dem warmen Seifenwasser und legte die Ferse auf dem verchromten Wasserhahn ab. Sie atmete den nach Pfefferminzbadeöl duftenden Dampf ein. Es kribbelte in ihren Augen. Sie hob die Hand, strich damit über die Wasseroberfläche und sah im schwachen Licht einer auf dem Toilettensitz brennenden Kerze zu, wie das Wasser gegen ihre Haut schwappte.

Ihr Telefon klingelte – das neue mit ihrer alten Nummer. Sie trocknete sich die Hand an einem Handtuch am Ständer ab und beugte sich dann über den Rand der Badewanne. Das Display zeigte den Anrufer an: Guy Collins. Amaka ließ die Hand über dem Gerät schweben. Dann sank sie zurück ins Wasser, starrte an die Decke und ließ das Telefon weiterklingeln, bis es aufhörte. Sie nahm wahr, wie ihr Atem schneller ging. Sie atmete tief durch die Nase ein und durch den Mund aus. Sie spürte den Dampf in ihrer Brust.

Das Telefon piepte zweimal. Amaka blieb noch eine Weile im Wasser, ehe sie sich die Hand erneut abtrocknete und es hochhob. Sie hatte eine neue Sprachnachricht. Sie ließ sich zurück ins Wasser sinken und lauschte Guys Stimme.

»Hi, Amaka. Eyitayo hat mir gesagt, dass du dein Telefon wiederhast. Amaka, als ich zurück in London war und deine Nachricht gesehen habe, dass Malik dich gefunden hat, habe ich versucht, dich anzurufen. Ich dachte sofort, ich hätte Lagos nicht verlassen dürfen. Ich wollte am liebsten auf direktem Weg zurück nach Nigeria fliegen. Und ich hätte es auch beinahe getan. Ich war schon dabei, mir ein Ticket zu buchen, wollte aber vorher noch einmal bei dir anrufen. Da ist ein Mann ans Telefon gegangen. Im Hintergrund war Brüllen und Schreien zu hören. Der Mann sagte, diese Menschen hätten jemanden umgebracht, und sie seien auch auf dich losgegangen. Ich flehte ihn an, dir zu helfen. Er behauptete, er könne nichts tun. Dann erklärte er mir, es sei alles vorbei, und legte auf.

Als er das sagte, habe ich mich so schlecht gefühlt wie in meinem ganzen Leben nicht. Ich wusste nicht, was ich tun, wen ich anrufen oder was ich denken sollte. Mels Vater lebt in Nigeria. Ich rief sie also an und erzählte ihr, was passiert war. Ich fragte sie, ob ihr Dad helfen könne, ob er in Lagos irgendetwas ausrichten könne. Jemanden anrufen, zur Polizei gehen, was auch immer. Und die ganze Zeit dachte ich, es wäre längst zu spät. Ich dachte, Malik hätte dich bereits erwischt.

Mel sagte, sie werde ihren Dad anrufen. Sie schlug vor, dass ich vorbeikommen solle, falls er mit mir sprechen wollte. Ich war fix und fertig, Amaka. Ich wollte nicht allein sein. Ich nahm vom Flughafen aus ein Taxi zu ihr. Wir blieben lange wach, warteten auf einen Rückruf von ihrem Vater und redeten darüber, was passiert war. Ich schlief auf dem Sofa.

Amaka, ich war bloß bei Mel, weil ich sie um Hilfe gebeten hatte. Zwischen uns ist nichts passiert. Zwischen uns hätte nichts passieren können. Als ich glaubte, ich hätte dich verloren, habe ich mich so schrecklich gefühlt wie noch nie, und auch wenn wir uns noch nicht lange kennen, ist mir bewusst geworden, dass ich dich liebe. Amaka, ich liebe dich. Und wenn du denkst, dass auch nur die geringste Chance besteht, dass du eventuell genauso empfinden könntest, dann ruf mich bitte an. Wenn nicht, kann ich das auch verstehen. Ich bin einfach nur erleichtert, dass es dir gut geht.«

Sie starrte weiter auf die tanzenden Muster an der Decke, ließ sich dann tiefer in die Badewanne gleiten und tauchte mit dem Kopf unter.

48

EIN RANGE ROVER FUHR VOR DAS TOR und hupte. Dahinter stand ein Mercedes Saloon und dahinter ein weiterer Range Rover.

Ein Mann in Khakiuniform öffnete das Fußgängertor und schirmte sich die Augen vor den Scheinwerfern ab. Der Fahrer hupte erneut. Der Pförtner trat auf den SUV zu, während hinter ihm im Tor ein Polizist sich gähnend streckte und dabei seine AK-47 hoch über den Kopf hielt.

Das Fondfenster des Mercedes wurde heruntergefahren. Ein einzelner Schuss ließ das Wageninnere aufleuchten, und dem Polizisten im Tor fiel das Gewehr aus den Händen. Er griff sich an den Bauch, klappte nach vorn und fiel mit dem Kopf voran auf das Betonpflaster.

»Nimm die Hände runter«, befahl Area dem Pförtner, der die auf seinen Kopf gerichtete Pistole anstarrte. Der Pförtner ließ die Arme sinken und blieb starr stehen.

Männer mit Maschinenpistolen kletterten aus den Wagen und liefen auf das kleine Tor zu. Die ersten vier sprangen über den toten Polizisten. Die letzten beiden trugen die Leiche auf das Anwesen.

»Ist Amaka zu Hause?«, fragte Area den Pförtner. Der Mann schüttelte den Kopf.

»Warum lügst du mich an?«, fragte Area.

»*I no dey lie*, Sir. Hier sind nur ich und der Polizist.«

»Noch irgendwelche anderen Polizisten im Haus?«

»Nein, Sir.«

Aus dem Anwesen ertönte ein einzelner Schuss. Der Pförtner

zuckte zusammen und zog eine Grimasse. Area sah ihn kopfschüttelnd an.

Die Tore gingen auf. Zwei Leichen lagen in einem X übereinander vor einem mit einer Plane bedeckten Auto. Area nickte dem Pförtner zu, er solle das Anwesen betreten. Die Autos fuhren hinein, und die Männer schlossen die Tore hinter ihnen.

Amakas Kopf durchbrach die Wasseroberfläche. Sie wischte sich das Gesicht ab, setzte sich in der Badewanne aufrecht hin und lauschte. Sie griff nach dem Handtuch auf dem Ständer und trocknete sich Gesicht und Ohren ab. »Hallo?«, fragte sie. Keine Antwort. Sie wartete. Sie lehnte sich in der Wanne zurück und schloss die Augen. Das Wasser würde bald kalt werden.

Mit rasendem Herzen, eine Pistole im Rücken, lief der Pförtner den unbeleuchteten Flur hinunter. Nur das Mondlicht, das durch ein Fenster hereinströmte, erhellte seinen Weg, während ihm vier bewaffnete Männer sowie Area folgten, deren Schritte vom Teppich gedämpft wurden.

Vor einer Tür blieb der Pförtner stehen und blickte Area an. Der schwarze Filzhut des kleinen Gangsters saß schräg nach links gekippt auf seinem Kopf. Die Pistole wirkte zu groß für die winzige Hand, in der er sie baumeln ließ.

Area wies auf die Tür. Der Pförtner nickte. Area winkte. Der Mann wurde beiseitegeführt, die Pistole noch immer im Rücken. Zwei Männer stellten sich zu beiden Seiten der Tür auf und zielten mit ihren Pistolen darauf. Area trat einen Schritt zurück. Er hielt seine Pistole mit beiden Händen auf die Tür gerichtet und nickte. Einer der Männer klopfte.

49

YELLOWMAN PARKTE unter einem Mangobaum vor der Lagune. Am gegenüberliegenden Ufer des Wassers, das dunkel und ruhig in der Nacht dalag, war der schwarze Himmel übersät mit beleuchteten Fenstern, und auf der anderen Straßenseite schlummerten die Villen des Oyinkan Abayomi Drive friedlich hinter hohen, mit Elektrodrähten gesicherten Mauern.

Er konzentrierte sich auf das schwarze Tor vor dem übernächsten Gebäude. Die Fenster des Hauses waren dunkel, die Flutlichter auf dem Anwesen waren eingeschaltet. Er stellte sich Amaka schlafend vor. Die für ihren Botschafter-Vater tätigen Polizisten ahnten nichts von der Gefahr, in der sie sich befand, ahnten auch nichts von dem Mann, der geschickt worden war, um sie davor zu beschützen, der draußen in einem Wagen saß, bittere Kolanüsse kaute, um sich wach zu halten, und bereit war, Leben zu nehmen, um ihres zu schützen.

Er brach eine weitere Kolanuss in seiner Handfläche auf und legte eine Hälfte auf den Beifahrersitz, neben seine Uzi und zwei zusätzliche Ladestreifen. Er biss gerade ein Stück von der anderen Hälfte ab, als im Spiegel etwas aufschimmerte.

Hinter der Mauer kauernd, spähte einer von Areas Männern mit gezogener Pistole durch die Lücke zwischen Mauer und Tor. Er bemühte sich, das Gesicht der Person in dem Auto zu erkennen, das auf der anderen Straßenseite vor dem Gebäude geparkt hatte.

Hinter Yellowman tauchten in der Ferne zwei Scheinwerfer auf. Er hielt den Blick auf den Spiegel gerichtet und nahm seine Waffe in die Hand. Während er zusah, wie sich das Fahrzeug von hinten näherte, spannte er die Maschinenpistole auf seinem Schoß.

Der Streifenwagen der Polizei verlangsamte beim Näherkommen. Die Polizist*innen darin warfen einen Blick auf Yellowmans Auto. Die Mündungen von Kalaschnikows lugten aus den Fenstern. Yellowman beobachtete sie. Durch die getönten Scheiben konnten sie ihn nicht sehen. Der Streifenwagen fuhr weiter, bis er ein paar Meter entfernt vor dem schwarzen Tor zum Stehen kam. Den Blick weiter auf den Wagen gerichtet, nahm Yellowman die Uzi von seinem Schoß und schob sie unter seinen Sitz. Dasselbe tat er mit den Ladestreifen auf dem Beifahrersitz. Das Polizeifahrzeug blieb mitten auf der Straße im Leerlauf stehen und spuckte dunklen Rauch aus dem Auspuffrohr. Yellowman hob sein Hemd an und holte eine Glock 42 hervor, zog den Schlitten zurück und klemmte sich die Pistole unter die Beine.

Der Polizeiwagen stand noch immer mitten auf der Straße. Der Fahrer ließ den Motor aufheulen. Schwarzer Rauch schoss aus dem Auspuff. Der Motor heulte erneut auf, und der Wagen rollte los.

Yellowman sah dem Dieselfahrzeug hinterher, bis es außer Sichtweite war. Dann öffnete er sein Fenster und lauschte, wie es auf die Bourdillon Road abbog, ehe er den Blick wieder auf das Haus richtete. Auf dem Boden vor dem Tor glitzerte etwas.

Er schob sich die Pistole unter das Hemd und zog die Uzi und die Ladestreifen hervor. Je einen davon steckte er sich in jede Jackentasche, dann blickte er links und rechts die Straße hinunter. Er stieg aus dem Wagen, die Pistole unter der Jacke, und überquerte die Straße.

Er ließ den Blick auf das Tor gerichtet, während er in die Hocke ging, um eine Patronenhülse vom Boden aufzuheben und daran zu riechen. Er steckte sie ein und sah sich suchend um. Sein Blick fiel auf eine Stelle vor dem Tor. Er ging darauf zu, hockte sich erneut hin und berührte sie. Sie war nass. Er rieb seine Finger aneinander und roch daran. Er zog seine Uzi hervor und richtete sie auf das Tor, ging rückwärts zu seinem Wagen, stieg ein, ohne den Blick vom Tor zu nehmen, und ließ den Motor an.

Der Mann auf dem Beobachtungsposten hinter dem Tor ließ seine Pistole sinken. Tief geduckt kroch er auf das Haus zu.

50

AMAKAS BLICK schnellte zur Tür.

»Wer ist da?«, fragte sie.

Der Knauf drehte sich, und die Tür öffnete sich langsam. Amaka setzte sich im Wasser auf, griff nach dem Handtuch und bedeckte sich damit. »Wer ist da?«

Eyitayo betrat das Badezimmer. Sie trug einen blauen Kimono und hielt eine Flasche Wein und zwei Gläser in den Händen. »Ich bin's bloß«, sagte sie und schloss mit dem Hintern die Tür. Amaka hängte das Handtuch zurück auf den Ständer und ließ sich wieder ins Wasser sinken.

»Hier«, sagte Eyitayo. Sie reichte Amaka ein Glas und füllte es, dann nahm sie die Kerze vom Toilettendeckel und stellte sie auf den Rand des Waschbeckens, um sich hinzusetzen.

Es klopfte erneut an der Tür.

»Hau ab«, rief Eyitayo. »Frauengespräch.«

»Darf ich die Tür aufmachen?«, fragte Gabriel.

»Nein. Sie ist nackt.«

»*Shebi*, sie liegt in einem Schaumbad. Ich werde nichts sehen.«

»Nein, das ist kein Schaumbad, außerdem ist das nicht der Punkt.«

»Okay. Ich mache die Tür jetzt auf und setze mich einfach hier draußen an die Wand. Dann können wir uns zu dritt unterhalten.«

»Und wer hat behauptet, dass wir uns mit dir unterhalten wollen?«

Gabriel öffnete die Tür. Mit der einen Hand hielt er sich die Augen zu, unter seinem anderen Arm klemmte eine Flasche Rémy Martin, während er in der Hand ein Glas hielt.

»Hey!«, rief Eyitayo.

»Tut mir leid, tut mir leid«, beschwichtigte er sie. Er ließ die Badezimmertür weit geöffnet und setzte sich draußen auf den Fußboden, den Rücken gegen die Wand neben der Tür gelehnt.

»Du brauchst es nur zu sagen, dann schicke ich ihn sofort ins Bett«, erklärte Eyitayo Amaka.

»Ist schon in Ordnung. Wir lassen ihn mitspielen«, erwiderte Amaka.

»Er darf also lange aufbleiben?«

»Ja. Er darf heute lange aufbleiben. Ausnahmsweise.«

»Okay. Aber nur heute.«

»Amaka«, mischte Gabriel sich ein. »Wann hast du das hier zum letzten Mal gehört?«

»Was gehört?«

»Warte kurz.«

Wenige Augenblicke später ertönte das lange Instrumental-Intro von *Trouble Sleep Yanga Wake Am* von Fela Kuti aus der Stereoanlage im Wohnzimmer. »Das ist der entspannteste Song, den ich je gehört habe«, sagte Gabriel und summte die Saxofonmelodie mit.

»Guy hat angerufen«, sagte Eyitayo. »Tut mir leid, ich habe ihm erzählt, dass du deine Nummer wiederhast.«

»Ich weiß«, antwortete Amaka. »Er hat mich angerufen. Ist schon in Ordnung.«

»Ist alles gut bei euch?«

»Es gibt kein ›euch‹.«

»Er mag dich wirklich«, warf Gabriel von draußen ein.

»Halt die Klappe, dich hat niemand gefragt«, erwiderte Eyitayo.

»Ich mein ja nur«, sagte Gabriel.

»Das mit Chioma tut mir wirklich leid«, fuhr Eyitayo fort.

»Muss es nicht. Es ist nicht deine Schuld. Ich hätte ihr sagen sollen, was ich vorhabe.«

»Nun wird er sich wohl nicht mehr am Telefon selbst belasten, oder?«

»Ich bezweifle es. Ich wünschte bloß, ich hätte mein Telefon nicht verloren. Ich hatte sie. Diese ganzen Mistkerle, ich hatte ihre Gesichter auf Video. Ich bin mir sicher, dass ich auch sein Gesicht erwischt hatte.«

Amaka hielt Eyitayo ihr Glas zum Nachschenken hin, dann setzte sie sich abrupt auf. Eyitayo wich zurück, um nicht nass gespritzt zu werden.

»Wieso bin ich da nicht früher draufgekommen?«, fragte Amaka. »Ich weiß jetzt, was ich tun muss.«

51

AREA ZOG EINE SCHUBLADE in Amakas Schlafzimmer auf. Sie war voller Unterwäsche. Er steckte eine Hand hinein, wühlte darin herum und hielt dann einen braunen Tanga hoch. Er rollte die Seidenunterhose zu einem Ball zusammen und steckte sie sich in die Tasche. Er sah sich im Zimmer um und hüpfte dann auf das Bett. Er kroch bis zum Kopfende, legte sich auf den Rücken und verschränkte die Hände auf dem Kissen unter seinem Kopf.

Der Pförtner stand im Türrahmen. Hinter ihm presste ihm ein Mann eine Pistole in den Rücken. Ein weiterer Mann zog sich aus, schob sich die enge Jeans die Beine hinunter, während sein Hemd bereits zu seinen Füßen auf dem Boden lag.

»Um wie viel Uhr kommt sie zurück?«, fragte Area den Pförtner.

»Oga, ich weiß es nicht.«

»Ich bin nicht dein Oga. Hat sie dir gesagt, wo sie hin ist?«

»Nein, Sir. Sie ist gestern einfach gegangen.«

»Und seitdem ist sie nicht zurückgekehrt?«

»Nein, Sir.«

»Hör auf, mich Sir zu nennen. Ich bin nicht dein Oga.«

»Ja, Sir.«

»Und hör auf, mich anzulügen.«

»Ich schwöre bei Gott, ich lüge Sie nicht an, Sir.«

Area nickte dem Mann hinter dem Pförtner zu. Der Gangster hob seine Waffe und schlug dem Mann damit in den Nacken. Der Pförtner schrie auf und fiel auf die Knie. Der andere Mann an der Tür trug nun lediglich noch seine Unterhose. Er beugte sich hinunter, hob die schwarze Hose auf, die er einem der toten Polizisten abgenommen hatte, und hielt sie am Bund hoch. Der Gürtel steckte noch in den Schlaufen. Hinter ihm betrat der Mann vom Beobachtungsposten den Raum.

»Warum hast du deinen Posten verlassen?«, fragte Area ihn.

»Der Mann, den sie Yellowman nennen, *him park moto outside, come begin dey search ground.* Er ist gerade weggefahren.«

52

ES KLINGELTE ERNEUT AN DER TÜR. Amaka wälzte sich im Bett herum und stöhnte in ihr Kissen. Sie konnte nicht verstehen, weshalb Eyitayo oder Gabriel nicht an die Tür gingen. Es klingelte weiter. Ächzend stand sie auf, noch immer benommen von dem ganzen Wein, den sie getrunken hatten. Sie sah nur verschwommen.

Das Licht im Wohnzimmer war ausgeschaltet, draußen war es immer noch dunkel, regnerisch und kalt. Nur mit dem T-Shirt bekleidet, das Gabriel ihr geliehen hatte, streckte sie die Arme aus, um den Weg zur Tür zu finden. Als sie sie öffnete, machte sie sich eine Notiz im Geiste, Eyitayo und Gabriel zu sagen, sie sollten den Schlüssel nicht im Schloss stecken lassen. Dann erst wurde ihr bewusst, dass sie gar nicht gefragt hatte, wer dort stand, aber es war schon zu spät, die Tür flog bereits auf.

Sie erstarrte. Die Tür verfehlte ihr Gesicht nur knapp. Der kalte Wind wehte ihr T-Shirt gegen ihren Körper, und dort in der Dunkelheit auf der Treppe, das Haar nass gegen das Gesicht geklatscht, stand Guy.

Sie keuchte. »Was machst du hier?«, wollte sie wissen.

Er trat ein, tropfte auf den Teppich und wischte sich das Gesicht ab.

»Wann bist du zurückgekommen?«

Er starrte sie an.

»Hör zu, Guy, du hättest nicht kommen sollen. Wir wissen beide, dass das hier nicht funktioniert. Du lebst in England, und ich lebe in Nigeria. Es ist alles viel zu schnell gegangen, und …«

Er drehte sich um und sprach mit jemandem vor der Tür. »Sie ist hier. Du kannst jetzt reinkommen.«

Aus der Dunkelheit tauchte plötzlich Mel auf und betrat das Haus.

»Was? Du hast deine Ex-Freundin nach Nigeria mitgenommen? Zu mir? Warum?«

Es klingelte erneut.

Amaka wachte auf. Es war dunkel. Sie konnte den Regen draußen hören. Die Klimaanlage summte, und es war zu kalt im Zimmer. Sie lag auf dem Rücken. Sie rollte sich auf die Seite und sah das Display ihres Telefons dunkel werden.

Sie griff nach dem Nachttisch, auf dem sie die Rolex Datejust ihrer Mutter hatte liegen lassen. Es war kurz nach sechs Uhr morgens, sie musste eingeschlafen sein, sobald ihr Kopf das Kissen berührte.

Ihre Telefone hatte sie neben der Armbanduhr geladen. Sie hob eins nach dem anderen auf und drückte auf den Knopf, damit das Display anging. Auf ihrem privaten Telefon hatte sie sieben verpasste Anrufe. Sie setzte sich auf und entsperrte das Telefon. Sie fand auch eine ungelesene Nachricht.

Amaka zog das Telefon vom Ladekabel und setzte sich auf die Bettkante. Die verpassten Anrufe stammten alle von derselben Nummer. Sie hatte den Kontakt nicht gespeichert, aber sie erkannte die Nummer wieder. Es war Ambrose. Sie sah nach, von wann die Anrufe stammten. Der frühste war von 1.30 Uhr, der letzte hatte sie soeben geweckt.

Sie blieb noch eine Weile mit dem Telefon in der Hand auf der Bettkante sitzen, dann schüttelte sie den Kopf. Die ungelesene Nachricht. Sie stammte von Florentine.

»Aunty, ich bin auf einem Kirchenfest in Lagos. Ich habe deine ganzen Nachrichten bekommen. Ich kann mich nachher mit dir treffen, wenn du mich noch sehen willst.«

Amaka stand auf und las die Nachricht erneut, dann scrollte sie nach oben, um ihre eigenen vorherigen Nachrichten zu lesen, die Florentine nicht beantwortet hatte, aber sie wurden auf dem neuen Telefon nicht angezeigt. Sie schloss die Messenger-App mit einem Klick, setzte sich zurück auf die Bettkante, starrte auf den Teppich und versuchte nachzudenken.

53

JEMAND KLOPFTE an die Tür, als Amaka direkt dahinterstand.

»Wow, du bist ja schon angezogen«, entfuhr es Gabriel. Sie trug ein neues Outfit, das sie sich von Eyitayo geliehen hatte. Er trug einen Hausmantel und hatte ein iPad in der Hand.

»Ich muss schnell wohin«, erklärte sie. »Was ist los?«

Er streckte ihr das iPad entgegen. »Da war jemand schneller als du«, sagte er.

Sie nahm ihm das Tablet ab und erkannte die Kopfzeile des Klatschblogs. Sie interessierte sich nicht für die Story unter den Bildern. Auf dem ersten war Ojo auf einem Bett zu sehen, eine nackte Frau auf ihm. Das zweite Bild zeigte ebenfalls ihn, nackt auf einem Sofa, ein Mädchen rittlings auf seinem Schoß. Das dritte ähnelte dem zweiten: dasselbe Zimmer, dasselbe Sofa, zwei zusätzliche Mädchen warteten daneben, bis sie an der Reihe waren. Amaka warf noch einen Blick auf das vierte Bild und scrollte dann wieder nach oben.

»Das bin ich«, sagte Amaka und zeigte auf das erste Bild.

»Was?« Gabriel blickte auf das Display.

»Das bin ich.«

Gabriel nahm das iPad an sich.

»Das bist du?«

»Ja.«

Er schaute auf ihre Brust und dann wieder auf das Display.

»Hör auf«, sagte sie.

»Tut mir leid. Hast du es ihr geschickt?«, fragte er.

»Ob ich Gloria Mbanefo ein Bild von meinen nackten Möpsen

geschickt habe? Natürlich nicht. Ich kenne sie ja nicht einmal.«

»Wie ist sie dann drangekommen? Ach, ich weiß. Vielleicht war es die Person, die deine Handtasche geklaut hat?«

»Nein. Aber wer auch immer das an Gloria Mbanefo geschickt hat, der- oder diejenige ist schlau.«

»Ich kann dir nicht folgen, Amaka.«

Sie nahm ihm das iPad ab.

»Das bin ich.« Sie zeigte auf das erste Foto. »Wer auch immer das getan hat, ist ein Genie.« Sie scrollte zum vierten Bild hinunter. »Ich weiß nicht, wer das ist, aber sie war nicht im Zimmer. Siehst du, was diese Leute gemacht haben? Es ist dasselbe Bild, das ich an seine Frau geschickt habe, aber sie haben mit Photoshop dieses Mädchen eingefügt. Ich wette, sie werden auch die Originalbilder veröffentlichen, aus denen diese anderen Bilder zusammengesetzt wurden, und dann können sie mit Leichtigkeit die Echtheit aller weiteren Bilder anzweifeln, die von ihm auftauchen.«

»Wow. Du hast recht. Das ist echt verdammt schlau.«

»Es hat also begonnen.«

»Die spielen keine Spielchen. Das hier ist eine richtige Gangster-Schach-Scheiße. Vielleicht war es keine gute Idee, mit diesem Typen ins Bett zu gehen. Ich meine, nicht nur im wörtlichen, sondern auch im übertragenen Sinne.«

»Ich weiß, was du meinst. Und es ist niemals eine gute Idee, mit einem Nigerianer ins Bett zu gehen.«

»Hart.«

»Aber wahr.«

»Und jetzt?«

»Sie haben ihre erste Salve abgefeuert. Das haben sie getan, weil sie meinen nächsten Schritt vorausgesehen haben.«

»Was ist dein nächster Schritt?«

»Besser, wenn du es nicht weißt. Sagen wir einfach, ich werde die Gouverneurswahl von Lagos manipulieren.«

54

AMAKA UND GABRIEL näherten sich Chiomas Schlafzimmer auf Zehenspitzen. Gesang drang durch die geschlossene Tür. Amaka drehte den Knauf und öffnete sie langsam. Chioma kniete vor dem Bett, den Rücken zur Tür, und sang in die Laken. Sie hatte den Kopf vergraben, die Ellbogen tief in der Bettwäsche versinken lassen und ihre Hände zum Gebet gefaltet. Ihre Schultern zitterten. Sie hob Hände und Gesicht und setzte zu einer anrührenden Interpretation von *Amazing Grace* an. Die hohen Töne vibrierten in ihrer kraftvollen Stimme, während sie sich wiegte, ihren Kummer über die Zimmerdecke verteilte, über den Raum, über das gesamte Haus.

Auf dem Weg zum Oshodi-Markt schien Amaka die Sonne ins Gesicht. Es waren weniger Autos unterwegs als sonst. Sie war bereits an geparkten Einsatzwagen der Polizei vorbeigefahren, neben denen Polizist*innen herumstanden und gelangweilt auf den Beginn der Ausschreitungen zu warten schienen. Ihre Präsenz hielt die Aufstände offenbar in Schach, und die Angst vor den Aufständen vertrieb die Leute von der Straße. Amaka konnte ganz ungestört durch Lagos fahren – wie es für gewöhnlich nur mitten in der Nacht möglich war. Aber nun umgab Amaka die Sicherheit des Tageslichts.

Sie parkte am Straßenrand und widerstand dem Drang, zu der Stelle zu schauen, an der das Feuer Chiomas Bruder eingehüllt hatte. Sie betrat den Markt, lief vorbei an Reihen früh aufgestellter Stände, bis sie den Bereich der Fleischer erreicht hatte, wo ihr fette

Fliegen um das Gesicht summten. Sie ging zwischen den Ständen hindurch, hinter ihnen entlang und betrat schließlich das zweistöckige Gebäude, in das die Fleischer sie gebracht hatten.

Junge Männer mit blutverschmierten nackten Oberkörpern beobachteten, wie Amaka auf das Gebäude zulief. Die Fleischer folgten ihr in geringem Abstand. Sie ging durch die geöffnete Tür und den Gang entlang, der auf den Hinterhof führte.

Dort waren weitere oberkörperfreie junge Männer in Shorts und hochgekrempelten Hosen, die Gewichte hoben, Kniebeugen und Bankdrücken machten oder anderen dabei assistierten. Ihr Schweiß ließ ihre schlanken, muskulösen Körper in der Sonne glänzen. Sie legten ihre aus Metallstangen und Zementgewichten improvisierten Hanteln ab und versammelten sich um Amaka.

»Ich suche nach eurem Präsidenten Ajani«, erklärte sie. »Er sagte, ich solle ihn hier aufsuchen, wenn ich irgendetwas brauche.«

»Wir erinnern uns an Sie«, sagte ein junger Mann. »Baba Ajani ist heute nicht auf dem Markt. Was wollen Sie?«

»Ich brauche eure Hilfe, um die Männer zu schnappen, die den Bruder der jungen Frau, die ihr gestern gerettet habt, umgebracht haben. Ich habe gesehen, dass viele ihre Telefone benutzt haben, um aufzuzeichnen, was passiert ist. Vielleicht haben sie auch die Gesichter der Verantwortlichen erwischt. Die Polizei kann die Bilder von ihnen in den Zeitungen abdrucken lassen und sie zur Fahndung ausschreiben. Keinem von euch wird etwas zustoßen. Niemand wird wissen, von wessen Telefon ich die Aufnahmen habe. Baba Ajani sagte, keiner von euch habe etwas damit zu tun gehabt. Er berichtete mir, wie ihr versucht habt, sie aufzuhalten. Wie ihr gemeinsam mit den Marktfrauen Chioma und auch mich gerettet habt. Bitte, helft mir, sie zu schnappen. Sie hätte eure Schwester sein können. Er hätte euer Bruder sein können. Falls ihr gestern irgendwelche Fotos oder Videos aufgenommen habt, dann brauche ich sie.«

Die Fleischer betrachteten sie schweigend. Ihre Kumpel von den Ständen hatten sich im Gang versammelt und strömten ebenfalls heraus auf den Hinterhof. Dann nahm der junge Mann, der gesprochen hatte, seine Hand aus der Hosentasche und blickte auf sein Telefon. Er tippte auf dem Display herum. Überall um ihn herum begannen andere Männer, ihre Telefone hervorzuholen und zu wischen und tippen. Dann traten sie nach vorn, einer nach dem anderen, und hielten ihre Handys hoch, um Amaka die Fotos und Videos, die sie aufgenommen hatten, zu zeigen.

55

AMAKA STELLTE IHR TELEFON auf Lautsprecher, legte es sich auf den Schoß und schaute beim Ausparken in den Rückspiegel.

»Hallo, Ibrahim«, sagte sie. »Ich habe Beweise dafür, dass ein Polizist für den Lynchmord gestern in Oshodi verantwortlich gewesen ist.«

»Ich bin bei Ihrem Haus«, erwiderte Ibrahim. »Wo sind Sie?«

»Ich bin nicht zu Hause.«

»Ich weiß. Wie schnell können Sie hier sein?«

Amaka kannte den Polizisten nicht, der auf ihr Hupen hin das Tor öffnete. Beim Hineinfahren sah sie, wie er hinaus auf die Straße spähte. Sie parkte neben einem schwarzen Range Rover mit getönten Scheiben, der vor dem alten Rolls Royce ihres Vaters abgestellt war. Sie konnte den Pförtner Matthew nirgends entdecken, und die Haustür stand offen. Ibrahims Wagen stand nicht in der Auffahrt.

Im Rückspiegel sah sie, wie der Polizist das Tor schloss. Sie war sich sicher, dass sie ihn noch nie zuvor gesehen hatte. Sie behielt ihn im Auge, während sie ihr Telefon entsperrte, doch dann bemerkte sie, dass jemand neben der Beifahrertür stand. Der Mann beugte sich zum Fenster herunter. Sie ließ das Telefon fallen und griff rasch nach Lenkrad und Zündung. Sie hatte schon begonnen, den Schlüssel zu drehen, als Ibrahim aus der Haustür trat.

»Tut mir leid, dass ich Sie erschreckt habe«, sagte der Mann.

Amaka stieg aus dem Wagen.

Der Mann war in seinen Zwanzigern. Er hatte einen glänzenden rasierten Schädel und einen Vollbart. Er war schlank und trug ein lila Polohemd, das er in eine enge ausgebleichte Jeans gesteckt hatte. Er starrte Amaka in die Augen.

»Wer sind Sie?«, wollte Amaka wissen.

»Alex.« Er streckte seine Hand aus. Er trug mindestens drei Armbänder am Handgelenk, aus Leder, aus Holzperlen und aus buntem Stoff.

»Alex, und weiter?«

»Einfach nur Alex.«

Sie ergriff seine Hand nicht. »Sie haben keinen Nachnamen?«

»Er gehört zum DSS«, erklärte Ibrahim.

»Was machen Sie in meinem Haus?«, fragte Amaka an Ibrahim gewandt. Sie bemerkte, dass Alex sie beobachtete.

»Wo sind Sie letzte Nacht gewesen?«, erkundigte sich Ibrahim.

»Ich wüsste nicht, was Sie das anginge, außerdem haben Sie meine Frage nicht beantwortet.«

»Tut mir leid. Wir bekamen letzte Nacht einen anonymen Hinweis, dass in Ihr Haus eingebrochen wurde. Es war nicht während meiner Schicht. Sie haben einen Streifenwagen geschickt. Unsere Leute haben mit dem Wachmann gesprochen.«

»Wie hat er ausgesehen?«

»Ich weiß es nicht. Ich bin heute Morgen als Erstes hierhergekommen, nachdem man mich über alles informiert hatte. Als ich eintraf, war niemand hier. Das Tor und die Haustür standen offen.«

»War in das Haus eingebrochen worden?«

»Ja.«

»Was wurde mitgenommen?« Amaka lief auf die Tür zu.

Ibrahim und Alex folgten ihr ins Wohnzimmer. Sie schaute sich um. Auf der Anrichte fehlte der Fernseher. Ansonsten wirkte nichts anders als sonst.

»Was ist mit den Wachmännern passiert?«

»Ibrahim glaubt, sie haben Sie ausgeraubt und sich dann aus dem Staub gemacht«, antwortete Alex.

Amaka drehte sich vom Fuß der Treppe aus um. »Sie würden uns niemals ausrauben.« Sie stieg hinauf. Die Männer folgten ihr.

»Ich bin ganz Ihrer Meinung«, sagte Alex.

»Und weshalb sind Sie noch gleich hier?«, fragte Amaka auf dem Treppenabsatz.

»Ibrahim hatte Angst, Ihnen könnte etwas zugestoßen sein. Er kontaktierte das Außenministerium. Sie haben mich geschickt.«

»Sie hätten anrufen können«, sagte Amaka zu Ibrahim. »Ich habe meine Telefonnummern wieder.«

Die Tür zum Schlafzimmer ihrer Eltern stand offen. Sie trat in den Türrahmen und warf einen Blick hinein. Jemand hatte die Schubladen der Frisierkommode ihrer Mutter herausgezogen.

»Darf ich?«, fragte Alex. Er schlüpfte an ihr vorbei in das Schlafzimmer. »Welche Diebe würden so etwas denn zurücklassen?« Er wies auf die Doppelflinte ihres Vaters, die neben dem Bett an die Wand gelehnt stand. »Und das hier«, er wedelte mit der Hand über der Frisierkommode. »Das ist viel zu ordentlich. Außerdem haben sie den Fernseher in der Bibliothek dagelassen. War es ihnen etwa zu mühsam, ihn die Treppen hinunterzutragen?«

Amaka verließ den Türrahmen und ging in ihr eigenes Zimmer. Der Inhalt ihrer Schubladen lag auf dem Bett. Die Schränke standen offen, Kleider und Bügel auf dem Fußboden, Schuhe, Taschen und Kisten überall verstreut.

»Hier haben sie sich Zeit gelassen«, bemerkte Alex. »Wissen Sie, wonach sie gesucht haben?«

Amaka umrundete das Bett, wobei ihrem Blick nichts entging.

»Wer ist Malik?«, wollte Alex wissen.

Amaka wandte sich rasch zu ihm um.

»Ich habe Ibrahim gefragt, ob irgendjemand Ihnen schaden wollen würde. Er hat mir alles berichtet, was Sie ihm erzählt haben.«

»Ich wusste nicht, wo Sie sind«, erklärte Ibrahim.

»Schon in Ordnung«, erwiderte Amaka. »Sie halten es nicht für einen gewöhnlichen Einbruch?«, fragte sie Alex.

»Nein«, antwortete dieser. »Gewöhnliche Diebe greifen kein gut geschütztes Haus an. Und sie würden kein Gewehr zurücklassen, wenn sie nicht selbst über viel bessere Waffen verfügten. Außerdem sieht es aus, als wäre die Einfahrt gesäubert worden. Ich vermute, um Blut wegzuwischen. Ich gehe davon aus, dass die Wachmänner tot sind.«

»Wenn sie tot sind, wo sind dann ihre Leichen?«, warf Ibrahim ein.

»Ich glaube, sie haben die Leichen mitgenommen, damit es so aussieht, als wären es die Angestellten selbst gewesen.« Er schob seine Hand in die enge Hosentasche seiner Jeans. Als er sie wieder hervorzog, lagen zwei leere Patronenhülsen auf seiner Handfläche. »Eine davon habe ich unten, die andere in Ihrem Zimmer gefunden.«

»Wann haben Sie die gefunden?«, wollte Ibrahim wissen.

»Eine lag unter Ihrem Wagen. Ich habe sie aufgelesen, nachdem Ihr Fahrer weggefahren war. Die andere lag in einem ihrer Schuhe. Die haben Sie übersehen. Das hier war kein Einbruch. Das war ein versuchtes Attentat.« Er wandte sich an Amaka. »Ibrahim sagte, Sie hätten diesen Mann noch nie getroffen und versuchten, sein Haus ausfindig zu machen. Was können Sie mir noch über ihn sagen?«

»Ich weiß jetzt, wie ich ihn finden kann«, sagte Amaka.

»Wie?«

»Die junge Frau, die er halbtot auf der Schnellstraße hat liegen lassen, weswegen ich hinter ihm her bin – ihr Telefon ist ausgeschaltet gewesen, und sie hat mich nicht zurückgerufen. Letzte Nacht hat sie mir dann eine Nachricht geschickt. Sie möchte sich mit mir treffen.«

56

AUF EINEM DER VIER FLACHBILDSCHIRME in seinem Schlafzimmer beobachtete Malik, wie der Kommodore der Marine außer Dienst Shehu Yaya durch das Tor auf das Anwesen seines Doppelhauses in Gbagada lief. Der Wachmann schloss das Tor hinter Shehu, und für einen Augenblick standen sich die beiden Männer in dem einen Meter schmalen Streifen zwischen dem geschlossenen Tor und der Front von Maliks weißem Range Rover dicht gegenüber, wobei keiner von ihnen sprach oder sich bewegte.

Malik beobachtete, wie die beiden Männer dort kurz feststeckten, dann stand er auf, nahm einen Kimono-Hausmantel von einem Papasansessel und warf ihn über seinen nackten Körper.

Die kugelsichere Eingangstür ging auf, und Shehu wirbelte herum. Malik stand in seinem Kimono im Türrahmen, die Beine, Arme und Brust bedeckt mit dichtem schwarzem, lockigem Haar. Eine schwarze Pistole baumelte von seiner rechten Hand. In der anderen hielt er zwei Telefone, eins weiß, eins grau. »Wie haben Sie mein Haus gefunden?«, fragte er.

»Kommen Sie«, erwiderte Shehu. »Wir wissen beide, dass Ojo nicht die hellste Leuchte von Lagos ist.«

»Trotzdem weiß er eigentlich, dass er meine Privatadresse nicht herausgeben darf.«

»Weiß er das tatsächlich? Genauso, wie er mich gestern Nacht nicht zu Ihrem kleinen Sexhaus hätte mitnehmen sollen? Sie überschätzen ihn, und das ist ihm gegenüber nicht fair.«

»Hätte irgendjemand anderes als Ojo Sie mitgebracht, hätte ich Ihnen gestern Abend nicht erlaubt, den Harem zu betreten.«

»Aber wir wissen beide, dass unser Freund bald die drittmächtigste Person von Lagos sein wird.«

»Die drittmächtigste?«

»O ja. Er wird niemals so viel Macht haben wie der Mann, der ihn auf den Posten hievt. Und gemeinsam haben sie niemals so viel Macht wie der Mann, der weiß, was es gekostet hat, ihn auf den Posten zu hieven.«

Malik nickte dem Wachmann zu, der ein paar Meter entfernt stand und unschlüssig zu sein schien, was er tun sollte.

»Treten Sie ein«, forderte Malik Shehu auf.

Ein cremefarbener Hochflorteppich bedeckte jeden Millimeter des Fußbodens. Ein einzelner beigefarbener Sessel stand vor einem 52-Zoll-Flachbildfernseher auf einem Ständer in der Zimmermitte. Ein einzelner weißer Lederstuhl stand vor einem Esstisch aus Glas, an dem sechs Stühle Platz gefunden hätten. Gegenüber der Treppe befand sich eine verspiegelte Bar mit zwei Barhockern.

»Was hätten Sie denn gern?«, fragte Malik, während er hinter die Bar trat und seine Pistole sowie die beiden Telefone darauf ablegte. Darunter zog er zwei Schnapsgläser und eine halb leere Flasche Cognac hervor, die er ebenfalls abstellte.

»Louis XIII«, sagte Shehu. Er stand in einem Meter Abstand zur Bar. »Normalerweise würde ich zu so früher Stunde Nein sagen zu Alkohol, aber man bekommt nicht jeden Tag einen Schluck von einem Brandy angeboten, der eine halbe Million Naira wert ist.«

»Cognac.«

»Den Unterschied habe ich noch nie verstanden.«

»Macht es Ihnen etwas aus?«, fragte Malik und holte hinter der Bar einen gläsernen Aschenbecher und eine Zigarre hervor, stellte den Aschenbecher auf der Theke ab und klemmte sich die Zigarre zwischen die Finger.

»Bitte, nur zu«, erwiderte Shehu. Er suchte in seinen Taschen, zog eine Schachtel Consulates hervor, steckte sich eine Zigarette zwischen die Lippen und tastete seine Taschen dann nach seinem Feuerzeug ab.

»Sie organisieren Mädchen für Ihre Freunde vom Militär«, stellte Malik fest.

Shehu blickte auf.

»Nachdem Sie von der Marine unehrenhaft entlassen worden waren, wurden Sie Zuhälter. Ich weiß, wer Sie sind. Der Harem muss Sie neidisch gemacht haben.«

»Neidisch?« Shehu lächelte. Er schüttelte den Kopf und legte die Hände auf der Theke ab.

Malik griff nach seiner Pistole und zielte damit auf Shehus Gesicht.

Shehu rührte sich nicht. Er starrte Malik in die Augen. Sekunden vergingen. Malik drückte den Abzug. Klick. Shehu zuckte zusammen. Eine orangefarbene Flamme stieg von der Mündung der Feuerzeugpistole auf. Ein Augenblick verstrich. Die winzige Flamme tanzte zwischen den beiden Männern, das andauernde Zischen des Gasfeuerzeugs war das einzige Geräusch im Raum. Dann beugte Shehu sich vor und hielt seine Zigarette in die Flamme. Rauch stieg zwischen ihnen auf.

»Warum sind Sie hier?«, fragte Malik.

»Das Mädchen. Florentine. Sie haben ihm erzählt, sie sei am Leben.«

»Ja.«

»Ist sie das?«

Malik nahm die noch nicht angezündete Zigarre zwischen seinen Lippen hervor. Ihr Ende war noch versiegelt. Er sah hinter der Bar nach und griff nach seinem vergoldeten Zigarrenschneider.

»Ist sie das?«, wiederholte Shehu.

»Weshalb?«

»Sollte sie am Leben sein, und sollten Sie sie als eine Art Absicherung oder Druckmittel nutzen wollen, würde das die Dinge für mich verkomplizieren.«

»Und wenn ich Sie als meine Trumpfkarte nutze?«

»Als ich ein kleiner Junge von etwa zwölf Jahren war, sagte mein Vater etwas zu mir, woran ich mich seitdem gehalten habe. Er sagte: Wenn du dir schon Feinde machen musst, dann such dir einen weisen Mann zum Feind aus, denn ein dummer Feind würde etwas Dummes tun, das dir und ihm selbst schadet.«

»Sie ist nicht die Einzige.«

»Ja, ich weiß. Sie haben ihm auch von einer anderen Frau erzählt, die nach ihm sucht.«

»Von ihr geht die Gefahr aus. Sie ist Anwältin. Ihr Vater ist Botschafter.«

»Um sie kümmere ich mich.«

»Wie?«

»Wie sonst?«

»Haben Sie sich denn schon einmal um jemanden gekümmert?«

»Machen Sie Witze? Ich war beim Militär. Ich war im aktiven Dienst in Bakassi. Glauben Sie, eine dumme kleine Göre aus Lagos würde ein Problem für mich darstellen?«

»Er hat mich gebeten, mich um sie zu kümmern.«

»Wann?«

»Gestern Abend.«

»Sehen Sie, was ich meine? Er wird ein großes Schlamassel anrichten bei einer Sache, die still und heimlich erledigt werden sollte, und wenn die Kacke dann am Dampfen ist, wird er seinen Schwiegervater anrufen, und wir enden beide auf dem Grund der Lagune. *Deshalb* bin ich hier. Um dieses Schlamassel aus der Welt zu schaffen, bevor der alte Herr davon erfährt.«

»Und was schlagen Sie vor?«

»Geben Sie mir das Mädchen, das sie haben, und überlassen Sie es mir, mich um das andere zu kümmern.«

»Dann halten Sie alle Trümpfe in der Hand.«

»Das hier ist kein Spiel, mein lieber Freund. Es geht darum, am Leben zu bleiben.«

57

»AMAKA«, SAGTE IBRAHIM. »Du kannst dich nicht mit dieser Frau treffen. Das ist eine Falle.«

»Natürlich ist das eine Falle«, erwiderte Amaka. »Vermutlich ist sie längst tot. Höchstwahrscheinlich hat sie Malik kontaktiert, um das Geld zu bekommen, das er ihr noch schuldete, und er hat sie in einen Hinterhalt gelockt. Nachdem er sie halbtot hatte liegen lassen, hatte er, als sie wieder auftauchte, keine andere Wahl. Es war dumm von ihr. Wahrscheinlich treibt sie gerade in der Lagune oder verwest irgendwo in einem flachen Grab.«

»Immer mit der Ruhe, Amaka«, beschwichtigte Ibrahim sie.

Ihre Augen waren feucht geworden, während ihr Gesicht sich vor Wut verhärtet hatte. »Mir geht es gut«, sagte sie. »Ich hatte gehofft, wir könnten es ihm gleichtun und ihm im Gegenzug eine Falle stellen.«

»Das ist riskant«, wandte Ibrahim ein.

»Sie sind Polizist. Sie finden schon eine Lösung. Es könnte die einzige Chance sein, Malik zu finden.«

»Und dann? Mit welcher Begründung würde ich ihn denn festnehmen? Es gibt keine Beweise dafür, dass er etwas mit dieser Sache zu tun hatte. Und wenn es schiefgeht? Im Grunde schlagen Sie vor, dass wir Sie als Köder benutzen.«

»Genau.«

»Amaka. Das hier ist kein Spiel. Diese Leute ...«

»Erzählen Sie mir verdammt nochmal nicht, das sei kein Spiel. Sehe ich etwa aus, als würde ich spielen? Er hat sie verdammt nochmal auf der Straße liegen lassen. Einen Menschen. Er hielt sie für tot. Nehmen Sie ihn dafür fest. Er führt ein Bordell. Nehmen Sie ihn dafür fest. Er hat mich bedroht – er sagte, er würde mich umbringen. Nehmen Sie ihn dafür fest. Nehmen Sie ihn verdammt nochmal einfach fest. Wollen Sie warten, bis ich tot bin, um einen Grund zu haben?«

»Beruhigen Sie sich«, mischte Alex sich ein.

»Sagen Sie mir nicht, ich solle mich beruhigen. Sagen Sie mir nicht, was ich tun soll, solange Sie *ihm* nicht sagen, er soll endlich seinen Job machen und diesen Mistkerl schnappen.«

»Mit Verlaub«, sagte Alex. »Ich bin nicht Ihrer Meinung, Ibrahim. Ich glaube, dass es hier einen Zusammenhang gibt. Jemand hat sie bedroht, und daraufhin wird in ihr Haus eingebrochen. Bis wir haargenau wissen, was letzte Nacht hier geschehen ist, müssen wir in alle Richtungen ermitteln, inklusive dieser Möglichkeit. Wenn auch nur, um sie auszuschließen.«

»Es wäre gefährlich«, gab Ibrahim zu bedenken.

»Es *wäre* gefährlich«, stimmte Alex zu, »aber es ist machbar. Sie wird eine Weste tragen. Wir werden den Ort wählen.«

»Machen Sie Witze?«, fragte Ibrahim.

»Wie wäre es mit meinem Büro?«, fragte Amaka.

»Das könnte funktionieren«, stimmte Alex zu. »Wir könnten unsere Leute im Gebäude und davor postieren, aber ich bezweifle, dass Malik sich darauf einlassen würde. Er denkt allerdings, Sie würden glauben, dass Sie tatsächlich mit der jungen Frau in Kontakt stehen, also müssen wir da mitspielen. Es wäre nicht ungewöhnlich, wenn Sie die junge Frau bitten würden, in Ihr Büro zu kommen.«

»Ziehen Sie das ernsthaft in Erwägung?«, wollte Ibrahim wissen. »Wir könnten es hier mit einer ausgesprochen gefährlichen Person zu tun haben.«

»Ja, er ist gefährlich«, pflichtete Alex ihm bei. »Aber wir wissen, dass er einen Hinterhalt plant, also haben wir den Vorteil, ihn zuerst in die Falle locken zu können.«

»Und wenn er damit rechnet, dass Sie damit rechnen, dass es ein Hinterhalt ist?«, hakte Ibrahim nach.

Amaka warf die Hände in die Luft. »Und wenn er Lex Luthor ist? Das hier ist unsere Gelegenheit, ihn zu erwischen. Wenn wir es nicht tun, wird er mich früher oder später in die Finger bekommen. Und schlimmer noch, er wird weiterhin Gewalt über all die Frauen in seinem Harem haben.«

»Wie könnte das noch schlimmer sein als Ihr Tod?«, fragte Ibrahim.

»Ich bin nur eine einzelne Person.«

Sie tippte etwas in ihr Telefon.

»Was machen Sie da?«, wollte er wissen.

Sie drückte auf Senden.

»Ich habe gerade vorgeschlagen, dass wir uns heute bei mir im Büro treffen.«

58

AUF DER GLASTHEKE der Bar klirrte das weiße Telefon. Malik nahm das Gerät des toten Mädchens in die Hand, wischte über das Display und las die Nachricht.

»Ich kenne die verdammte Adresse nicht«, murmelte er das Display an.

»Was ist?«, erkundigte sich Shehu.

»Nichts. Bloß was Geschäftliches.« Malik legte seine Zigarre in den Aschenbecher und scrollte durch die Nachrichten, die Amaka und Florentine in der Vergangenheit ausgetauscht hatten. Er sog zischend die Luft ein.

»Sind wir uns einig?«, fragte Shehu.

Malik versandte eine Nachricht auf dem weißen Telefon, legte es mit der Vorderseite nach unten auf die Theke, griff wieder nach seiner Zigarre und nahm einen Zug. Er blies einen Rauchring in die Luft und sah zu, wie dieser herumwirbelte und davonwehte. Dann streckte er seine rechte Hand über die Bar hinweg aus. Shehu ignorierte sie.

»Ich werde mich um diese Amaka kümmern, und damit sollte die ganze Sache erledigt sein«, sagte Shehu.

»Wie wäre es, wenn ich sie ausfindig mache und mit ihr rede?«, entgegnete Malik.

»Er hat mich darum gebeten.«

»Mich hat er auch darum gebeten.«

»Okay. Folgender Vorschlag: Egal, wer von uns sie als Erstes in die Finger bekommt, wir reden beide mit ihr. Abgemacht?«

»Abgemacht.«

»Und das bedeutet, dass ich auch mit Ihrem Mädchen reden darf.«

»Klar«, erwiderte Malik, die Hand noch immer ausgestreckt. Schließlich schlugen beide Männer ein.

Malik stieß eine Rauchwolke aus, die sich zwischen ihnen ausbreitete, kurz dort verharrte und für einen Augenblick ihre Gesichter voreinander versteckte. Als der Rauch sich verzog, fügte er hinzu: »Vor mir sollten die Leute Angst haben. Ich bin der, der das verschlingt, was den Elefanten verschlingt.«

59

AMAKAS TELEFON plingte in ihrer Hand. »Er hat geantwortet«, stellte sie fest. Sie las die Nachricht laut vor: »Ich will nicht, dass mich jemand sieht. Ich kann mit einem Taxi irgendwo hinkommen, und dann können wir uns in deinem Auto unterhalten.«

»Gut«, sagte Alex. »Er scheint nichts zu argwöhnen.«

»Und wenn es tatsächlich das Mädchen ist?«, wollte Ibrahim wissen.

»Sie ist tot«, erwiderte Amaka, ohne aufzublicken. Sie wählte eine Nummer und wartete.

»Wen rufen Sie an?«, erkundigte sich Ibrahim.

»Ich gehe sicher, dass sie tot ist.« Sie behielt das Telefon am Ohr. Ibrahim und Alex beobachteten sie.

»Klingelt es?«, fragte Ibrahim.

Amaka hob einen Finger, um ihn zum Schweigen zu bringen. »Hallo? Hallo? Florentine, kannst du mich hören? Hallo? Florentine, ich kann dich nicht hören, aber falls du mich hörst, pass jetzt genau auf. Du darfst Malik oder Ojo unter keinen Umständen kontaktieren. Ich erkläre es dir, wenn wir uns sehen.« Sie beendete den Anruf.

»Er wird sich beim Lesen der Nachrichten auch fragen, ob ich einen Verdacht hege. Es wäre seltsam, wenn ich nicht versuchen würde, sie anzurufen.« Ihr Telefon plingte wieder.

Amaka las die neue Textnachricht zuerst für sich. »Sie ist von ihm«, erklärte sie dann. Sie las vor: »Ich konnte dich hören, aber du konntest mich nicht hören, weil mein Mikrofon kaputt ist. Ich nehme heute um drei die Fähre zum Fiki Marina Boat Club an der Ozumba. Dort können wir uns treffen.«

»Gut gemacht«, sagte Alex.

»Fiki Marina«, sagte Ibrahim. »Wenn Bankräuber auf Victoria Island unterwegs sind, entkommen sie über die Lagune.«

»Deshalb hat er es also als Treffpunkt vorgeschlagen«, folgerte Alex. »Jemand wird sie dort erwarten. Sobald man sie gesichtet hat, wird man auf sie schießen. Und dann in ein wartendes Boot steigen.«

»Das behagt mir wirklich gar nicht, Amaka«, warf Ibrahim ein.

»Das muss es auch nicht«, erwiderte Alex. »Ich bin geschickt worden, um herauszufinden, was hier geschehen ist. Das hier ist Teil meiner Ermittlungen. Ihre Aufgabe ist es, mir jegliche Unterstützung zu liefern, die ich benötige. Ich mache lediglich meine Arbeit, und Sie folgen lediglich Ihren Befehlen.«

60

ZWEI MÄNNER STIEGEN aus dem Peugeot 504 Kombi und überquerten die ungeteerte Straße im Oniru Estate. Auf beiden Seiten reihten sich identische Bungalows. Eine schwarze Ziege lief über die Straße, ihr Kitz stolzierte auf kurzen Beinen hinterher. Etwas entfernt wirbelten kleine Kinder Sand auf, während sie einem orangefarbenen Ball nachjagten.

Die beiden Männer tauchten wieder auf und schleppten eine schlanke junge Albino-Frau in Unterwäsche zu ihrem Wagen. Sie wehrte sich heftig. Einer der Männer hatte ihr eine Hand auf den Mund gelegt und mit dem anderen Arm ihren Körper umschlungen. Der andere Mann versuchte, ihre Knöchel festzuhalten, aber sie konnte ein Bein befreien und trat nach ihm. Er duckte sich und schnappte sich erneut ihr Bein. Vom Vordersitz aus öffnete Area die Tür zur Rückbank des Kombis. Die Männer bugsierten die Frau in das Auto und setzten sie hin. Beim Anblick von Areas auf ihren Kopf zielenden Pistole erstarrte sie.

»Konntet ihr ihr nicht etwas zum Überziehen mitbringen?«, fragte Area.

Die beiden anderen Männer sahen einander an. Einer von ihnen ließ die Hand der Frau los und stieg aus dem Wagen. Er überquerte die Straße noch einmal in Richtung Bungalow.

»Du bist also Yellowmans Schwester?«, fragte Area.

Die Frau antwortete nicht.

»Weißt du etwa nicht mehr, wer ich bin? Ich werde Area genannt. Dein Bruder und ich haben in Maroko gemeinsam Fußball gespielt.

Damals warst du noch so klein. Seitdem bist du wirklich groß geworden. Sieh dir nur deine Brüste an.« Er griff über den Sitz und umfasste mit seiner kleinen Hand eine Brust.

Sie spuckte ihm ins Gesicht. Er wischte es sich mit dem Handrücken ab und schlug sie dann mit derselben Hand.

»Ich will nichts von dir. Das hier ist rein geschäftlich, das wird selbst dein Bruder verstehen. Wenn er und ich unseren Deal abgeschlossen haben, werde ich dich ihm übergeben, und damit hat sich die Sache. In der Zwischenzeit wirst du lernen müssen, dich zu benehmen und Ältere zu respektieren.

Ich gebe dir jetzt mein Telefon und möchte, dass du ihn anrufst und ihm sagst, er soll zu unserem üblichen Treffpunkt bei Tarkwa Bay kommen, damit wir übers Geschäft reden können. In Ordnung?«

61

NAOMI WAR WACH. Sie lag auf dem Kingsizebett der Zwillinge, die neben ihr noch schliefen. Sie blieb auf dem Rücken liegen und starrte in den Spiegel an der Decke. Es war das erste Mal, dass sie bei ihnen im Zimmer geschlafen hatte. Auf dieses Zimmer hatten die beiden ihren großen *weißen* Kunden mitgenommen. Die Zwillingsschwestern arbeiteten stets gemeinsam – die Kunden wollten es so, und Naomi fragte sich immer, wie sie sich wohl dabei fühlten.

Anstelle von Maliks »sehr wichtigem Gast« hatte Sisi Naomi einen Chinesen gebracht. Mit der schwarzen Maske erinnerte der kleine Mann sie an Kato, den Sidekick des Superhelden Green Hornet, und da die Frauen im Harem die Namen ihrer Kunden nicht erfahren durften, nannte sie ihn Kato. Es half immer, den Kunden einen Namen zu geben. Im Geiste führte sie sogar parallel Gespräche mit ihnen, bei denen sie sich an irgendeinem anderen Ort als dem Harem begegneten. Stets war sie darin diejenige, die das Gespräch ins Rollen brachte, und sie begann jedes Mal damit, sich vorzustellen: »Hi, ich bin Naomi. *Die* Naomi.«

Während sie Kato die erbetene Rückenmassage verabreichte, dachte sie die ganze Zeit an ihr in ein Kondom geknotetes Telefon, das im Wasser des Spülkastens in ihrem jetzt von den *weißen* Mädchen bewohnten Zimmer schwamm. Und wenn eine von ihnen nun versuchte, die Spülung zu betätigen, und dann in dem Kasten nachschaute, weshalb sie nicht funktionierte?

Der Zwilling zu Naomis Rechten zog an der Decke, die sie sich mit ihr teilte, und setzte Naomi der Kühle der Klimaanlage aus.

Naomi zerrte sie zurück. Könnte sie doch nur wieder an ihr Telefon herankommen. Sisi hatte zwar auch eins, aber das würde sie unmöglich in die Hände kriegen. In dem Spiegel über ihr an der Decke starrte Naomi sich selbst weiter an. Dann schloss sie die Augen, atmete tief durch und hob die Bettdecke von ihrem nackten Körper.

Im Harem stand niemand vor Mittag auf, wenn Malik eintraf. Nicht einmal die Arbeiter, ein paar Männer, deren Unterkunft sich im Hinterhaus befand, betraten vorher das Hauptgebäude, und sie kamen ohnehin nur, wenn sie von Sisi herbeigerufen wurden, um Möbel umzustellen, irgendetwas zu reparieren oder einen der Spezialräume oder Gemeinschaftsbereiche sauber zu machen. Die Frauen waren für die Zimmer verantwortlich, die sie bewohnten, sowie für die große Küche, in der sie sich ihre Mahlzeiten selbst zubereiteten.

Naomi holte ein T-Shirt aus ihrer Tasche und zog es über. Sie setzte ihre Brille auf und öffnete die Tür, sorgsam darauf bedacht, keinen Laut von sich zu geben.

Im Flur war es leise und dunkel. Sie schlich auf Zehenspitzen zu ihrem Zimmer, das nun von den *weißen* Mädchen besetzt war, und öffnete die Tür. Das Bett teilten sich vier Frauen. Auf dem Fußboden lagen weitere vier auf Decken, die sie über dem kalten Marmor ausgebreitet hatten. Naomi stieg über die Frauen, um ins Badezimmer zu gelangen, dessen Tür allerdings geschlossen war. Sie warf einen Blick auf den Spalt darunter. Kein Licht. Sie drehte den Knauf, öffnete die Tür und wandte sich noch einmal um. Die Frauen hatten sich nicht geregt. Naomis Herz raste. Sie betrat das Badezimmer und schloss die Tür hinter sich.

Die Frauen hatten ihre Kosmetikprodukte um das Waschbecken herum und auf dem Keramikdeckel des Spülkastens verteilt. Sie nahm eins nach dem anderen herunter und stellte sie neben die Badewanne auf den Fußboden, bis die ganzen Parfümflakons, Deos, Cleanser und feuchten Tücher auf der Badematte aufgereiht waren.

Als sie sich wieder aufrichtete, tat ihr der Rücken weh. Sie legte die Hände zu beiden Seiten an den Deckel und hob ihn an, aber als er gegen den Spülkasten kratzte, hielt sie inne. Sie lauschte kurz und fuhr dann fort. Sie legte den Deckel auf den Badvorleger neben die Kosmetikprodukte und tauchte ihre Hand ins Wasser. Es war eiskalt. Sie tastete darin herum und bekam das Telefon in die Finger, zog es heraus und hielt es hoch ins schwache Licht, das durch das Fenster fiel. Es sah nicht so aus, als wäre Wasser hineingeraten.

»Was ist das?«

Naomi drehte sich um, das Telefon im Kondom in der Hand. Im Türrahmen stand Sisi in ihrem schwarzen Slipdress, die Hände in die Hüften gestemmt.

62

EINER VON AREAS MÄNNERN streckte die Hand aus, um Area beim Aussteigen aus dem Fiberglasboot zu helfen. Alle sechs Männer, die gerade von Tarkwa Bay zurückgekehrt waren, liefen auf den wartenden Peugeot zu. Der Fahrer hatte den Motor laufen lassen. Bevor sie einstiegen, klopften sie sich den Sand vom Hosenboden, und der Letzte von ihnen legte eine schwere Sporttasche in den Kofferraum. Auf einer Seite lugte der Lauf eines M16-Gewehrs hervor, das für die Tasche zu lang war.

Schweigend fuhren sie über den Lekki-Epe Expressway auf Victoria Island zu. Es waren kaum andere Autos unterwegs.

Vor dem Schlagbaum parkten gepanzerte Polizeifahrzeuge. Polizist*innen in Schutzausrüstung standen zwischen den Fahrspuren vor den Mauthäuschen, hielten ihre Waffen mit beiden Händen gegen ihre kugelsicheren Westen gedrückt und spähten in die Autos, die durch die angehobenen Schranken fuhren. Neben den Polizeifahrzeugen parkte auch ein weißer Honda. Fünf junge Männer mit erhobenen Händen standen aufgereiht neben ihrem Wagen, während ein Polizist ihre Taschen durchsuchte und ein anderer das Wageninnere inspizierte.

»Fahr einfach weiter«, trug Area dem Fahrer auf. »Werde langsamer, aber bleib nicht stehen.«

Der Peugeot passierte die Schranke. Ein Polizist mit hochgeschobenem Schutzvisier und einem Finger auf dem Abzug seiner Waffe warf einen Blick in das Auto. Area, der vorn neben dem Fahrer saß, schaute zu dem Mann hoch. Ihre Blicke trafen sich, dann sah der Polizist auf die Rückbank, während das Auto weiterrollte.

Der Peugeot fuhr nach Ikoyi, zum Dolphin Estate. In der Eti-Osa Street blieb er vor der Hausnummer 39B stehen. Das Büro der Street Samaritans.

63

EIN GELBES TAXI, bei dem die Rücklichter fehlten, stotterte und hustete schwarzen Rauch aus, als der Fahrer den Motor im Leerlauf hochdrehte, damit er nicht ausging, während das altersschwache Fahrzeug auf der Ozumba Mbadiwe Avenue vor den Toren zur Fiki Marina stand. Ibrahim wartete auf sein Wechselgeld und stieg dann aus. Auf dem Revier hatte er die Kleidung gewechselt und trug nun eine Jeans und ein schwarzes Polohemd, die er in einer Schublade in seinem Schreibtisch aufbewahrte. Draußen blieb er mit dem Rücken zum Anlegesteg am Straßenrand stehen und versuchte, nicht die Abgase des davonfahrenden Taxis einzuatmen.

Er zog seine Sonnenbrille aus dem V-Ausschnitt der offenen Knopfleiste seines Polohemds. Auf der anderen Straßenseite hing an einem der Türme des Eko Court Complex seitlich ein riesiges gelbes Transparent. Zu Ibrahims Linken, beinahe schon über ihm, befand sich die Überführung zur Ikoyi-Akin Adesola Street, die von allen Falomo Bridge genannt wurde. Von seiner Rechten kam der Geruch des Fischmarkts herübergeweht. Mit sechzehn Jahren hatte er mit seiner Tante in Port Harcourt gelebt. Sie war Fischzüchterin, und er sollte diesen Beruf ebenfalls erlernen. Nach sechs Monaten, in denen er jeden Tag mit Fischen hantiert hatte, entschied er, zur Polizei zu gehen.

Er zog eine Zigarette aus der Schachtel, steckte sie sich zwischen die Lippen und schirmte das Feuerzeug mit einer Hand ab. Dabei drehte er sich zur Marina um. Über die Mauer hinweg waren die Mastspitzen der auf Anhängern geparkten Boote zu sehen. Ein paar

Meter weiter entlang der Mauer saß ein Bettler in braunen Lumpen, die vom angesammelten Dreck schwer nach unten hingen, über dem Rinnstein: sein Hintern auf der einen Seite des stehenden grünen Wassers und seine Füße auf der anderen. Neben ihm stand eine Aluminiumschüssel, auf seinem Schoß ruhte sein Stock.

Ein Bettler war ein seltsamer Anblick auf der Ozumba Mbadiwe. Noch seltsamer war ein blinder Bettler ohne ein sehendes Kind, das das Leiden des Bettlers verkündete, um an die Güte der Vorübergehenden zu appellieren. Ibrahim lief auf ihn zu.

Die schwarzen Stiefel des Bettlers waren schlammbedeckt, und er trug eine Sonnenbrille mit weißen Kratzern in der Mitte, deren Kunststoffgläser zu dunkel waren, um den Zustand seiner Augen dahinter zu erkennen. Auf dem braunen Pappschild um seinen Hals standen in Großbuchstaben die Worte: MÖGT IHR NICHT BLIND SEIN WIE ICH. Seine Bettelschale war leer.

Den Blick auf den Bettler gerichtet, zog Ibrahim seine Brieftasche hervor und holte einen Tausendnairaschein heraus. Er hielt das Geld vor den Bettler, der noch nicht auf seine Anwesenheit reagiert hatte. Der Bettler streckte seine Hand nicht nach den Almosen aus.

Ibrahim beugte sich vor. Er sah sich nach beiden Seiten um und sagte dann, den Geldschein noch immer in der Hand: »Sie hätten mich hören müssen, als ich mich vor Sie hingestellt habe.«

Der Bettler blieb stumm.

»Nächstes Mal«, fuhr Ibrahim fort, »sagen Sie etwas, wenn jemand vor Ihnen steht und Ihnen Geld geben will.«

Der Bettler nickte.

»Nehmen Sie jetzt das Geld«, forderte Ibrahim ihn auf.

Der Bettler streckte seine offenen Handflächen aus, ohne zu zittern.

»Gut«, sagte Ibrahim. Er legte dem Bettler das Geld in die Hand. »Den möchte ich nach der Operation zurückhaben«, fügte er noch hinzu und blickte sich erneut in beide Richtungen um, ehe er auf das Tor zur Fiki Marina zulief.

64

AMAKA LIESS DEN MOTOR ihres Bora an und fuhr geradewegs in der Mitte der Ozumba Mbadiwe Avenue. Alex hatte gesagt, sie solle Gas geben.

Ihr Telefon vibrierte. Mit einer Hand am Lenkrad nahm sie es von ihrem Schoß, warf einen Blick auf das Display und trat dann auf die Bremse.

Sie hielt am Straßenrand. Die beiden neuen Nachrichten stammten von »Naomi-Harem«. Sie öffnete die erste. Es war eine kleine Karte mit einem roten Pin in der Mitte. In der zweiten stand: »Du hattest recht. Florentine ist tot. Beeil dich.«

Ein Auto kam hinter ihr zum Stehen. Amaka schaute in den Rückspiegel. Es war ein Militärfahrzeug. Seine Tür ging auf, und zwei Soldatinnen in Tarnkleidung und Helmen stiegen aus und liefen mit erhobenen Gewehren und dem Finger auf dem Abzug auf Amaka zu.

»Madam, gibt es ein Problem?«, fragte eine von ihnen.

Das Gesicht der Soldatin wirkte winzig unter ihrem mit einem Netz bedeckten grünen Helm. Sie war vermutlich in ihren Zwanzigern – oder sogar noch jünger. Amaka lächelte sie an. Die Frau lächelte nicht zurück.

»Es gibt kein Problem«, sagte Amaka.

»Wohin sind Sie heute unterwegs?«

Bei diesen Worten blickte die junge Soldatin nacheinander auf die leeren Sitze des Wagens.

»Fragen Sie wegen der Aufstände?«, erkundigte sich Amaka. »Ich bin unterwegs zur Fiki Marina.«

Die Soldatin beendete ihre Inspektion des Wageninneren, und ihre Blicke trafen sich.

»Warum sind Sie hier stehen geblieben?«, wollte sie wissen.

Amaka hatte das Telefon noch in der Hand. »Ich musste einen Anruf entgegennehmen. Und man soll ja nicht während der Fahrt telefonieren.« Sie lächelte wieder.

»Sind Sie fertig?«, wollte die Soldatin wissen.

»Ja.«

»Okay. Dann fahren Sie weiter«, forderte sie sie auf.

Amaka beobachtete im Rückspiegel, wie die beiden zurück zu ihrem Wagen liefen und den Motor starteten. Im Vorbeifahren starrten Soldaten in Kampfmontur, die hinten im Transporter saßen, Amaka an. Sie wendete den Blick erst ab, als die Läufe ihrer Gewehre nicht länger auf sie gerichtet waren.

Sie rief Ibrahim an. »Ich habe den Standort des Harem«, sagte sie.

»Wie das? Wo sind Sie?«

»Gleich da.« Ein Tuten machte Amaka auf einen weiteren Anruf aufmerksam. »Ich melde mich wieder«, erklärte sie und nahm den Anruf entgegen.

Es war Eyitayo. »Chioma möchte dich sprechen«, sagte sie.

»Sag ihr, du kannst mich nicht erreichen«, erwiderte Amaka.

»Ja, das ist richtig. Ja, sie ist hier bei mir«, sagte Eyitayo.

Amaka biss sich auf die Unterlippe. »Geht es ihr gut?«, fragte sie.

»Yemisi geht es gut. Sie hat nach dir gefragt. Sie möchte ihrer Patentante etwas erzählen. Wie auch immer, ich wusste nicht, dass du gerade mit dem Auto unterwegs bist. Pass auf, dass du nicht von LASTMA beim Telefonieren erwischt wirst.«

»Danke, Eyitayo«, sagte Amaka. »Bitte schau nach ihr, bis ich wieder da bin. Sag ihr, dass ich mich um alles kümmere.«

»Okay, verstehe. Was sagst du? Du bringst bei deinem nächsten Besuch Suya vom Polo Club mit? Oh, vielen Dank. Das wäre wunderbar.«

»Mehr verlangst du nicht? Das ist aber günstig.«
»Okay, mach's gut. Pass auf dich auf, Süße.«
»Danke, Eyitayo.«

65

VON SEINEM PLATZ unter einem der achteckigen Pavillons aus, eine warme, noch nicht angerührte Flasche Star auf dem Tisch vor sich, beobachtete Ibrahim das Kommen und Gehen der Flusstaxen, Passagier*innen, die auf den Holzstegen zwischen den verankerten Booten an Land gingen, und das Personal, das ihnen aus ihren orangefarbenen Rettungswesten half. Unter dem nächsten Pavillon, neben der Bar mit Blick über die Lagune, saß eine Gruppe lautstarker Fahrgäste, die schon in ihren Rettungswesten steckten, und unterhielt sich bei Donuts, Fleischpasteten, Schottischen Eiern und Mineralwasser aus Flaschen. Unter ihnen war eine Frau. Sie rollte eine große Landkarte zusammen, steckte sie in ihren schwarzen Rucksack und stellte diesen neben ihren Tisch auf den Fußboden. Einer der Angestellten, der gekommen war, um sich nach ihrer Fahrt zu erkundigen, hatte die Frau angesprochen, aber an ihrer Stelle antwortete einer der Männer aus der Gruppe so laut, dass Ibrahim und andere Gäste es verstehen konnten: »Wir warten noch auf einen Freund.«

Ibrahim schaute auf seine Armbanduhr, ehe er sein Telefon auf den Tisch legte. Ein weißes Schnellboot mit vier Männern darin, das zuvor schon am Anleger vorbeigefahren war, war gerade zurückgekehrt und fuhr diesmal in Richtung Osten. Er hatte die Zeit gestoppt. In genau fünf Minuten würde es erneut vorbeidonnern.

Ibrahim hob die Hand und winkte. Amaka schaute ihn über den Rand ihrer Sonnenbrille hinweg an. Am Tisch nahm sie die Brille ab.

»Wo ist Alex?«, fragte sie und schaute sich um. »Wie lautet der Plan?«

»Wir warten ab.« Bis drei Uhr blieb noch ein wenig Zeit.

»Ich weiß, wo der Harem ist«, sagte Amaka.

»Das erwähnten Sie bereits. Woher?«

Amaka entsperrte ihr Telefon, öffnete die Nachricht von Naomi und zeigte sie Ibrahim. »Das ist sein Standort.«

Ibrahim las die Nachricht unter der Karte.

»Wer ist das?«

»Eine Frau, die im Harem arbeitet. Sie kannte Florentine. Ich habe sie noch in der Nacht aufgesucht, nachdem ich bei Ihnen aufgebrochen war. Sie hat ihr Telefon hineingeschmuggelt.«

»Und?«

»Ich hatte schon früher versucht, sie dazu zu bringen, aber sie hatte Angst vor dem, was Malik ihr antun würde, wenn er sie dabei erwischt.«

»Und jetzt ist sie auf einmal bereit, Ihnen zu helfen?«

»Ich weiß, Sie glauben, es wäre zu schön, um wahr zu sein, aber ich habe mit ihr gesprochen. Ich habe ihr in die Augen gesehen. Sie hat ihre Belastungsgrenze erreicht. Sie will aussteigen.«

»Was hat sich seit Ihrem ersten Gespräch mit ihr verändert? Glauben Sie nicht, dass es eine Falle ist?«

»Das habe ich mich auch schon gefragt. Aber wenn Malik mir bereits eine Falle gestellt hat, warum sollte er sich dann noch die Mühe mit einer weiteren machen? Sehen Sie, was sie geschrieben hat. Sie hat gerade bestätigt, dass Florentine tot ist. Das herauszufinden muss ihre Meinung geändert haben.«

Ibrahim tippte auf die Karte, um sie zu vergrößern. »Dieser Ort ist näher dran an Ibadan als an Lagos.«

»Ja. Und er liegt weit, weit entfernt von der Schnellstraße, genau wie Florentine es beschrieben hatte. Ich habe mein Tablet hier. Wir können ihn auf Google Maps suchen.«

»Eins nach dem anderen«, entgegnete Ibrahim.

Die Frau, die gemeinsam mit den Männern unter dem nächsten Pavillon saß, hatte gelegentlich zu Ibrahim und Amaka herübergeschaut. Nun griff sie nach unten und zog die zusammengerollte Landkarte aus ihrem Rucksack, tippte beim Aufstehen dem Mann neben sich auf den Rücken und kam dann auf Amaka und Ibrahim zu. Sie stellte sich mit der auseinandergefalteten Karte in der Hand vor ihren Tisch.

»Können Sie mir helfen, einen Ort zu finden?«, fragte sie.

Ibrahim schob seine noch immer unangerührte Flasche Star aus dem Weg, und die Frau breitete die Weltkarte auf dem Tisch aus. Sie hielt den gekrümmten Finger über das Horn von Afrika.

»Amaka, schauen Sie her«, sagte Ibrahim, sein Finger in der Mitte des Pazifiks. »Das hier ist Kommissarin Fatima Alao«, fuhr er fort. »Sehen Sie nicht hoch, vielleicht werden wir beobachtet. Legen Sie Ihren Autoschlüssel auf den Tisch und folgen Sie mir.«

Amaka blickte auf die Frau, die noch immer die Landkarte anstarrte.

»Wohin gehen wir?«, wollte sie wissen.

»Wir machen eine Bootsfahrt. Fatima ist ausgebildet in defensivem Fahren. Wenn sie Kontakt aufnehmen, wird sie vorgeben, den Anruf entgegenzunehmen, für den Fall, dass sie beobachtet wird. Sobald wir Maliks Leute gesichtet haben, rücken wir vor, um sie festzunehmen, und Fatima wird sich aus der Schusslinie bringen.«

»Es wird keinen Anruf geben«, erwiderte Amaka. »Florentine ist tot, schon vergessen? Sie werden eine Nachricht schicken.«

Fatima sprach, ohne aufzublicken. »Das wird kein Problem darstellen.« Ihre Stimme war sanft. Sie hatte dunkle Haut wie Amaka, und sie waren auch ungefähr gleich groß – vielleicht war Amaka noch ein Stückchen größer.

Amaka sah Ibrahim an.

»Schlüssel auf den Tisch«, forderte er sie auf. »Bitte.«

66

IBRAHIM STAND AUF und reichte Amaka die Hand. Er führte sie an den Pavillons und an der Freiluftbar vorbei, den Steg mit den vertäuten Booten hinunter bis zu einem grauen Boot, auf dessen Bug NNS 455 stand. Es war größer als die meisten anderen Boote, die Fiki-Express-Wassertaxen eingeschlossen.

Ibrahim ging am Heck an Bord. Er hielt sich an der Reling fest und streckte eine Hand nach Amaka aus, aber diese ignorierte sie und kletterte auf demselben Weg an Deck. Ibrahim öffnete die Kabinentür und trat beiseite. Amaka beugte sich hinunter und blickte in den Bauch des Schiffs. Selbst vom Deck aus konnte sie das Surren der Computerlüfter hören. Sie kletterte die steile, schmale Treppe hinunter in die Kabine, in der sich vier Männer befanden. Zwei von ihnen hatten ihr den Rücken zugekehrt und waren über Laptops gebeugt. Die Rechner standen auf einem Brett, das sich entlang einer der Wände erstreckte. Auf einem schwarzen Werkzeugkoffer zwischen ihnen stand eine etwa dreißig Zentimeter breite weiße Drohne.

Auf einem schmalen Bett im hinteren Bereich saß Alex. Er nickte Amaka zu. Neben ihm hockte ein Mann in einem Hemd aus braunem Ankara-Stoff mit vor der Brust verschränkten Armen und grinste sie breit an. Amaka erkannte ihn auch ohne seine Uniform. Es war Sergeant Hot-Temper. Sie sah sich nach seiner Waffe um. Eine alte AK-47 mit Klappschaft stand auf dem Kabinenboden gegen seinen Oberschenkel gelehnt.

»Herzlich willkommen, Madam«, begrüßte Hot-Temper sie.

Amaka nickte. Sie trat beiseite, damit Ibrahim herunterklettern konnte. Er klopfte einem der Männer auf die Schulter, worauf dieser vor Schmerz aufschrie. Er wandte sich in seinem Drehstuhl um. Sein Laptop zeigte das körnige Bild einer Straße. Seine linke Hand war verbunden und lag in einer Schlinge.

Amaka keuchte. »Captain ...« Sie versuchte, sich an den Namen des Geheimagenten zu erinnerten, dem sie vermutlich ihr Leben verdankte.

»Mshelia«, sagte er. »Aber, bitte, nennen Sie mich Bala. Sie sind nun Gast der nigerianischen Marine. Bitte, setzen Sie sich.«

Amaka blickte sich um. Der einzige freie Platz war auf dem Bett neben Hot-Temper und Alex. Sie blieb stehen. »Ihr Arm«, bemerkte sie.

»Ja«, antwortete Mshelia. »Ich sollte eigentlich im Bett liegen, aber wie ich höre, haben Sie noch mehr Schwierigkeiten für uns ausgegraben.«

»Die ganze Sache tut mir wirklich leid«, erwiderte Amaka.

»Ach was. Sagen Sie das nicht. Wir machen nur unseren Job. Ibrahim und unser junger Freund hier haben mich ins Bild gesetzt. Ich wünschte, wir hätten mehr Vorbereitungszeit gehabt, aber wir werden den Idioten schon kriegen, falls er zuschlägt.«

Amaka betrachtete das Bild auf seinem Computer. »Ist das ...?«

Er schwang herum, um ebenfalls auf den Laptop zu blicken. »Ja. Die Ozumba. Und zwar live. Videoüberwachung. Sie wussten nicht, dass es in Lagos Überwachungskameras gibt, oder?«

Amaka schüttelte den Kopf.

»Das soll auch so bleiben, dann sind die Kriminellen weniger auf der Hut. Und sobald er Kontakt zu Ihnen aufnimmt, werden wir dieses Baby hier zum Einsatz bringen.« Er schaute in Richtung der Drohne. »Gboyega hier wird sie fliegen, und wir werden die Liveaufnahmen direkt hereinbekommen.«

Ibrahim nahm einen Anruf entgegen und verließ die Kabine.

»Der da, der mag Sie«, bemerkte Mshelia.

Amaka nickte und sah sich erneut nach einem Sitzplatz um.

»Madam«, sagte Hot-Temper, der gerade aufstand, wobei sein Kopf beinahe die Kabinendecke berührte. »Kommen Sie und setzen Sie sich. Ich gehe eine rauchen.«

Sie lächelte ihm zu und setzte sich dann neben Alex.

»*Abeg*, fassen Sie bloß mein Gewehr nicht an *o*«, fügte Hot-Temper hinzu, ehe er grinsend die kleine Kabine verließ.

»Was ist mit dem Oyinbo?«, fragte Mshelia. »Guy Collins. Er mag Sie nämlich auch, wissen Sie? Ohne ihn wären Sie jetzt nicht hier. Ich meine, nun ja, wir waren den Mistkerlen längst auf der Spur, und wir hätten Amadi auch geschnappt, aber Guy hat seinen Teil dazu beigetragen. Wie geht es ihm?«

»Er ist nach England zurückgekehrt. Wie spät ist es?«

»Und mit ›Wie spät ist es?‹ meinen Sie in Wirklichkeit: ›Ich möchte nicht darüber reden.‹ Ich verstehe schon.« Er lächelte. Sie lächelte zurück. »Also, das muss ich Sie jetzt fragen: Suchen Sie nach Schwierigkeiten oder suchen die Schwierigkeiten Sie? Zuerst bedroht Malik Sie, dann werden Sie beinahe umgebracht, als Sie einen Lynchmord verhindern wollen – äußerst kühn, aber nicht ratsam. Dann wird Ihr Haus überfallen. Mein junger Kollege hier ist davon überzeugt, dass es ein Versuch war, Sie zu ermorden.

Bevor ich den Überblick verliere, wie viele Leben waren das bislang schon? Von dem ganzen Wirbel mit Amadi ganz zu schweigen. Es wirkt, als wäre ihr Leben gerade auf Drogen. Im Turbogang. Nicht einmal eine Katze hat in Nigeria so viele Leben *o*.«

»Ich weiß, ich weiß. Und dabei bin ich ein braves Mädchen *o*. Ob Sie es glauben oder nicht, wenn man mir Butter in den Mund legt, wird sie nicht schmelzen, *lai-lai*. Es ist nicht so, als würde ich nach diesen ganzen Schwierigkeiten suchen …«

»Aber sie verfolgen Sie ständig. Hmm. *When trouble sleep, yanga go wake am.*«

»So was in der Art.«

»Aber es gibt gute Gründe für Ihre Schwierigkeiten, wenn man das so sagen kann.«

»Irgendjemand muss die Arbeit ja machen.«

Ibrahim kam die Treppe herunter, das Gesicht vor Sorge in Falten gelegt.

»Was ist los?«, wollte Amaka wissen.

»Ich habe ein paar meiner Leute zu Ihrem Büro geschickt. Reine Vorsichtsmaßnahme. Sie haben gerade eine Schießerei gemeldet.«

Amaka sprang auf. »Meine Mitarbeiterinnen«, rief sie.

»Denen geht es gut. Wir sind eingeschritten, bevor die Angreifer sich Eintritt in das Gebäude verschaffen konnten. Sie sind allerdings entkommen. Sie waren schwer bewaffnet. Ich habe eine Fahndung nach ihrem Fahrzeug rausgeschickt.«

»Glauben Sie, das waren dieselben Leute, die auch in mein Haus eingebrochen sind?«, fragte Amaka.

»Möglich. Sie haben Verletzungen erlitten. Alle Einsatzkräfte, die heute in Lagos unterwegs sind, halten nach ihnen Ausschau.«

»Sie haben mir nicht gesagt, dass Sie Ihre Leute zu ihrem Büro geschickt haben«, mischte Alex sich ein.

»Nachdem ich Ihre Theorie gehört hatte, habe ich meinen Wagen dorthin geschickt. Ich habe ihnen gesagt, sie sollen einfach vor dem Gebäude warten, bis sie die Frau sehen. Dann habe ich ihnen gesagt, sie sollen dortbleiben, nur für den Fall, dass Sie recht hatten.«

»Sie hätten meinen Einsatz gefährden können«, erklärte Alex.

»Ihren Einsatz? Ohne mich gäbe es keinen Einsatz. Ich habe der gesamten Belegschaft dieses Büros das Leben gerettet. Ich konnte lediglich zwei Männer erübrigen – meinen Fahrer und einen Polizisten. Wenn die ganzen Leute, die hier im Einsatz sind, um Ihren verrückten Plan umzusetzen, stattdessen dort gewesen wären, hätten wir sie vielleicht festnehmen können.«

»Es ist mein Einsatz, und ich hätte informiert werden müssen.«

»Ähm, Jungs«, unterbrach Mshelia sie. »Sie befinden sich hier auf meinem Boot. Mein Boot, mein Einsatz.« Er lächelte sie an, aber die beiden ließen einander nicht aus den Augen.

»Ich sage ja nur, er hätte mich darüber in Kenntnis setzen sollen«, stellte Alex fest.

»Ich muss Sie nicht um Erlaubnis bitten«, entgegnete Ibrahim.

Gboyega hob die Hand. »Hier passiert etwas«, sagte er.

Sie wandten sich alle zu seinem Bildschirm um. Darauf tauchte immer mehr Text auf.

»Tango One hat ein Okada mit einer Passagierin gemeldet«, berichtete Gboyega. »Tango Two hat es bestätigt. Unterwegs in Richtung Osten. Gerade hat Tango Three gemeldet, dass dasselbe Okada mit derselben Passagierin zurückgekehrt ist.«

Ibrahim warf einen Blick auf seine Armbanduhr. »Es ist noch zu früh«, stellte er fest. »Tango Four soll sie im Auge behalten.« Er holte ein Funkgerät unter seinem Hemd hervor.

Gboyega tippte noch, als weitere Zeilen auf dem Bildschirm erschienen. Er hielt inne, und sie lasen alle die neue Nachricht von Tango Two: »Passagierin vor dem Roundhouse abgestiegen. Fahrer weitergefahren.«

Ibrahim sprach in sein Funkgerät: »Tango Two, bleiben Sie auf Ihrer Position. Tango One, verfolgen Sie den Fahrer und nehmen Sie ihn fest.« Er wandte sich an Gboyega. »Und niemand hat irgendwelche verdächtigen Bewegungen gemeldet?«

»Nope. Nichts.«

»Irgendeine Aktivität von dem Boot?«

Gboyega überflog seinen Bildschirm. »Nichts von Tango Five«, antwortete er. »Tango Two sagt: Zielperson steht auf der Straße und tippt in ihr Telefon.«

Amakas Telefon vibrierte. Sie las die Nachricht und hielt Ibrahim und Alex dann das Display hin, damit sie sie auch lesen konnten: »Ich bin bei Fiki Marina. Wo bist Du?«

67

»KÖNNTE DAS FLORENTINE SEIN?«, fragte Ibrahim. »Könnte sie noch am Leben sein?«

Er überprüfte die Uhrzeit. »Es ist erst zwei Uhr. Sie sagte drei, *abi*?«

»Ja«, antwortete Amaka.

»Und sie sagte, sie würde eine Fähre zur Fiki Marina nehmen. Oder wollte sie eine Fähre *von* Fiki Marina nehmen?«

Amaka begann, durch ihre Nachrichten zu scrollen. Ihr Telefon plingte, als eine neue ankam. Sie las sie vor.

»›Bist Du in der Nähe? Ich stehe vor Fiki Marina.‹ Was soll ich antworten?«, fragte Amaka.

»Schnappen wir sie uns«, erwiderte Alex.

Ibrahim zog sein Mobiltelefon hervor. »Fatima, weibliche Zielperson hat soeben vor dem Roundhouse Kontakt aufgenommen. Wir gehen über zu Plan B.«

»Ich bringe die Drohne zum Einsatz«, erklärte Mshelia.

Gboyega schnappte sich das Fluggerät und dessen Fernsteuerung und ging damit an Deck. Ibrahim sprach in sein Funkgerät: »Wir gehen über zu Plan B. Ich wiederhole, Plan B. Wir haben eine einzelne weibliche Zielperson vor dem Roundhouse. Fat Girl geht in Position.«

»Und wir sind live«, sagte Mshelia. Er rückte zur Seite, damit Ibrahim und Amaka die Luftaufnahme auf seinem Bildschirm sehen konnten. Alex stellte sich neben sie. Die Kamera glitt über die Lagune, die Marina und die vertäuten Boote, die Schiffe auf dem schlammigen Gelände von Fiki Marina und die Autos, die entlang der Mauer parkten. Der Flug der Drohne wurde gleichmäßiger. Sie zeigte, wie Fatima auf Amakas Bora zuging und einstieg. Auf der anderen Seite der Mauer stand eine junge Frau, ein paar Meter entfernt von Tango Four, der sie durch zerkratzte Brillengläser beobachtete, während er vorgab, um Almosen zu betteln.

»Ist sie das?«, fragte Mshelia.

Amaka spähte auf den Bildschirm. Von oben konnte sie lediglich erkennen, dass die Frau schwarzes Haar hatte, ein lila Oberteil und eine rote Tasche trug.

»Ich kann ihr Gesicht nicht sehen«, erklärte sie.

»Schicken Sie ihr eine Nachricht«, sagte Ibrahim. »Schreiben Sie exakt die folgenden Worte: ›Wir treffen uns auf dem Parkplatz.‹«

Amaka schickte die Nachricht ab. Auf Mshelias Bildschirm beobachteten sie gemeinsam, wie die junge Frau die Nachricht auf ihrem Telefon las. Sie schaute sich nach dem Tor um und lief dann los. Auf der anderen Seite der Mauer sahen sie, wie Fatima die Räder des Bora nach vorn ausrichtete und auf das Tor zurollte. Hinter dem Wagen schwärmten die anderen verdeckten Ermittler, die bei ihr am Tisch gesessen hatten, mit den Händen in ihren Rucksäcken aus.

Die Drohne folgte der jungen Frau.

Sie blickte auf, scheinbar direkt in die Kamera, und lief weiter. Dann riss sie die Hände in die Luft und fiel nach hinten. Das Bild auf dem Monitor wackelte. Im Boot duckten sich alle beim Geräusch des Maschinengewehrfeuers von draußen.

Die verdeckten Ermittler innerhalb von Fiki Marina gingen hinter Autos und Booten in Deckung, während auf den Boden um sie herum Schüsse prasselten. Amakas Bora blieb stehen. Das Feuer konzentrierte sich auf den Wagen, riss Löcher in Motorhaube, Windschutzscheibe und Dach.

Mshelia schrie den Bildschirm an. »Was zum Teufel geht da vor?«

Die Kamera flog längere Zeit über Straße und Wasser, ehe sie sich auf vier Personen auf der Brücke richtete, die mit Sturmgewehren schossen. Sobald ihre Magazine aufgebraucht waren, luden sie nach und ließen weiter Kugeln auf den stehenden Bora hageln.

68

DIE SCHÜTZEN RANNTEN auf die andere Fahrspur der Brücke und stiegen in einen wartenden schwarzen Lexus SUV. Das Auto raste in Richtung Ikoyi, während die Männer aus den geöffneten Fenstern weiter schossen. Die wenigen anderen Verkehrsteilnehmenden, denen sie begegneten, fuhren rasch beiseite.

Sergeant Hot-Temper hastete unter Deck, wobei er immer wieder *»Dan banza«* vor sich hin knurrte, und schnappte sich sein Gewehr. Er wartete nicht erst auf Anweisungen seines Vorgesetzten, ehe er die Stufen wieder hinaufflitzte. Ibrahim zog die Pistole aus seinem Gürtel und folgte dem Sergeant. An der Tür drehte er sich um. »Bleiben Sie hier«, sagte er und wies mit der Pistole auf Amaka. Dann war er verschwunden.

Alex starrte mit über dem Kopf zusammengeschlagenen Händen auf den Bildschirm. Sein Mund stand offen, und seine Augen traten ungläubig hervor.

»Was für eine Scheiße«, sagte Mshelia und schüttelte den Kopf vor seinem Bildschirm. Die Drohne schwebte über dem durchlöcherten Bora. Die verdeckten Ermittler umringten den Wagen, einige standen mit dem Rücken zu ihm und hatten ihre Waffen gezogen.

»Das überlebt sie nicht«, sagte Mshelia. »Auch wenn sie eine Weste getragen hat, ist sie tot. Was für eine verdammte Scheiße.« Er wandte sich an Amaka. Ihr Atem ging schnell. »Wussten Sie, dass das hier eine illegale Operation war?«, fragte er. »Das alles.« Er wies auf die Ausrüstung. »Für nichts davon haben wir eine Freigabe bekommen, und jetzt ist eine Polizistin tot. Ernsthaft, was für eine Scheiße.«

»Tut mir leid«, erwiderte Amaka.

»Was denn? Sie haben sie ja nicht umgebracht.«

»Das hätte ich sein sollen.«

»Sie haben Glück, dass Sie es nicht waren. Wer genau ist dieser Mann, dieser Malik, der das hier angeblich arrangiert hat? Diese Typen auf der Brücke, das waren keine gewöhnlichen Kriminellen. Wie sie mit ihren Waffen umgingen, wie sie sich zum Schießen vorbeugten – die sind ausgebildet. Die sind beim Militär. Oder waren beim Militär. Wer zum Teufel ist dieser Typ?«

Auf dem Anlegesteg rannten Ibrahim und Hot-Temper an mit über dem Hinterkopf verschränkten Händen auf dem Fußboden kauernden Zivilist*innen vorbei. Auf dem Parkplatz standen alle vier Türen des Bora offen. Drinnen saß eine Frau und fühlte an Fatimas Hals nach ihrem Puls. Dann stieg sie aus dem Wagen, die Finger, Arme und der obere Teil ihrer Bluse verschmiert mit dem Blut ihrer Kollegin. Sie sah Ibrahim an und schüttelte den Kopf.

Ibrahim warf einen Blick in das Auto. Fatimas Körper war bedeckt mit Blut und Glas. Sie hatte nach ihrer Pistole auf dem Beifahrersitz gegriffen. Sein Funkgerät knisterte. Er hielt es sich ans Ohr. »Sprechen Sie«, sagte er.

Auch die umstehenden Polizist*innen hörten die Nachricht: »Wir haben ihren Wagen gefunden. Er steht auf der Alfred Rewane Road. Kurz vor der Aromire. Er rührt sich nicht. Wir nähern uns jetzt.«

Die verdeckten Ermittler versammelten sich zum Zuhören um Ibrahim.

»Das Fahrzeug ist leer.«

»Scheiße!«

69

IBRAHIM KLETTERTE IN DAS BOOT der Marine. Amaka saß mit den Händen auf den Knien auf dem Bett. Gboyega packte die Drohne zurück in ihre Kiste. Alex stand in der Ecke neben dem Bett.

»Weshalb sind Sie dem Wagen nicht gefolgt?«, fragte Ibrahim Gboyega. Er hielt seine Pistole noch in der Hand.

Mshelia antwortete für ihn: »Reichweite.«

»Sie sind entkommen«, sagte Ibrahim. »Sie haben ihren Wagen auf der Alfred Rewane stehen lassen und sind entkommen.«

»Was ist mit der jungen Frau? Die Amaka geschrieben hat?«

»Festgenommen. Laut Ausweis heißt sie Elizabeth Babalola. Sie bringen sie jetzt aufs Revier. Wenn sie irgendetwas weiß, werde ich es herausfinden.«

»Fatima?«, fragte Amaka.

»Tot. Zeigen Sie mir diese Nachricht mit dem Standort.«

»Amaka hat mir davon erzählt«, sagte Mshelia. »Irgendeine Frau schickt ihr auf einmal den Standort des Harem. Das klingt wie eine weitere Falle.«

»Vielleicht, vielleicht auch nicht«, erwiderte Ibrahim. »Aber solange dort kein ganzes Bataillon steht, fahre ich hin. Die haben gerade meine Kommissarin getötet.«

»Ich habe den Ort hier auf meinem Bildschirm«, sagte Mshelia. Er trat beiseite, damit Ibrahim seinen Laptop sehen konnte. »Was erkennen Sie?«

Ibrahim machte einen Schritt darauf zu. »Ein großes Haus irgendwo im Nirgendwo. Ganz wie Amaka gesagt hat.«

»Ja, aber schauen Sie sich die Straße an. Sie werden uns aus einer Meile Entfernung kommen sehen.«

»Wenn sie glauben, dass sie Amaka erwischt haben, werden sie uns nicht erwarten.«

»Kann sein, dennoch bräuchten Sie mehr als nur ein paar Leute, um so eine Operation durchzuführen. Sie wissen nicht, was Sie dort erwartet. Diese Typen, die von der Brücke geschossen haben, die waren militärisch ausgebildet. Wenn es noch mehr von denen gibt, wenn sie ausgerüstet sind – sie bräuchten bloß eine einzige RPG.«

»Wie gesagt, solange dort kein ganzes Bataillon steht, werde ich dieses Haus stürmen. Wenn wir unsere Fahrzeuge hier zurücklassen«, er zeigte auf den Bildschirm, »und hier durch den Wald gehen, können wir das Gebäude von allen Seiten umstellen. Wir werden sie überraschen.«

»Was glauben Sie, wie hoch diese Absperrung ist?«, fragte Mshelia. Er schaute mit zusammengekniffenen Augen auf den Bildschirm. »Und ist das da Stacheldraht? Wir können nicht einfach ein Gebäude stürmen, über das wir nichts wissen. Wir haben keinen Schimmer, was sie da drinnen noch haben.«

»Sie müssen nicht mitmachen, wenn Sie nicht wollen. Diese Leute haben meine Kommissarin getötet, und ich werde sie mir schnappen.«

Mshelia stand auf. »Ibrahim, handeln Sie nicht unüberlegt. Um Himmels willen, Sie dürfen sich jetzt nicht von Ihren Gefühlen leiten lassen.«

»Was schlagen Sie denn vor? Soll ich sie einfach davonkommen lassen? Werden Sie Fatimas Familie erzählen, was mit ihr geschehen ist?«

Gboyega stand stocksteif da und beobachtete den Schlagabtausch der beiden Männer. Amaka blieb regungslos auf dem Bett sitzen. Alex sprach kein Wort.

Mshelia seufzte. »Alle Einsatzkräfte sind gerade zur Verhinderung von Aufständen unterwegs. Ich kann bestenfalls zwei Männer besorgen. Allerhöchstens vier. Und ein bisschen Ausrüstung.«

Ibrahim wandte sich an Alex. »Sie. Können Sie mit einer Waffe umgehen?«

Alex nickte.

»Das wären schon fünf«, sagte Ibrahim.

»Es könnte ein Nachspiel haben«, gab Mshelia zu bedenken. »Im Grunde würden wir eine weitere illegale Operation durchführen. Wir müssen uns eine Erklärung ausdenken, weshalb wir im Bundesstaat Oyo agieren, und diese Erklärung sollte ziemlich gut sein.«

»Das ist alles meine Schuld«, sagte Amaka.

Ibrahim schüttelte den Kopf. »Nein. Meine.«

»Die einzigen Schuldigen sind diejenigen, die Fatima getötet haben«, entgegnete Mshelia. »Und wir werden sie uns schnappen.«

70

EINEN ARM UM DEN FAHRER GESCHLUNGEN, den Wind im Gesicht, brüllte der Beifahrer des rasenden Motorrads in sein Telefon. »Chief, die Information war korrekt. Wir haben die Botschaft erfolgreich übermittelt.« Mit nur einer Hand schob er die Rückseite seines Telefons auf, nahm die Batterie heraus und ließ beide Komponenten auf die Straße fallen. Er tastete nach der SIM-Karte und steckte sie sich in den Mund. Er warf auch den Rest des Telefons weg und spuckte die zerkaute SIM-Karte aus.

Otunba stand vom Sofa auf, direkt gefolgt von Ojo.

»Willst du mir etwa auf die Toilette folgen?«, fragte Otunba seinen Schwiegersohn. Ojo lächelte und blieb stehen, während Otunba mit seinem Telefon in der Hand verschwand.

Er ging in ein leeres Schlafzimmer, schloss die Tür hinter sich und blickte aus dem Fenster auf den Pool, während er darauf wartete, dass sein Anruf entgegengenommen wurde. Dann sagte er: »Ihre Information war korrekt.«

Malik ließ das Handtuch auf sein Bett fallen und setzte sich auf die Matratze. Sein Körper war noch feucht von der Dusche. Er lauschte. Er wartete. Otunba sagte nichts mehr. »Dann ist sie also aufgetaucht?«, fragte Malik.

»Ich denke schon«, erwiderte Otunba.

Malik schloss die Augen. Ein Lächeln breitete sich über sein Gesicht aus. Er wartete darauf, dass der ältere Mann noch etwas hinzufügte, aber Otunba schwieg erneut.

»Sie ist also beseitigt?«, hakte Malik nach.

»Was wollen Sie?«, fragte Otunba.

»Was ich will, Sir?«

»Ja.«

»Wie meinen Sie das, Sir?«

»Was wollen Sie von mir?«

»Als Gegenleistung? Nichts, Sir. Sie baten mich, Ihnen zu sagen, was ich über Ojo weiß, und mehr habe ich auch nicht getan, Sir.«

Otunba fuhr mit dem Finger über die Fensterscheibe.

»Wenn Sie nichts wollen«, sagte er, »dann heißt das, Sie glauben, bereits etwas zu haben.«

»Sir, ich glaube nicht …«

»Halten Sie den Mund und hören Sie mir zu. Was auch immer Sie zu haben glauben und was auch immer Sie damit anfangen wollen, Sie werden nicht lange genug leben, um Ihr Handeln zu bereuen, falls Sie es durchziehen. Sie werden Lagos noch heute verlassen und erst nach der Wahl zurückkehren. Sie werden weder mich noch meinen Schwiegersohn, noch irgendjemand anderes kontaktieren, ehe Sie von mir gehört haben. Dann, wenn ich Ihnen sage, dass es erlaubt ist, werden Sie nach Lagos zurückkehren, und wir beide werden uns unterhalten.«

Otunba steckte sein Telefon in die Tasche und verließ das Schlafzimmer.

Malik stemmte die Hände in die Hüften und blickte auf das Bett hinunter. So stand er eine Weile da, dann scrollte er durch seine Kontakte und tätigte einen Anruf.

»Wer ist da?«, fragte eine Frauenstimme.

Malik beendete den Anruf. Er knirschte mit den Zähnen. Er

ballte die Hände zu Fäusten und warf das Telefon aufs Bett. Es prallte einmal von der Matratze ab und landete dann auf dem nassen Handtuch.

Ojo stand auf, als Otunba in den Salon zurückkehrte und sich auf das Sofa setzte. Die Mitglieder der Marktfrauenvereinigung, die gekommen waren, um dem Königsmacher ihre Unterstützung für seinen Schwiegersohn zu versichern, unterhielten sich untereinander. Otunba blickte sich um. »Wo ist dein Freund? Wo ist Shehu?«

Ojo sah sich ebenfalls im Raum um, als rechnete er damit, Shehu zwischen den Frauen sitzend oder stehend anzutreffen. »Er sagte, er müsse sich zu Hause um irgendwelche persönlichen Angelegenheiten kümmern«, antwortete er.

»Das hat er gesagt?« Otunba blickte Ojo in die Augen, als würde er eine bessere Antwort erwarten, als würde mit der, die Ojo ihm gegeben hatte, etwas nicht stimmen.

71

SHEHU NAHM DEN ANRUF auf dem Fahrersitz des Toyota Prius seiner Frau entgegen, den er in Maliks Straße etwas von dessen Haus entfernt geparkt hatte. »Alter Junge«, sagte er. »Was gibt's?«

»Wo bist du?«, fragte Ojo.

»Ich warte auf du weißt schon wen. Wieso?«

»Otunba hat nach dir gefragt. Er wollte wissen, wo du bist.«

»Was hast du ihm gesagt?«

»Ich habe gesagt, du wärst nach Hause gegangen, um irgendetwas zu erledigen.«

»Hat er nachgefragt, was?«

»Nein.«

»Falls er es tut, erzähl ihm einfach, ich hätte es dir nicht gesagt.«

»Hast du mit ihm gesprochen?«

»Ja. Er wird das Mädchen nicht aufgeben.«

»Also stecken sie tatsächlich unter einer Decke?«

»Das ist möglich. Falls sie noch am Leben ist.«

»Was ist mit Amaka?«

»Ich bin nah dran.«

»Wie nah?«

»Sehr nah.«

»In Ordnung. Shehu, ich bin dir wirklich sehr dankbar, dass du das für mich machst. Ernsthaft. Vielen Dank, mein Bruder.«

»Kein Problem, Bruder. Bewahre einfach Ruhe und lass mich die Dinge in die Hand nehmen. Und eine Sache noch.«

»Was?«

»Malik sagte, du hättest auch ihn gebeten, sich um Amaka zu kümmern. Du musst diese Angelegenheit wirklich einfach mir überlassen.«

»Tut mir leid, Shehu.«

»Du musst mir vertrauen, Mann. Ich bin der einzige Mensch, dem du vertrauen kannst. Vergiss das nicht.«

72

IN DER DUNKLEN, FEUCHTEN ZELLE, die nach Urin stank, stand Elizabeth hinter den rostenden Eisenstäben und presste ihre Handtasche an die Brust. Tränen rannen ihr die Wangen hinunter, während sie vor Angst zitterte. In der gegenüberliegenden Ecke, auf dem Fußboden, der zu schmutzig und nass war, um sich hinzusetzen, lag eine Frau in Embryonalstellung zusammengerollt, den Körper gegen die Wand gedrückt und die Kleidung zerrissen. Seit zwei Polizist*innen Elizabeth den Korridor hinunter, vorbei an Zellen voller Männer, geführt und sie in diese geschubst hatten, hatte die Frau sich weder bewegt noch irgendeinen Laut von sich gegeben. Mittlerweile war eine Stunde vergangen. Elizabeths Stimme war heiser geworden, nachdem sie wieder und wieder Unschuldsbeteuerungen durch die Stäbe geschrien hatte. Antwort bekam sie lediglich von anderen Gefangenen, die ihre eigene Unschuld erklärten oder sie warnten, die Klappe zu halten, weil sie sonst in ihre Zelle einbrechen würden, um sie zu ficken, bis sie still war. Von der Polizei kam niemand. Elizabeth stand also hinter den Stäben, presste ihre Handtasche an die Brust und zitterte vor Angst vor den männlichen Gefangenen in den anderen Zellen und vor der Rückkehr der Polizist*innen.

Eine ungeöffnete Flasche Schnaps in der Hand, stand Ibrahim in einem Zimmer im hinteren Teil des Polizeireviers Bar Beach vor seinen Mitarbeiter*innen – Polizist*innen, die an der Operation bei Fiki Marina beteiligt gewesen waren, Beamt*innen im Innendienst, die das Polizeirevier niemals verließen, kampferprobte Polizist*innen der Spezialeinheit Operation Feuer-für-Feuer sowie Beamt*innen, die gerade nicht im Dienst waren, aber die Neuigkeit gehört hatten und zum Revier zurückgekehrt waren. Unter ihnen war auch Sergeant Hot-Temper, noch in seiner Zivilkleidung aus dem verdeckten Einsatz, die Augen rot geweint. Ein paar seiner Kollegen von Operation Feuer-für-Feuer klopften ihm auf den Rücken. Einige von ihnen mussten ebenfalls getröstet werden.

»Meine Freundinnen und Freunde«, sagte Ibrahim. »Meine Brüder und Schwestern, meine Familie. Wir haben heute eine der unsrigen verloren. Fati ist nicht länger unter uns. Sie ist in Ausübung ihrer Pflichten gefallen. Die Bagas, die sie uns entrissen haben, sind geflohen wie die Feiglinge, die sie sind, und sie haben sich versteckt. Aber wenn sie sich ins Wasser begeben …«

Die Polizist*innen antworteten, allesamt mit emotionsgeladener Stimme: »Dann schwimmen wir und fischen sie heraus.«

»Wenn sie einen Felsen betreten …«

»Dann sprengen wir ihn und holen sie heraus.«

»Wenn sie sich Flügel wachsen lassen und sich auf den Bäumen verstecken, *nko*?«

»Dann verwandeln wir uns in eine Seilwinde und ziehen sie herunter.«

»Und wenn sie sterben, um sich in der Hölle zu verstecken?«

»Dann folgen wir ihnen und sagen Satan, er soll sie uns übergeben.«

Ibrahim schraubte den Verschluss von der Flasche, schüttete etwas daraus auf den Fußboden, nahm dann einen Schluck und übergab die Flasche an die Polizistin neben ihm. Er sang in gebrochenem Englisch die erste Zeile eines Requiems, und noch ehe er an deren Ende angelangt war, hatten die anderen eingestimmt. Ihr Gesang hallte durch die Korridore des Polizeireviers. Die Gefangenen lauschten stumm in ihren Zellen. Die Beamt*innen reichten die Schnapsflasche herum und gaben jeweils Fatima ihren Anteil, ehe sie ihren eigenen tranken.

Zwei Polizisten liefen zwischen den Zellen hindurch, während die Verdächtigen an die Stäbe hasteten, von wo aus sie die vorbeilaufenden Beamten beobachteten. Die beiden blieben vor der letzten Zelle stehen. Elizabeths Gesicht war tränenüberströmt. Sie schüttelte den Kopf und flehte sie an, ihr zu helfen, während sie an die kalte Wand zurückwich. Ein Polizist schloss die Tür auf und öffnete sie mit einem Stoß.

»Bereit?«, fragte er.

Elizabeth schüttelte den Kopf. Tränen kullerten ihr die Wangen hinunter, und ihr war flau im Magen. Sie konnte sich nicht von der Stelle rühren. Die auf dem Fußboden zusammengerollte Frau hob den Kopf und blickte die Polizisten an. Sie betraten die Zelle und hoben sie auf die Beine.

Hinter seinem Schreibtisch, in der gleichen Kampfmontur wie die Männer der Operation Feuer-für-Feuer, stand Ibrahim und schnallte sich eine kugelsichere Weste um. Er steckte seine Pistole ins Holster und nahm dann das erste von sechs Uzi-Magazinen in die Hand, die neben der Maschinenpistole auf seinem Schreibtisch aufgereiht lagen. Kampfbereite Uniformierte standen schweigend im Zimmer und draußen auf dem Flur herum. Die zerlumpte Frau, die aus ihrer Zelle geholt worden war, drängte sich an ihnen vorbei ins Büro. Sie salutierte.

»Irgendetwas?«, fragte Ibrahim. Er hob ein weiteres Magazin auf. Auf seinem Tisch stapelten sich Aktenberge. An einem Ende stand ein leerer Bierkarton, darin ein gerahmtes Foto von Ibrahim in zeremonieller Kleidung, eine Miniaturausgabe der nigerianischen Flagge und eine weitere der nigerianischen Polizei.

»Sie hat jemanden namens Felix angerufen. Ich glaube, das ist ihr Bruder. Sie hat ihn gebeten, aufs Revier zu kommen. Sie hat ihm erzählt, in Yaba hätten eine Frau und ein paar Männer in einem Lexus neben ihr angehalten und sie angesprochen. Die Frau sagte wohl, ihr Mann wolle sich mit seiner Freundin in Victoria Island treffen, und sie wolle ihn dabei auf frischer Tat ertappen. Die Frau gab ihr zwanzigtausend für ein Okada zur Fiki Marina. Die Frau schickte ihr Textnachrichten mit der Wegbeschreibung.«

»Sie ist also unschuldig.«

»Sieht so aus. Aber wir müssen ihr Telefon überprüfen. Wir werden die Nummer der Frau herausbekommen.«

»Gut. Und wenn ihr Bruder kommt, nehmen Sie ihn auch fest. Behalten Sie ihn hier, bis wir zurück sind.«

»Ja, Sir. Sir?«

»Ja?«

»Warum packen Sie Ihre Sachen, Sir?«

Ibrahim hatte soeben das Kabel des Ladegeräts seines Laptops zusammengerollt. Das Kabel noch in den Händen, hielt er inne, um zu der in Lumpen gekleideten Polizistin aufzublicken, dann legte er es in eine Kiste.

»Sie verstehen, dass die Operation, die wir durchführen werden, illegal ist?« Er drehte sich um und wandte sich an die anderen Polizist*innen. »Sie alle verstehen, dass es sich hierbei um eine illegale Operation handelt? Die Operation, die Fatima das Leben gekostet hat, inbegriffen. Ich habe dafür keine Genehmigung erhalten. Sie sind alle sicher, Sie haben Befehle von mir erhalten, also sind Sie geschützt, aber wenn diese Sache vorbei ist, vielleicht sogar, noch bevor sie vorbei ist, werde ich nicht mehr Ihr Chef sein. Ich trage die Schuld an Fatimas Tod. Wir werden sie nun rächen, aber das wird sie nicht zurückbringen. Ich habe sie gebeten, bei einem illegalen Einsatz mitzumachen, und sie hat mir vertraut. Jetzt ist sie tot. Auch Sie bitte ich nun, sich an einer weiteren illegalen Operation zu beteiligen. Ich hoffe, dass niemand von uns dabei ums

Leben kommt, aber Sie alle müssen begreifen, worum es sich hier handelt. Bitte, meine Brüder und Schwestern, wenn irgendjemand von Ihnen nicht dabei sein will, werde ich deshalb nicht schlechter über Sie denken.«

»Genug geredet«, warf Hot-Temper ein, der neben der Tür an der Wand lehnte. »Ziehen wir los und schnappen uns die Scheißkerle.«

Ibrahims Einheit folgte ihm aus dem Revier und die Schotterpiste hinauf bis zum Ahmadu Bello Way. Zwei von ihnen stellten sich in die Mitte der beiden Fahrspuren und streckten die Arme aus, um den Verkehr anzuhalten, während die anderen die Straße überquerten. Menschen, die zu Fuß und in ihren Autos unterwegs waren, sahen zu, wie eine Schar Uniformierter in kugelsicheren Westen und mit verschiedensten Waffen ausgerüstet über die Straße lief und den sandigen Pfad entlang, wo eigentlich ein Gehweg sein sollte. Sie gingen am Eingang zu den Unterkünften der Führungskräfte der Marine vorbei bis zu den blau-weißen Toren von Wilmot Point, die bereits von Matrosen für sie offen gehalten wurden.

73

SISI SCHLOSS MALIKS BÜRO im Harem auf und trat ein. Sie strich sich das Haar zurück, wickelte es zu einem Knoten auf und band sich das peruanische Haarteil mit einem Gummiband zusammen, das sie sich zuvor zwischen die Lippen geklemmt hatte.

Sie ging an Maliks Schreibtisch, setzte sich auf seinen Stuhl und tastete an der Unterseite der Tischplatte entlang. Ihre Finger berührten einen Schlüssel, der dort festgeklebt war. Sie schob den Stuhl zurück und zog die erste Schublade auf: Darin befand sich ein silberner Smith-and-Wesson-Revolver mit langem Lauf und schwarzem Griff. Daneben lag eine durchsichtige Box mit Patronen. Sie umfasste den Griff der Waffe und hob sie aus der Schublade. Die Pistole war schwerer, als sie erwartet hatte. Mit einem lauten Scheppern landete sie auf dem Schreibtisch.

Zweige knackten und totes Laub knisterte unter den Stiefeln der bewaffneten Männer, die durch den Wald auf das von einer knapp vier Meter hohen, oben mit Stacheldrahtrollen versehenen Betonmauer umgebene Gebäude zukrochen. Die Männer schwärmten aus und kommunizierten allein mit Handzeichen. Sie fuhren lange Teleskopstangen mit winzigen Kameras bis über den Stacheldraht aus und übermittelten die so eingefangenen Bilder an die Polizist*innen darunter, die an Laptops in dicken, stoßfesten schwarzen Gehäusen hockten.

Ibrahim verlagerte sein Gewicht auf dem dünnen Kissen seines Sitzes im hinteren Teil des gepanzerten Wagens, der in der Mitte einer schmalen Straße im Wald stand. Rechts und links neben ihm saßen zwei weitere Polizisten. Ihnen gegenüber saßen Amaka in einer großen grauen kugelsicheren Weste, Alex und Mshelia.

Amakas Telefon vibrierte. »Nicht jetzt, Eyitayo.«

»Schalten Sie das aus«, sagte Ibrahim. Er sah auf seine Armbanduhr. »Sie sollten jetzt in Position sein.« Sein Funkgerät knisterte. »Sprechen Sie.«

Es war Hot-Temper. Er flüsterte in das Funkgerät: »Nichts rührt sich. Warten auf Ihr Signal.«

Ibrahim blickte Mshelia an. Mshelia nickte.

»Los«, sagte Ibrahim.

Mshelia klopfte gegen die Metallplatte, die den hinteren Teil des Fahrzeugs von der Fahrerkabine abtrennte. Der Motor röhrte, die Reifen drehten im Sand durch, dann machte das Zwei-Tonnen-Gefährt einen Satz nach vorn, der seine Insassen in ihre Sitze drückte.

74

IBRAHIMS MÄNNER WARFEN BLENDGRANATEN über die Mauer und rissen Teile des Stacheldrahts fort. Mit geübter Effizienz erklommen nach Rache dürstende Männer die Mauer, landeten mit gezogenen Waffen auf dem Anwesen und suchten die Umgebung nach Zielpersonen ab.

Alles explodierte, dichter Rauch breitete sich aus, und überall war Gewehrfeuer zu hören, während sie das Gebäude umstellten. Sie schlugen die Fenster ein, warfen Blendgranaten hinein und gingen in Deckung. Zwei Männer öffneten das Tor und positionierten sich davor. Sergeant Hot-Temper führte eine Gruppe zur Haustür. Er ließ Blei auf das Schloss hageln, trat dann die Tür ein und stellte sich in den offenen Rahmen. Der Rauch verzog sich. Vor ihm auf dem Marmorfußboden der großen Eingangshalle, in der Mitte zwischen Tür und Treppe, lag ein blauer Koffer, eineinhalb Meter lang und einen Meter hoch, mit glänzenden Aluminiumbeschlägen und -schlössern.

Hot-Temper betrat das Gebäude und blickte die Treppe hinauf. Hinter ihm rannten Polizisten in Zweiergruppen herein, und vier scherten aus, am Koffer vorbei und ins Obergeschoss.

Hot-Temper trat auf den Koffer zu, inspizierte ihn von allen Seiten. Bald kehrten die Männer in die Eingangshalle zurück, da sie festgestellt hatten, dass das Haus leer war. Hot-Temper lockerte den Griff um sein Gewehr, nahm seinen Helm ab und kratzte sich am Kopf. *»Wetin fit dey inside this thing?«*, fragte er.

75

AUF DER SCHNELLSTRASSE zwischen Lagos und Ibadan staute sich der Verkehr in Richtung Lagos, wo die Fahrzeuge, die in die Stadt unterwegs waren, durch den letzten Polizeicheckpoint geleitet wurden. Streetfood-Verkäufer*innen und Bettler*innen huschten zwischen den Autos umher, um schneller als ihre Rival*innen vor den Fenstern der vollgestopften Busse zu sein, aus denen irgendjemand ihnen Beachtung geschenkt hatte. Inmitten von einer Kakophonie aus Stimmen hielten ungeduldige Fahrer*innen die Hupe gedrückt und ließen die Motoren aufheulen, während ihre Wagen Rauch ausspuckten.

In der langen Schlange aus Autos stand ein 23-Sitzer von Innoson. Das in Nigeria gefertigte Fahrzeug war im Nachhinein mit getönten Scheiben ausgestattet worden, und in seinem Inneren sammelte sich trotz der Klimaanlage Schweiß am Haaransatz des Fahrers, eines rundlichen Mannes in knielangen Hosen und einem weißen Unterhemd. Er bewegte den Kopf nach rechts und links wie ein aufgeregtes Huhn und reagierte jedes Mal mit einem Zusammenzucken, gefolgt von Flüchen, wenn andere Verkehrsteilnehmende im Stau das Bedürfnis verspürten, in der Nähe seines Busses ihre Hupe zu betätigen.

Zwei Polizist*innen in Schutzausrüstung hatten sich von ihrem Checkpoint entfernt und liefen durch die feststeckenden Fahrzeuge. Sie hielten ihren Blick auf den Bus gerichtet. Der Fahrer suchte die Umgebung vor sich ab und schaute nervös in seine Spiegel. Der Anblick von Polizist*innen hatte ihn bislang nie unruhig gemacht, wenn sein Bus voller Mädchen war, allesamt aufgebrezelt und geschminkt, und es im Wageninneren schwindelerregend nach einer Mischung aus ihren Parfümen roch. Meist war es dann dunkel, und er brachte seine Lieferung zu einer Party, die für einen Senator, einen Gouverneur, einen General oder einfach irgendeinen wohlhabenden Mann irgendwo veranstaltet wurde, und vorn bei ihm fuhr eine Begleitung mit – ein Polizist, ein Soldat, ein Agent vom SSS, einmal sogar ein Armeeoberst.

Dann war es die Aufgabe dieses Begleiters, neugierige Polizist*innen abzuwimmeln. Aber heute hatte er keinen Begleiter, und nachdem er zum Haus geeilt war, wie sein Chef es ihm aufgetragen hatte, waren die Mädchen in den Bus gerannt, viele von ihnen unbekleidet, ihre Sachen an sich gedrückt, als würden sie von den Gespenstern gejagt, die schließlich über das Haus inmitten des Waldes hereingebrochen waren. Das Gebäude war ihm nie geheuer gewesen – eine Villa irgendwo im Nirgendwo, umgeben von Wald und den Geistern, die im Wald lebten.

Die meisten der Mädchen, die hastig in seinen Bus gestiegen waren, waren *weiß*, und das waren auch diejenigen, die am wenigsten oder gar nicht bekleidet gewesen waren. Er hatte im Rückspiegel beobachtet, wie die Mädchen ihre überschüssigen Kleidungsstücke mit jenen teilten, die nichts hatten, um ihre Nacktheit zu bedecken. Dennoch hatten sie nicht genügend Kleidung für alle. Und nun, da sie bei Tageslicht im Verkehr auf der Schnellstraße feststeckten, kamen zwei Polizist*innen auf seinen Wagen zugelaufen.

Die Mädchen wirkten verängstigt. Er war verängstigt. Die getönten Scheiben mussten die Polizei angelockt haben. Auch wenn er ursprünglich nicht im Fokus ihres Interesses gestanden hatte, hatten die Fensterscheiben ihnen einen Vorwand geliefert, um ein Schmiergeld von ihm zu verlangen. Und wenn sie einen Blick ins Innere warfen, würden sie die ganzen Mädchen sehen, darunter auch *weiße* Mädchen, die so verängstigt aussahen, als würde er sie für irgendwelche Rituale verwenden, und dann würden sie ihn fragen, wer diese Mädchen waren und wohin er sie brachte, und er würde ihnen nicht antworten können, da er noch mehr Angst vor seinem Chef hatte als vor der Polizei.

Die beiden Polizist*innen kamen näher. Der Fahrer starrte sie unverwandt an. Der vorangehende Polizist blickte auf und schaute ihm durch die Windschutzscheibe in die Augen. Der Fahrer schaltete den Motor aus, ließ den Schlüssel in der Zündung stecken, löste seinen Gurt und öffnete seine Tür. Dann sprang er auf die Straße und rannte los.

Einen Augenblick lang blieben die jungen Frauen still auf ihren Sitzen, dann stand eine von ihnen auf, öffnete die Tür und verschwand, so schnell sie konnte, in dieselbe Richtung wie der Fahrer. Die anderen eilten ebenfalls zur Tür, strömten hinaus auf die Straße und rannten in verschiedene Richtungen davon, vorbei an Autos im Leerlauf, Bettler*innen und Straßenverkäufer*innen.

76

DER GEPANZERTE MANNSCHAFTSTRANSPORTER der nigerianischen Marine rollte durch das offene Tor. Die Polizist*innen sprangen aus dem Wagen, und Ibrahim wollte Amaka die Hand reichen, aber sie stieg allein aus und versank sogleich mit den Absätzen im Kies. Das Anwesen war groß, genauso, wie die Frauen es beschrieben hatten. Das Gebäude stand im Zentrum und war so mächtig und elegant wie die Villen in Ikoyi, nur dass diese mitten im Wald stand, näher an Ibadan als an Lagos.

Überall liefen Bewaffnete, unter deren schweren Stiefeln der Kies knirschte. Aus dem Gebäude drohte keine Gefahr. Direkt hinter der offenen Eingangstür, die von zwei hohen Säulen eingerahmt war, standen noch mehr Männer.

Ein Marineoffizier, der gewartet hatte, bis das Fahrzeug zum Stehen gekommen war, lief nun auf Mshelia zu und präsentierte ihm einen silbernen Revolver. Mshelia nahm die Waffe an sich und stellte sicher, dass sie nicht geladen war. Dann umfasste er den Griff, hielt den Revolver mit ausgestrecktem Arm vor sich und schloss ein Auge, um den Lauf hinunterzuschauen, als würde er auf den Boden zielen. Dann reichte er die Waffe an Ibrahim weiter.

»Das Haus ist leer«, sagte der Marineoffizier. »Diese Schusswaffe haben wir oben auf einem Schreibtisch gefunden. Es sieht aus, als wären alle in großer Eile aufgebrochen. Wir haben hier auch frische Reifenspuren entdeckt, die stammen von einem großen Fahrzeug. Irgendjemand muss sie gewarnt haben.«

»Das ist es also«, stellte Ibrahim fest. Er schirmte seine Augen mit der Hand ab, um zu dem Gebäude aufzublicken.

»Naomi«, murmelte Amaka. Sie ging auf die Tür zu. Mshelia, Ibrahim und Alex folgten ihr, und dahinter zwei Polizisten aus dem gepanzerten Wagen – die einzigen, die ihre Waffen noch kampfbereit hielten.

Hot-Temper trat beiseite. Ibrahim bemerkte den blauen Koffer. »Was ist da drin?«, wollte er wissen.

»Haben ihn noch nicht aufgemacht«, antwortete Hot-Temper. Ein paar andere Männer standen im Eingangsbereich herum und betrachteten den Koffer aus mehreren Metern Abstand.

»Gute Entscheidung«, sagte Mshelia.

Amaka blickte die Treppe hinauf. Sie lief um den Koffer herum und nach oben. Im ersten Stock sah sie den Flur hinunter. Auf beiden Seiten standen die Türen offen. Sie betrat das erste Zimmer. In der Mitte stand ein weißes Himmelbett, dessen zerknitterte weiße Laken halb auf dem Fußboden hingen. Sie schaltete ihr Telefon ein und sah, dass sie mehrere verpasste Anrufe hatte. Sie öffnete die Kameraapp und hielt das Gerät hoch, um ein Foto von dem Bett zu machen.

Sie lief über den weißen Hochflorteppich auf die andere Seite des Zimmers, wo noch eine Tür offen stand. Diese führte in ein Badezimmer. Drei Zahnbürsten und eine Tube Zahnpasta steckten in einem Glas auf dem Waschbecken. Amaka warf einen Blick in einen Weidenkorb neben der Toilette: Feuchte Kondome und die zerrissenen Verpackungen lagen auf einem Haufen zerknüllter Taschentücher. Sie richtete die Kameralinse auf den Abfalleimer und drückte ab, dann schaute sie sich die aufgenommenen Bilder an. Drei der verpassten Anrufe stammten von Eyitayo, einer von einer unterdrückten Rufnummer. In diesem Augenblick vibrierte ihr Telefon. Schon wieder Eyitayo, die im Auftrag von Chioma anrief, wie Amaka vermutete. Aber sie konnte sich gerade nicht um

Chiomas Probleme kümmern. Sie lehnte den Anruf ab und scrollte durch die Anrufliste, wo sie einen weiteren von einer unterdrückten Nummer fand. Der Eintrag zeigte eine Gesprächszeit von fünf Sekunden an.

»Amaka«, rief Ibrahim sie aus dem Flur. Sie trat aus dem Badezimmer zurück ins Schlafzimmer.

Ibrahim stand im Türrahmen. »Das müssen Sie sich anschauen«, sagte er.

Amaka folgte ihm und einem Polizisten hinauf in den zweiten Stock und bis vor eine große Tür. Ibrahim drückte sie auf. »Nach Ihnen«, sagte er.

Amaka betrat den düsteren Raum. Die einzige Lichtquelle bestand aus je einer abgedunkelten Lampe, umgeben von nicht angezündeten Kerzen, auf einem Hocker in jeder Zimmerecke. Die Wände und der Teppich in dem fensterlosen Raum waren rot. Die Decke bestand aus Spiegelfliesen, in denen die schwarze Massageliege zu sehen war. Auf dem Lederbezug lagen geöffnete Handschellen, die mit langen Ketten an den Beinen der Liege befestigt waren, und daneben war auf einem Servierwagen eine Auswahl an Peitschen, Seilen und geschmolzenen Kerzen aufgereiht.

Amaka umrundete die Liege langsam.

»Zumindest wissen wir, dass wir am richtigen Ort sind«, sagte Ibrahim.

Amaka hob eine schwarze Reitgerte auf und untersuchte sie, ehe sie sie zu den anderen zurücklegte.

»Kommen Sie, hier ist noch mehr«, sagte Ibrahim.

77

IN EINER RUHIGEN WOHNSTRASSE mit hohen Mauern brachte Sisi ihren roten Audi TT zum Stehen und betätigte die Handbremse. Naomi saß neben ihr, die Hände auf der Tasche in ihrem Schoß. Die Klimaanlage war eingeschaltet, doch die Sonnenstrahlen, die durch die Scheiben drangen, waren heiß.

»Wieso hast du mir geholfen?«, fragte Naomi.

»Ich habe dir nicht geholfen. Ich habe mir selbst geholfen. Du hattest deiner Freundin bereits erklärt, wie sie den Harem finden kann. Malik hätte sein Geschäft verloren und mich als Ballast angesehen. Du hast keine Ahnung, wie gefährlich er ist.«

»Du schon?«

Sisi nickte. »Ich schon.« Sie warf einen Blick in Rück- und Seitenspiegel. »Ich habe ihm erzählt, ich hätte eine der Ukrainerinnen mit einem Telefon erwischt. Ich habe behauptet, ich hätte es ihr abgenommen und gesehen, dass sie den Standort an eine nigerianische Nummer gesendet hat. Er sagte, in seinem Büro sei eine Pistole. Er erklärte mir, ich solle dafür sorgen, dass ihr alle abfahrbereit seid, dann solle ich die Pistole holen, das Mädchen in den Garten führen und sie erschießen.

Florentine ist nicht die Erste, die verschwunden ist. Da war dieses Mädchen namens Wumi. Sie war achtzehn. Wenn Gäste da waren, ließ Malik sie nie aus ihrem Zimmer, er behauptete, er würde sie für jemand Besonderes aufbewahren. Irgendwann bemerkte ich, dass ich sie einen ganzen Tag lang nicht gesehen hatte. Ich erwähnte es ihm gegenüber, und er sagte nur, ich solle mich um meine eigenen Angelegenheiten kümmern. Ich ging in ihr Zimmer, und ihre Sachen waren noch da. Malik fand mich dort. Er schloss die Tür ab und sagte, er hätte mich gewarnt, ich solle meine Nase nicht in fremde Angelegenheiten stecken. Wumi kehrte nie zurück, und ich habe nie erfahren, was mit ihr geschehen ist.

Es hat noch weitere gegeben. Sie verschwinden einfach über Nacht. Ich hatte nie etwas damit zu tun, Naomi, das musst du mir glauben, und das musst du auch deiner Freundin erzählen. Ich war an nichts von alledem beteiligt.«

Naomi starrte geradeaus.

»Ich verlasse Lagos noch heute Nacht«, fuhr Sisi fort. »Ich muss meine Tochter sehen. Danach fliege ich nach Dubai.«

»Ich wusste gar nicht, dass du eine Tochter hast.«

Sisi nahm ihre Tasche vom Rücksitz und holte ihr Portemonnaie heraus. Sie zeigte Naomi die laminierte Fotografie.

»Sie sieht aus wie du«, stellte Naomi fest.

Sisi steckte das Bild zurück in ihre Tasche und legte diese wieder auf den Rücksitz. »Was ist mit dir? Was wirst du als Nächstes tun?«

Naomi seufzte. Sie lehnte ihren Kopf gegen die Fensterscheibe.

Sisi griff unter Naomis Sitz, zog einen großen braunen Umschlag hervor und entnahm ihm einen Stapel Fünfzigdollarscheine.

»Nimm«, sagte sie.

Naomi nahm das in Zellophan eingewickelte Geld entgegen und starrte es an.

Sisi blickte sich um, niemand war auf der Straße.

»Maliks Geld«, sagte Naomi.

»Geld«, erwiderte Sisi. »Er sagte, ich solle es aus dem Safe nehmen. Wenn er dich kontaktiert, erzählst du ihm, wir wären an einem Checkpoint angehalten worden, die Polizei hätte das Auto durchsucht und das Geld beschlagnahmt.« Sie schob den Umschlag zurück unter den Sitz und holte einen weiteren unter ihrem eigenen Sitz hervor. »Nimm.«

»Was ist das?«

»In allen Zimmern gibt es versteckte Kameras. Er nimmt Videos von den Kunden auf. Die nutzt er dann, um sie zu erpressen. Wenn seine Kunden von den Videos erfahren, werden sie ihn nicht mehr schützen. Gib sie deiner Freundin, aber schau sie dir auf jeden Fall vorher an. Du könntest auf einigen davon zu sehen sein.«

Naomi warf einen Blick in den Umschlag und steckte die Dollarscheine zu den CDs.

Beide Frauen saßen schweigend da.

»Bist du sicher, dass ich dich hier rauslassen soll?«, fragte Sisi. Sie warf einen Blick auf die hohen Mauern.

»Ja. Das ist das Haus meiner Großeltern. Bei ihnen ist meine Tochter.«

78

CHIOMA SASS VOR DER FRISIERKOMMODE und starrte auf den Stift in ihrer Hand, die Augen ausgeweint. Ihr Gesichtsausdruck war so leer wie das Blatt Papier, über dem sie seit dreißig Minuten reglos verharrte, nachdem sie Eyitayo um einen Stift und einen Umschlag gebeten hatte. Eineinhalb Stunden waren seit dem Telefonat und ihrer darauffolgenden Entscheidung vergangen, aber noch immer fand sie nicht die richtigen Worte, um sie zu erklären. Irgendwie musste sie es tun. So viel war sie Amaka schuldig.

Sie seufzte schwer und setzte den Stift an:

Aunty Amaka. Ich bin nach Oshodi gefahren, um Kingsley aufzusuchen. Er sagte, er sei auf dem Markt gewesen, weil er Matthew retten wollte. Er möchte mir alles persönlich erklären. Ich habe Tante Eyitayo und Onkel Gabriel nicht gesagt, wohin ich aufbreche, weil sie es Ihnen sagen würden, und Sie mir dann sagen würden, dass ich nicht gehen soll. Aber ich weiß, was ich tue. Ich muss ihn sehen. Vielen Dank für alles, was Sie für mich getan haben.

»Sie geht immer noch nicht dran«, erklärte Eyitayo und legte ihr Telefon auf den Hocker neben ihrem Sessel. »Wir sollten ihr ein bisschen Zeit geben.«

Chioma schüttelte den Kopf. Sie trug einen Boubou, den Eyitayo ihr gegeben hatte. In den Händen hielt sie den weißen Briefumschlag. »Ich muss los«, sagte sie.

Gabriel beobachtete sie von der Küchentür aus, eine Tasse Kaffee in den Händen.

»Ist das der Brief für Amaka?«, fragte Eyitayo.

Chioma nickte.

»Kannst du deinen Pastor nicht ein andermal treffen? Und musst du wirklich bis zur Nachtwache bleiben?«

Chioma nickte.

»Aber du kommst gleich morgen früh hierher zurück?«

Chioma nickte erneut.

Es klopfte an der Tür. »Das muss das Taxi sein«, sagte Gabriel. »Bist du dir sicher, dass ich dich nicht hinbringen soll?«, fragte er.

»Nein, das ist schon in Ordnung«, erwiderte Chioma und stand auf.

Der Pförtner, der das Taxi gerufen hatte, öffnete die Tür von außen. Eyitayo sah Gabriel an. Er stellte seine Tasse auf den Esstisch und trat zu ihnen.

»Warte zumindest noch auf Amaka, ehe du gehst«, bat er Chioma.

Sie schüttelte den Kopf.

Draußen in der Sonne wartete das Taxi im Leerlauf, und der Pförtner hielt das Tor auf. Eyitayo und Gabriel stellten sich an der hinteren Wagentür vor Chioma auf.

»Bist du dir ganz sicher?«, wollte Eyitayo wissen.

Chioma nickte. Sie hielt noch immer den Umschlag in der Hand.

»Okay. Ruf uns an, sobald du angekommen bist.« Eyitayo umarmte sie, dann gab Chioma ihr den Umschlag.

Während das Taxi von ihrem Grundstück fuhr, warf Eyitayo einen Blick auf den Briefumschlag in ihrer Hand. Er war zugeklebt.

Chioma drehte sich auf dem Rücksitz des Taxis um und sah zu, wie die Tore sich schlossen. Dann schaute sie wieder nach vorn, beugte sich vor und legte dem Fahrer die Hand auf die Schulter.

»Wir fahren nicht nach Apapa«, sagte sie. »Bringen Sie mich zum Oshodi-Markt.«

Sie wählte eine Nummer. »Hallo, Kingsley, ich bin auf dem Weg ... Nein, ich habe ihnen nicht gesagt, wo ich hingehe ... Ja, ich komme allein.«

Eyitayo setzte sich Gabriel gegenüber an den Esstisch und legte den verschlossenen Briefumschlag zwischen sie auf die Tischplatte.

»Sollen wir ihn aufmachen?«, fragte sie.

Gabriel schüttelte den Kopf.

»Was denkst du, was sie geschrieben hat?«

»Ich nehme an, sie bedankt sich für das, was Amaka getan hat.«

»Denkst du, es war richtig, sie gehen zu lassen?«

»Wir können sie nicht gegen ihren Willen festhalten.«

79

»WAS GLAUBEN SIE, WAS HIER DRIN gemacht wird?«, fragte Ibrahim.

Amaka lief durch die von der Decke hängenden Ketten. Sie presste die Hand gegen die weiße, gepolsterte Lederwand. Hinter ihr rasselten die Ketten, als Ibrahim eine davon in die Hand nahm und die Metallringe betrachtete. »Glauben Sie, die binden sich selbst an denen hier fest?«, rätselte er.

Hot-Temper trat in den Türrahmen. »Oga Mshelia hat gesagt, ich soll Sie nach unten holen.«

Ehe sie den Raum verließen, machte Amaka Bilder davon.

Draußen stand Alex mit den anderen Polizist*innen und schaute durch die geöffnete Tür herein. Vor ihnen stand Mshelia mit einem Ende eines blauen Nylonseils in der einen Hand, die überschüssigen Meter aufgerollt in der anderen. Das Seil führte über den Fußboden bis zum Geländer der Treppe und von dort aus zurück zum Deckel des blauen Koffers.

»Denken Sie, es handelt sich um eine verdeckte Sprengladung?«, fragte Ibrahim und machte einen Schritt aus der Tür.

»Keine Ahnung, will aber kein Risiko eingehen«, antwortete Mshelia. »Treten Sie beiseite.«

Alle zogen sich auf den kiesbedeckten Hof zurück und warteten gespannt. Mshelia wich zurück und ließ dabei weitere Meter Seil zu Boden fallen, bis er an der Mauer angelangt war. Er blickte sich um und grinste. Die Männer steckten sich die Finger in die Ohren.

Amaka tat es ihnen nach. Mshelia zog nun an dem Seil und rollte es zugleich mit seiner anderen Hand auf. Als es straff über den Boden gezogen war, hielt er inne. »Ibro«, rief er. »Falls mir etwas zustößt: Unter meinem Bett steht eine Kiste Petrus. Die vermache ich dir.«

»Was ist Petrus?«, wollte Ibrahim wissen.

»Sehr teurer Wein«, antwortete Mshelia. »Amaka, dieser Kerl wird edlen Wein nicht zu schätzen wissen. Also vermache ich Ihnen meine beschlagnahmten Waren. Okay, Leute. Drei, zwei, eins ...«

Er zog an dem Seil, und der Deckel des blauen Koffers hob sich. Als er beinahe vertikal stand, zerrte Mshelia mit einem Ruck daran, und der Deckel fiel nach hinten. Zwei Marineoffiziere traten nach vorn und liefen zu beiden Seiten des Seils in Richtung Haus. In der Eingangshalle angekommen, verlangsamten sie ihre Schritte und näherten sich dem offenen Koffer, als handelte es sich dabei um eine zusammengebastelte Bombe.

»Was ist da drin?«, rief Mshelia den Männern zu.

»Oga, das müssen Sie sich ansehen«, antwortete einer von ihnen.

Alle versammelten sich um den Koffer. An einem Ende lag der Kopf einer Frau – *weiß* mit seidigem braunem Haar. Ihre blauen Augen waren weit geöffnet, genau wie ihr Mund. Ihre großen, mit knallrotem Lippenstift bemalten Lippen formten ein »O«. Der Rest ihres nackten Körpers war teilweise verdeckt unter Gummidildos in verschiedenen Größen, Farben, Texturen und Formen, die größten von ihnen waren etwa dreißig Zentimeter lang, so dick wie ein Arm und reichten farblich von Dunkelbraun bis Pechschwarz, während die anderen in jeglicher Farbe von Creme über Blau bis Neongrün vorhanden waren.

Zwei Marineoffiziere griffen von beiden Seiten in den Koffer. Der eine wühlte sich durch die weichen Sexspielzeuge und griff nach den Beinen der Frau, der andere schob seine Arme unter ihre Achseln, und gemeinsam hoben sie die lebensgroße Silikonpuppe hoch, wobei Dildos von ihrem Bauch purzelten.

Sie legten die Sexpuppe vor den Koffer auf den Fußboden. Sie war so groß wie eine echte Frau, ihre enormen Brüste hatten pinkfarbene Brustwarzenhöfe und harte Brustwarzen, und auf der lebensechten Vulva waren winzige Pünktchen zu sehen, als wäre sie rasiert worden.

Ein paar der Männer griffen in den Koffer, hielten die wabbeligen Kunstpenisse hoch und ärgerten einander damit. Andere wollten die Spielzeuge weder anfassen noch über die Scherze lachen. Einige runzelten die Stirn und sahen angewidert zu.

»Wir sind definitiv im richtigen Gebäude«, stellte Ibrahim fest.

»Ja«, stimmte Mshelia zu. »Und irgendjemand hat das absichtlich hier hingestellt, damit wir auch wissen, dass wir im richtigen Haus sind. Ihnen ist bewusst, dass wir hier sind.« Er wandte sich an Amaka. »Sie haben den Harem gefunden. Was möchten Sie als Nächstes tun?«

Amaka blickte sich um und die Treppen hinauf.

»Ihn niederbrennen«, sagte sie.

80

MALIKS TOR ÖFFNETE SICH. Ein paar Häuser weiter sank Shehu tief in den Sitz des Wagens seiner Frau. Ein weißer Range Rover Sport fuhr langsam aus dem Tor, offen gehalten von demselben Wachmann, mit dem Shehu zuvor gesprochen hatte. Halb draußen, blieb der SUV stehen, und die getönte Fensterscheibe wurde heruntergelassen. Malik saß am Steuer. Er sprach mit dem Pförtner, ehe er weiter von seinem Grundstück rollte und die Straße hinauf davonfuhr.

Shehu ließ den Prius an. Ohne ein Geräusch des Motors leuchtete das Armaturenbrett auf. Malik bog am Ende der Straße, die aus der Siedlung hinausführte, links ab. Shehu wartete, bis der Pförtner das Tor geschlossen hatte, dann parkte er aus und folgte Malik.

81

IM GEBÄUDE FÜR DEN GENERATOR fanden die Polizisten ein halbvolles Fass Diesel. Zwei Männer rollten es schräg gekippt über den Fußboden. Weitere Polizisten halfen, das Fass durch die Eingangstür in die Villa zu bugsieren. Ein Polizist steckte das Ende eines Schlauchs aus dem Generatorengebäude in die Öffnung des Fasses und saugte an dem anderen Ende, bis sich der Treibstoff in seinem Mund sammelte. Er klemmte den Schlauch mit seinem Daumen ab und spuckte den Diesel in den Koffer voller Sexspielzeuge und auf die Sexpuppe.

Die Männer liefen durch das Haus und übergossen Stühle, Betten, Kommoden und Teppiche. Sie rissen Vorhänge von den Fenstern, tauchten sie in Diesel und zündeten sie an, ehe sie den brennenden Stoff auf die Betten warfen, und zogen sich erst zurück, als das Feuer sich ausbreitete.

Bis die Männer sich draußen vor dem Gebäude versammelt hatten, quoll bereits dichter Rauch aus den Fenstern und kräuselte sich über dem Dach.

Direkt vor der Tür zündete Hot-Temper den Docht eines selbst gemachten Molotowcocktails an und schleuderte die improvisierte Waffe in den Eingangsbereich. Orangefarbene Flammen loderten im gesamten Raum auf und umschlossen die Sexspielzeuge sowie den blauen Koffer.

Innerhalb von Minuten wütete das Feuer hinter allen Fenstern. Durch die geöffnete Haustür züngelten die Flammen und sprangen von jeglichen Oberflächen, rollten die Treppe hinauf und tanzten über die Wände. Bald wurde das Gebäude vom Feuer verzehrt. Hinter dem Inferno verdunkelte sich der Himmel, schwarze Rußpartikel stiegen in Rauchspiralen von dem brennenden Dach auf. Alle Zuschauenden mussten zurücktreten und ihre Gesichter vor der Hitze abschirmen, bis die Windrichtung sich änderte und der Rauch auf die versammelte Menge niederging.

»Das ist mal ein hübsches Feuerchen«, rief Mshelia über den Lärm des brennenden Gebäudes hinweg.

»Jepp«, erwiderte Ibrahim. »Zeit zu gehen.«

»Ja.« Mshelia sah sich nach Alex um. »Wir sind nie hier gewesen. Denken Sie daran, wenn Sie Ihren Bericht verfassen. In Ordnung?«

Alex nickte.

»Glauben Sie, wir werden ihn jemals finden?«, wollte Mshelia von Ibrahim wissen.

»Er wusste, dass wir kommen. Er ist auf der Flucht. Amaka, konnten Sie mit der jungen Frau sprechen?«

Amaka warf einen Blick auf ihr Telefon. Darauf wurden neue verpasste Anrufe von Eyitayo angezeigt, aber nichts von Naomi. Sie probierte es unter ihrer Nummer.

»Ihr Telefon ist nach wie vor ausgeschaltet.«

»Und jetzt?«, fragte Mshelia.

»Ob sie ihn nun gewarnt hat oder nicht, wenn wir sie finden, finden wir auch ihn«, erklärte Ibrahim. »Wo wohnt sie?«

»1004«, antwortete Amaka.

»Nichts wie hin.«

82

DEM WEISSEN RANGE ROVER ZU FOLGEN war nicht schwer, aber da der Verkehr auf den sonst notorisch verstopften Schnellstraßen von Lagos frei floss, könnte Malik bemerken, dass er verfolgt wurde. Zweimal, als er von der Hauptverkehrsstraße abbog, fuhr Shehu also erst ein paar Meter weiter, ehe er den Rückwärtsgang einlegte, um in dieselbe Straße abzubiegen. Beide Male hoffte er, der Range Rover würde dort vor einer Mauer parken und nicht hinter einem geschlossenen Tor stehen. Aber Malik lenkte seinen Wagen durch die ausgestorbenen Wohnstraßen, ehe er ein gutes Stück weiter wieder auf dieselbe Hauptverkehrsstraße abbog. Shehu wurde bewusst, dass Malik so den Aufständen oder der Polizei auswich, die ihm beide ungelegen kämen.

Auf der Aromire Avenue wurde der weiße Range Rover langsamer und ließ andere Autos überholen.

»Was machst du da?«, wunderte sich Shehu und starrte auf den SUV zwei Autos vor ihm. Er überholte ebenfalls und beobachtete den Range Rover in seinem Rückspiegel. Malik war so langsam geworden, dass sich hinter ihm eine Autoschlange zu bilden begann. Hatte er bemerkt, dass Shehu ihm folgte?

Shehu erreichte den Allen-Kreisverkehr. Von der Allen Avenue stieg etwa hundert Meter entfernt eine schwarze Rauchsäule auf. Shehu fuhr weiter durch den Kreisverkehr und wandte den Kopf, um den Range Rover im Blick zu behalten. Malik hatte sich erneut in Bewegung gesetzt. Shehu fuhr gerade an der Ausfahrt zum

Obafemi Awolowo Way vorbei, als Malik in den Kreisverkehr einbog, sodass Shehu hinter ihm landete.

Malik fuhr weiter auf die Allen Avenue, und Shehu folgte ihm. Als ein Danfo sich zwischen die beiden Fahrzeuge drängen wollte, ließ Shehu sich zurückfallen.

Der Rauch stammte von schwelenden Autoreifen, die an den Straßenrand geschleift worden waren und dabei schwarze Fetzen auf der Straße zurückgelassen hatten. Soldat*innen lenkten den Verkehr durch Handzeichen. Malik fuhr an ihnen vorbei. Zwei Autos hinter ihm wurde auch Shehu durchgewunken. Malik fuhr weiter die Straße hinauf, dann wechselte er die Fahrspur und hielt vor einem Gebrauchtwagenhändler. Shehu rollte an ihm vorbei, fuhr ein Stück weiter und parkte dann am Straßenrand, direkt hinter den geöffneten Toren zu einem weiteren Parkplatz voller Gebrauchtwagen. Er beobachtete im Rückspiegel, wie Malik aus seinem Auto stieg und auf das Grundstück lief. »Was hast du jetzt vor?«, fragte er.

Die Soldat*innen, die vor Shehu den Verkehr regelten, waren auf ihn aufmerksam geworden. Zwei von ihnen unterhielten sich kurz, dann kam einer auf den Prius zugelaufen. »Scheiße«, entfuhr es Shehu. Im Spiegel sah er, wie Malik mit einem Mann in einem himmelblauen Jogginganzug zurückkehrte. Gemeinsam inspizierten sie den Range Rover.

Ein Soldat klopfte an die Fensterscheibe.

»Alles in Ordnung?«, wollte er wissen.

Shehu hielt den Blick weiter auf den Spiegel gerichtet. »Mein Auto ist überhitzt«, antwortete er und öffnete die Motorhaube.

Der Soldat überprüfte das Innere des Wagens und trat dann einen Schritt zurück, damit Shehu aussteigen konnte.

Shehu hielt die Motorhaube auf und beobachtete Malik darüber hinweg. Ein schwarzer Mercedes Benz ML rollte von dem Parkplatz. Der Fahrer stieg aus und reichte Malik die Schlüssel. Malik händigte ihm im Gegenzug die Schlüssel für seinen Range Rover aus und kletterte dann in den Mercedes.

Shehu wandte den Kopf ab, als Malik an ihnen vorbeifuhr.

»Wohin fährst du?«, murmelte Shehu in sich hinein, ehe er unter den Augen der Soldat*innen die Motorhaube zuschnappen ließ und hastig in den Prius stieg.

Nur wenige Augenblicke nach Malik bog Shehu in die Siedlung 1004 Estate ein. Er hielt nach dem Mercedes Ausschau, während er die Straße entlangfuhr, dann bog er auf den Hauptparkplatz ein und suchte unter den dort abgestellten Wagen. Als er ihn entdeckte, hielt er an, aber der Mercedes war leer – er stand zwischen zwei Autos vor einem Wohnblock. Shehu sah sich um. Malik war verschwunden.

»Wo bist du?«, fragte Shehu und blickte zur Galerie hinauf. »Und was machst du hier?«

83

DER FAHRER BETRACHTETE NAOMI im Rückspiegel seines Taxis. Seit er sie aus Ikeja abgeholt hatte, hatte sie kein Wort mit ihm gewechselt, außer ihm zu sagen, wo sie hinwollte: 1004.

Als er ihr den erhöhten Tarif nannte – dreimal so viel wie sonst, weil die anderen Taxifahrer*innen Angst vor den Aufständen hatten –, hatte sie lediglich genickt und war auf die Rückbank geklettert. Seitdem hatte sie die gesamte Fahrt über nur aus dem Fenster gestarrt. Sie war gekleidet wie eine Ashewo, die gerade von der Arbeit kam, also sollte sie Geld dabeihaben, allerdings sah sie auch besorgt aus – wie eine Prostituierte, der man das im Laufe der Nacht verdiente Geld gestohlen hatte. Und wenn sie sich nun weigerte, ihn zu bezahlen, nachdem sie an ihrem Ziel angekommen waren? Wenn er versuchte, darauf zu beharren, dass er sein Geld bekam, könnte sie behaupten, sie hätte es ihm bereits gegeben. Sie könnte anfangen zu schreien und zu kreischen, und wenn sich dann eine Menschenmenge um den Wagen versammelt hätte, würde sie die Leute auffordern, in seiner Hosentasche nach den zerknitterten Scheinen zu suchen, mit denen sie ihn bezahlt hätte – und die Leute würden auch zerknitterte Scheine in seinen Taschen finden. Taxifahrer haben immer zerknitterte Scheine in der Hosentasche. Sie könnte ihm auch Sex anstelle von Geld anbieten. Er reckte den Hals, um mehr von ihren nackten Beinen im Spiegel zu erkennen. Er schaute ihr ins Gesicht. Ihre Augen waren rot und feucht. Er lag garantiert richtig: Man hatte sie ihres ganzen Geldes beraubt. Er hatte eine Prostituierte mitgenommen, die kein Geld hatte, um die Fahrt zu bezahlen.

Er biss sich auf die Lippe und verfluchte sein Pech. Er würde sich ihre Nummer geben lassen und ihm seine geben. Er würde ihr sagen, sie solle ihn jedes Mal anrufen, wenn sie einen Fahrer brauchte. Falls sie es tat, würde er so sein Geld zurückbekommen, falls nicht, könnte er in Victoria Island einen anderen Fahrgast finden. Sollte sie ihm Sex anbieten, würde er ihr erzählen, er wäre ein wiedergeborener Christ – dieselbe Lüge, die er seiner Familie auftischte, wann immer diese ihn anflehte, sich endlich eine Freundin zu suchen, die eines Tages, so Gott will, zu seiner Frau werden würde.

Malik lief die Galerie im sechsten Stock entlang und blieb vor einer Tür stehen. Shehu beobachtete ihn aus seinem Prius heraus. Malik drückte auf eine Klingel, blickte sich um und klopfte an die Tür. Er warf einen Blick durch den Spion und kehrte dann der Tür den Rücken, um den Parkplatz unter sich zu scannen. Schließlich lief er den Gang entlang zurück, die Treppen hinunter und zu seinem Wagen. Er stieg ein und blickte hinauf zu der Wohnung, die er gerade aufgesucht hatte.

84

EIN POLIZEITRANSPORTER, gefolgt von einem Bus der nigerianischen Marine und einem gepanzerten Fahrzeug, fuhr mit großem Aufheben in die Siedlung 1004 Estate, raste über Bodenschwellen und kam mit quietschenden Reifen vor einem Wohngebäude zum Stehen.

»Was ist denn jetzt los?«, fragte Shehu und sah zu, wie bewaffnete Polizist*innen aus ihren Fahrzeugen stiegen. Er warf einen Blick auf Maliks Wagen. Maliks Kopf rutschte in seinem Sitz nach unten.

Die Hintertür des gepanzerten Fahrzeugs öffnete sich, und die Passagier*innen stiegen aus, unter ihnen eine Frau, die Shehu wiedererkannte.

»Moment mal«, sagte er zu sich selbst. Das war Amaka Mbadiwe. »Bist du etwa deshalb hier?«, fragte er mit Blick auf Maliks Auto. Auch Malik beobachtete sie aus seinem Fenster, während er mit der Hand seitlich sein Gesicht abschirmte.

Amaka stand vor zwei Männern, die das Sagen zu haben schienen. Ein dritter, jüngerer Mann stand zwischen ihnen und lauschte den dreien.

Mit vor der Sonne zusammengekniffenen Augen blickte Amaka in Shehus Richtung. Vier Autoreihen trennten sie voneinander.

Begleitet von zwei Polizeibeamten mit gezückten Waffen blieben Amaka, Ibrahim und Mshelia vor Naomis Wohnung stehen. Amaka klopfte an die Tür, betätigte die Klingel, legte ein Ohr an das Holz und lauschte. Sie rief durch das Küchenfenster an der Seitenwand des Gebäudes: »Naomi, ich bin's, Amaka.« Dann klopfte sie erneut, ehe sie ihr Telefon ans Ohr drückte.

Ibrahim schaute von der Galerie hinunter und sah ein paar Bewohner*innen der Siedlung zu ihnen aufblicken.

Amaka beendete den Anruf. »Es ist immer noch ausgeschaltet«, erklärte sie.

Ibrahim nickte einem der Männer zu. Der Polizist stellte sich vor die Tür, trat einen Schritt zurück und richtete seine Pistole auf das Schloss. Auf den Knall folgten Schreie von unten. Erst nach zwei weiteren Schüssen gab das Schloss nach.

Amaka wollte die Wohnung sogleich betreten, aber Ibrahim hielt sie zurück, und die beiden Polizisten gingen zuerst hinein.

Minuten später kamen Amaka, Ibrahim, Mshelia und einer der bewaffneten Männer wieder heraus. Ibrahim schloss die Tür hinter sich, und sie liefen gemeinsam die Galerie hinunter.

»Fünf gehen rein, vier kommen raus«, stellte Shehu fest.

Ibrahim, Amaka und Mshelia versammelten sich neben dem gepanzerten Fahrzeug.

»Er hat sie geschnappt und ebenfalls umgebracht«, sagte Amaka.

»Oder sie hat ihn gewarnt«, erwiderte Mshelia. »Wie auch immer, er ist verschwunden. Womöglich werden wir ihn niemals finden.«

Amakas Telefon vibrierte. Sie schaute auf das Display. Es war Eyitayo. Sie wartete, bis das Klingeln aufhörte. »Ich brauche einen Wagen«, sagte sie. »Kann ich mir Ihren ausleihen?«

»Mein Auto?«, fragte Ibrahim.

»Die junge Frau aus Oshodi. Irgendetwas ist mit ihr los. Sie versucht schon den ganzen Tag, mich zu erreichen.«

»Wo ist sie?«, wollte Ibrahim wissen. »Mein Fahrer kann Sie hinbringen.«

»Sie ist bei einem befreundeten Paar. Ein Polizist ist verantwortlich für den Tod ihres Bruders. Einen Polizisten zu sehen wird sie daher erschrecken. Ich muss allein hinfahren. Bitte.«

Sie blickte an Naomis Wohnhaus hinauf. »Ich dachte, ich hätte Malik endlich erwischt«, sagte sie. »Ich dachte wirklich, ich könnte ihm in die Augen schauen und ihm sagen, dass ich diejenige bin, die ihn zu Fall gebracht hat.«

Eine Polizistin fuhr in Ibrahims rotem Camry vor. Sie reichte Ibrahim den Autoschlüssel, der ihn an Amaka übergab.

»Fahren Sie vorsichtig«, sagte Ibrahim.

Amaka stieg ein. Während sie Sitz und Spiegel zurechtrückte, stiegen die Polizist*innen in ihre Fahrzeuge, ließen den Motor an und fuhren nacheinander aus der Siedlung 1004. Amaka fuhr hinter ihnen vom Parkplatz, zuerst langsam, um die Bremsen zu testen und den Spiegel noch einmal zu verstellen.

Shehu löste seine Handbremse, gerade als Malik an ihm vorbeifuhr, um Amaka zu folgen.

»Hallo, Eyitayo?«

Amaka lenkte mit einer Hand, während sie sich mit der anderen das Telefon ans Ohr hielt.

»Amaka, wo hast du gesteckt? Ich habe den ganzen Tag versucht, dich zu erreichen.«

»Ich bin jetzt auf dem Rückweg. Wie geht es Chioma?«

»Deshalb habe ich dich ja angerufen. Sie sagte, sie wolle nach Apapa fahren, um ihren Pastor aufzusuchen. Sie sagte, sie bleibe dort für eine Nachtwache. Ich habe versucht, sie aufzuhalten.«

»Schon in Ordnung. Vielleicht braucht sie das gerade. Die Leute auf dem Markt haben mir Videos von dem Lynchmord mitgegeben. Wenn sie wieder da ist, werden wir sehen, ob sie Kingsley darauf identifizieren kann.«

»Du möchtest ihr ein Video zeigen, auf dem ihr Bruder umgebracht wird?«

»Du hast recht. Ich habe nicht richtig nachgedacht. Das war echt ein Tag. Vielleicht bitte ich sie um ein Foto von ihm. Dann werde ich sehen, ob ich ihn auf den Videos selbst ausfindig machen kann. Hat sie gesagt, wann sie zurückkommt?«

»Gleich morgen früh. Amaka, ich habe versucht, sie aufzuhalten.«

»Schon in Ordnung, Eyitayo.«

»Nein, du verstehst nicht. Sie hat sich ziemlich ausweichend verhalten. Ich habe ein schlechtes Gefühl bei der Sache. Sie hat einen Brief für dich hinterlassen. Soll ich ihn lesen?«

»Das hast du noch nicht gemacht?«

»Er ist verschlossen. Ich hole ihn.«

Amaka wechselte die Hand und legte sich das Telefon an das andere Ohr, während Eyitayo den Brief holen ging.

»O mein Gott«, sagte Eyitayo.

»Was?«

»Sie ist zu ihm gefahren.«

»Zu wem?«

»Kingsley. Ihrem Ex-Freund. Sie ist nach Oshodi gefahren, um sich mit ihm zu treffen.«

»Was?«

Amaka trat auf die Bremse. Das Auto hinter ihr kam mit quietschenden Reifen zum Stehen. Sie warf einen Blick in den Spiegel. Der Mercedes wäre ihr beinahe hinten reingefahren, und es wäre ihre Schuld gewesen. Sie ließ das Fenster hinunter, streckte entschuldigend eine Hand hinaus und fuhr dann weiter.

»Wie meinst du das: ›Sie ist zu ihm gefahren‹?«

Eyitayo las den Brief vor.

»Er hat nicht versucht, ihren Bruder zu beschützen«, sagte Amaka. »Er hat ihn umgebracht, und jetzt wird er sie auch umbringen. Scheiße.«

Sie ließ das Telefon auf den Beifahrersitz fallen und gab Gas. Der

Mercedes SUV hatte sie überholt. Sie blickte in den Rückspiegel. Ein Prius fuhr dicht hinter ihr. Sie musste bei der nächsten Ausfahrt abfahren, sie musste nach Oshodi, ehe es zu spät war.

Der Mercedes war zu dicht vor ihr. Sie drückte mit dem Handballen auf die Hupe und bremste, aber es war zu spät. Ihr Körper wurde nach vorn geschleudert, der Gurt spannte sich über ihrer Brust, und der Airbag ging gerade noch rechtzeitig auf, bevor sie mit dem Gesicht gegen das Lenkrad knallte.

Amaka hob den Kopf, und ein scharfer Schmerz fuhr durch ihren Nacken. Der Airbag war in sich zusammengesunken und auf das Lenkrad gesackt, wobei er einen Nebel aus weißem Pulver hinterlassen hatte. Sie hustete, hielt sich die Nase zu und wedelte vor ihrem Gesicht herum. Dann schnallte sie sich ab und öffnete die Tür. Ein Auto fuhr vorbei, ohne zu verlangsamen. Sie griff sich in den Nacken und stöhnte. Sie war mit der vorderen Stoßstange gegen die hintere Stoßstange des Mercedes geknallt. Der Fahrer saß noch im Wagen. Etwas weiter hinter ihr war auch der Prius mitten auf der Straße stehen geblieben. Ein wenig wankend lief sie auf den Mercedes zu, konnte jedoch nicht erkennen, was ihn so abrupt hatte zum Stehen kommen lassen. Vielleicht stimmte irgendetwas mit dem Fahrer nicht. Ein medizinischer Notfall? Ein Herzinfarkt?

Amaka klopfte an die Fensterscheibe. Der Fahrer war über dem Beifahrersitz zusammengesunken. Sie blickte sich nach Hilfe suchend um und sah, wie die Tür des Prius von innen geöffnet wurde, während sie zugleich am Türgriff des Mercedes zog. Die Tür öffnete sich. Amaka drehte sich um. Der Fahrer des Prius kam nun auf sie zugelaufen. Sie erkannte ihn: Es war der Marinekommodore außer Dienst Shehu Yaya – der Mann, der in jener Nacht mit im Zimmer gewesen war, als sie Chief Ojo etwas in den Drink gekippt hatte.

»Hallo, Amaka«, sagte der Mann in dem Mercedes.

Ihr Blick schnellte in seine Richtung. Er saß aufrecht, grinste sie an und richtete eine silberne Pistole auf ihre Brust. Es war Malik.

85

SHEHU STELLTE SICH NEBEN AMAKA auf die Schnellstraße. Er schaute Malik an. »Ich dachte, wir hätten uns darauf geeinigt, dass sie mir gehört«, sagte er.

»Sind Sie mir gefolgt?«, fragte Malik ihn.

»Ja. Seit 1004.«

»Was haben Sie dort gemacht?«

»Ich bin ihr gefolgt«, behauptete Shehu. »Was haben *Sie* dort gemacht?«

»Nach einer Freundin gesucht, die dort wohnt.«

»Florentine?«

»Nein. Die ist tot. Sie liegt nicht weit vom Harem entfernt vergraben.« Malik schaute durch das Rückfenster an Amakas Wagen vorbei auf den geparkten Prius. »Wir haben wirklich keine Zeit für Geplauder«, stellte er fest. »Wir müssen von der Straße runter.« Er griff nach hinten, um die Tür für die Rückbank zu öffnen, und wedelte mit seiner Pistole vor Amaka herum. »Steigen Sie ein.«

Amaka blieb stehen. Shehu schnappte sich ihren Arm und schubste sie auf die geöffnete Tür zu. Er stieg hinter ihr ein und schloss dann die Tür.

»Was ist mit Ihrem Wagen?«, wollte Malik wissen.

»Fahren Sie, bevor wir noch mehr Aufmerksamkeit auf uns ziehen.«

Malik schloss die Fahrertür und legte sich die Pistole auf den Schoß.

»Die sollten Sie lieber mir geben«, sagte Shehu.

Malik blickte ihn im Spiegel an. »Die brauchen Sie nicht«, widersprach er. »Wir fahren nicht weit.«

Bald befanden Sie sich auf der Schnellstraße zwischen Lekki und Ajah und ließen Victoria Island zügig hinter sich.

Von der Rückbank aus beobachtete Amaka Maliks Profil. »Was haben Sie mit ihr gemacht?«, fragte sie.

Er antwortete nicht.

»Von wem redet sie?«, erkundigte sich Shehu.

»Ach, bloß von der Verräterin, die ihr gesagt hat, wie sie meinen Club finden kann. Sie haben ihn niedergebrannt.«

»Den Harem?«

»Ja. Bis auf die Grundmauern niedergebrannt. Ich habe jemanden hingeschickt, um die Lage zu checken. Er hat mir Fotos geschickt, auf denen mein schönes Haus in Flammen steht. Dann hat meine Mitarbeiterin mich noch angelogen, die Ukrainerinnen hätten dahintergesteckt, aber ich weiß genau, dass es unsere Freundin hier war. Sie spielt gern in ganz Lagos Detektivin. Und jetzt weiß ich auch, dass sie mit dem Mädchen aus 1004 zusammengearbeitet hat. Ihr Name ist Naomi. Sie war letzte Nacht dort, als Sie uns besucht haben. Sie hätte Ihnen gefallen. Hübsches Mädchen. Und intelligent. Ich wollte ihr ein paar Fragen stellen, aber das ist jetzt nicht mehr nötig. Alles, was ich brauche, werde ich aus der hier rausbekommen.«

86

»WOHIN BRINGEN SIE MICH?«, fragte Amaka. »Fahren wir nach Lekki Phase 1? Wohnen Sie dort?«

»Sie sollten sich Ihre Kräfte lieber sparen«, erwiderte Malik, ohne den Blick von der Straße zu nehmen. Er reihte sich in eine Schlange aus Fahrzeugen ein, die darauf warteten, in die Siedlung eingelassen zu werden.

»Ist Malik Ihr richtiger Name?«

»Wir werden später noch genügend Zeit haben, einander kennenzulernen.«

»Oder ist es ein Deckname?«

»Bringen Sie sie dazu, die Klappe zu halten«, sagte Malik und schaute Shehu über die Schulter an.

Shehu richtete den Blick auf Amaka. »Sie hat Angst«, stellte er fest. »Reden ist ihr Bewältigungsmechanismus.«

»Ich habe aber gerade keine Lust, ihre Stimme zu hören«, erwiderte Malik.

»Was soll ich tun?«, wollte Shehu wissen.

Amaka blickte aus dem Fenster. »Sie wohnen also in Lekki Phase 1?«, wiederholte sie ihre Frage.

Mit der linken Hand über der rechten Schulter richtete Malik die Pistole auf sie. Amaka und Shehu rückten auseinander. Malik legte sich die Pistole wieder auf den Schoß und schaute sich um. »Ihre Stimme geht mir auf die Nerven. Und ich habe Migräne. Bringen Sie mich nicht dazu, Sie in diesem Auto zu erschießen und Ihre Leiche in den Straßengraben zu werfen.«

»So, wie Sie und Ojo Florentine auf die Schnellstraße geworfen haben?«, hakte Amaka nach.

Shehu legte eine Hand auf ihren Arm. Sie zuckte zusammen.

»Junge Dame«, sagte er. »Versuchen Sie, zu tun, was man Ihnen sagt.«

»Und Sie heißen Shehu Yaya. Kommodore der Marine außer Dienst Shehu Yaya. Sie sind Ojos Freund. Sie haben mich bei ihm gesehen. Stecken Sie deshalb in dieser Sache mit drin? Hat Ojo Sie geschickt, um von mir die Videos zurückzubekommen, auf denen er mit minderjährigen Mädchen Sex hat?«

»Ich denke, Sie sollten jetzt wirklich die Klappe halten«, erwiderte Shehu.

Malik beobachtete die beiden im Rückspiegel. Amaka redete weiter: »Chief Ojo, ein Mann, der für den Gouverneursposten kandidiert, hat Florentine beinahe zu Tode geprügelt. Sie, Malik, haben ihm dabei geholfen, ihre vermeintliche Leiche loszuwerden. Und ich habe Bilder und Videos von kleinen Mädchen auf Ojos Telefon gefunden. Deshalb möchte er mich tot sehen. Deshalb möchte Malik mich tot sehen. Aber Sie, welche Rolle spielen Sie bei der Sache? Wieso helfen Sie den beiden?«

»Sie hätten die Dinge ruhen lassen sollen, als Sie sie schlafend vorgefunden haben«, bemerkte Shehu.

»Einer von Ihnen beiden wohnt in Lekki Phase 1. Wer ist es?«

Wachleute hielten den Mercedes an. Einer notierte das Nummernschild in einem abgegriffenen Notizbuch, während ein anderer auf die Fahrertür zulief.

Malik sah Amaka an, ehe er das Fenster herunterließ. »Benehmen Sie sich«, warnte er sie.

Amaka streckte langsam die Finger nach dem Türgriff aus. Shehu hielt sie am Unterarm fest. »Das ist keine gute Idee«, sagte er.

Der in der Sonne stehende Wachmann warf einen Blick in den Wagen und trat dann beiseite. Malik schloss das Fenster wieder und fuhr weiter auf den Admiralty Way.

»Bisola Durosinmi Etti Drive«, sagte Amaka. »In dieser Straße wohnen Bekannte von mir.«

Weder Malik noch Shehu antworteten ihr.

Amaka wandte den Kopf, um aus Shehus Fenster zu blicken. »Abike Animashaun«, sagte sie. Malik bog erneut ab und fuhr dann langsamer. »Ayo Jagun Street. Wohnen Sie hier?«

Malik fuhr auf ein weißes Tor zu.

»Nummer 28B«, las Amaka. »Haben Sie Florentine da drinnen umgebracht?«

»Halten Sie den Mund«, sagte Shehu. Und zu Malik: »Wessen Haus ist das?«

Der Mercedes wartete im Leerlauf. Malik drückte zweimal auf die Hupe.

»Es ist ein Gästehaus«, antwortete Malik.

Ein kleines quadratisches Fenster am Tor wurde aufgeschoben, und dahinter kam ein Gesicht zum Vorschein. Dann schloss sich die Lücke wieder, und einen Augenblick später öffnete ein junger Mann mit freiem Oberkörper das Tor.

Malik fuhr auf das Anwesen und blieb im Wagen sitzen, bis der Mann das Tor wieder geschlossen hatte und vor die Fahrertür getreten war.

»Ist jemand drinnen?«, fragte Malik und wies auf das Gebäude.

Der junge Mann schüttelte den Kopf.

»Schließ das Tor ab, und lass niemanden rein.«

Der junge Mann nickte.

»Gehört es Ihnen?«, fragte Shehu.

»Ein Gemeinschaftsunternehmen«, erwiderte Malik. Er stieg aus und öffnete Amaka die Tür. Der junge Mann, der gerade dabei war, das Tor mit einem Vorhängeschloss zu sichern, hob den Blick und sah die auf Amaka gerichtete Waffe. Er unterdrückte einen Schrei, und Malik schaute ihn an und legte sich einen Finger an die Lippen. Der junge Mann tat es ihm nach und nickte.

»Was stimmt mit ihm nicht?«, wollte Shehu wissen.

»Taub«, antwortete Malik. Die Pistole weiter auf Amaka gerichtet, trat er einen Schritt zurück und ließ sie aussteigen. Er wedelte mit der Waffe. »Hinein mit Ihnen.«

Amaka rührte sich nicht. Er zielte auf ihren Kopf. »Fordern Sie mich nicht heraus«, warnte er sie.

Amaka blickte ihm entlang des Laufs in die Augen. Dann schaute sie Shehu an, den tauben jungen Mann und schließlich wieder Malik, verdrehte die Augen und wandte sich in Richtung des Gebäudes.

87

EYITAYO HIELT SICH DAS TELEFON ANS OHR. Sie saß, noch immer in ihrem Hausmantel, mit gezücktem Stift vor einem Hocker mit einem aufgeschlagenen Notizbuch darauf.

Gabriel stand über sie gebeugt und hatte ebenfalls sein Telefon am Ohr, während er las, was Eyitayo geschrieben hatte, und es über das Telefon weitergab.

Eyitayo strich Abike Animashaun durch, wie sie bereits Bisola Durosinmi Etti Drive darüber durchgestrichen hatte. In eine neue Zeile schrieb sie: Ayo Jagun Street. Dann, nachdem sie weiter zugehört hatte, setzte sie 28B hinter den Straßennamen und unterstrich die Adresse.

Ibrahim nahm das Telefon vom Ohr und deckte das Mikrofon mit der Hand ab. Sein Körper wurde in der Fahrerkabine des Polizeitransporters, der gerade die Ahmadu Bello Road hinunterraste, hin und her geschleudert. Über den Lärm der Sirenen hinweg brüllte er: »Ayo Jagun Street 28B.«

Sein Fahrer Bakare schob sich an einem weißen Peugeot 504 vorbei und drückte aufs Gas. Die bewaffneten Uniformierten auf der offenen Ladefläche des Fahrzeugs hielten sich an allem fest, was sie zu greifen bekamen, um nicht auf die Straße hinausgeschleudert zu werden. Der Fahrer des Peugeot hupte aus Protest über das gefährliche Manöver. Daraufhin richtete Sergeant Hot-Temper von der Ladefläche aus seine Kalaschnikow auf die Windschutzscheibe des Fahrers. Der Peugeot kam mit quietschenden Reifen mitten auf der Straße zum Stehen, andere Autos mussten ausweichen, um nicht in ihn hineinzufahren, und der Polizeitransporter raste mit heulenden Sirenen und blinkenden Lichtern weiter.

88

»ÖFFNEN SIE DIE TÜR«, befahl Malik, die Pistole in Amakas Rücken gepresst. Shehu stand neben ihm im Flur des ersten Stocks. Amaka rührte sich nicht.

Shehu griff an Amaka vorbei und öffnete die Tür. Dahinter befand sich ein Schlafzimmer. Zwei Kameraleuchten auf Stativen waren auf das Bett gerichtet, zwischen ihnen stand auf einem dritten Stativ eine Videokamera. Von jedem der Stative führten schwarze Kabel nach unten und über den Fußboden bis zu einer schwarzen Verteilerbox, die mit einer Steckdose in der Wand verbunden war. Über dem Kopfende des Bettes hing ein einen Meter breites gerahmtes Bild einer Dänischen Dogge, die auf einem goldenen Kuhfellteppich saß. Die weiße Tapete an den Wänden hatte ein Muster aus silbernen Rosenblättern, die von üppigen Sträußen fielen. Hinter dünnen weißen Vorhängen schien die Sonne durch die beiden Fenster.

Malik drückte Amaka die Pistole fester in den Rücken. Sie betrat das Zimmer, gefolgt von Shehu, dann Malik, der die Tür hinter sich schloss.

»Ziehen Sie sich aus«, sagte Malik.

Amaka war direkt hinter der Videoausrüstung stehen geblieben. Sie drehte sich um und starrte ihn an.

Malik hob die Waffe an ihren Kopf.

»Ich sagte: Ziehen Sie sich aus.«

»Warum?«, fragte Amaka. »Was haben Sie vor?«

»Ist Ihnen klar, dass Sie zu viel reden?«

»Ich hoffe, Sie denken an Ihre Mutter, während Sie mich vergewaltigen.«

»Ich habe meine Mutter nie kennengelernt.«

»Sie bekommen ja sicher nicht mal einen hoch.«

Malik ließ die Hand mit der Pistole sinken, blickte Shehu an und lachte, dann schwang er blitzschnell seine Pistolenhand hoch und quer über die Brust, um Amaka mit dem Griff der Waffe von der Seite ins Gesicht zu schlagen. Amaka fiel rückwärts zu Boden und riss dabei die Kamera mit sich.

»Sehen Sie, wozu Sie mich gebracht haben?«, fragte Malik. Er streckte die Hand nach ihr aus, und Amaka wich zurück. Er grinste. »Ich werde Sie nicht anrühren«, sagte er. Er hob das Stativ auf, stellte es wieder hin und überprüfte, ob die Kamera noch funktionierte. »Ziehen Sie sich aus«, wiederholte er, während er den Apparat weiter inspizierte.

»Was haben Sie vor?«, wollte Amaka wissen.

»Was ich vorhabe? Wissen Sie, weshalb die Römer Jesus so ans Kreuz genagelt haben?« Er breitete die Arme aus, und Shehu wich vor dem Lauf seiner Pistole zurück. »Nicht, um ihn zu bestrafen. Sie haben ihn gekreuzigt und sein Kreuz auf einen Hügel gestellt, damit jeder sehen konnte: ›So wird es allen ergehen, die sich mit uns anlegen.‹«

Er schaltete die Kamera ein. Ein rotes Licht blinkte.

»Übrigens«, fuhr Malik fort, »muss ich Ihnen danken. Sie haben mir heute einen großen Gefallen getan. Mein Haus, das Sie niedergebrannt haben – die Versicherung für das Gebäude ist mehr als zehnmal so viel wert wie das Haus selbst. Das Gleiche gilt für dieses hier. Und für meine ganzen anderen Immobilien. Sie haben mir die Mühe erspart, das Haus selbst niederzubrennen. Jetzt wird es aber wirklich Zeit, dass Sie sich ausziehen und aufs Bett legen.«

Amaka stützte sich mit einer Hand ab, fasste sich an die Lippen und schaute dann auf das Blut an ihren Fingern.

»Das haben Sie alles sich selbst zuzuschreiben«, sagte Shehu.

»Stehen Sie auf, ziehen Sie sich aus, und legen Sie sich aufs Bett«, befahl Malik.

Amaka rappelte sich auf. »Nein«, erwiderte Sie und spuckte Blut auf den weißen Teppich.

»Wieso denn nicht?«, fragte Malik. »Weil ich Sie geschlagen habe? Dafür habe ich mich bereits entschuldigt. Oder etwa nicht? Mein Fehler. Ich werde es einfach noch einmal tun und diesmal daran denken, mich zu entschuldigen.«

Er trat hinter der Kamera hervor und machte einen Schritt auf sie zu. Amaka zuckte zusammen und wich zurück, bis ihre Fersen an den Rand des Bettes stießen.

Shehu hielt Maliks Hand fest. »Miss«, sagte er. »Diese Sache hier kann nur auf eine Weise ausgehen, aber ich kann dafür sorgen, dass es schnell geht. Ein einziger Schuss in den Hinterkopf, und es wäre vorbei. Sie würden nichts spüren. Sie würden es nicht einmal hören. Es kann aber auch anders ablaufen. Auf seine Weise. Sie haben die Wahl. Sagen Sie mir, wer die Videos und die Bilder, die Sie Ojo entwendet haben, außer Ihnen noch gesehen hat, und ich werde dafür sorgen, dass es schnell geht.«

89

AMAKA SPUCKTE ERNEUT BLUT auf den Teppich und starrte Shehu in die Augen.

»Scheiß auf Sie. Ich werde Ihnen gar nichts sagen.«

Shehu nickte. »Ist das so? In Ordnung.« Er wandte sich an Malik. »Alter Junge, ich denke, Sie sollten anfangen. Ich übernehme das Filmen. Haben Sie Kondome?«

»Ich werde sie nicht ficken«, entgegnete Malik. »Das übernimmt Maxim.«

»Wer ist Maxim?«, wollte Shehu wissen.

Malik richtete seinen Blick auf das Bild über dem Bett. Shehus folgte ihm.

»Der Hund?«, fragte Shehu.

»Ja. Sorgen Sie dafür, dass sie hierbleibt, während ich ihn holen gehe.«

Malik grinste Amaka an. Er drehte sich um und lief auf die Tür zu, legte die Hand an den Griff und wandte sich dann noch einmal in Richtung Zimmer, und in diesem Augenblick landete Shehus Faust in seinem Gesicht.

Malik stolperte rückwärts gegen die Tür. Shehu schwang einen Fuß zu seinem Gesicht hoch, verfehlte es jedoch, als Malik nach unten glitt. Shehu stürzte vor und versuchte, sich die Pistole zu schnappen, die von Maliks Hand baumelte, aber Malik rollte sich über den Fußboden. Er hob die Waffe, und Shehu duckte sich.

Während Malik sich aufrappelte, rannte Amaka los, warf sich mit voller Wucht gegen seinen Bauch und brachte ihn damit erneut zu Fall. Sie schlang die Arme um seinen Körper, und ihm rutschte die Pistole aus der Hand. Er schob den Handballen unter ihr Kinn und drückte es hoch. Shehu eilte auf die Pistole zu. Malik verpasste Amaka einen Kopfstoß, und sie rollte von ihm herunter. Er sprang auf und trat ihr in den Bauch. Sie krümmte sich auf dem Fußboden. Shehu stand mit der Pistole in der Hand da, aber statt sie auf Malik zu richten, blickte er in ihren Lauf. Malik lachte. Er rannte aus der Tür, knallte sie hinter ihm zu und drehte den Schlüssel im Schloss.

Shehu warf die Pistole auf den Teppich, rüttelte am Türgriff und kniete sich dann neben Amaka.

»Geht es Ihnen gut?«, fragte er.

Amaka blickte ihn an.

»Das war ein Feuerzeug«, erklärte er. »Ich weiß nicht, ob er noch mehr Waffen hat, aber wir dürfen es nicht darauf ankommen lassen. Können Sie aufstehen?«

Amaka nickte. Shehu richtete sich auf und bot ihr seine Hand an. Sie ergriff sie, und er half ihr auf die Beine. Mit der anderen Hand hielt sie sich den Bauch an der Seite, wo Malik sie getreten hatte.

»Gehen Sie weg von der Tür«, forderte Shehu sie auf. »Falls er eine Waffe hat, wird er nicht erst klopfen, sondern gleich schießen.«

Shehu versuchte, das Bett zu verschieben. Es bewegte sich ein paar Zentimeter, ehe es sich im Teppich verfing.

Amaka schätzte die Entfernung zwischen Bett und Tür ab. »Wir müssen es umkippen«, sagte sie.

Sie hoben es von beiden Seiten an und drehten es so um, dass es gegen die Tür lehnte. Davor schleiften sie die beiden Sofas aus dem Zimmer, dann traten sie zur Seite an die Wand und setzten sich mit dem Rücken dagegen.

»Hören Sie das?«, fragte Shehu.

Amaka lauschte. »Ja.« Sie stand auf und stürzte ans Fenster.

»Nein«, rief Shehu ihr hinterher.

Sie blickte hinaus. »Er fährt weg«, sagte sie.

»Was ist mit dem Jungen?« Er drehte sich um und schnüffelte. »Riechen Sie das?«

Amaka wandte sich um. Sie konnte es ebenfalls riechen. Hinter dem Bett sickerte durch den Türspalt Rauch in den Raum. Unten ging ein Rauchmelder los, dann ein weiterer, und noch einer, in einer kreischenden Kakophonie.

90

SHEHU SCHOB EINS DER SOFAS fort von dem Bett. Er hielt sich die Nase zu und hustete. Rauch kringelte sich unter der Tür hindurch in den Raum. »Wir müssen uns beeilen«, sagte er an Amaka gewandt. Sie schob sich die Hand tief in den Rock und zog ihr Telefon hervor. Ehe sie es sich ans Ohr hielt, warf sie einen Blick auf das Display. »Eyitayo?«, fragte sie. »Hast du alles mitbekommen?«

»Amaka«, schrie Eyitayo.

»Hast du die Adresse?«, hakte Amaka nach.

»Ja, ja. Ayo Jagun …« Eyitayo schnappte sich das Notizbuch von Gabriel.

»28B«, vervollständigte Amaka.

»Was ist das für ein Geräusch?«, fragte Eyitayo. »Wo bist du?«

»Rauchmelder. Malik hat das Haus in Brand gesetzt. Ich bin in einem der oberen Zimmer. Er hat die Tür abgeschlossen.«

»Was?«

»Er ist weggefahren. In einem roten Mercedes ML.«

Gabriel hatte Ibrahim am Telefon. »Amaka ist im Haus gefangen«, gab er weiter. »Malik hat es angezündet. Sie müssen sich beeilen.«

»Nein«, widersprach Amaka, die das Gespräch über das Telefon mitbekommen hatte. »Sag Ibrahim, er soll Malik verfolgen. Ich komme schon klar.«

Shehu stand auf. »Wer ist das?«, fragte er.

Amaka behielt ihn im Blick, während sie einen weiteren Anruf tätigte. »Ibrahim?«, rief sie in das Mikrofon. »… nein, mir geht es gut. Verfolgen Sie ihn. Lassen Sie ihn nicht entkommen. Er hat Florentine umgebracht. Er hat es gestanden. Ich bin in einem Zimmer im Obergeschoss. Marinekommodore Shehu Yaya ist bei mir … nein, die beiden arbeiten nicht zusammen. Er hat mich beschützt … das können Sie ihn fragen, wenn Sie ihn sehen … wir kommen schon zurecht … nein, Ibrahim, kommen Sie nicht her. Wo sind Sie jetzt? … Wenn wir es noch nicht hinausgeschafft haben, bis Sie hier sind, sind wir bereits tot.«

Sie steckte sich das Telefon zurück in den Rockbund.

»War das die Polizei?«, fragte Shehu.

Amaka nickte.

»Vielen Dank.«

»Ojo hat Ihnen von den Videos erzählt?«, fragte sie.

»Videos von ihm mit kleinen Mädchen. Videos, die ihn die Wahl kosten können. Ja.«

»Und er hat Ihnen gesagt, Sie sollen sie von mir zurückholen?«

»Ja. Und mich um Sie kümmern. Er wird alles tun, um Sie davon abzuhalten, diese Videos zu veröffentlichen. Und ich werde alles tun, um sicherzugehen, *dass* Sie sie veröffentlichen. Dieses Tier darf nicht Gouverneur von Lagos werden.« Er hustete. Sie blickten beide auf den Rauch, der unter der Tür hereinströmte.

»Wir müssen jetzt hier raus«, stellte Shehu fest. Er rückte das Bett weit genug von der Tür weg, um sie öffnen zu können.

»Stopp«, rief Amaka.

Shehu sah sie an.

»Ist sie heiß?«

»Sie haben recht.« Er legte eine Hand an die Tür. »Nein.« Er schloss die Hand um den Griff, trat zurück und rammte seinen Körper gegen die Tür. Sie sprang auf, und er stürzte hinaus in den Gang. Rauch ergoss sich in das Zimmer. Am Ende des Gangs züngelten die Flammen von der Treppe herauf.

91

SERGEANT BAKARE FUHR SO SCHNELL, wie es dem Polizeitransporter möglich war. Während der ganzen Zeit richtete Ibrahim den Blick auf die gegenüberliegende Fahrbahn der Schnellstraße und hielt nach einem roten Mercedes ML Ausschau. Er entdeckte den Camry, den Amaka sich von ihm ausgeliehen hatte, und einen Prius, beide mitten auf der Straße abgestellt. Er wandte sich nach den beiden verlassenen Fahrzeugen um, während Bakare weiterraste.

»Fahren Sie auf die andere Straßenseite«, sagte Ibrahim.

Sie würden auf der falschen Seite in den entgegenkommenden Verkehr rasen, aber wenn sie es nicht täten – und wenn Malik in die andere Richtung an ihnen vorbeikäme –, wäre es so gut wie unmöglich, ihn noch einzuholen. Bakare wechselte auf den inneren Fahrstreifen, um bei der nächsten Gelegenheit hinüberzufahren. Wie alle anderen im Wagen war auch er fest entschlossen, den Mann zu schnappen, der ihre Kollegin Fatima getötet hatte.

Von der Ladefläche des Transporters ertönte ein Schuss. Ibrahim ging in Deckung und blickte durch das Rückfenster. Der Schuss war von Hot-Temper abgefeuert worden, und der Sergeant zielte bereits erneut. Ein weiterer Schuss knallte aus seinem Gewehr. Auf der gegenüberliegenden Fahrbahn raste ein roter Mercedes ML vorbei. Zwei weitere Schüsse ertönten. Bakare brachte den Wagen zum Stehen, damit Hot-Temper besser zielen konnte.

»Feuer einstellen«, brüllte Ibrahim durch die Tür, aber Hot-Temper schoss weiter, bis er sein Magazin geleert hatte, und dann feuerte ein anderer Polizist dem davonfahrenden ML eine ganze Salve hinterher.

Bakare wendete in zwei Zügen, sodass die entgegenkommenden Fahrzeuge dem Transporter Platz machen mussten, dann richtete er die Reifen gerade aus, ließ sie beim Losfahren quietschen und beschleunigte in den entgegenkommenden Verkehr hinein. Ibrahim hielt sich beim Anblick der ihnen ausweichenden Fahrzeuge fest. »Langsamer, Bakare!«, rief er, aber der Sergeant hatte sich über das Lenkrad gebeugt und konzentrierte sich ganz auf die Straße. Wie alle anderen auf dem Transporter sann er auf Rache.

92

»AUF DIESEM WEG KOMMEN WIR NICHT RAUS«, sagte Shehu. Er hielt sich die Nase zu und wedelte den Rauch aus seinem Gesicht.

Amaka stand hinter ihm im Gang. Sie wandte sich in die andere Richtung, machte die nächste Tür auf und ging hinein, dann versuchte sie es ein Zimmer weiter, und dann noch eins weiter. Draußen auf dem Gang hatte Shehu sich langsam auf die Flammen zubewegt, um die Treppe hinunterzublicken. »Kommen Sie«, rief Amaka.

Shehu folgte ihr in das Schlafzimmer, aus dem sie gerade aufgetaucht war. Sie trat ans Fenster, wandte sich zu ihm um und winkte ihn herbei. Zur Linken war der Rand des Swimmingpools zu sehen.

»Können Sie schwimmen?«, fragte Amaka.

»Ich war bei der Marine«, antwortete Shehu. Er schob das Fenster auf und griff nach den Gitterstäben. Sie standen zu dicht beieinander, um sich hindurchzuzwängen.

»Das Dach«, sagte Amaka.

Sie lief hinüber zu einer Kommode an der Zimmerwand und wischte eine Vase herunter, die auf dem Fußboden zersprang. Amaka rüttelte an der Kommode. Sie war stabil.

Shehu beugte sich hinunter und verschränkte die Finger zu einer Räuberleiter. Amaka zog ihre Schuhe aus, ehe sie auf seine Handflächen trat, und er half ihr auf das Möbelstück. Sie kauerte sich darauf und klopfte gegen die Decke. Es klang hohl. Dann stemmte sie den Rücken gegen die Wand und hämmerte mit der Faust gegen die

Decke. Ein Riss entstand. Unten auf dem Fußboden sickerte Rauch durch den Türspalt in das Zimmer. Shehu rannte zum Bett, riss die Laken herunter, rollte den Stoff auf und klemmte ihn unter die Tür. Dann kehrte er zu der Kommode zurück.

»Lassen Sie mich mal probieren«, sagte Shehu. Er streckte die Hand nach Amaka aus, und sie half ihm hinauf. Zusammengekauert, ihre Körper gegeneinandergepresst, hämmerten sie an die Decke, wodurch Schutt aus dem entstandenen Loch fiel. Ein Teil der Decke löste sich, und dichter Rauch quoll aus der Öffnung, die sie gerade geschaffen hatten. Hustend beugten sich beide nach unten. Shehu sprang von der Kommode, die davon ins Wackeln geriet. »Kommen Sie runter«, brüllte er. Er streckte die Hand nach ihr aus und schirmte sich zugleich das Gesicht von dem schwarzen Rauch ab, der in das Zimmer strömte.

93

AN DER KREUZUNG wich Bakare auf den anderen Fahrstreifen aus. Der Polizeitransporter fuhr im Zickzack, bis er die Kontrolle über das Fahrzeug wiedererlangte. Er schaltete einen Gang herunter, und der Wagen machte mit heulendem Motor einen Satz nach vorn. Vor ihnen tauchte nun der Mercedes auf, der an einer Ampel hinter zwei Autos feststeckte. Die Ampel wurde gelb, als der Mercedes noch ein paar Meter entfernt war.

»Nicht schießen«, brüllte Ibrahim. Im Rückspiegel konnte er erkennen, wie Hot-Temper sich auf der offenen Ladefläche in Position brachte und mit seinem Gewehr auf den Mercedes zielte. »Schießen Sie nicht, Hot-Temper. Das ist ein Befehl.«

Die Ampel wurde grün, und die Fahrzeuge vor dem Mercedes setzten sich in Bewegung. Bakare fuhr neben den SUV und rammte ihn von der Seite. Der SUV wich aus. Bakare gab Gas und blieb dann quer auf der Straße stehen. Hot-Temper war als Erstes von der Ladefläche gesprungen. Er richtete sein Gewehr auf die Windschutzscheibe des Mercedes. Bis Ibrahim mit gezogener Pistole ausgestiegen war, hatte sich seine gesamte Mannschaft bereits vor dem SUV aufgefächert und zielte durch die Windschutzscheibe auf den Kopf des Fahrers.

»Hände hoch und aussteigen«, rief Ibrahim.

Die nachkommenden Autos blieben wenige Meter hinter dem Mercedes stehen. Manche entfernten sich im Rückwärtsgang von der verfahrenen Situation. Im Inneren des Mercedes behielt der Fahrer die Hände am Lenkrad.

»Hände hoch!«, rief Ibrahim erneut.

Auf Maliks Gesicht machte sich ein Grinsen breit, während er die Hände hob.

»Aussteigen«, befahl Ibrahim. Er behielt seine Pistole auf Malik gerichtet.

»Darf ich eine Hand herunternehmen?«, rief Malik zurück.

»Behalten Sie Ihre Hände oben, und steigen Sie aus.«

»Ich muss eine Hand herunternehmen, um die Tür zu öffnen.«

Neben Ibrahim löste sich ein einzelner Schuss. Die Kugel fuhr auf der Beifahrerseite durch die Windschutzscheibe des SUVs und weiter durch den Ledersitz.

Als Nächstes zielte Hot-Temper wieder auf Maliks Kopf.

Malik öffnete die Tür mit einer Hand, hielt die andere nach wie vor erhoben und stieg dann aus dem Wagen. Ein Telefon fiel von seinem Schoß auf den Boden. Er hob wieder beide Hände über den Kopf und trat hinter der geöffneten Tür hervor.

»Auf die Knie«, befahl Ibrahim.

Malik kniete sich, ein Bein nach dem anderen, auf den heißen Teer, und als die Beamt*innen näher kamen, wurde sein Lächeln immer breiter, bis er die hinter Gewehrläufen aufgereihten Gesichter von einem Ohr zum anderen angrinste.

»Malik?«, fragte Ibrahim, über dem Gefangenen stehend.

Malik schirmte sich das Gesicht vor der Sonne ab, um Ibrahim in die Augen sehen zu können. »Ja«, antwortete er. »Und Sie sind Ibrahim«, las er von dessen Uniform ab. »Wären Sie so freundlich, mir zu erklären, worum es hier eigentlich geht?«

Ibrahim drehte die Pistole in der Hand, sodass er sie am Lauf hielt, und schlug Malik dann so schnell, dass dieser nicht ausweichen konnte, mit dem Griff ins Gesicht.

94

SHEHU RANNTE AN DIE TÜR und streckte die Hand nach dem Griff aus, öffnete sie aber nicht. Stattdessen richtete er den Blick nach unten auf den Stoff, den er aufgerollt hatte, um den Rauch am Eindringen zu hindern. Nun strömte aus dem Loch in der Decke dichter Rauch in das Zimmer. Shehu ließ den Türgriff los und suchte seine Hosen- und Jackentaschen ab.

Amaka kletterte von der Kommode. Sie stand da und sah zu, wie Shehu in seinen Taschen herumwühlte. Er sah verängstigt aus. Seine Augen waren vom Rauch gerötet. Mittlerweile war dieser beißend und roch nach Plastik und Chemikalien. Irgendetwas Gefährliches war in Flammen aufgegangen. Der Teppich? Synthetisches Material in irgendwelchen Möbeln? Kabel? Amakas Nasenlöcher brannten beim Einatmen. Der Rauch sammelte sich in ihrer Kehle, wo er gärte und anschwoll und jedem ihrer Atemzüge den Sauerstoff raubte.

Shehu blickte sie an, während er weiter seine Taschen durchsuchte. »Amaka«, sagte er. Aber das war alles, was er herausbrachte: ihr Name, ein vollständiger Satz, sich dem Bevorstehenden fügend. Dem Rauch. Dem Feuer. Dem Unausweichlichen.

»Nein«, sagte Amaka und schaute ihn an. »Ich habe nicht vor, so zu sterben.«

Sie überkam eine Ruhe, wie sie sie noch nie zuvor gespürt hatte. Während der Rauch wie Nebel in ihrem Haar hing, der Alarm hinter der geschlossenen Tür kreischte und Shehu direkt vor ihren Augen in Panik verfiel, wurden ihre Sinne schärfer denn je. Amaka sah und spürte ganz genau, wie es sich abspielen würde: die raue Matratze unter ihren Fingern, wenn sie sie am Rand ergriff, ihr Gewicht beim Hochheben, die Hitze der Flammen, wenn sie gemeinsam die Tür öffneten, der berstende Schmerz in ihrer Brust vom langen Luftanhalten.

»Kommen Sie«, rief sie.

Sie stellte sich an das hintere Ende der Matratze und hob sie an. Shehu hob sie auf der anderen Seite hoch. Er stellte keine Fragen. Sie hievten die Matratze auf die Seite und schleiften sie zur Tür. Amaka wusste, dass sie schwer sein musste, aber es kam ihr nicht so vor. Sie hielten sie aufrecht, während Amaka mit dem Fuß den Stoff vor der Tür beiseiteschob. Rauch rauschte unter der Tür herein, und sie atmete tief ein und behielt die Luft im Mund. Sie warf einen Blick um die Matratze auf Shehu, der ebenfalls die Luft anhielt. Dann ergriff sie den Türknauf, drehte und drückte.

Das Feuer klang wie zischende Schlangen, die sich über Kies schlängelten. Gemeinsam zerrten sie die Matratze hinaus auf den brennenden Teppich und ließen sie der Länge nach auf die Flammen fallen. Mit einem Mal hatten sie etwas Boden gewonnen. Sie hoben die Matratze auf ganzer Länge an. Sie schwelte unter einem frischen Überzug aus schwarzem Ruß. Sie ließen sie erneut fallen und drängten die Flammen so zurück in Richtung Treppe. Sie hoben sie und ließen sie fallen und kamen den Flammen näher, die von der Treppe nach oben sprangen. In diesem Augenblick blies ein kräftiger Schwall weißen Rauchs die Treppe herauf und hüllte den gesamten Gang ein. Sie konnten nichts mehr sehen. Die beiden sanken auf die Matratze und kauerten dort hustend und würgend, Flammen hinter ihnen und eine dichte Rauchwolke um sie herum, während die Ränder der Matratze Feuer fingen.

95

ZWEI MÄNNER ZERRTEN Malik auf die Beine. Er fasste sich an die blutigen Lippen und verzog das Gesicht, als ihm rostige Handschellen angelegt wurden. Ein weiterer Polizist beugte sich neben der geöffneten Tür des Mercedes vor und hob das auf den Boden gefallene Telefon auf. Er brachte es Ibrahim. Sergeant Hot-Temper zielte weiterhin auf Maliks Kopf.

Ibrahim warf einen Blick auf das Telefon. »Wen haben Sie angerufen?«, fragte er.

Malik kicherte. Er schaute die Polizist*innen, die ihre Waffen auf ihn gerichtet hielten, nacheinander lächelnd an. Dann zwinkerte er Hot-Temper zu.

»Setzt ihn nach vorne«, sagte Ibrahim.

Zwei Polizisten schubsten Malik in den Mannschaftswagen. Ibrahim stieg hinter ihm ein, und alle anderen kletterten auf die Ladefläche. Bakare würdigte Malik keines Blickes, während er den Wagen auf die Fahrzeugschlange zusteuerte, die sich auf der Straße gebildet hatte. Für eine Weile fuhr er auf der falschen Straßenseite, bis er bei der nächsten Gelegenheit auf die andere Fahrbahn wechselte und auf der Schnellstraße zwischen Lekki und Epe weiterfuhr.

»Wohin bringen Sie mich?«, wollte Malik wissen. Er griff sich ans Gesicht, um das Blut aufzufangen, das ihm aus dem Mund tropfte.

Ibrahim starrte geradeaus.

»Sie begehen einen großen Fehler«, sagte Malik und gurgelte mit einer Mischung aus Speichel und Blut. »Sie haben mir nicht gesagt, weshalb Sie mich festnehmen.«

Malik blickte von Ibrahim zu Bakare und wieder zurück.

»Hört mal, Jungs. Ich möchte euch wirklich nicht in Schwierigkeiten bringen. Unterhalten wir uns doch und regeln diese Sache, worum auch immer es geht. Ich kann dafür sorgen, dass es sich für Sie lohnt. Ich gebe jedem von Ihnen hunderttausend.«

Sie fuhren schweigend weiter, vorbei am Kreisverkehr von Lekki Phase 1.

»Hört zu, ich kann euch reich machen. Euch alle. Zweihunderttausend für jeden.«

»Klappe!«, brüllte Ibrahim mit voller Lautstärke.

Bakare blickte seinen Chef an und fuhr weiter.

96

SHEHU KEUCHTE und rang mit einem pfeifenden Geräusch nach Luft. Neben ihm, ebenso auf die schwelende Matratze gedrückt, hustete Amaka. Der Rauch war so dicht, dass sie einander nicht sehen konnten.

Es rauschte erneut, und ein weiterer Schwall weißen Rauchs blies über ihre Rücken und kühlte ihre entblößten Nacken.

»Ist da jemand?«, rief es von unten.

Rauschen. Ein Feuerlöscher verschlang die Flammen, die sich entlang des Gangs an der Decke festgesetzt hatten. Rauschen. Rauschen.

»Ja!«, schrien Amaka und Shehu zurück. Sie standen auf und streckten die Hände in die weiße Wolke aus.

Ein großer Mann in Khakishorts, sein schlanker, muskulöser Körper glänzend vor Schweiß, führte Amaka und Shehu eine verkohlte Treppe hinunter und hinaus aus dem Gebäude, vorbei an Männern, die mit Feuerlöschern hereingerannt kamen. Das Tor stand weit offen. Im Hintergrund bellte ein Hund. Der Brand wurde von allen Seiten bekämpft, Fenster wurden eingeschlagen, um Wasser auf die Flammen zu schütten. Eine Frau kniete am Rand des Swimmingpools, schöpfte Wasser in Eimer und reichte diese an eine Menschenkette weiter, die sich bis in das Gebäude hinein erstreckte. Noch mehr Personen mit Feuerlöschern eilten durch das Tor herbei: Hausmädchen, Pförtner, Gärtner, Kinder und die Hausbesitzer*innen aus der Nachbarschaft. Von der Straße näherte sich die Sirene eines Löschfahrzeugs.

Der große Mann führte Amaka und Shehu auf die Straße, wo sie von einer Menschenmenge umringt wurden. Irgendjemand brachte Plastikstühle, aber Amaka blieb stehen. Shehu setzte sich und ließ sich von einer älteren Dame mit grauen Cornrows Wasser ins Gesicht kippen. Mit dem Wasser aus der Plastikschüssel in ihrer Hand wischte sie ihm Schweiß und Ruß vom Gesicht.

Von allen Seiten wurde auf sie eingeredet und wurden Fragen gestellt.

»Madam, ist noch jemand im Haus?«, fragte der Mann, der sie herausgeholt hatte.

»Nein. Niemand«, antwortete Amaka.

Shehu hustete. Die ältere Dame spritzte ihm noch mehr Wasser ins Gesicht, ehe sie sich von der Straße zurückzog, um Platz für das Löschfahrzeug zu machen.

»Mein Fahrer wird Sie ins Krankenhaus bringen«, erklärte die Frau. »Sie, Sie kommen mir bekannt vor«, sagte sie zu Amaka. »Wie heißen Sie?«

»Mrs Bakare, erinnern Sie sich nicht mehr an mich? Ich bin Amaka, Emmas Freundin.«

»Ich wusste doch, dass ich dich kenne«, erwiderte die Frau. »Was ist passiert? Was hattest du in diesem Haus zu suchen?«

Diesem Haus, dachte Amaka.

Shehu hustete.

»Er muss ins Krankenhaus«, sagte Amaka und sah Shehu in die Augen. »Er hat Asthma.«

Shehu hustete weiter in seine Hand, während der Fahrer davoneilte, um das Auto seiner Chefin zu holen.

»Ich weiß von Ihrem Asthma«, erklärte Amaka auf dem Rücksitz eines rasenden 1980er Mercedes S-Klasse.

»Woher?«, fragte Shehu.

Amaka warf einen Blick auf ihr Telefon, das zu vibrieren begonnen hatte, und antwortete Shehu: »Nachdem ich Sie in Ojos Suite im Eko Hotel gesehen hatte, habe ich versucht, alles über Sie in Erfahrung zu bringen.«

»Ojo.« Shehu schüttelte den Kopf. »Sie müssen diese Videos veröffentlichen. Sie müssen dafür sorgen, dass er auch nicht die geringste Chance hat, Gouverneur zu werden.«

Amaka hielt ihr Telefon hoch. »Ich werde alles tun, was nötig ist. Hören Sie, diesen Anruf muss ich entgegennehmen. Es ist dringend.«

Shehu nickte.

»Ibrahim«, sagte Amaka. »Ja, ja, ich bin rausgekommen. Haben Sie ihn?«

Sie schloss die Augen, atmete tief ein und aus. »In Ordnung. Hören Sie, ich bin auf dem Weg nach Oshodi. Erinnern Sie sich noch an Chioma? ... Ja. Ihr Ex-Freund hat sie dorthin bestellt ... ja, der Mann, der für den Tod ihres Bruders verantwortlich ist.« Sie wandte sich an Shehu. »Ich brauche Ihre Schlüssel.«

»Was?«

»Ihre Autoschlüssel. Ich muss wo hin, und es ist dringend.«

»Meine Schlüssel?« Shehu tastete seine Taschen danach ab. »Warum?«

»Ich bin mit meinem Auto in Maliks hineingefahren. Ich brauche einen Wagen, der nicht von der Polizei angehalten wird.«

»Verstehe. Aber sollten Sie sich nicht zumindest im Krankenhaus untersuchen lassen?«

»Nein, mir geht es gut. Fahren Sie ins Krankenhaus, ich muss nach Oshodi. Das Leben einer Frau ist in Gefahr.«

Amaka erwischte den älteren Fahrer dabei, wie er sie im Rückspiegel beobachtete. Er hatte zugehört. »Madam hat gesagt, ich soll Sie in ihr Krankenhaus bringen«, sagte der Mann.

Amaka beugte sich vor und hielt sich an der Kopfstütze des Beifahrersitzes fest. »Sir«, sagte sie zu dem Fahrer. »Unsere Autos stehen auf der Ozumba Mbadiwe. Sie können mich dort rauslassen und ihn ins Krankenhaus bringen, aber Sie müssen schneller fahren.«

Der alte Mann suchte Shehus Blick im Spiegel.

»Sie haben sie gehört«, sagte Shehu. Er wandte sich an Amaka. »Sie erklären es mir später, *abi*?« Er reichte ihr den Schlüssel des Prius seiner Frau.

Der Fahrer gab Vollgas, und der V6-Motor reagierte mit einem Brummen, das die Zweitonnenlimousine nach vorn schießen ließ, als hätte sie bislang stillgestanden.

97

IBRAHIM STIEG AUS, und seine Stiefel versanken im Sand. Der Polizeitransporter war mitten auf einer langen, geraden, schmalen Straße zum Stehen gekommen. Zu beiden Seiten wuchs üppige Vegetation, und nirgendwo war ein Haus zu sehen.

»Aussteigen«, sagte Ibrahim zu Malik.

Bakare griff in den Wagen, aber Malik rutschte auf die andere Seite und stieg dort aus. Ibrahim führte ihn am Arm auf die Vorderseite des Fahrzeugs, wo die Polizist*innen einen Kreis um sie bildeten. Eine Wolke aus Fledermäusen flog über sie hinweg. Alle blickten auf, bis das letzte der Säugetiere über den Bäumen auf der anderen Straßenseite verschwunden war.

»Ich gebe jedem Einzelnen von euch fünfhunderttausend Naira, wenn ihr mich gehen lasst«, sagte Malik.

Alle starrten ihn an. Niemand sprach ein Wort.

»Eine Million für jeden«, sagte Malik. Er drehte sich um und blickte den um ihn Versammelten nacheinander ins Gesicht. »Für jeden von euch.« Er drehte sich weiter im Kreis. »Ich bin steinreich. Ich habe sehr mächtige Freunde. Ich werde jedem von euch zehn Millionen Naira geben. Zehn Millionen für dich, zehn Millionen für dich, zehn Millionen für dich.« Er sah Ibrahim an und zeigte dann auf ihn. »Legt ihn einfach um. Zehn Millionen Naira für jeden Einzelnen von euch, wenn ihr ihn direkt umlegt. Und zehn Millionen extra für die Person, die zuerst auf ihn schießt.« Sein Finger blieb auf Ibrahim gerichtet. Die beiden Männer starrten einander in die Augen.

98

VON DER BRÜCKE AUS sah Amaka Rauch von der Straße aufsteigen. Sie bog ab, um nach Oshodi hinunterzufahren. Vor ihr auf der Straße schlängelte sich eine Menschenmenge durch die Wagen, schwang dabei Stöcke und brachte die Autofahrer*innen zum Anhalten.

»O nein«, flüsterte Amaka über das Lenkrad gebeugt. Sie hatte das schon einmal gesehen: die schwitzenden, halb nackten jungen Männer, die Schaulustigen, die auf beiden Straßenseiten am Bordstein standen und mit ihren hoch in die Luft gehaltenen Telefonen Fotos und Videos aufnahmen. Die Männer umringten ihren Wagen. Amaka ließ den Motor aufheulen. Ein paar drehten sich nach ihr um, einer hämmerte auf ihre Motorhaube. Sie steckte sich ihr Telefon in den Rock und öffnete die Tür, und beim Aufschwingen rannte jemand direkt hinein.

Der schlaksige junge Mann hielt sich am oberen Teil des Autofensters fest, gegen das seine Brust geknallt war, beugte sich herunter und blickte Amaka finster an. Sie starrte zurück, und er zischte, ließ die Tür los und verschwand in der Menge.

Amaka stellte ein Bein auf die Straße. Sie blieb hinter der geöffneten Tür stehen und beobachtete den sich versammelnden Mob. In ihrer Mitte stieg schwarzer Rauch in einer Spirale auf. Ein bekannter Geruch lag in der Luft. Amaka trat hinter der Tür hervor, schloss sie und bewegte sich auf die Menge zu.

99

MALIK DREHTE SICH inmitten der Polizist*innen im Kreis. Sie starrten ihn alle an.

»Bringt mich zu einer Bank, und ich werde das Geld für euch abheben«, sagte er. »Erschießt ihn einfach.« In welche Richtung er sich auch drehte, er behielt den Finger weiter auf Ibrahim gerichtet.

Schweigen.

»Sind Sie fertig?«, fragte Ibrahim. »Wer waren die Leute auf der Brücke? Ich brauche ihre Namen und ihren Aufenthaltsort.«

»Erschießt ihn«, schrie Malik. Sein Grinsen war nun verschwunden.

»Wer waren die Leute, die von der Brücke aus geschossen haben?«, wiederholte Ibrahim seine Frage.

Malik ließ die Hand sinken. Er schaute in die ausdruckslosen Gesichter der Uniformierten, die nur zurückstarrten. »Ich habe keinen blassen Schimmer, wovon Sie reden«, behauptete er. »Möchte jetzt irgendjemand von euch diesen Mann endlich erschießen und reich werden, oder was ist?«

»Fati. Kommissarin Fatima Alao. Das ist die Person, die in Amakas Wagen gesessen hat. Die Sie ermordet haben. Unsere Kollegin. Unsere Schwester. Eine von uns.«

Mit den Händen hinter dem Rücken trat Hot-Temper in den Kreis. Malik drehte sich zu ihm um. Mit dem Rücken zu Malik lief Hot-Temper an ihm vorbei und wirbelte dann blitzschnell herum. Malik schrie auf, hob sein linkes Bein und griff mit beiden Händen danach. Blut sickerte durch seine Finger. Er blickte

Hot-Temper an, suchte nach der Klinge, die ihn geschnitten hatte, aber die Hände des Sergeants blieben hinter seinem Rücken verborgen.

100

Amaka drängte sich durch die Menschenmenge. Sie zwängte sich an zwei Männern vorbei und spürte, wie Finger nach ihrem Po griffen. Sie blieb stehen. Wut stieg in ihr auf, und sie ballte die Faust. Aber dies war nicht der richtige Zeitpunkt.

Amaka schob sich weiter durch das Gewühl zwischen sich und dem Feuer. Ein Körper zischte und platzte auf, und der allzu vertraute Gestank von brennendem Fleisch und Gummi lag so dick in der Luft, dass es unmöglich war, ihn nicht einzuatmen. Vorne angekommen, sah sie zu, wie jemand einen weiteren Reifen über den Körper warf, der umhüllt war von den Stahlgürteln der Reifen, die bereits geschmolzen waren. Ein anderer Mann mit freiem Oberkörper spritzte Benzin aus einer Wasserflasche. Die Flammen schlugen hoch. Die Menge trat zurück. Das Feuer glühte auf den Gesichtern der Schuldigen. Unter dem brennenden Gummi war die Hand ihres Opfers zu sehen, so schwarz wie Kohle. Flammen wickelten sich um Finger, die zu einer Klaue versengt waren.

Neben Amaka nahm ein kleiner Junge die Szene mit seinem Telefon auf. Sie ergriff seine Hand. »Was ist passiert?«, fragte sie.

Der Junge blickte erst sie an, dann seine Hand in ihrem Griff. Er versuchte, sich zu entziehen, aber sie hielt ihn fest. »Was ist passiert?«, wiederholte sie und zog an seiner Hand, hielt sie noch fester. Er betrachtete sie von oben bis unten, als würde er ihren Status oder ihre Autorität abschätzen.

»Na thief«, sagte er dann.

»Was ist passiert?«

»Hat dieser Frau die Goldkette geklaut«, erklärte er und zeigte auf jemanden.

Amakas Blick folgte seinem Finger. Auf der anderen Seite des brennenden Körpers, hinter den Menschen, die zuschauten und filmten, sah Amaka, auf wen er zeigte: Chioma, die zu ihr zurückstarrte, das Gesicht ausdruckslos, das Haar zerzaust, der Blick kalt.

101

MALIK, DER AUS DER SCHNITTWUNDE BLUTETE, drehte sich um und blickte seinen Angreifer an.

Hot-Temper fuhr fort, ihn mit den Händen hinter dem Rücken zu umrunden.

Malik drehte sich weiter, um den Sergeant im Blick zu behalten. In einer geschmeidigen Bewegung beugte Hot-Temper sich hinunter, ging fast bis auf die Knie, und stand dann wieder auf. Malik schrie und fiel zu Boden. Blut durchtränkte seine Hose aus einem geraden, zehn Zentimeter langen Schnitt quer über seine rechte Wade.

Hot-Temper stand wieder mit den Händen hinter dem Rücken da, und wieder sah Malik nicht die Klinge, die ihn geschnitten hatte.

»Namen und Adressen«, forderte Ibrahim.

Malik lag in Embryonalstellung zusammengerollt auf der Seite im Sand, hielt sich die blutenden Wunden mit den Händen und presste die Augen vor Schmerzen zusammen. »Fickt euch!«, schrie er, wobei Spucke aus seinem Mund schoss.

»Namen und Adressen.«

»Fickt euch. Ich weiß nicht, wer sie sind.«

»Stechen Sie zu«, sagte Ibrahim.

Hot-Temper zog die Hände hinter seinem Rücken hervor. In der einen hielt er einen Dolch. Vom Boden aus starrte Malik auf die Klinge, die ihm seine Wunden zugefügt hatte. Hot-Temper machte einen Schritt auf ihn zu. Malik griff in den Sand und zog sich von ihm weg. Dann hob er die Hand. »Warten Sie.«

Ibrahim machte eine Geste, und Hot-Temper blieb stehen.

Malik kroch weiter fort von dem Sergeant und näher auf Ibrahim zu. »Warten Sie«, bat er erneut.

»Reden Sie«, sagte Ibrahim.

Malik hievte sich hoch in eine sitzende Position, die verletzten Beine vor sich ausgestreckt. Er beugte sich vor, wischte sich den Sand von den Fingern und berührte die Haut um seine Wunden. Er schloss die Augen und verzog das Gesicht.

»Sie verschwenden meine Zeit«, bemerkte Ibrahim.

»Okay. Okay. Was geschieht, nachdem ich es Ihnen gesagt habe?«

»Sie sind von der nigerianischen Polizei festgenommen worden, weil Sie unter Verdacht stehen, schuldig an dem Mord an einer Polizistin zu sein. Nachdem Sie uns gesagt haben, was wir wissen wollen, werden wir Sie aufs Revier bringen, wo offiziell Anklage gegen Sie erhoben werden wird. Ich werde persönlich Ihren Anwalt anrufen, oder wer auch immer kommen und Ihre Kaution bezahlen soll, in Höhe der Geldsumme, die Sie mir und meinen Leuten heute angeboten haben.«

»Sie werden mein Geld also nehmen?«

»Ja. Als Kaution.«

Malik kicherte. »Als Kaution. Und wenn ich die Namen nicht kenne?«

»Dann werden Sie nicht berechtigt sein, auf Kaution freigelassen zu werden, und Ihr Fall wird vor Gericht gehen.«

»In Ordnung. Ich kenne keine *Namen.* Ich kenne *einen* Namen.«

»Ich höre.«

»Amaka hätte in dem Wagen sitzen sollen. Jemand wollte wissen, wer sie ist. Ich habe es demjenigen gesagt. Ich wusste nicht, dass er versuchen würde, sie umzubringen. Und ich wusste auch nicht, dass in dem Auto statt Amaka Ihre Kollegin sitzen würde.«

»Sie haben also einen Anruf getätigt.«

»Ja.«

»Wen haben Sie angerufen?«

Malik blickte Ibrahim in die Augen. Dann senkte er den Blick und schüttelte den Kopf, ehe er antwortete. »Otunba Oluawo. Sie müssen mich am Leben lassen, wenn Sie wollen, dass ich vor Gericht aussage.«

»Das haben Sie bereits getan«, erwiderte Ibrahim. Er nickte einer Polizistin zu. Sie hielt ihr Telefon auf Malik gerichtet. Es nahm gerade auf. Sie drückte auf ein Symbol auf dem Display, und das Video wurde abgespielt. Aus den winzigen Lautsprechern kam Maliks Stimme: »Amaka hätte in dem Wagen sitzen sollen …«

Ibrahim trat einen Schritt zurück. »Und jetzt schicken wir Sie in die Hölle«, sagte er.

»Sie Arschloch«, brüllte Malik. Er blickte in die Gesichter um ihn herum. »Ihr verfickten Arschlöcher! Ihr werdet alle arm sterben. Ihr dummen verfickten Mistkerle. Nehmt das verfickte Geld, und lasst mich gehen. Otunba Oluawo hat eure Kollegin umgebracht, nicht ich.« Die Polizist*innen traten zurück. »Habt ihr mich gehört? Oluawo hat eure verfickte Kollegin umgebracht. Ich kannte sie nicht mal. Fickt sie. Fickt euch. Fickt euch alle. Ihr werdet alle arm sterben, ihr verfickten hohlköpfigen Scheißidioten.«

Die Polizist*innen stellten sich in einem Bogen um ihn und zogen ihre Waffen, und auf der verlassenen Straße waren als einzige Geräusche das Gleiten und Einrasten von Metall zu vernehmen. Ibrahim stand an einem Ende des Halbkreises, die Maschinenpistole an seiner Seite.

Malik blickte reihum in die Gesichter der um ihn Versammelten, die ihre Waffen bereit hielten, um ihm das Leben zu nehmen, und lachte los. »Ihr verfickten Analphabeten«, rief er. Er lachte aus vollem Hals.

102

ÜBER DEN KREIS DER MÖRDER mit ihrem brennenden Opfer in der Mitte hinweg starrten Amaka und Chioma einander an. Die Menge wogte, während der Leichnam knisterte und heißes Fett von ihm tropfte.

Der Junge, der auf Chioma gezeigt hatte, verschwand im Gedränge, und Amaka stand allein inmitten von Mördern und Mittätern. Ihre Gedanken bildeten einen Strudel, der die Geräusche dämpfte und alles vor ihren Augen verschwimmen ließ, außer Chioma, die ungerührt auf der anderen Seite stand.

Amaka wollte den Leichnam anschauen, die Jagdbeute, behielt den Blick jedoch auf Chioma gerichtet, als liefe sie Gefahr, die junge Frau sonst zu verlieren – als könnte Chioma mit der Menge verschmelzen und so gesichtslos werden wie die anderen Mörder.

Chioma setzte sich in Bewegung, schlängelte sich durch die Menschen. Sie und Amaka ließen einander dabei nicht aus den Augen. Amaka lief parallel zu ihr, schob sich zuerst voran, drehte sich dann um und drängte sich mit Schultern und Ellbogen durch die Menge.

Amaka trat aus der Menschenansammlung und ging auf den Prius zu. Sie stieg ein und schloss die Tür, sperrte so den Rauch aus und dämpfte den Lärm.

Chioma brach aus der Menge hervor, und die beiden Frauen blickten einander durch die Windschutzscheibe an. Chioma stieg auf der Beifahrerseite ein, schloss die Tür, verschränkte die Arme vor der Brust und starrte aus ihrem Fenster.

Amaka beobachtete sie schweigend, aber Chioma schaute einfach weiter aus dem Fenster. Amaka schrieb eine Kurznachricht an Ibrahim: »Ich hatte mich geirrt. Chioma war nicht in Oshodi. Sie ist nicht hier. Sie war niemals hier.« Sie drückte auf »Senden« und sah Chioma an, dann steckte sie den Schlüssel ins Zündschloss. »Dir ist schon klar, dass du jetzt eine Mörderin bist«, bemerkte sie.

Amaka fuhr auf die Straße, betätigte die Hupe, um sich einen Pfad durch die Menge zu bahnen, drehte dann und fuhr in die entgegengesetzte Richtung zurück, wie es auch andere Verkehrsteilnehmende taten, um die durch den Lynchmord verursachten Unannehmlichkeiten zu meiden.

103

IBRAHIM SPÜRTE EINE VIBRATION an seinem Bein, griff in die Hosentasche und zog sein Telefon hervor. Er warf einen Blick auf das Display und schaute dann wieder auf die Polizist*innen, die schweigend dastanden und ihre Waffen auf Malik gerichtet hielten, der lachend auf dem Boden saß und in den Sand blutete.

Ibrahim drehte sich um und entfernte sich. Er nahm den Anruf entgegen, hörte der Stimme am anderen Ende zu und nickte. »Ja, Sir«, sagte er dann. Er steckte das Gerät wieder ein, kam zurück, lief an seinen aufgereihten Leuten vorbei und stellte sich vor Malik, der unter ihm lachte, als hätte er den Verstand verloren.

Ibrahim zog Maliks Telefon aus seiner Tasche und warf es auf ihn hinunter. Es verfehlte Maliks Kopf. Dann spuckte Ibrahim dem Verwundeten ins Gesicht, was ihn endlich zum Schweigen brachte.

»Wir fahren«, sagte Ibrahim durch zusammengebissene Zähne. Er wandte sich an seine Einheit. »Wir lassen ihn hier. Los geht's.«

Sie rührten sich nicht und ließen auch ihre Waffen nicht sinken.

»Steigen Sie ein. Wir fahren. Das ist ein Befehl«, rief Ibrahim.

Hot-Temper trat einen Schritt nach vorn, seine AK-47 noch immer auf Malik gerichtet, der nun verstummt war und das Geschehen genauso überrascht beobachtete wie alle anderen. *»Oga, na who phone you?«*, wollte der Sergeant wissen.

»Das tut nichts zur Sache. Wir lassen ihn hier zurück. Los geht's.«

Hot-Temper sprang vor Ibrahim und hob seine Waffe auf die Höhe des Kopfes seines Vorgesetzten.

»Hot-Temper!«, brüllte Ibrahim, aber der Sergeant schaute

ihn nicht an. Ibrahim blickte sich um und sah, wie ein Polizist auf seinen Hinterkopf zielte. Hot-Tempers Waffe war auf das Gesicht des Mannes gerichtet. Eine Person nach der anderen ergriff mit ihrer Waffe Partei, Ibrahim in der Mitte und Malik hinter ihnen allen, manisch lachend.

104

AMAKA LEGTE MESSER UND GABEL auf ihren leeren Teller, der rot gefärbt war von dem blutigen Steak, das sie gerade gegessen hatte. Sie trank den letzten Schluck ihrer Cola, nahm ihre Serviette vom Schoß und tupfte sich die Lippen ab. Ihr Date, der Kandidat für die Gouverneurswahl des Bundesstaates Lagos, stand in einer weißen Agbada und einem blauen Hut neben ihr. Er hielt ihre Handtasche. Sie blickte auf und lächelte. Er reichte ihr seine Hand, und sie ließ sich von ihm aufhelfen, dann wartete er, bis sie ihre Bluse glatt gestrichen hatte. Als sie schließlich nach ihrer Handtasche griff, glitt er mit einer Hand um ihren Rücken und zog sie eng an sich. Sie legte ihm die Arme um den Hals und schloss die Augen, während seine Lippen ihre berührten. Sie ließ eine Hand seinen Rücken hinunterwandern und schob die Finger der anderen unter den Hut in sein Haar. Ihre Köpfe legten sich von einer Seite auf die andere, während sie ihre Lippen aufeinanderpressten und ihre Zungen miteinander verschlangen.

Sie küssten sich weiter und erkundeten mit den Händen ihre Körper, bis irgendjemand losklatschte und die anderen Gäste des Restaurants einfielen, klatschten und jubelten. Noch immer in Babalolas Armen, blickte Amaka sich um. Kinder, Eltern, Paare, Kellnerinnen und Kellner strahlten sie an. Einige machten Fotos und nahmen das Rendezvous mit ihren Mobiltelefonen auf. Sie vergrub ihr Gesicht in seinem Hals, und er tätschelte ihr den Hinterkopf.

Beim Verlassen des Restaurants winkte Babalola, die rechte Hand auf Amakas Schulter, ihre linke auf seinem Rücken. An ihrem Ringfinger funkelte ein 24-karätiger Tiffany-Diamant.

Ambrose begutachtete die Bilder auf einem Tablet. Amaka saß neben ihm auf dem Sofa.

»Sie haben Ihren Teil der Abmachung erfüllt«, sagte er. »Jetzt werde ich meinen erfüllen. Ich verstehe bloß nicht, weshalb es Ihnen noch immer so wichtig ist, diese Sache durchzuziehen. Sie haben bereits mehr als genug getan, um mein Vertrauen zu gewinnen.«

»Ich kann das Risiko nicht eingehen, dass Ojo Gouverneur von Lagos wird«, antwortete Amaka.

Ambrose nickte. »Und Sie trauen uns nicht zu, die Wahl allein zu manipulieren?«

»Ein weiser Mann hat mir einst erklärt, bei Wahlfälschungen gibt es viele undichte Stellen. Jeder ausgegebene Naira zählt. Ich möchte lediglich daran beteiligt sein. Als Beobachterin, wenn Sie so wollen. Um sicherzugehen, dass Ojo nicht gewinnt.«

»Und um sicherzugehen, dass Sie unsere Geheimnisse kennen und sie gegen uns verwenden können. Oder, falls wir gewinnen, um die ›Ich habe meinen Teil dazu beigetragen, diese Wahl zu gewinnen‹-Karte ziehen und Gefälligkeiten von uns einfordern zu können.«

»Ich will keine Gefälligkeiten, und ich sammle auch keine Geheimnisse, um sie gegen Sie oder Babalola zu verwenden. An allen kriminellen Aktivitäten, die ich mitbekomme, werde ich selbst beteiligt sein. Sie sagten, es sei wichtig, dass ich mich kompromittiere, um Ihr Vertrauen zu gewinnen. Nun, genau das werde ich tun.«

»Ich weiß, und genau das bereitet mir Kopfzerbrechen. Sie sind sich unseres Schutzes sicher, Sie haben uns bereits einen großen Dienst erwiesen, Sie könnten um alles bitten, aber Sie bitten ausgerechnet um diese eine Sache, warum?«

»Oga Ambrose, Sie müssen mir vertrauen.«

»Ich selbst vertraue Ihnen ja, aber mein Verstand traut Ihnen nicht. Nehmen Sie es nicht persönlich, aber ich traue niemandem, nicht einmal den Menschen, denen ich vertraue.«

Ambrose legte das Tablet auf das Kissen zwischen ihnen und lehnte sich auf dem Sofa zurück.

»Es gibt viele Möglichkeiten, eine Wahl zu manipulieren«, sagte er.

105

»**ALLE REGISTRIERTEN** *Wählerinnen und Wähler haben je eine Stimmkarte. Am Tag der Wahl begeben sie sich in ihr Wahllokal, um sich dort auszuweisen. Während des Prozesses verwendet eine Amtsperson einen Kartenleser, um ihre biometrischen Daten zu überprüfen. Wenn diese in Ordnung sind, gehen die Wahlberechtigten zu einer weiteren Amtsperson, die ihre Namen mit dem an das Wahllokal gesendeten Wahlregister abgleicht und sie dort abhakt. Die Hand der Wahlberechtigten wird dann mit unlöschbarer Tinte gekennzeichnet, und sie können später wiederkommen, um ihre Stimme abzugeben.*

In jedem Wahllokal werden Leute von der Unabhängigen Nationalen Wahlkommission INEC, Vertreterinnen und Vertreter der Opposition, in manchen Fällen internationale Beobachterinnen und Beobachter, Wahlhelferinnen und Wahlhelfer und Unterstützerinnen und Unterstützer aller Parteien sowie selbstverständlich das Militär und die Polizei anwesend sein. Die Leute von der Opposition werden Sie aufmerksam beobachten, und sie wissen genau, worauf sie achten müssen, weil sie selbst das Gleiche tun. Die Zeiten, in denen man einfach Wahlurnen verschwinden lassen konnte, sind vorbei. Wir müssen kreativer vorgehen.

Die Manipulation beginnt bereits lange vor der Wahl. Am Anfang stehen stets die Wahllokale. Ein paar von ihnen sind weit abgelegen und kaum bekannt. Einige von ihnen befinden sich in privaten Schlafzimmern. Dort können Sie tun, was Sie wollen. Wir haben welche davon, die Opposition hat ihre eigenen.

Als eine der ersten Maßnahmen müssen wir die Stimmen für Ihren

Gegenkandidaten verringern. Dafür kaufen Sie den für die Opposition registrierten Wählerinnen und Wählern ihre Stimmkarten ab.«

»Woher weiß man, dass sie die Opposition wählen?«

»Ganz einfach. Man geht dorthin, wo diese eine starke Basis hat.«

Amaka saß in der Mitte eines flachen, schmalen geschnitzten Kanus. Hinter ihr tauchte ein Junge in ausgefransten braunen Shorts ein einzelnes Ruder in das tiefschwarze Wasser von Makoko ein. Schmutziger Plastikmüll blubberte um sie herum in sich auftürmenden Massen, die sich über mehrere Meter erstreckten. Nur wenige Zentimeter über dem Wasser raubte einem der Gestank der Lagune – nach Exkrementen, Fäulnis und Tod – den Atem. Hinter Amaka transportierte ein weiteres Kanu einen Parteifunktionär, einen Mann in den Dreißigern, dessen Hände auf einer Schrotflinte auf seinem Schoß ruhten. Vor ihnen standen am Rand der Holzhütten auf Pfählen Dutzende Männer und Frauen, Kinder und Erwachsene und hielten ihre Stimmkarten hoch, die sie gegen einen Anteil des Geldes in der Tasche auf Amakas Schoß eintauschen wollten.

»Als Nächstes sind die Hilfskräfte an der Reihe. INEC wirbt sie aus der allgemeinen Bevölkerung an. Jeder und jede kann sich bewerben. Am Wahltag sind sie diejenigen, die für Tumult, Abrakadabra und Dabaru sorgen, wenn es nötig ist.

Wählerinnen und Wählern, die nicht lesen können und um Hilfe bitten, ihren Wunschkandidaten ausfindig zu machen, werden die Wahlhelferinnen und Wahlhelfer zeigen, wo sie ihren Daumenabdruck hinterlassen sollen. Man sollte so viele Hilfskräfte in so vielen Wahllokalen wie möglich kaufen. Die Opposition wird sie ebenfalls kaufen, sie werden also Geld von beiden Seiten einsammeln. Es muss Ihnen lediglich gelingen, ihnen mehr zu zahlen als die Gegenseite, ohne jedoch zu viel auszugeben.«

»Und wie stellen wir das an?«, fragte Amaka.

In einem heißen Raum mit ungestrichenen Wänden und geschlossenen Holzfensterläden saßen drei Männer, in Ankara-Stoffe gekleidet, auf einer niedrigen, schmalen Bank. Sie wedelten sich Luft zu mit schweißfeuchten zusammengefalteten Zeitungen, die unter ihrem Griff auseinanderfielen.

In diesem glühend heißen, staubigen Zimmer stand Moses vor den Männern. Er starrte auf die Schrotflinten auf den Schößen der äußeren beiden. Ein Ankara-Vorhang über der Tür hinter Moses sperrte die anderen Leute in der Schlange aus, die in der Sonne warteten, bis sie an der Reihe waren. Moses präsentierte seine Papiere dem Mann in der Mitte der Bank, vor dem ein Bierkarton voller Bargeld stand.

Der Mann griff nach dem Zettel, begutachtete ihn, drehte ihn um und gab ihn dann zurück. Moses faltete das Dokument entlang der bereits bestehenden Knicke und schob es zurück in die Brusttasche seines gelb karierten, kurzärmeligen Hemdes. Der Mann tauchte seine Hand in den Karton, zählte ein paar Scheine von einem Stapel Tausender ab und hielt Moses das Geld hin. Moses schaute sich an, was ihm angeboten wurde, und starrte dann auf die Wand zu seiner Linken.

Der Mann hielt die Hand mit dem Geld noch einen Augenblick ausgestreckt, dann griff er erneut in den Karton, zählte noch mehr Tausend-Naira-Scheine ab und hielt Moses das dickere Bündel hin.

Moses blickte auf die Hand des Mannes hinunter. Die Männer mit den Waffen sahen ihn an.

»Fünfzigtausend«, sagte Moses.

Der Mann in der Mitte legte das Geld auf seinem Bein ab. »Wir zahlen fünfundzwanzig«, erwiderte er.

»Die andere Partei zahlt vierzig«, schoss Moses zurück.

»Dann gehen Sie doch zu denen«, sagte der Mann und warf das Geld auf den Stapel in dem Karton.

»Fünfundvierzig«, sagte Moses.

»Sind Sie immer noch hier?«

Die Männer mit den Waffen setzten sich gerade hin.

Moses schluckte. Eine Schweißperle kullerte ihm neben dem Ohr das Gesicht hinunter, bog unter sein Kinn ab, tröpfelte seinen Hals entlang und direkt in der Mitte seiner Brust hinunter. »Vierzig oder gar nichts«, sagte er.

Der Mann in der Mitte und seine bewaffneten Wachen starrten Moses an. Moses rührte sich nicht von der Stelle.

»Dreißig oder Sie gehen«, sagte der Mann.

Moses drehte sich um.

»Warten Sie.«

Moses blieb stehen. Er hörte, wie Geld gezählt wurde.

»Nehmen Sie.«

Moses wandte sich um und sah, dass ihm nun mehr Geld hingehalten wurde.

»Vierzig. Aber verraten Sie niemandem, wie viel ich Ihnen gegeben habe«, sagte der Mann.

Moses nahm das Geld und steckte es sich vorn in die Hose. Er wandte sich zum Gehen, schob den Vorhang beiseite und ließ das blendende Sonnenlicht in die Hütte.

Er lief an der Schlange von Menschen vorbei, die sich die Gesichter und Hälse mit vom Schweiß bereits durchsichtig gewordenen Taschentüchern abwischten. Auf und ab gehende Männer mit Schrotflinten sorgten dafür, dass die Reihe gerade und geordnet blieb. Als er die letzten Wahlhelferinnen und Wahlhelfer, die darauf warteten, ihre Loyalität zu verkaufen, hinter sich gelassen hatte, verschickte Moses eine Nachricht auf seinem Telefon.

Amaka zog den staubigen, ehemals weißen Vorhang zurück. Das Moskitonetz darunter war mit einer dicken Staubschicht bedeckt. Ihre Nasenflügel zuckten. Draußen unter der gleißenden Mittagssonne hatte sich eine lange, schweigende Menschenschlange gebildet, die sich um die Ecke eines ähnlichen Bungalows, von dessen gelben Mauern die verblichene Farbe abgeplatzt war, über die schmale, vor langer Zeit einmal geteerte Straße bis zu der Tür ihres Hauses erstreckte.

Amaka ließ den Vorhang los, um die Nachricht zu lesen, die soeben ihr Telefon hatte summen lassen. »40K.« Sie schob sich das Mobiltelefon in den Rockbund und ging in die Mitte des Zimmers, wo zwischen zwei Männern mit Kalaschnikows ein etwa dreißig Zentimeter hoher geschnitzter Holzhocker stand. Davor lag eine große schwarze Nike-Reisetasche. Amaka setzte sich, öffnete den Reißverschluss der Tasche und zog sie auseinander, um das Bargeld zu enthüllen.

»Lassen Sie sie herein«, sagte sie.

»Jetzt wird es gefährlicher. Wir werden die Wahlzettel auch im Voraus bekommen. Über Nacht werden wir Tausende von ihnen mit Fingerabdrücken versehen und in Wahlurnen stecken. Hören Sie mir nun genau zu, denn das hier ist ausgesprochen wichtig: Jedes Wahllokal hat lediglich fünfhundert registrierte Wählerinnen und Wähler. Wenn wir unsere Wahlurnen füllen, dürfen wir nicht mehr als fünfhundert Stimmen hineinstecken. Und selbst dann dürfen wir uns selbst nicht alle Stimmen geben. Vergessen Sie das nicht. Die Schwierigkeit liegt darin, die Urnen mit den Originalurnen aus den Wahlkabinen auszutauschen. Es gibt Möglichkeiten, aber am Ende des Tages geht es stets um Geld. Sie müssen jede einzelne Person im Wahlkreis bestechen, von den Leuten der INEC über das Militär bis zu den Vertreterinnen und Vertretern der Opposition.

Als Letztes, und das ist wirklich die allerletzte Option, wenn alles andere fehlgeschlagen ist und unsere Permutationen darauf hinweisen, dass wir verlieren …«

»Permutationen?«

»Ja. Wir führen unsere eigene Wahltagsbefragung durch. Wir werden nachzählen, in welchen Wahllokalen wir erfolgreich die Wahl manipulieren konnten. Wenn wir erkennen, dass wir einen Wahlbezirk verlieren, den wir eigentlich gewinnen sollten, dann hat die

Opposition sich womöglich einen Vorteil verschafft, und wir sorgen einfach überall für Dabaru. Wir stechen nieder, schießen, setzen in Brand, werfen Bomben. In diesem Lokal stoppen wir die Wahl und sorgen dafür, dass sie keine Wahlunterlagen mitnehmen. Wir brennen dort alles nieder.«

106

DER ABEND VOR DER WAHL.

Der Deckenventilator war direkt über der einzigen Glühbirne im Zimmer angebracht. Bei jeder Umdrehung des Ventilators huschten flackernde Schatten über die Menschen, die Wahlurnen und die mit Stimmzetteln übersäten Tische. Draußen in der Nacht dröhnten mehr oder weniger weit entfernt unterschiedlich starke Generatoren, und der Wind wehte gelegentlich die Laute von Zimbeln und Gesang einer pfingstkirchlichen Nachtwache herbei.

Amaka stand neben der geschlossenen Tür, den Rücken gegen die Wand gelehnt, und fächerte sich mit einem Wahlkampfflyer Luft in ihr feuchtes Gesicht. Vor ihr waren Frauen unterschiedlichen Alters, die auf dem Fußboden saßen oder knieten, sich Hocker teilten oder über einen Tisch gebeugt standen und ihre Daumen in blaue Stempelkissen und danach auf leere Wahlzettel pressten. Andere Frauen sammelten die mit einem Daumenabdruck versehenen Zettel ein und stopften sie in Wahlurnen, die mit dem INEC-Abzeichen bedruckt waren.

Amakas Telefon vibrierte. Sie hatte es den ganzen Abend nicht aus der Hand gelegt. Sie schaute kurz auf das Display und nahm den Anruf entgegen.

»Amaka, wo sind Sie?«

Amaka behielt den Blick auf die alten Frauen gerichtet, die ihre Daumen auf die Wahlzettel drückten. »Da, wo ich sein sollte, Ambrose«, antwortete sie.

»Wir wurden kompromittiert. Der DSS hat zehn unserer Leute festgenommen.«

»Wo?«

»Da, wo sie sein sollten. Irgendjemand muss dem Inlandsnachrichtendienst einen Hinweis gegeben haben.«

»Und das Material?«

»Es wird nichts passieren. Sie arbeiten für die andere Seite. Sie werden unsere Leute behalten, bis die Wahl vorbei ist. Irgendjemand hat ihnen gesagt, wer unsere Leute sind und wo sie sich aufhalten. Sie haben einfach ein paar unserer Figuren aus dem Spiel genommen. Womöglich sind auch Sie kompromittiert worden. Sie müssen von dort verschwinden, und zwar sofort.«

»Wie viele Leute haben wir?«

»Die das tun, was Sie tun?«

»Ja.«

»Vierzehn. Fünfzehn.«

»Und zehn davon sind festgenommen worden.«

»Vorläufig. Sie werden ohne Anklage wieder freigelassen.«

»Nur Sie kennen meinen Namen und meinen Aufenthaltsort. Wenn zehn von uns festgenommen wurden, wird die Aufgabe von uns verbleibenden fünf noch wichtiger.«

»Ich bin nicht der Einzige, der Ihren Namen und Ihren Aufenthaltsort kennt. Genau wie Sie könnten die anderen wissen, wohin wir heute Abend das Material geschickt haben. Irgendjemand aus unserem Kreis hat uns kompromittiert.«

»Aber sollte ich festgenommen werden, werde ich doch auch ohne Anklage wieder freigelassen. Ich bin bereit, dieses Risiko einzugehen.«

»Nein. Nicht Sie. Der Name Ihres Vaters wird Sie zu einem großen Fang für die Regierung machen. Sie dürfen es nicht riskieren. Verschwinden Sie, sofort.«

Amaka schob sich das Telefon zurück in den Rock und blickte

sich um. Die Frauen, von denen keine einzige englisch sprach, drückten weiter ihre Daumen auf Papier und füllten die INEC-Wahlurnen. Eine alte Frau mit grauen Cornrows hielt eine der Urnen fest, während eine andere die gefalteten Stimmzettel hineinschob. Sie blickte auf und schenkte Amaka ein zahnloses Lächeln, ihr Gesicht glänzend vor Schweiß.

107

WAHLTAG.

Der weiße Toyota-Bus hatte vor einem Checkpoint angehalten, an dem Polizist*innen und Soldat*innen in Tarnkleidung und Netzen über den Kampfhelmen standen. Auf der Rückbank des Wagens nahm Amaka einen Anruf von Ambrose entgegen.

»Amaka, wir verlieren haushoch. Wir brauchen das Material in Ihrem Auto.«

»Wie soll ich es abliefern?«

»Fahren Sie in Sules Wahlbezirk. Parken Sie und entfernen Sie sich von Ihrem Wagen. Er wird Ihnen einen neuen stellen.«

Ein Soldat klopfte an Amakas Fensterscheibe. Sie hielt ihren Beobachterinnenausweis an dem Schlüsselband um ihren Hals hoch. Das in seinen Helm eingemummte glatte Schwarze Gesicht des Soldaten war das eines Jungen, der höchstens zwanzig Jahre alt sein konnte. Er beugte sich vor, um den Ausweis genauer zu betrachten, dann wandte er sich den anderen Insassen zu. Der Fahrer behielt seine Hand am Lenkrad, die Frau auf dem Beifahrersitz hielt ebenfalls ihren Beobachterinnenausweis hoch, wie auch der Mann in der Reihe hinter ihnen. In der letzten Reihe saßen drei Männer in orangefarbenen Westen Schulter an Schulter. Der in der Mitte hatte eine Kamera um den Hals gehängt. Sie hielten alle ihre Ausweise hoch, auf denen »PRESSE« stand. Der junge Soldat lief um den Bus herum und schaute durch alle Fenster herein, dann klopfte er gegen den Kofferraum. Der Fahrer wollte die Tür öffnen. Amaka legte ihm eine Hand auf die Schulter, um ihn aufzuhalten. »Er meint, wir können fahren«, erklärte sie.

Der Fahrer schaute erst sie an, dann in seinem Spiegel den Soldaten, und sah, dass dieser ihnen bereits den Rücken zugekehrt hatte.

Als sie weiterfuhren, beobachtete Amaka die Soldat*innen im Rückspiegel. Derjenige, der das Wageninnere inspiziert hatte, hatte nicht bemerkt, wie die Männer auf der hinteren Bank die Beine überkreuzt hatten, um die Tatsache zu verschleiern, dass der Boden höher war, als er eigentlich sein sollte.

Der Bus hielt neben ein paar anderen Autos, die zwischen zwei Bungalows parkten, vor denen sich Wahlberechtigte aufreihten, auf einem sandigen Platz, umgeben von verlassenen Schulgebäuden. Soldat*innen und Polizist*innen standen herum. Amaka stieg aus, gefolgt von den anderen. Sie versammelten sich neben ihrem Fahrzeug. Einige der Soldat*innen beobachteten sie. Mitten auf dem Platz, zu beiden Seiten der Personen, die ihre Stimmen abgeben wollten, standen Soldat*innen, INEC-Beamt*innen, Beobachter*innen und Polizist*innen in Grüppchen zusammen, unterhielten sich, wischten sich Schweiß von der Stirn und beobachteten die Menschen, die zum Wählen gekommen waren. Einige der Beamt*innen und die meisten Wähler*innen hielten sich Schirme über den Kopf – Schirme, auf denen Chief Ojos lächelndes Gesicht prangte.

»Haben Sie den Schlüssel im Zündschloss gelassen?«, fragte Amaka.

Der Fahrer nickte.

Geradeaus starrend fügte Amaka hinzu: »Und jetzt entfernen wir uns alle.«

Sie blickte hinunter auf den Ausweis an ihrem Schlüsselband, drehte ihn herum, sodass er ihr Gesicht und das Wort »BEOBACHTERIN« in fetter Schrift zeigte, dann zog sie ihre Sonnenbrille aus dem Ausschnitt ihrer Bluse und setzte sie auf. Sie lief geradeaus. Die

Soldat*innen traten für sie beiseite. Sie hielt den Kopf aufrecht und lief weiter, während die Männer ihrem Po hinterherstarrten.

108

WAHLABEND.

In Ambrose' Wohnzimmer drängten sich die Parteifunktionär*innen, viele von ihnen am Telefon, redend oder zuhörend, auf und ab gehend. Die wenigen Männer und Frauen, die sich miteinander unterhielten, taten es in gedämpftem Tonfall, als wären sie auf einer Beerdigung. Babalola saß allein auf einem Sofa, sein Gesicht glänzte. Er versuchte, den Gesprächen um ihn herum zu lauschen und von den Lippen der Menschen abzulesen, die sich auf der anderen Zimmerseite miteinander unterhielten. Sein Blick huschte von einer Person zur nächsten und kehrte immer wieder zu Ambrose zurück, der zwergenhaft wirkte zwischen zwei Männern, die ihm etwas ins Ohr flüsterten und ihm Dinge auf ihren Telefonen zeigten.

Ein kräftiger Mann in Ankara betrat den Salon und sah sich um. Er ging hinüber zu Ambrose, der die Hand hob, um den Mann, der ihm gerade etwas ins Ohr sagte, zum Innehalten zu bringen. »Oga«, sagte der fette Mann. »*Iná ti jó wa.* Wir wurden verbrannt.« Er zeigte Ambrose sein Telefon.

Ambrose schnellte mit dem Finger über das Display und blickte dann auf. Babalola schaute ihn an.

»Sule, Sule, Sule«, sagte Ambrose. »Haben Sie etwa nicht die Stimmzettel von Amaka verwendet?«

»Oga, ich habe sie selbst hingebracht. Jetzt ist nur noch die Urne für Banana Island im Auto.«

»Was ist dann passiert? Haben die INEC-Jungs uns verraten?«

»Oga, ich weiß nicht, was passiert ist *o*.«

»Sie sagten, es gebe noch eine Urne?«

»Im Auto.«

»Bringen Sie sie her.«

Sule ging. Ambrose und Babalola starrten sich an.

Otunba Oluawo saß allein in der Mitte seines Sofas. Alle anderen in dem großen Salon der Peace Lodge standen, schüttelten einander die Hände, umarmten einander und rieben sich die Hände zum Dank an den christlichen und den muslimischen Gott und noch mehrere andere Götter, zu denen sie gebetet und denen sie Opfer gebracht hatten. Wann immer per Textnachricht oder Anruf neue Ergebnisse hereinkamen, wurde geklatscht. Ojo wurde von der jubelnden Menge umringt. Shehu stand neben ihm. Die Menschen hielten es anscheinend für wichtig, zuerst Ojos Unterarm zu ergreifen, ehe sie ihm die Hand schüttelten, und stellten jedem Handschlag ein »seine Exzellenz« oder ein »mein Gouverneur« voran.

Allein auf seinem Sofa kritzelte Otunba etwas in ein kleines Notizbuch. Ein weiß gekleideter Mann in Buba und Sokoto trat auf ihn zu und teilte ihm die Ergebnisse eines weiteren Wahlkreises mit. Otunba schrieb die neue Zahl in sein Notizbuch und blickte auf. In der allgemeinen Ausgelassenheit war er der Einzige, der nicht in Feierlaune war.

Sule trug die INEC-Wahlurne hoch über seinem Kopf in den Raum. Alle Blicke waren auf ihn gerichtet. Sule stellte die Urne vor Ambrose' Füße.

»Öffnen Sie sie«, forderte Ambrose ihn auf.

Sule beugte sich hinunter, brach das INEC-Siegel und klappte den Deckel auf. Die Urne war bis zum Rand gefüllt mit gefalteten Stimmzetteln. Ambrose gestikulierte. Sule griff mit seinen großen Händen nach ein paar Zetteln und hielt sie hoch.

Die Männer und Frauen sahen zu, wie Ambrose die Zettel durchging.

Einen davon noch immer in der Hand, blickte er auf. »Wo ist sie?«, fragte er. »Wo ist Amaka?«

»Ich weiß es nicht«, antwortete Sule.

»Was ist los?«, wollte Babalola wissen. Ambrose reichte ihm den Stimmzettel in seiner Hand und griff nach einem weiteren aus dem Stapel, den Sule frisch herausgezogen hatte.

Ambrose fiel hinter der Wahlurne auf die Knie und schnappte sich einen Stimmzettel nach dem anderen, faltete ihn auseinander und überflog ihn, ehe er ihn beiseite warf. Immer schneller ging er die Stimmzettel durch, während sein Gesicht sich immer mehr verzog. Er blickte auf. Sule trat einen Schritt zurück.

»Wo ist sie? Wer überwacht sie? Finden Sie sie. Finden Sie sie auf der Stelle!«

109

DIE ABFLUGHALLE des Murtala Muhammad International Airport war voll und wurde von der Klimaanlage nur unzureichend gekühlt. Ein großer, stämmiger Mann mit tief liegenden Augen in einer braunen Agbada bewegte sich humpelnd durch die aus Passagier*innen und ihren Familien bestehende Menge. Er näherte sich der Absperrung zwischen ihnen und den Fluggästen von Air France. Er hätte noch näher herantreten können, liefe dann jedoch Gefahr, entdeckt zu werden. Er hatte sie einmal im Haus gesehen – vielleicht hatte sie ihn dort ebenfalls gesehen und würde ihn nun wiedererkennen.

Amaka lehnte sich aus der Air-France-Schlange, um einen Blick auf die Uhr zu werfen. Vor ihr standen noch mindestens vierzig Personen, und zwei Reihen schienen nebeneinander an denselben Schalter zu führen. Bei jeder und jedem neuen verschwitzten und ungeduldigen Reisenden schien die amtliche Passkontrolle länger zu dauern. Im Bereich für den Priority Check-in stand niemand. Amaka trat aus der Schlange und lief darauf zu.

»Ticket und Ausweis, bitte«, bat sie der Air-France-Angestellte. Amaka zeigte dem Mann das Display ihres Telefons. Er kniff die Augen zusammen und blickte dann auf. »Dieser Schalter hier ist nicht für die Economy Class«, erklärte er.

Amaka nickte und blieb stehen.

»Sie haben ein Economy-Ticket«, fügte er hinzu.

»Ja«, erwiderte Amaka. Sie begann, in ihrer Handtasche herumzuwühlen.

»Madam«, sagte der Mann.

Amaka zog einen weißen Umschlag aus ihrer Tasche. Sie hielt ihn lange genug hoch, um ihm das nigerianische Wappen darauf zu zeigen, dann nahm sie ein Blatt Papier heraus.

»Das stammt vom nigerianischen Außenministerium«, sagte sie. »Darin steht, dass alle, die das hier lesen, mich wie diplomatisches Personal zu behandeln haben.«

Der Mann drehte den Kopf hin und her, um den Brief zu lesen.

»Können Sie mich jetzt durchlassen?«, fragte Amaka. »Ich muss im Duty-free-Shop ein paar Dinge für meine Chefin kaufen.«

Der Mann wollte gerade nach dem Zettel greifen, als Amaka ihn zusammenfaltete und zurück in den Umschlag steckte.

»Darf ich Ihren Reisepass sehen?«, fragte er mit ausgestreckter Hand.

Amaka warf erneut einen Blick in ihre Handtasche und zog einen Brief aus einem weiteren Umschlag hervor. »Notfallreisedokumente«, erklärte sie.

»Bitte warten Sie«, sagte er und wandte sich an seinen Kollegen.

»Wo liegt das Problem?«, wollte Amaka wissen.

»Bitte, Madam«, sagte der Mann. »Üben Sie sich einfach einen Augenblick in Geduld.«

»Gerne, wenn Sie mir sagen, wie ich das machen soll.«

»Was?«

»Worauf warte ich hier?« Sie schaute auf die Uhr und sah sich dann in der Menge um. Sie wurde das Gefühl nicht los, dass jemand sie beobachtete.

Ambrose stand auf, haufenweise Stimmzettel in den Händen. Er spreizte die Finger und ließ die Zettel auf den Fußboden fallen. »Sie sind alle für die andere Partei«, sagte er. »Jeder einzelne von ihnen.«

Sule starrte auf die verbleibenden Stimmzettel in seiner eigenen Hand, ehe er ebenfalls einen von ihnen öffnete. Andere hoben

Stimmzettel vom Fußboden auf, begutachteten sie und gaben sie dann weiter. Alle wirkten schockiert oder verwirrt.

»Was hat das zu bedeuten?«, fragte Babalola, einen Stimmzettel in der Hand. Er sah aus, als hätte er Verstopfung.

»Was es zu bedeuten hat?«, erwiderte Ambrose. Die beiden Männer blickten einander schweigend an.

»Sie hat für sie gearbeitet«, sagte jemand.

Ambrose wandte sich an Sule. »Was war noch gleich das Auszählungsergebnis in Ilupeju?«

Sule zog sein Telefon aus der Hosentasche und tippte auf dem Display herum.

»Zeigen Sie es mir«, sagte Ambrose. »Haben Sie den Rest?«

Sule nickte. Er scrollte nach unten und reichte Ambrose das Telefon. Das Licht ging aus. In der Dunkelheit des Stromausfalls wurde Ambrose' Gesicht vom Schein des Telefons in seiner Hand erleuchtet, und während er scrollte, glätteten sich die tiefen Furchen in seiner Stirn, bis er ausdruckslos auf das Display starrte. Seine Partei hatte fast alle Wahlbezirke verloren. Er verzog die Mundwinkel. Aus seinem Stirnrunzeln wurde ein Grinsen, und dann brach er in unkontrollierbares Lachen aus.

»Er hat den Verstand verloren«, flüsterte ein junges Parteimitglied in einem Wahlkampf-T-Shirt seinem Kumpel zu.

In dem feierlaunigen Salon der Peace Lodge kehrte der Mann in Weiß unterdessen zurück, um Otunba weitere Ergebnisse zu zeigen. Mit einem Lächeln verkündete er die Zahlen eines weiteren gewonnenen Wahlbezirks, dann stand er auf und las die Ergebnisse den im Raum Versammelten vor, während Otunba etwas in sein Notizbuch schrieb.

Otunba blickte zu der jubelnden Menge auf und verlagerte das Gewicht auf seinem Sofa. Er warf erneut einen Blick in sein Buch und schaute dann wieder hoch. Seine Augäpfel traten panisch hervor. Er mühte sich auf die Beine. Der Mann in Weiß reichte ihm eine Hand. Als Otunba vom Sofa aufstand, fielen ihm Notizbuch und Stift aus den Händen. Ein stechender Schmerz zog seinen linken Arm herauf. Er griff sich an die Brust. Der Mann in Weiß versuchte, den alten Mann aufzufangen. Otunbas Kopf schoss nach oben, und sein gesamter Körper krümmte sich nach hinten. Der Mann in Weiß schob seine Hände um den Alten. Otunba fiel, seine Hand noch immer an der Brust.

Der Mann in der braunen Agbada näherte sich Amaka. Er bewegte sich zentimeterweise voran, bis er neben der Absperrung stand. Er wandte sich halb ab und tat so, als würde er etwas auf seinem Telefon suchen, während er lauschte. Sie machte Schwierigkeiten. Das könnte die Dinge für ihn vereinfachen oder verkomplizieren, je nachdem, was von ihm verlangt würde. Sein Telefon vibrierte. Er führte es ans Ohr und schirmte seinen Mund mit einer Hand ab.

»Madam, können Sie mir sagen, wo das Problem liegt?«, fragte ein anderer Air-France-Mitarbeiter Amaka.

»Es gibt keins«, erwiderte Amaka lächelnd. »Der Herr hier möchte nur sichergehen, dass meine Notfallreisedokumente echt sind. Er macht nur seine Arbeit.«

Der Mann nahm die Papiere von seinem Kollegen entgegen. »Was ist mit Ihrem Ticket?«, fragte er.

Amaka holte ihr Telefon hervor, öffnete das E-Ticket und hielt es dem Mann hin.

»Ich habe versucht, online einzuchecken, aber …«

»Das können Sie nur mit einem gültigen Reisepass.«

Er warf erneut einen Blick auf das Telefon, überflog das Display und kehrte dann zu den Dokumenten in seinen Händen zurück. »Sie haben Ihren Reisepass also verloren?«, fragte er.

»Ja. Zusammen mit meinen Telefonen, meinem Geld und allem

anderen, was in meiner Handtasche war. In mein Auto wurde eingebrochen.«

»Oh, das tut mir leid, Madam«, sagte er und gab seinem Kollegen mit einer Handbewegung zu verstehen, er solle Amaka durchlassen.

Der Mann öffnete die Absperrung. Beim Hindurchtreten verspürte sie den Drang, sich umzudrehen. Von der anderen Seite der Absperrung starrte ein Mann mit einem Quadratschädel in einer braunen Agbada sie an. Er hielt sich das Telefon ans Ohr gepresst. Sie eilte auf den einzigen freien Schalter zu, aber eine Familie war schneller als sie. Sie sah sich erneut um und suchte die Halle ab. Der Mann mit dem Quadratschädel war verschwunden.

Sule ließ das Telefon sinken.

»Sie ist am Flughafen«, sagte er. »Samson hat sie im Blick. Was soll er tun?«

Ambrose klopfte sich auf die Brust, um sein Lachen zu unterdrücken, und wischte sich mit dem Daumen die Tränen aus dem Gesicht.

»Wohin ist sie unterwegs?«

Sule gab die Frage in sein Telefon weiter, ehe er es wieder vom Ohr nahm.

»Sie checkt am Air-France-Schalter ein. Soll Samson dem Zoll sagen, er habe Informationen darüber, dass sie Kokain mit sich führt?«

Die Frau am Check-in-Schalter neben Amaka legte ihr Gepäck auf das Förderband. Hinter ihr ging bereits ein Mann in der Economy-Schlange nach vorn. Das Paar vor Amaka hatte mehrere Koffer. Sie trat zur Seite und stellte sich hinter die Frau, deren Tasche gerade gewogen wurde.

»Madam, Ticket und Reisepass bitte.«

Amaka händigte ihre Notfallreisedokumente aus, entsperrte ihr Telefon und zeigte es der Frau hinter dem Schalter.

»Bitte legen Sie Ihr Gepäck auf das Band«, sagte diese.

»Ich habe keins. Nur meine Handtasche.«

Die Frau wirkte verwirrt. Sie sah sich Amakas Unterlagen erneut an und blickte dann nach rechts, um die Aufmerksamkeit eines Kollegen auf sich zu ziehen.

»Gibt es ein Problem?«, wollte Amaka wissen.

»Nein, Ma«, sagte die Dame. Sie druckte die Bordkarte aus und reichte sie ihr. »Guten Flug.«

110

DER MANN, DER EINEN PLATZ ENTFERNT von Amakas Gangplatz saß, hatte den Kopf gegen das Fenster gelehnt, das Gesicht nach oben gedreht, den Mund geöffnet und die Augen geschlossen. Womöglich würde er schnarchen, dachte sie.

Sie schaute über den Sitz vor sich nach vorn. Ein weibliches Crewmitglied schloss die Tür. Der Platz zwischen Amaka und dem Mann war nach wie vor leer. Sie schob ihre Handtasche von ihrem Schoß auf den freien Platz und schnallte sich an.

Sie griff sich in den Ausschnitt ihrer Bluse und holte den Wahlbeobachterinnenausweis an dem Schlüsselband um ihren Hals heraus, zog ihn sich über den Kopf, wickelte das Band um den Ausweis und schob diesen hinter die Zeitschriften der Fluggesellschaft in der Tasche am Vordersitz. Der Mann neben ihr gab ein einzelnes Schnarchen von sich. Sie warf einen Blick auf die Uhr. Das Flugzeug hätte sich bereits in Bewegung setzen sollen. Warum dauerte das so lang?

»Meine Damen und Herren, der Pilot hat das Anschnallzeichen eingeschaltet. Falls Sie es noch nicht getan haben, verstauen Sie bitte Ihr Handgepäck unter dem Sitz vor Ihnen oder in der Gepäckablage über Ihnen …«

Amaka hörte, wie das Telefon in ihrer Tasche vibrierte. Sie holte es heraus, ging aber nicht dran. Siebzehn verpasste Anrufe, allesamt von einer unbekannten Nummer. Das Telefon klingelte erneut. Diesmal war es Ambrose. Sie hielt die Luft an und drückte auf das grüne Symbol.

»Hallo, Amaka, vielen Dank, dass Sie meinen Anruf entgegennehmen.«

Sie gab keine Antwort.

»Amaka, sind Sie da?«

»Ja.«

»Wieso haben Sie es mir nicht gesagt?«

Sie nahm sich Zeit, ehe sie etwas erwiderte. »Hätten Sie es mir denn erlaubt?«

»Nein, nein. Sie haben recht, das hätte ich nicht getan.«

Schweigen. Sie hörte weitere Stimmen im Hintergrund. Ambrose fuhr fort: »Sagen Sie mir, unsere Leute, die vom DSS festgenommen wurden, waren Sie das?«

»Ja. Aber nur so viele, wie nötig waren.«

»Sie sind eine kluge Frau. Ich bin so froh, dass Sie auf unserer Seite sind. Ich habe soeben gehört, dass Otunba eilig in ein Krankenhaus eingeliefert wurde. Es klingt nach einem Herzinfarkt.«

»Er weiß es?«

»Ich bin mir nicht sicher, ob er ahnt, dass wir dahinterstecken. Wahrscheinlich wird er seinen eigenen übereifrigen Jungs die Schuld dafür geben, aber in jedem Fall kennt er die Konsequenzen. Es kommen immer noch neue Zahlen herein. Sie haben bereits doppelt so viele Stimmen bekommen, wie es im gesamten Bundesstaat Lagos registrierte Wahlberechtigte gibt.« Ambrose lachte. »Ein echter Geniestreich.«

»Und ohne ihre Stimmen hatten wir mehr als zweihundertfünfzig Stimmen im Großteil der Wahlbezirke?«, hakte Amaka nach.

»Ja. Wie es aussieht, haben ohne ihre Stimmen wir gewonnen. Das ist ein echter Geniestreich. Sagen Sie mir, wann sind Sie bloß auf diese Idee gekommen?«

Amaka schirmte ihren Mund mit der Hand ab und schaute nach, ob der Mann neben ihr wirklich fest schlief. »Als Sie mir sagten, dass es in jedem Wahlbezirk nur fünfhundert registrierte Wahlberechtigte gibt.«

»Sie haben mir also zugehört.«

»Was passiert jetzt?«

»Nun, eine von drei Möglichkeiten: Entweder erklärt INEC die Wahl für ungültig, oder sie werden von der Wahl ausgeschlossen, und wir gewinnen. Unwahrscheinlich. Oder sie werden zu den Gewinnern erklärt, dann ziehen wir vor Gericht, um zu beweisen, dass sie die Wahl manipuliert haben. Der wahrscheinlichste Ausgang ist aber eine Wahlwiederholung. Wissen Sie, unseren Berechnungen zufolge hätten wir selbst dann verloren, wenn Sie nicht getan hätten, was Sie getan haben. Jetzt befinden wir uns in einer starken Position. Und es ist auch immer noch möglich, dass die anderen vor Gericht ziehen, gegen uns und INEC.«

»Nicht, wenn Sie Ojo anrufen und ihm sagen, dass Sie Videos gesehen haben, auf denen er Sex mit Minderjährigen hat.«

»Die Videos sind also echt.«

»Ja.«

»Und er weiß nicht, dass Sie sie nicht mehr haben. Amaka, ich habe ein einziges Wort für Sie. Genie. Sie sind ein Genie. Wer sonst hätte sich das ausdenken können? Die Wahl zugunsten des Gegners zu manipulieren? Ich werde mich auf meine Kontakte im Umfeld des INEC-Vorsitzenden stützen, um uns einen günstigen Ausgang zu garantieren. INEC wird heimlich mit ihnen sprechen, aber angesichts dieser Informationen wird Ojo zustimmen müssen.

Amaka, es scheint zum ersten Mal die Chance zu bestehen, dass wir gewonnen haben. Sie könnten soeben einem Gouverneur von Lagos zur Wahl verholfen haben. Ich ziehe meinen Hut vor Ihnen.«

Eine Stewardess blieb neben Amaka stehen. »Madam, darf ich bitte Ihre Tasche verstauen?«

»Ich muss jetzt auflegen«, sagte Amaka zu Ambrose.

»Ich weiß. Sie flüchten nach London. Wann kommen Sie zurück?«

»Sie haben mich beschatten lassen.«

»Sie müssen nun auch Ihr Telefon ausschalten«, fügte die Stewardess hinzu.

Amaka nickte. »Ich melde mich bei Ihnen, wenn ich gelandet bin«, sagte sie und schaltete ihr Telefon aus. Sie legte ihre Handtasche auf den Fußboden und schob sie mit dem Fuß unter den Sitz vor sich.

Als die Stewardess weitergegangen war, löste Amaka ihren Sicherheitsgurt und holte die Tasche erneut unter dem Sitz hervor. Dann zog sie ihr Telefon heraus, schaltete es wieder ein und schaute nach, wo sich das Kabinenpersonal gerade befand. Sie schloss die Augen.

»Hallo? Guy, ich bin's, Amaka. Ich sitze im Flugzeug nach London. Denkst du, wir können noch einmal von vorn beginnen?«

DANKSAGUNG

Ein ganz besonderer Dank an Andy Russell, Naomi Beckett, Ojoma Ochai, Jide Olaniyan, Osaretin Guobadia, Mike Timbers, Bisi Ilaka, Sibilla Woods, Gabriel Gbadamosi, Ben und Adeola, Ali, Lise Belperron, Sofia Alexandrache, Steve Willis, Kọ́lá Túbọ̀sún, Boma Tamuno, Bibi Bakare-Yusuf, Jeremy Weate, Emma Shercliff, David Fauquemberg, Lula Verki, Ayo Onatade, Sophie Goodfellow, die wunderbaren Menschen bei Daily Goods, Lumberjack, Mono und Maloko – alles großartige Cafés in Camberwell –, und Alex Hannaford.

YASEMIN DINÇER studierte Literaturübersetzen in Düsseldorf und übersetzt für verschiedene Verlage aus dem Englischen. Sie hat unter anderem Werke von Oyinkan Braithwaite, Lọlá Ákínmádé Åkerström und Minna Salami übertragen und ist mehrfache Stipendiatin des Deutschen Übersetzerfonds.

LEYE ADENLE ist ein nigerianischer Krimi- und Thrillerautor und bekannt für seine spannungsgeladenen Geschichten, die die Abgründe der menschlichen Natur ausloten und u. a. in *Schlüsselorte* (InterKontinental, 2023), *Lagos Noir* (Akashic Books, 2018) und *Sunshine Noir* (White Sun Books, 2016) veröffentlicht sind. Der Auftakt seiner Lagos-Thriller-Trilogie *Zügel der Macht* gewann 2016 den Prix Marianne; seine Kurzgeschichte *The Assassin* war 2017 auf der Shortlist des CWA Short Story Dagger.

Knallharter Realismus und lebhafte Beschreibungen, die die vielschichtigen Lebensrealitäten der von Außenstehenden oft missverstandenen nigerianischen Gesellschaft einfangen, machen Adenles Schreiben aus. Seine Romane thematisieren Korruption, Ungleichheit und Gewalt, beleuchten aber gleichzeitig die Menschlichkeit ihrer Figuren und deren Entscheidungen unter widrigen Umständen. Er ist ein Verfechter von Geschlechtergerechtigkeit, und das spiegelt sich auch in seinen Texten wider, die sich häufig den Erfahrungen von Frauen in der nigerianischen Gesellschaft widmen.

BEFORE YOU GO ...
SPRACHE. MACHT. WIRKUNG.

Die Übersetzung orientiert sich bei kritischen Begriffen und Ausdrucksweisen eng am Original.

Schwarz und *weiß* bezeichnen hier keine (Haut-)Farben, sondern Positionen und Identitäten innerhalb eines rassistischen Systems. »Schwarz« ist eine politische Selbstbezeichnung für Personen, die von rassistischer Diskriminierung betroffen sind. Sie ist Ausdruck des langen Widerstandskampfes gegen rassistische Fremdbezeichnungen und wird großgeschrieben, um sie von der adjektivischen Farbbezeichnung zu unterscheiden und die politische Identität des Begriffes herauszustellen.

Demgegenüber werden Menschen, die keine rassistische Diskriminierung erleben als *weiß* bezeichnet. *»Weiß«* wird im Schriftbild kursiv formatiert und anders als »Schwarz« kleingeschrieben, sofern es nicht am Satzanfang oder als Nomen vorkommt, um die konstruierte Eigenschaft der Kategorie und die privilegierte Position innerhalb rassistischer Machtstrukturen zu betonen und um wiederum die Unterscheidung zur Farbbezeichnung herzustellen.